This should keep you occupied for at least ten years, so I won't have to buy you another present until then!

Happy
Christmas.

Tony. x.

JEAN RASPAIL

Moi,
Antoine de Tounens,
roi de Patagonie

Jean Raspail

Moi, Antoine de Tounens, roi de Patagonie

ROMAN

Albin Michel

IL A ÉTÉ TIRÉ DE CET OUVRAGE :

*vingt-cinq exemplaires sur vélin cuve pur fil de Rives
dont vingt exemplaires numérotés de 1 à 20,
et cinq exemplaires, hors commerce, numérotés de I à V.*

ISBN 2-226-01139-0

*Ce livre est dédié à
lord Edward Glenarvan,
et à Jean-Pierre Rudin*

J. R.

« Ma patrie est bien loin,
Loin de la France et de la terre. »

CHARLES CROS

CARTES

ci-contre

Les royaumes d'Araucanie
et de Patagonie,
en 1860

page suivante

Le détroit de Magellan

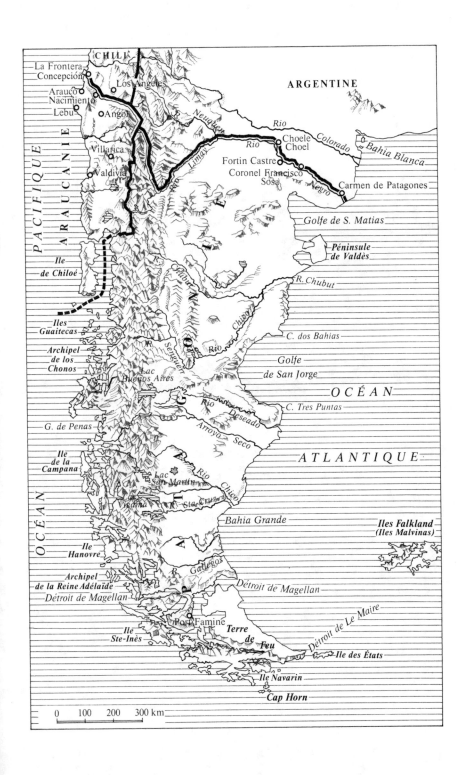

CHILI

ARGENTINE

La Frontera
Concepción
Arauco
Nacimiento
Lebu
Los Angeles
Angol
Villarica
Valdivia

PACIFIQUE

ARAUCANIE

Ile
de Chiloé

Iles
Guaitecas

Archipel
de los
Chonos

G. de Penas

Ile
de la
Campana

OCÉAN

Ile
Hanovre

Archipel
de la Reine Adélaïde
Détroit de Magellan

Ile
Ste-Inès

Neuquen

Rio

Limay

Rio

Rio Colorado

Choele
Choel
Fortin Castre
Coronel Francisco
Sosa

Negro

Bahia Blanca

Carmen de Patagones

Golfe de S. Matias

Péninsule
de Valdès

R. Chubut

Chubut

Rio

Senguer

Lac
Buenos Aires

Rio

Rio Deseado

Arroyo Seco

Lac
San Martin

Rio Chico

Viedma

R. Sta Cruz

R. Gallegos

Port Famine

Terre
de
Feu

C. dos Bahias

Golfe
de San Jorge

OCÉAN

C. Tres Puntas

ATLANTIQUE

Bahia Grande

Iles Falkland
(Iles Malvinas)

Détroit de Magellan

Détroit de Le Maire

Ile des États

Ile Navarin

Cap Horn

0   100   200   300 km

PREMIÈRE PARTIE

I

Ce sont les enfants du village qui sont les plus cruels avec moi.
Au Mardi gras, ils se sont déguisés, comme chaque année. C'est
un rite chez nous, en Périgord, de les laisser ce jour-là faire toutes
les folies qui leur passent par la tête. A Tourtoirac, on n'y manque
pas non plus. Les parents ferment les yeux et se bouchent les
oreilles. Mardi gras est un jour sans fessées et sans punitions. Même
dans ma propre famille, dans la maison que j'habite, où mon neveu
Jean m'a recueilli avec ma totale pauvreté, on a fermé les yeux sur
l'abomination. Jean souffrait pour moi, je le sais, je le lisais sur son
visage, mais il n'a pas dit un mot. Marie, sa femme, ma nièce, a
souri méchamment pendant toute cette affreuse journée.

L'idée devait venir d'elle. Il n'y avait qu'elle pour souffler une
aussi diabolique idée de déguisement à ses trois filles qui lui ressem-
blent, surtout l'aînée, Hélène, ma petite-nièce, et qui pourtant me
déteste et m'humilie chaque fois que son père a le dos tourné. Elles
ont l'âme vilaine et délurée, ces trois gamines. Tous les garçons et
les filles de l'école, même leurs deux petits frères, Élie et Antoine,
qui sont de bons garçons, leur avaient emboîté le pas. Ils avaient
bien préparé leur affaire, en secret. Je les entendais seulement rire
sous cape dans la chambre de ma nièce où ils s'étaient enfermés à
double tour pour préparer leurs costumes à grand renfort de couvertures dont ils avaient vidé pour la journée tous les lits de la maison.
Les couvertures! Ma nièce, si économe, si avare, si peu prêteuse, à
qui l'on aurait arraché le cœur plutôt que de lui tirer cinq sous,
fallait-il qu'elle l'ait voulue, cette mascarade, pour me faire mal une
dernière fois!

Quand au midi du Mardi gras ils ont formé leur cortège, à
l'entrée du village, derrière le tambour et la flûte qui jouaient cette
fois un air qui ne ressemblait à rien de périgourdin, quelque chose

de tout à fait désordonné et barbare, j'avais compris avant même que de les voir apparaître au bout de la rue. Il faisait beau. Assis sur mon banc que le soleil chauffait un peu, devant la boucherie de mon neveu Jean, en face de l'auberge du Commerce où Émile Guilhem s'était planté sur le seuil en compagnie des voyageurs et cochers, déjà rigolards, qui formaient sa table d'hôte du jour, je savais que rien ne me serait épargné. Pourquoi suis-je resté sur ce banc à attendre ces enfants qui me trahissaient, conduits par un Judas en nattes blondes, ma petite-nièce Hélène, au lieu d'aller m'enfermer dans la mansarde où j'avais mon lit ? Parce que je suis le roi, que je l'ai proclamé sans me lasser depuis mon avènement, sous tous les rires et toutes les avanies. Lorsqu'il ne subsiste plus que celle-là, la majesté de dérision est encore une royauté.

Les couvertures, je l'avais deviné, c'était pour s'en faire des ponchos. Ils avaient barbouillé leur visage de traits de peinture multicolores, ceint leur front de bandeaux de tissu rouge dans lequel était plantée une dérisoire plume de coq, les garçons brandissaient des lances taillées dans les bambous de l'Auvézère, notre petite rivière si charmante et si paisible et si éloignée des flots furieux des torrents qui descendent des Andes vers les plaines immenses de mon royaume, et tous gesticulaient comme des possédés. Cela m'avait fait sourire malgré moi. Je leur avais tant de fois décrit mes pauvres sujets les Indiens, patagons et araucans, quand à certains instants de grâce enfantine ils voulaient bien encore m'écouter gentiment...

De toutes les boutiques, des échoppes de la grand-rue, de toutes les maisons du village, on était sorti sur le seuil des portes pour regarder passer la folle marmaille, Louis le savetier, Bertrand le cardeur, Yvou le maçon, Jacquet le bourrelier et Pierrot le tisserand. Gérardin, le maréchal-ferrant, un vieil ami d'enfance, avait quitté le soufflet de sa forge pour rejoindre les rangs des curieux. Il y avait Joseph Desport le boulanger et Dominique Chapdeville le sabotier, deux qui ne m'aimaient pas, car ils étaient des amis de Jean, mon frère aîné si dévoué à ma cause royale, et que mes entreprises avaient ruiné, je le confesse. J'aperçus même, un peu à l'écart, le notaire de Tourtoirac, Me Labrousse, qui habitait le château juste au-dessus de la place. Il me regardait, de cet air impassible qu'il affectait toujours. Quand les journaux de Périgueux, à mon premier retour d'Amérique, en 1862, avaient fait de moi leur bouffon pour amuser leurs lecteurs à mes dépens et qu'ils ne me lâchaient quelque temps que pour me mordre ensuite plus cruellement encore, Me Labrousse, ainsi que d'autres notables du village et un certain nombre d'habitants parmi lesquels des membres de ma propre famille, ne m'avaient pas pardonné le mal que j'avais fait, selon eux, à la réputation du bourg de Tourtoirac. Un jour, c'était il y a quatre ans, en 1875, après mon troisième échec en Patagonie qui avait réveillé la verve cruelle des gazettes, il était venu s'en plaindre à moi :

« On vous avait enfin oublié, vous ne pouviez pas vous tenir tranquille ! Je ne puis aller dans un salon, chez M. le Préfet ou chez Mme Napoléon Magne, sans que l'un ou l'autre ne m'accueille en se moquant : " Ah ! Tourtoirac ! Comment se porte Sa Majesté le roi de tous les Patagons ? " »

J'avais répondu à Me Labrousse que le roi se portait mal, qu'il était las et désabusé, mais qu'il était toujours le roi et qu'aucun sarcasme n'y changerait rien. Le notaire avait haussé les épaules et m'avait tourné le dos sans répondre...

Ils étaient donc là, tous plus ou moins complices, parents ou grands-parents des petits drôles qui gesticulaient de plus belle et poussaient des hurlements sauvages, cette fois juste devant mon banc. Mes deux petits-neveux, Élie et Antoine, s'étaient tenus cachés en arrière du groupe non sans que je pusse remarquer qu'eux, au moins, tout déguisés en Patagons qu'ils fussent, demeuraient immobiles et graves. Au pied de la croix aussi, ils ne se comptaient pas plus de deux.

Les drôles avaient imaginé une saynète de leur goût mais je ne puis imaginer, bien que sachant peu des enfants car la joie de me marier et d'avoir des enfants me fut toujours refusée, je ne puis imaginer qu'ils y mirent tous une intention aussi malveillante qu'Hélène et quelques autres. Hélène ! La propre fille de mon neveu ! Elle s'était avancée la première, courbée en deux devant moi dans une profonde révérence de cour parfaitement exagérée, puis disant : « Majesté ! » et proférant en roulant les yeux des onomatopées gutturales qui figuraient la langue patagonne, pouffant de rire enfin et se retirant en gesticulant pour céder la place au suivant des enfants qui recommençait le même manège. Les rois se doivent, pour bien gouverner, de cacher leurs sentiments et de masquer leurs états d'âme. J'ai toujours su retenir mes pleurs dans les plus pénibles circonstances de ma vie et de mon règne, mais ce jour-là j'avais compris que mes larmes allaient franchir le seuil de mes paupières. Roi j'étais, en roi je devais faire face. Dès la troisième révérence de dérision j'avais pris le parti de me lever, appuyé sur ma canne car mes pauvres jambes me portent mal, et de répondre à leur salut de comédie d'un petit geste royal de la main. Un peu interdits au début, ils avaient vite cru à un jeu naïf de vieil innocent n'ayant plus toute sa tête, alors ils avaient redoublé leurs mimiques, me riant ouvertement au nez si bien que je m'étais laissé retomber, accablé, sur mon banc, les larmes aux yeux. Le tour était venu d'un petit garçon qu'on appelait le Jacquou et qui était le petit-fils de Gérardin le maréchal-ferrant. Il avait hésité, m'interrogeant de l'œil, puis au moment où il se décidait à plonger vers le sol pour imiter Hélène et les autres, une main avait saisi la sienne, l'entraînant hors du groupe, tandis qu'une voix commandait, celle de Gérardin, calmement mais fermement : « Jacquou, cela suffit, rentre à la maison. » Gérardin et moi, nous avions usé nos culottes sur le même banc de l'école, du temps du régent Chabrier...

Il était temps, je n'en pouvais plus. Il y avait eu des *hou! hou!* dans la bande, car l'intervention de Gérardin était tout à fait contraire aux usages du Mardi gras. Mais les *hou! hou!* avaient vite cessé par manque de conviction, et s'en était allée, gesticulant plus faiblement, à voix plus clairsemées, la horde des petits Patagons. A eux aussi, le cœur avait dû manquer. Sans doute avaient-ils vaguement honte. Enfin la consolation : Élie et Antoine, la frimousse peinturlurée, embarrassés par leur lance, étaient venus m'embrasser furtivement avant de rejoindre les autres, me glissant dans le creux de l'oreille : « Nous on sait que tu es un vrai roi! » A quoi j'avais répondu : « Je le suis. Et vous, de vrais Patagons... » Au-dessus de ma tête, une fenêtre du premier étage de la boucherie s'était fermée brusquement, comme claquée par colère : ma nièce Marie, à laquelle échappait sa proie, pantelante mais point achevée. M⁰ Labrousse s'en était retourné aussi, non sans avoir haussé les épaules. J'étais à nouveau seul et je sentais le froid car un voile de nuages noirs avait ramené l'hiver par-dessus le soleil de février.

C'est alors que j'avais pleinement saisi dans son intensité la cruauté du jeu. En ce Mardi gras, il n'y avait pas eu d'autre roi de carnaval que moi. D'ordinaire, il s'agit d'un pantin grotesque et chamarré auquel les enfants font escorte bruyante et joyeuse. Il n'y avait pas eu, cette fois, d'autre pantin que moi. J'ai l'habitude. A la cour de Patagonie, lors de mon exil à Paris, place de la Bourse en

1863, rue de Grammont en 1873, ou chez mon cher chancelier du royaume et ami Antoine Cros, duc de Niacabel, chez son frère Charles aussi, ou au cabaret de la Grande Pinte, à Montmartre, si quelques-uns semblaient sincères, la plupart jouaient à jouer, plus subtilement sans doute que les enfants de Tourtoirac au Mardi gras, mais il n'y avait là qu'une différence d'âge, d'éducation, de lieu et de façon de vivre. Si j'ai le plus souvent été dupe, c'était en quelque sorte de manière volontaire, dupe sans être totalement dupe. Je l'admets aujourd'hui. A Paris, j'étais roi pour les amuser, mais comme ils feignaient de jouer sérieusement, ils m'ont évité de souffrir trop au souvenir de mon royaume perdu, car roi j'étais, en Amérique du Sud, et sans doute ai-je réellement régné. Libre à moi de me regarder comme je voulais dans le miroir que ma cour me tendait. Je m'y suis toujours vu roi...

Quant aux enfants de Tourtoirac, ils s'étaient privés sans y avoir réfléchi — car je refuse l'horreur qu'ils eussent pu y songer — de la seconde journée de la fête, au mercredi des Cendres, l'enterrement du roi de carnaval, un simulacre à ce point parfait que tous les habitants se joignaient aux enfants pour suivre la dépouille du pantin étendue sur une échelle portée horizontalement à bout de bras, chacun parodiant la douleur avec force cris et larmes feintes ou en psalmodiant en patois, sans toujours pouvoir contenir des rires, le grave et beau *De profundis* :

> *Adi, paubre carnaval,*
> *Tu t'en vai, et io demore.*

Et l'on allait noyer le pantin dans l'Auvézère en le basculant par-dessus le pont, juste derrière l'auberge du Commerce. Voilà de quoi les marmots s'étaient privés. J'ai survécu au mercredi des Cendres, moi, *paubre carnaval!* Vers midi aussi, le soleil s'était montré et j'étais sorti me chauffer un peu sur le banc. Il fait froid dans ma mansarde, et quand mon neveu travaille dans sa boutique, l'hostilité muette de ma nièce Marie ne m'encourage guère à prendre place dans le *cantou* de la grande cheminée de la cuisine. Le village semblait vide. Leur fête sottement amputée d'une joyeuse mort, quelques gamins traînaient, mélancoliquement désœuvrés, à travers la grand-rue déserte. A ma vue, ils avaient détalé. J'étais seul. J'ai toujours été seul. Du cap Horn au détroit de Magellan, de la Terre de Feu aux sommets des Andes, des Andes aux deux océans majeurs, l'Atlantique et le Pacifique, j'ai régné sur la solitude, une immensité de solitude...

En face, toujours ce mercredi-là, la porte de l'auberge s'était ouverte. C'était Émile Guilhem qui m'appelait.

— Viens boire la goutte, Antoine. Viens donc avec nous, on te servira la soupe.

Je me sentais las et triste, triste comme un pantin noyé. J'avais refusé d'un geste. Émile est un brave homme. On a appris à lire ensemble. Souvent il me recueillait, à midi ou le soir. Il m'installait à la table d'hôte, parmi les rouliers, les voyageurs, les colporteurs. Sans méchanceté, mais plutôt pour distraire la compagnie : « Antoine, raconte à ces messieurs comment tu as été roi, là-bas, chez les Indiens... » Je racontais. Je n'ai jamais rechigné à raconter. Sans voir le commun se taper sur les cuisses ou le gibier de salon ricaner sous la fine moustache, j'ai raconté. Toute ma vie, j'ai raconté. Raconter, c'est vivre un peu. J'ai dû souvent perdre le fil en route et plus on se moquait et plus je m'enferrais. Il est temps de remettre de l'ordre et de chercher ma vérité. Mais pas chez Émile. Plus maintenant. Dans mon secret. Il avait insisté, Émile.

— Viens, Antoine. C'est de bon cœur. Tu pourras rester silencieux si tu veux.

Il avait tenu parole. Dès mon entrée dans la salle de l'auberge, le voiturier de la poste, qui passait chaque mercredi, m'avait interpellé avec de grands clins d'œil aux autres voyageurs.

— Ah! Majesté! Que je vous présente aux amis...

— Fiche-lui la paix! avait dit Émile. La comédie est finie. Et vous aussi, laissez le vieil Antoine tranquille.

La comédie est finie. Reste la vérité. De ce jour-là, mercredi des Cendres de l'an 1878, toute cruauté, toute dérision ont cessé à mon égard. Le village où je vais mourir m'a enfin pardonné ma royauté, affectant de l'oublier définitivement puisqu'il ne l'avait jamais prise au sérieux. On ne m'a plus salué avec affectation : « Bonjour, sire! » ou « Salut! Majesté! » mais simplement : « Bonjour, Antoine; bonjour, monsieur de Tounens. » Les derniers irréductibles, ma nièce Marie, sa fille Hélène, Me Labrousse, Desport le boulanger et le sabotier Chapdeville, se sont enfermés dans un silence glacé, me regardant sans me voir comme si j'étais devenu transparent. Là aussi, une forme de paix. La paix qu'on doit, ami ou ennemi, à ceux qui sont marqués du signe de la mort.

J'aurai cinquante-trois ans le 12 mai de cette année 1878 et ne sais si verrai l'aube de ma cinquante-quatrième année. J'en parais trente de plus. Ma barbe noire est devenue blanche, qui impressionnait tant mes sujets. Mes cheveux épais, que je portais longs sous le bandeau rouge des Indiens patagons, ne forment plus sur ma tête qu'une vague couronne, la dernière. Tous les dérèglements du grand âge me sont devenus quotidiens. Le sommeil me fuit, la nuit, et je me nourris avec peine tant je souffre des entrailles, séquelles de mon long séjour et de mon opération l'an dernier à l'hôpital de Bordeaux, débarqué sur une civière du bateau qui me ramenait de mes États, que j'avais tenté de reconquérir pour la quatrième fois. Vingt ans de règne m'ont usé jusqu'à l'os, même si j'ai plus souvent régné au fond des prisons chiliennes et argentines, à la soupe des indigents des petites sœurs des pauvres à Paris, dans une arrière-salle de café miteux ou seul sous le ciel noir et gorgé de neige et de pluie de la Patagonie, que parmi mes sujets ou dans mes appartements royaux de la rue de Grammont.

A ses grognards sanglotants rassemblés en carré pour l'adieu dans la cour du château de Fontainebleau, l'empereur Napoléon, le premier avait dit : « J'écrirai les grandes choses que nous avons accomplies ensemble... » Puis il avait embrassé le drapeau de la vieille garde. J'écrirai les grandes choses que j'ai accomplies seul. Là où le rêve devient réalité, j'écrirai la gloire solitaire et le courage malheureux. Pas d'autres régiments que ceux que je porte dans ma tête pour rendre les derniers honneurs à mon drapeau bleu blanc vert, le drapeau de mon double royaume de Patagonie et d'Araucanie, plié et enfermé à double tour dans ma malle royale, sous mon lit, en compagnie du sceau de l'État et de quelques reliques, à l'abri des profanations de ma nièce Marie.

Mes sujets sont morts. Ils ont traversé mon royaume comme des ombres et je n'ai rien pu éviter. Avant même ma quatrième et dernière tentative de reconquête, l'inévitable était perpétré et je n'étais plus le roi que d'un royal néant. Les soldats argentins ont massacré les Puelches et les Tehuelches, grandes tribus de Patagons. Mort leur terrible cacique Calfucura dont je crois bien me souvenir qu'il m'accueillit en roi, peu de temps mais en roi, dans ma capitale patagonne de Choele Choel. Assassinés par des chasseurs blancs de phoques, exterminés par les épidémies semées tout au long du détroit de Magellan par des équipages de brutes, les Onas de Magellan, les Yaghans de Terre de Feu, les Alakalufs des fjords du Chili, recrus de misère et de désolation, ont fui dans leurs canots au plus profond des tempêtes australes. Le siècle du progrès, du chemin de fer, de l'hélice, de la vapeur, du gaz d'éclairage, du télégraphe électrique, des porteurs de rente affamés de bénéfices, est un siècle impitoyable, je l'ai compris trop tard. Quand j'étais avoué à Périgueux, avant mon royal avènement, toutes les bonnes et grosses affaires me passaient sous le nez. D'autres, mes confrères, déjà liés au siècle de l'argent et à tous ceux qui lui étaient liés, *savaient.* Moi, non. C'en est fini des Fuégiens que méprisait déjà M. Charles Darwin et qui furent, parmi mes sujets, ceux que j'ai le plus aimés... Vaincus par les soldats chiliens, décimés, décérébrés, parqués dans des *reducciones*, mes guerriers mapuches et araucans qui me firent roi le 16 novembre 1860... Mort leur cacique Quillapan, qui fut, je crois bien m'en souvenir, le ministre de la Guerre de mon gouvernement royal... Je suis seul.

Aux adieux de Tourtoirac, il n'y aura pas de grognards. Seulement deux enfants souriants et rêveurs qui sont mes dernières troupes. Élie et Antoine. Lorsqu'ils ne sont point sous les regards de leur mère et que nous pouvons causer tranquillement, ils savent écouter et semblent convaincus que roi de Patagonie j'étais, roi de Patagonie je suis.

Le soir, je monte tôt dans ma chambre. En dépit de la bienfaisante chaleur du *cantou* et des efforts affectueux de mon neveu Jean pour entretenir la conversation, la veillée m'est pénible. Il y aura toujours entre ma famille et moi, même après que la terre aura recouvert ma tombe, le reproche muet des grands embarras pécuniaires où mon échec l'a plongée. A cet égard, parents d'un roi, ils sont restés paysans. Souvent, avant que d'aller coucher, Élie et Antoine viennent pousser la porte de ma mansarde. Il y fait froid. Je m'enveloppe de mon mieux dans ma cape mais j'ai les jambes transies et glacée l'extrémité de mes doigts qui sortent des mitaines, si bien qu'il me faut poser la plume fréquemment pour me réchauffer les mains dans mes poches. Les deux garçons me soufflent, pour ne pas être entendus de leur mère qui désapprouve ces visites :

— Oncle Antoine, qu'est-ce que tu écris là ?

C'est un rite. Chaque soir la même question suivie de la même réponse.

— J'écris l'histoire d'un pauvre roi...

Et ils filent sans bruit, en souriant, se coucher avec un rêve. Sans doute imaginent-ils que j'écris un conte de fées...

Simplement, je cherche à retrouver le fil embrouillé de ma vie.

Je me rappelle avoir lu, quand j'étais encore jeune avoué à Périgueux, vers 1855, un livre qui m'avait plongé dans la plus grande peine et la plus étrange exaltation et qui fut sans doute pour une bonne part à l'origine de ma vocation royale. J'y reviendrai en son temps mais c'est cette image du fil embrouillé de la vie, de la piste à remonter, qui m'impose d'entrée ce souvenir.

Il s'agissait des mémoires du docteur Richard Williams qui tirèrent à l'époque des larmes à toute l'Europe. Le Dr Williams était anglais, chirurgien et missionnaire protestant. Il avait l'âme élevée, tout de douceur et de charité, et rêvait d'établir le royaume de Dieu sur les contrées les plus désolées de notre globe, au sud de la Terre de Feu, aux extrêmes frontières australes de mes futurs États. Un marin l'accompagnait, pareillement missionnaire protestant, le capitaine Allen Gardiner, ainsi qu'une dizaine d'infirmiers, de catéchistes et de matelots.

Ils se firent déposer sur les rivages de l'île Lennox, une île de tempête voisine du cap Horn et soumise à toutes les furies de l'Océan, avec, pour tout matériel, trois chaloupes et deux mois de vivres. Les Yaghans, qui devinrent aussi mes sujets, les reçurent mal et les abandonnèrent vite à leur sort, dans une totale solitude, après les avoir dépouillés d'une partie des biens nécessaires à leur survie sans que, par charité, ils opposassent de résistance. Pas de poisson, pas de gibier aux portes de cet enfer liquide. Vinrent très vite la faim, l'épuisement, le scorbut, la nuit et le froid de l'hiver austral, et la mort qui semait ses cadavres au fur et à mesure que les survivants tentaient de la fuir en changeant de campement sur leur dernière chaloupe. Espérant un secours, sur chaque grève qu'ils quittaient, ils plantaient une pancarte sur un tumulus de rochers : *Nous sommes partis vers l'ouest, vers la baie de Blomfield...* Puis sur le rivage de Blomfield : *Toujours à l'ouest, rade de Banner...* A Banner enfin, cette dernière inscription : *Allez au port des Espagnols...*

C'est là qu'on les retrouva, en 1852, morts depuis deux années. De caillou en caillou, les sauveteurs n'avaient eu qu'à suivre le calvaire du Petit Poucet. Au port des Espagnols, un hâvre hostile et désertique battu par tous les vents du Horn, on découvrit d'abord la chaloupe au sec et brisée, dont le Dr Williams, sans forces pour aller plus loin, s'était fait un abri pour mourir. Sur un banc, près du cadavre, gisait le carnet, enveloppé de toile cirée, où le Dr Williams consignait chaque jour l'édifiant récit de leur course à la mort. Et sur la coque de la chaloupe, une flèche : *Vers la caverne...*

Il y avait plusieurs cavernes, à quelques centaines de mètres du rivage, où les survivants avaient dû se traîner pour chercher un abri sec. Au-dessus de l'entrée de l'une d'elles, une main au doigt pointé était maladroitement peinte sur le rocher. La fin de la piste. On trouva deux cadavres étendus dans la paix des gisants de cathédrale, celui du matelot charpentier John Erwin et celui du capitaine Allen Gardiner. Près de ce dernier, il y avait une feuille de papier avec quelques mots griffonnés à demi effacés par l'humidité, un ultime message adressé au Dr Williams mais que nul n'avait pu lui porter : *... Encore un peu de temps et... le Tout-Puissant pour... trône. Je n'ai ni faim ni soif, quoiqu'il y ait cinq jours que je n'aie pris aucune nourriture. Votre affectionné frère en... Allen F. Gardiner.*

Une nuit, chez Charles Cros, à Paris, j'avais raconté cette émouvante histoire à Verlaine, et les autres, tendant l'oreille, s'étaient mis étrangement à faire silence alors que d'ordinaire ils m'accordaient peu d'attention. Il y avait là Nina de Villard, la maîtresse de Charles, Antoine Cros, François Coppée, quelques autres et Rimbaud, teigneux à son habitude, méchant comme une gale, mais qui consentit ce soir-là à m'écouter sans ricaner. Quand j'en eus terminé, Nina vint m'embrasser. Elle avait les larmes aux yeux. Elle me dit : « Majesté, tu es définitivement des nôtres ! » Je n'ai jamais bien compris ce qu'elle signifiait par là. Verlaine était déjà ivre, mais pas assez pour être assommé. J'entends encore sa voix pâteuse, mi-grave, mi-railleuse : « Roi de Patagonie ! De signe en signe, c'est le dernier qui compte, la main au doigt pointé peinte sur le rocher. Là est le trône. J'en ferai un poème et te le dédierai... »

Il ne l'a jamais écrit. Comme les autres, il m'a oublié.

De signe en signe, moi aussi j'arriverai jusqu'à la main au doigt pointé sur ma dépouille royale. Mais il faut d'abord suivre la première flèche. Il est temps de commencer.

II

Je suis né le 12 mai 1825 sous le règne du roi Charles X, à La Chèze, dans le nord du département de la Dordogne, sur le territoire de la commune de Chourgnac d'Ans. La région est profondément vallonnée, très boisée, coupée de clairières cultivées et de prés d'élevage tranchés au milieu de la sylve ou disposés au bord du cours sinueux et encaissé des ruisseaux. Les collines sont élevées, assez tôt couvertes de neige en hiver. Lorsque j'étais enfant, elles me paraissaient des montagnes. Les chemins serpentent en labyrinthe à travers ce relief tourmenté.

Ces précisions géographiques ne sont pas inutiles. Je suis né et j'ai vécu toute ma jeunesse dans un pays sans horizon. Plus tard, à Périgueux, à Paris, à Bordeaux, quand je me suis frotté à la société, on m'a toujours vanté la beauté du Périgord. On la qualifiait d'incomparable. Je le reconnais volontiers. Mais je ne suis pas sensible à la beauté, je ne suis sensible qu'à la grandeur. Depuis notre maison, à La Chèze, on n'apercevait rien d'autre que le toit de la maison du voisin le plus proche, à un jet de pierre.

Vers mes sept ans, quand je fus en âge de franchir seul les limites de la ferme familiale, je me souviens d'avoir tenté des sorties, comme un assiégé. Je grimpais sur un arbre, au sommet de la plus haute colline voisine, et à ma grande déception ne découvrais rien d'autre qu'une colline toute semblable murant mon horizon. Puis m'en allais sur le chemin charretier à la quête du monde. A chaque tournant je l'espérais, je le guettais, je l'imaginais, mais chaque tournant dépassé ne m'offrait que la répétition de ce que je venais de quitter. Alors je me lassais, concluant que le monde n'était qu'une succession indéfinie de collines identiques dans un Périgord sans limite. Je n'étais pas comme les autres enfants qui se faisaient un univers bien à eux au sein de cette étroitesse, pêchant le goujon dans l'Auvezère

quand je ne rêvais que baleines attaquées au harpon, chassant le
martinet à la fronde tandis que j'attendais en vain l'apparition de
l'aigle royal dont le vol obscurcit le soleil. A moi, il manquait toujours quelque chose, la face cachée de la lune, l'ombre pour laquelle
je lâchais immanquablement la proie. Dès l'enfance, inconsciem-
ment, cela me rendait d'humeur morose. Et même lorsqu'il me fut
donné de comprendre l'étendue et la diversité du vaste monde, il
m'est toujours resté, comme une gangue autour du cœur, cette
croûte d'isolement que je n'ai jamais pu, fût-ce au plus lointain horizon de mes lointains États, réellement percer.

Il faut imaginer l'isolement qui était le nôtre, à La Chèze, un hameau d'une demi-douzaine de feux où vivaient frères, cousins,
oncles, beaux-frères, gendres et brus, pères et grands-pères, toute *lo
familha*, paysans ancrés là depuis le XVIIe siècle, depuis qu'était venu
s'y installer le laboureur Jean Thounem, dit *Prince*, et je reviendrai
sur cet étrange surnom. Leur univers : une grange, une vieille bergerie au toit de lauze, une étable, une écurie, un four à pain, une
remise pour le *boussa* [1], un séchoir à châtaignes, un tas de fumier
dont le purin coulait en minces rigoles dans la cour, et notre maison
basse où nous nous entassions à onze, mes huit frères et sœurs, mes
parents, dans quatre pièces de plain-pied où la grande affaire de ma
mère était de combattre la boue que tant de paires de galoches et de
sabots y apportaient. Ni l'aisance ni la pauvreté. On mangeait à sa
faim, car nous étions plutôt favorisés dans ce pays pauvre en riches.
Dès le premier poil au menton, les garçons faisaient chabrol chaque
soir. Dans la cuisine on avait chaud, le feu de la grande cheminée
flambait ou couvait en permanence et combien de fois me suis-je
souvenu, crevant de froid aux bivouacs de Patagonie, de cette tié-
deur animale.

Mon père travaillait dur et entendait que chacun en fît autant.
Cela donnait des résultats. Il amassait, prudemment, avec opiniâ-
treté, achetant un champ après l'autre, un petit bois, une bête. Il ne
pardonnait jamais d'autre paresse que la mienne, car j'étais pares-
seux à l'égard des choses de la terre, je n'avais goût à rien, même pas
à garder les oies, ce qui, au Périgord, est l'apanage des plus jeunes.
Mais mon père en souriait, probablement parce que j'étais le petit
dernier des garçons, avec juste une sœur cadette qui naquit deux ans

1. Tombereau. *(N.d.E.)*

après moi. Il disait que j'étais *Prince*, et le surnom figurait aussi à mon état-civil. J'avais de longues mains fragiles, des cheveux jusque dans le dos que ma mère, le dimanche, s'attardait à brosser longuement, de grands yeux noirs qu'elle embrassait chaque soir, tout du gracieux enfant devant lequel on cède à toutes les indulgences. En bref, je ne me sentais pas du tout paysan et il semblait que chacun l'admettait, sauf ma sœur aînée Zulma, déjà redoutable fermière et qui me détestait. Mais mon frère Jean l'aîné m'adorait, tout comme mon père. Je le dis parce que c'est à cette affection hors du commun que je dus de pouvoir conquérir un trône.

De La Chèze on ne sortait presque jamais. C'était un univers clos, vivant en autarcie comme tous les hameaux du Périgord depuis des temps immémoriaux. Les gens de La Chèze se rendaient seulement à Chourgnac pour la messe du dimanche, le baptême d'un nouveau-né, le mariage d'une jeunesse, l'enterrement d'un proche, la fête du saint patron. A cette occasion les femmes s'attardaient chez l'épicier ou le mercier. Les hommes allaient visiter le charron, le bourrelier, le *faure*, maréchal-ferrant. Ce fut longtemps pour moi le bout du monde. A une grande lieue de là, Tourtoirac, un gros bourg, faisait figure de petite capitale. On y descendait quatre ou cinq fois par an, pour le marché aux oies, les deux grandes foires annuelles et le comice agricole. Mon père en rapportait un journal, à l'époque hebdomadaire, et qui s'appelait alors la *Gazette du Périgord*. A l'exception des grands événements politiques ou administratifs, conscription, élections ou tournée du vétérinaire, déclamés par le tambour de ville, c'était notre seul lien avec le monde extérieur. Le soir, à la veillée, devant toute la famille déférente et silencieuse, notre père en lisait de longs passages, avec une prédilection particulière pour les nouvelles de la cour. C'est ainsi que j'appris, à cinq ans, que le roi ne s'appelait plus Charles X mais Louis-Philippe le premier, et qu'aux bals de la reine Marie-Amélie se pressaient des ducs et des princes dont notre père détaillait à plaisir la liste et les titres : prince de Joinville, prince de Bénévent, prince d'Essling, prince de Caraman... « Prince, prince... » répétait-il, songeur. *Prince* était aussi le surnom de mon père, comme celui de Jean Thounem le laboureur et d'autres avant lui.

Plus loin il y avait Excideuil, la sous-préfecture, Hautefort, Thiviers, mais sauf mon père lorsqu'il courait les foires, nous n'y allions jamais. Et Périgueux, à dix lieues à l'ouest ? Les deux tiers des habitants de La Chèze, même parmi les plus âgés, n'avaient jamais vu Périgueux! On ne pouvait s'y rendre et en revenir le même jour. On y partait harnaché de besaces emplies de victuailles et de bouteilles comme pour une expédition lointaine dont à l'époque on revenait parfois sans sa bourse, détroussé au coin d'un bois par des brigands au visage charbonné et armés de gourdins. C'était, au retour, des récits fabuleux que nous écoutions bouche bée, à la veillée, comme des nouvelles d'un autre monde. On imagine alors ce que pouvaient évoquer pour nous des mythes tels que Bergerac et le fleuve Dordogne avec ses gabares et ses mariniers, Bordeaux et ses grands voiliers alignés au quai de la Fosse, et Paris, tout là-haut, Paris où le roi, je le crus longtemps, avait étrangement choisi d'habiter une tuilerie... Tout cela était à des journées et des journées de marche et de chevauchée. Je suis né au temps des Pétrocores, nos ancêtres gaulois qui tenaient nos forêts et cultivaient nos champs du Périgord. Ils ne vivaient pas différemment de nous, ne se déplaçaient pas beaucoup plus rapidement et recevaient des messages de Gergovie ou d'Alésia par feux allumés de sommet en sommet à peu près dans le même temps que M. le préfet de la Dordogne en recevait de Paris par le télégraphe Chappe. C'est au milieu du siècle que tout a basculé, les murailles qui s'écroulent, le carcan qui s'ouvre, le chemin de fer de Limoges à Paris en 1856, puis de Périgueux à Limoges et de là à Paris en dix-huit heures seulement, la transmission instantanée des dépêches par télégraphe électrique en 1857, autant de métamorphoses prodigieuses! Mais auparavant, nous vivions sur une île perdue. Elle convenait aux miens, paysans attachés à la terre.

Moi, j'y étouffais.

Il paraît que je suis né coiffé, quasi prédestiné. On connaît les signes auxquels s'attachent à la naissance les croyances paysannes dans notre vieux Périgord gaulois. Le 12 mai, jour de ma naissance, était un dimanche et je me suis présenté à la vie par les pieds, ma tête venant en dernier, double présage de chance. Aucun des visiteurs qui sont venus voir le petiot et embrasser ma mère dans sa chambre avant les relevailles n'ont omis de déposer quelques sous dans un bol en gage de bonheur. On ne m'a jamais placé, nourrisson, devant un miroir, ce qui n'eût pas manqué de déchaîner sur ma destinée toutes les forces démoniaques. Enfin, pour couronner un aussi large faisceau de présages heureux, mes premières dents qui ont poussé étaient les incisives supérieures, ce qui est la promesse d'un grand avenir.

« Et pourtant... » me disait ma mère quand j'étais petit, à l'âge de quatre ou cinq ans mais je me la rappelle très bien, détaillant à mon intention toute cette succession de gages bénéfiques, « et pourtant, rien ne t'a manqué... » Elle avait, disant cela et me contemplant avec tendresse, un regard tout mélancolique, comme si quelque triste présage secret était venu se mêler à tant de promesses au risque de les faire mentir. Plus souvent que mes frères et sœurs, paraît-il, mon père, le soir, à la veillée, me prenait sur ses genoux et je m'endormais dans ses bras, ce qui mettait ma sœur Zulma hors d'elle. Quand nous nous retrouvions seuls tous les deux, pour se venger, elle me tirait les cheveux et me bourrait de coups de pied. Ma première rencontre avec la nature féminine fut Zulma. Cela ne m'a pas aidé à surmonter ce qui est longtemps resté, au-delà de l'adolescence et jusqu'à l'âge d'homme, une sorte de secret pour moi.

Ce présage néfaste devait être suffisamment grave pour qu'on ne m'en parlât jamais, et mes parents jamais n'en parlèrent, à moi ni à personne, de telle sorte que rien n'altérait les joies de mon enfance. Ma morosité passagère, je l'ai dit, tenait à d'autres raisons. Je n'ai donc pas eu la moindre idée des motifs qui ont un jour poussé mes parents à m'enrouler dans une couverture et à entreprendre dans la *carriola* de famille attelée à notre meilleur cheval l'expédition de Périgueux à seule fin de me conduire chez un médecin. Ils avaient parlé à voix basse, d'un air grave. Puis l'homme de l'art m'avait examiné de la tête aux pieds en affectant de plaisanter et de me complimenter sur ma bonne mine, sur ma taille déjà élevée pour mon âge, sur mes cheveux. Enfin, tandis que je me rhabillais dans un coin, ils avaient repris leur conversation à voix basse, avec des hochements de tête. Le docteur m'avait offert un bonbon, mon père m'avait pris la main en la serrant très fort dans la sienne, et quand nous avons pris congé, je remarquai que ma mère avait les larmes aux yeux. Il avait pourtant l'air gentil, ce monsieur, je ne comprenais pas comment il avait pu lui faire de la peine.

Puis ç'avait été le tour du sorcier. Une affaire entre hommes ; mon père, sans plus d'explications, exigeant de son petit garçon un serment solennel de silence. Le sorcier vivait dans une grotte au bord de la Vézère, au Lardin Saint-Lazare, à une demi-journée de *carriola* de La Chèze. Il se faisait appeler le Maître de Saint-Lazare. Au mur de la grotte étaient peints des dessins d'animaux à longues cornes et de petits bonshommes qui leur couraient après. Mon père lui parla à l'oreille et le vieux me fit étendre sur un lit douteux. Il ferma les yeux longuement en promenant ses mains allongées au-dessus de mon ventre, puis les éleva vers les étranges petits bonshommes du mur comme s'il réclamait leur secours en prononçant plusieurs fois et de plus en plus fort un mot que j'ai retenu et qui ne signifiait rien : « anasisapta, anasisapta, anasisapta... ». Des gouttes de sueur coulaient de son front comme s'il faisait un effort gigantesque. Quand il laissa retomber ses bras et qu'il eut rouvert les yeux avec l'air égaré de quelqu'un qui se réveille d'un cauchemar, après un silence, mon père demanda : « Alors? »

Le vieux avait secoué négativement la tête. Je l'entendis parler en patois. Il était question du *tourain* [1] et le vieux avait haussé les épaules. Puis posant sa main sur ma tête et me regardant avec amitié :

— Tu souffriras, mon gars. Quand tu seras grand, essaye de filer d'ici, de l'autre côté des océans...

Nous avions repris la route du nord. Le cheval trottait courageusement bien qu'il eût son compte de lieues dans les jambes. Mon père restait silencieux, fumant sa pipe, agitant de temps en temps les guides d'un petit coup sec des poignets pour encourager l'animal, en disant seulement : « Hue ! Artaban ! » puis retombait dans son mutisme. Je m'étais serré contre lui, tout petit sur le banc, également songeur. Il devait bien y avoir une raison à tout cela.

— Est-ce que je suis malade ? ai-je fini par demander.

Cela ne m'aurait pas déplu. Malgré les attentions particulières de mes parents à mon égard, on n'était pas toujours tendre à la maison. Les paysans n'ont guère de temps pour la tendresse. Les malades sont encombrants, ne travaillent plus, réclament des soins qui viennent s'ajouter à ceux que l'on doit déjà au bétail et à la basse-cour. Mais quand il s'agissait d'une fièvre carabinée, comme elle disait, maman trouvait toujours un moment pour tenir compagnie à son petit malade, posant sa main fraîche sur son front, le faisant boire en lui soulevant la nuque, retapant les oreillers, s'asseyant un ins-

---

1. Soupe à l'ail terriblement poivrée, aux prétentions aphrodisiaques, qu'en Périgord les copains du marié portent en grande cérémonie grivoise à la chambre des jeunes époux, le soir des noces. *(N.d.E.)*

tant à son chevet, et je me souviens de ces moments comme des meilleurs de mon enfance.

— Mais non, tu n'es pas malade, avait répondu mon père. Tu as une santé de fer. Tu te portes comme un roc. Tu es déjà plus costaud et plus grand que les autres garçons de ton âge. Tu es intelligent. Si les petits cochons ne te mangent pas, tu iras loin dans la vie. Le docteur, le sorcier, c'est seulement cela qu'ils m'ont dit. Je le savais déjà. Mais comme tu es un bon garçon que j'aime bien, je voulais en être sûr. Voilà...

Il me donna une petite tape amicale sur le dos, m'adressa un grand sourire sous ses moustaches et entonna à tue-tête :

Liou Jean répoun,
Digue, digue,
Liou Jean répoun,
Digue de moutoun.

J'ai chanté avec lui. Nous avons beaucoup ri. Mon père aussi s'appelait Jean. Le cheval ne trottait plus, mon père l'avait mis au pas. Nous sommes passés sous le regard sombre de plusieurs châteaux forts couronnés de tours et de donjons qui me parurent gigantesques, c'étaient les premiers que je voyais. Mon père me les nommait, comme s'il était un familier de leurs propriétaires : « Peyraux, au comte de Sérac... Beauregard, au baron de Lèze... Badefols d'Ans, au marquis d'Ans. » Le château de Badefols menaçait ruine, toits crevés sur la moitié du corps de logis, les abords presque à l'abandon, livrés aux ronces, les douves envahies de roseaux et dégageant une odeur de pourriture, mais il semblait habité.

— Ah ! Le marquis ! Ne tiendra pas longtemps ! dit mon père. C'est le bout du rouleau. Comme nous il retournera à la terre, tout *couilloun.* La marquise traira ses trois vaches elle-même et lui se colletera avec le soc de son araire. Il s'appellera Ans, tout court. Il laissera tomber le *marquis* et le *de* sous peine de voir la compagnie lui éclater de rire au nez. Tout ce qu'il pourra espérer pour ses arrière-petits-enfants, c'est qu'il leur reste au moins un surnom : Marquis...

La nuit nous surprit alors que les murailles du château de Hautefort venaient d'apparaître au détour de la route. Hautefort est à deux bonnes lieues de La Chèze mais Artaban semblait trouver que c'était deux lieues de trop. La lune à peine levée disparut derrière les nuages. Il faisait nuit noire. Mon père battit le briquet et alluma la lanterne de la carriole. Ce n'était qu'un point lumineux qui n'éclairait que nos visages.

— Il ne pleuvra pas, dit mon père, les nuages sont trop haut. Nous dormirons là.

Il y avait une petite rivière avec un pré planté d'arbres qui semblait assez sec. Artaban dételé, un sac d'avoine pendu aux oreilles, mon père alluma un grand feu de bois mort. De la carriole il sortit tout un tas de vieilles couvertures, le panier du casse-croûte, et nous nous installâmes, assis en tailleur tous les deux, comme des Romanichels. Mon père couchait souvent à la belle quand il faisait les foires. Il m'emmena fréquemment, plus tard, quand nous fûmes devenus comme des complices. Mais ce soir-là c'était mon premier bivouac. J'étais le roi de la terre, le roi du jour et de la nuit, le roi de tous ces châteaux branlants où comtes et marquis ne prononçaient mon nom qu'avec le plus grand respect. En Patagonie, j'ai bivouaqué cent nuits sous la Croix du Sud et quand l'effrayante nature et les éléments déchaînés voulaient bien me laisser quelque répit, j'y retrouvais l'exaltation première de ce bivouac de Hautefort. Il fut déterminant. Pauvre père ! Il ne m'a pas vu roi. Au moins les rires lui ont été épargnés...

Mon père jeta du bois dans le feu, ralluma sa pipe, se versa de l'eau-de-vie dans un gobelet, but un coup, essuya sa moustache et dit :

— Antoine, je vais te raconter une histoire. C'est ton tour de l'entendre. A toi, je suis sûr qu'elle plaira. Tes frères et sœurs, à l'exception de Jean, cela ne leur a fait ni chaud ni froid...

Des paysans !

« Il y a bien longtemps, dit mon père, sans doute des siècles et des siècles, nous n'étions pas ce que nous sommes. Je t'en parle par ouï-dire, de bouche à oreille de père en fils. Nous ne possédons aucun document écrit, pas le plus petit parchemin, seulement ce surnom de *Prince* qui accompagnait sur les registres paroissiaux de Chourgnac, déjà bien avant la grande Révolution, la plupart des prénoms de nos garçons. Nos curés l'avaient toujours accepté, parce que cela s'était toujours fait.

« Le premier prince de la famille n'était pas un prince pour rire ou pour pleurer. C'était un puissant seigneur de la Gaule romaine, un Celte, sénateur romain et préfet du prétoire. Il s'appelait Tonantius Ferreolus et son sang coule dans tes veines. Il possédait en titre toutes les terres de l'Agenois, à une trentaine de lieues plus au sud, et y fonda même une ville qui porte toujours son nom, lequel est aussi le nôtre : Tonneins. Quand vinrent les barbares Wisigoths, d'immenses guerriers blonds montés sur des chevaux formidables et qui furent rois à Toulouse, il y eut d'effrayantes batailles. Les princes Tonantius y perdirent bravement leurs terres et leurs armées. Marchant au nord avec leurs derniers soldats, leur trésor sur un chariot, leurs princesses et leurs plus jeunes enfants sur un autre, poussant devant eux ce qu'il restait de leurs troupeaux, ils trouvèrent refuge dans notre pays d'Ans qui était à cette époque retourné à l'état sauvage. La ville de Périgueux avait été rasée, réduite à un village fortifié construit à l'intérieur des arènes romaines transformées en murailles. Au pays d'Ans erraient les derniers Pétrocores, traqués par tous les barbares qui menaient leur sarabande en France et au Périgord. Les Tonantius furent bien accueillis. Même affaiblis, ils représentaient force et protection. Ils furent princes au pays d'Ans, faits comtes par Charlemagne et reconnus comme tels par le Viking Wlgrin, dit Taillefer, qui, remontant l'Isle sur son drakkar, s'empara de Périgueux et fut duc en Périgord, le premier. Quelle histoire, Antoine, que celle de notre pays !

« Nous voilà comtes de Tounens. Les châteaux que tu as vus n'existaient pas à l'époque. Seulement quelques fortins faits de pieux plantés au sommet des collines, mais beaucoup nous appartenaient. Plus tard, au temps des donjons de pierre, déjà nous n'étions plus très nombreux et l'on ne sait, parmi tous ceux-là, quel château était celui du dernier comte de Tounens. Quand fut prêchée la croisade, il se croisa parmi les premiers, emmenant avec lui ses trois fils aînés, et ne laissant au château que la dame et ses filles et son fils dernier-né. C'étaient gens de voyage, de conquête, d'aventure. A la quête d'un royaume, c'était exactement là qu'ils s'en allaient gaillardement. On ne les vit pas hésiter, ni se retourner sur leur selle pour dire adieu au donjon d'où la dame en pleurant les regardait s'éloigner puis disparaître tout à fait. Pour équiper leurs sergents, leurs coutiliers, leurs palefreniers, ils avaient engagé la totalité du domaine chez l'usurier. Ils partaient ruinés.. On ne sait s'ils furent princes en Terre sainte ou en Arménie, car pas un des quatre ne revint et nul n'en entendit plus parler.

« Je tiens ce récit de mon grand-père. Il me l'avait raconté beaucoup mieux que je ne l'ai fait moi-même. C'était un grand conteur de veillée. Il savait des milliers d'histoires. On venait parfois de loin pour l'entendre, s'asseoir à ses pieds dans la cuisine, autour de *l'archaban* [1]. Il parlait les yeux clos, sans bouger, comme s'il priait, les mains jointes sur la poitrine. Mais que je te finisse notre histoire...

« Vint la longue nuit de la déchéance. La mémoire des Tounens s'efface. Tombés en roture, puis en vilenie, ils ont perdu tous leurs biens et ne leur reste plus qu'une masure au toit de lauze, à La Chèze, celle qui nous sert aujourd'hui de bergerie, et rien d'autre, pas un arpent. On leur a même changé leur nom, lequel ne se dit plus qu'en patois qui est la langue des pauvres : Thounem. Sous le règne du roi Louis le treizième vivait à La Chèze Jean Thounem, laboureur, notre ancêtre. Laboureur, tu sais ce que cela veut dire ? Cela veut dire qu'on n'a rien à soi, qu'on est un gueux, qu'on se nourrit de châtaignes et qu'on doit se louer aux autres pour ne pas crever de faim. Quand le loueur lui compte ses sous un par un dans sa main noire et lui dit en se moquant : " Pour un prince, tu me coûtes cher... ", l'autre redresse son dos cassé et réplique fièrement : " Prince je suis ! "

« Sou après sou, Jean Thounem s'est acheté un bout de champ, un arpent de bois. Après lui les autres ont persévéré. C'est arrivé jusqu'à moi, un lopin qui était déjà beau. J'ai doublé. Là-dessus, bonsoir, il est temps de dormir.

— Et les brigands ?

— Tu peux rêver tranquille. Je ne dors que d'un œil et j'ai mon vieux fusil. »

Rêver. Depuis ce soir-là et tout au long de ma vie, j'ai rêvé les yeux ouverts. Je le sais, car l'approche de la mort enlève le pouvoir de feindre. Je me suis vu ce que je voulais être et parfois l'ai-je été. Je me suis donné en spectacle à moi-même et il est même arrivé que

---

1. Fauteuil en bois réservé au grand-père et qui sert aussi de coffre à sel. (N.d.E.)

la pièce fût bonne, au moins une scène par-ci par-là. Mais plus souvent, le four, et *adi paubre carnaval...*

Rêver. Le grand-père de mon père, le magicien de *l'archaban,* le merveilleux conteur, n'avait-il pas rêvé au fil de son récit, tirant une épopée d'une simple homonymie ? A moins que ce ne fût le pauvre laboureur, affublé d'un surnom comme chacun en ce pays, et qui rêva d'une principauté de dérision et nomma *Prince* tous ses garçons ? A moins que tout ne fût vrai, qui le saura jamais ? Au demeurant, quelle importance... Dans la légende de famille, je suis entré par la force de ma seule volonté. Prince je suis, et roi par-dessus le marché.

III

Sur mes sept ans, on me mit à l'école. C'était en 1832. Je savais déjà mes lettres et mes chiffres et former quelques mots, appris en deux mois et « en se jouant », disait fièrement mon père. Tous mes frères et sœurs savaient plus ou moins lire et écrire, mais cela n'allait pas très loin. D'instruction, aucune. Chez les paysans nos voisins, j'ai toujours entendu affirmer que ce qu'on pouvait apprendre à l'école ne servait pas à grand-chose, sinon à faire quelques lettres et à porter le livre à la messe. Mais mon père était *Prince* et il fit un effort. Le marguillier de Chourgnac, vieillard unanimement respecté bien qu'il ne dédaignât point la chopine, prenait des enfants chez lui pour leur enseigner l'alphabet et un peu l'écriture.

Trois fois par semaine nous descendions à Chourgnac, une tourte de pain et un fromage dans la besace et une bûche sous le bras l'hiver pour se chauffer à feu commun, d'autres fois un poulet, une flaugnarde de prunes ou un bon morceau de lard pour payer le marguillier. Nous y restions seulement deux heures, car la route était longue et nous avions, au retour, notre part des travaux de la ferme. En deux ans de ce régime, même le moins doué en savait assez pour ce qu'en attendait la famille. Moi, en deux mois, c'était fait. Le marguillier dit à mon père : « Ce petit drôle-là est trop fort pour moi. Je n'ai plus rien à lui apprendre. Vous devriez le pousser plus loin. Il faut le mettre à l'école. »

L'école ! Un luxe, dans nos campagnes, que seuls offraient à leurs enfants les plus riches commerçants ou propriétaires paysans. Les châteaux opulents avaient leur précepteur. Les châteaux de misère, comme celui du marquis d'Ans, cooptaient leur savoir en famille. L'école ! Il en existait une au bourg de Tourtoirac. Mon père réfléchit une semaine sous les regards furieux et jaloux de ma sœur Zulma qui trouvait à son habitude qu'on en faisait trop pour le petit prodige. Il pesa la dépense, dix francs par mois à l'instituteur, qu'on appelait M. le Régent, et dix francs encore à une brave femme du bourg pour coucher le gamin et lui tremper la soupe, car il n'était pas question de rentrer chaque soir à La Chèze : le dimanche seulement. Avec un jeu complet de blouses neuves, les livres, les cahiers, la chandelle, tout cela faisait une somme. Le lundi suivant, sa décision prise, mon père attela Artaban et ce fut le grand départ pour Tourtoirac, vers le début d'une aventure rare pour un petit paysan et qui s'appelle l'Instruction ! Ma mère, en larmes, m'embrassa comme si j'étais un jeune Christophe Colomb partant pour l'Amérique. Mes frères et sœurs, même Zulma, alignés au pied de la *carriola*, me considéraient avec un respect nouveau. Eux et moi, nous n'étions plus de la même race. J'en conçus un immense orgueil intérieur, lequel, il me faut bien le reconnaître, ne m'a plus jamais quitté en dépit de toutes les avanies. De ce jour-là, j'étais roi. J'avais le pied posé sur le premier barreau de l'échelle des honneurs. Il ne me restait plus qu'à grimper.

C'est ainsi qu'est entré dans ma vie, où il joua un rôle particulier, M. le régent Chabrier.

Toujours vêtu d'une longue redingote noire à brandebourgs et boutonnée jusqu'au menton hiver comme été, la poitrine ornée d'un énorme ruban rouge de la Légion d'honneur, Chabrier était un ancien grognard, sous-lieutenant de la Garde impériale, décoré à Waterloo. Affligé d'une jambe raide par blessure de guerre, il se refusait à boiter et marchait sans plier l'autre genou valide, ce qui lui donnait une démarche rigide et solennelle particulièrement impressionnante. Il avait le visage glabre et ne riait jamais, ce qui ne l'empêchait pas, lorsqu'il s'animait, d'être doué d'une extraordinaire force de conviction. Il savait beaucoup de choses, il avait beaucoup lu, s'était frotté à l'Europe entière, il cultivait le beau langage et avait le goût de l'enseignement. Je lui dois mon admission huit ans plus tard au collège royal de Périgueux, lequel m'ouvrit les portes du baccalauréat.

Dès le premier jour, il m'avait jaugé. Chabrier nous menait au tambour, dont les roulements martelaient la fin des récréations, l'appel du matin ou le « rompez les rangs », ce qui répandait à toute heure du jour sur le bourg paisible de Tourtoirac les grandioses sonorités d'une ville de garnison. L'usage qu'il avait institué confiait le maniement du tambour et des baguettes au plus jeune arrivé. C'était mon tour. Petit tambour ? Moi ! J'étais déjà roi ! Je refusai net, ce qui est une des choses les plus difficiles que j'aie jamais osées dans ma vie. Alors, d'une voix terrible :

— Monsieur Thounem ! Quand on veut prendre du galon, il faut commencer par obéir. Le tambour ! Et plus vite que ça !

J'avais obéi. L'Empire avait été une chimère, fulgurante, glorieuse et sans lendemain. Ses plus loyaux soldats et jusqu'à l'empereur lui-même étaient des êtres chimériques. Je devais appartenir à cette race-là. Tous deux, le grognard et l'enfant, nous nous étions devinés sans le savoir. Plus tard, en Amérique, lorsqu'il m'a fallu nommer un général en chef à mes armées de Patagonie, c'est Chabrier que j'ai choisi. Il était déjà mort depuis longtemps. Il n'était plus qu'un souvenir. Mon royaume pour un souvenir !

Le soir, avant de nous lâcher dans un dernier roulement de tambour, Chabrier nous lisait à haute voix une page de ses *Mémoires*, celle qu'il écrivait chaque matin avant l'arrivée de ses élèves. C'était pour nous une récompense, et pour lui le plaisir suprême de l'écrivain méconnu qui rencontre son premier public. Au fil des jours et des années, nous, les petits garçons du pays d'Ans, nous avons ainsi emporté le pont d'Arcole, sué en Égypte sous le poids de quarante siècles, crié « Vive l'Empereur! » au matin d'Austerlitz, chargé à Somosierra, combattu parmi les tombeaux au cimetière d'Eylau, dormi dans le ventre encore chaud d'un cheval éventré pour ne pas mourir de froid lors de la retraite de Russie, débarqué à Golfe-Juan et volé de clocher en clocher pour entendre à Waterloo le général Cambronne lancer à l'ennemi cette ultime apostrophe : « La Garde meurt mais ne se rend pas! » Ah! Chabrier! Lorsque je me suis abattu, malade comme un chien et quasi mort de faim, au beau milieu de la chaussée, en pleine ville de Buenos Aires lors de ma quatrième et dernière tentative, c'était à vous que j'avais pensé avant de perdre conscience : la Patagonie était morte, elle ne s'était pas rendue...

Un matin de cette première année, juste avant les vacances que nous prenions en août, alors que nous étions rangés en carré pour l'appel, le régent Chabrier est apparu la mine encore plus grave qu'à l'habitude. Il avait fait voiler de crêpe le tambour de l'école et cousu sur la manche de sa redingote noire un large brassard plus noir encore. Il s'avança pour nous adresser la parole. Les mots ne venaient pas. Spectacle prodigieux qui nous laissa pétrifiés ! Le régent Chabrier, toujours si maître de soi, s'étranglait d'émotion.

— Mes enfants...

Lui qui toujours nous appelait monsieur, ou messieurs...

— Mes enfants, l'empereur Napoléon II est mort il y a huit jours, le 22 juillet. Le roi de Rome est mort. Il avait vingt-deux ans. Je ne vous ferai pas la classe aujourd'hui. Mais avant que de nous quitter, je veux vous parler de lui...

C'est ce jour-là, en écoutant M. le régent Chabrier, que m'est apparu pour la première fois dans sa fragile grandeur tragique le spectre héroïque et pitoyable des majestés inutiles. De ce jour-là, il est devenu mon Dieu et je me suis épuisé tout au long de mon existence à lui donner souffle de vie au prix le plus fort, le souffle de ma propre vie...

— Mes enfants, quand je fus blessé à Leipzig en 1813, on m'envoya me refaire une santé à Paris, au palais des Tuileries, un service de tout repos, mais quel honneur ! Le service de Sa Majesté le roi de Rome ! J'y fus trois mois, commandant le poste de garde à la porte de ses appartements, avant de m'en aller courir à Champaubert flanquer une dernière déculottée aux Prussiens et aux Russes. Chaque matin, le roi me faisait appeler. Il n'avait pas quatre ans mais savait déjà commander. Je saluais. Il répondait gravement à mon salut puis m'adressait un grand sourire. Alors je l'élevais dans mes bras pour qu'il puisse tirer ma moustache et jouer avec mon bonnet d'ourson. C'était la récréation. Aux Cent-Jours nous ne l'avons pas revu. Nous ne l'avons jamais revu. Ils l'avaient emmené là-bas, en Autriche. Ils l'avaient habillé de blanc, déguisé en prince autrichien, ils l'avaient même appelé Frantz, lui, Napoléon II ! Mais son âme, ils n'ont pu la changer. Prince français, il est mort de tristesse. Mes enfants, écoutez les dernières paroles du roi de Rome, étendu sur son petit lit de camp, entouré d'Autrichiens secrètement satisfaits ! D'abord, il a dit : « Ma naissance et ma mort, voilà toute mon histoire... » Puis, juste avant d'expirer : « Entre mon berceau et ma tombe, il y a un grand zéro... »

Et *adi paubre carnaval...* Je crois bien que je pleurais. Gérardin, mon voisin de banc, s'essuyait les yeux avec la manche de sa blouse. Émile Guilhem reniflait dans son mouchoir. Si tous deux sont aujourd'hui mes derniers amis, c'est que nous avons pleuré d'un même cœur ce jour-là. M. le régent Chabrier s'est mouché avec un bruit formidable, puis il a dit d'une voix terrible :

— Sacrebleu ! Le roi de Rome se trompait. Foi de Chabrier, Napoléon II a régné ! L'Empire, c'est là qu'il est et pas ailleurs, ne l'oubliez jamais !

Et il se frappait le cœur.

Chimérique, Chabrier, je l'ai dit. Il s'enflammait pour toutes les tentatives impossibles, vibrait à l'unisson de toutes les causes perdues. Chabrier n'était pas royaliste, ni légitimiste à plus forte raison, mais quand le passage de Petit-Pierre fut signalé à Bergerac, puis chez le malheureux marquis d'Ans auquel cette conspiration avortée coûta les dernières bribes de sa fortune, Chabrier fut le seul à ne pas en rire stupidement. Il en jubilait comme d'un bon tour joué... Joué à qui, justement ? Au bon sens, au cours normal des choses et des gens, à toute la France bourgeoise qui s'enrichissait en s'ennuyant. Petit-Pierre, c'était Marie-Caroline, duchesse de Berry, belle-fille du roi Charles X. Jouant les chouans d'opérette, travestie en jeune paysan, veste verte à boutons de métal, pantalon de coutil blanc, sourcils blonds passés au cirage, elle tenta de soulever contre Louis-Philippe le Midi et le Languedoc, chevauchant nuitamment de château en château, suivie d'un état-major tout aussi fantasque et déraisonnable. Folle équipée sans la moindre chance de succès. Marie-Caroline fut bientôt arrêtée, ridiculisée, déconsidérée, sauf aux yeux de Chabrier qui nous raconta l'affaire un soir à l'école, à voix basse, avec des mines de conspirateur et un air tout à fait gourmand. Et *adi, paubre* Petit-Pierre...

Quatre ans plus tard — j'allais sur mes douze ans — ce fut par la bouche du régent Chabrier une équipée tout aussi folle et l'apparition dans ma vie d'un personnage qui éclaira ma destinée comme une sorte de phare. Empereur il fut, roi je fus dans le même temps, couronne perdue, dernier soupir en exil, pour lui accompli, pour moi une question de semaines. Il s'agit du prince Louis-Napoléon, futur Napoléon III. Pour Chabrier, la conspiration de Strasbourg, c'était une affaire de famille. Il la prenait très au sérieux, tout en appréciant le coup en connaisseur. Je me souviens de son récit. C'est là que j'ai compris qu'à viser haut, qu'à tirer des salves dans les nuées, l'échec est encore plus grand et plus beau que la victoire.

— Messieurs ! nous avait raconté Chabrier, messieurs, le prince était seul, en uniforme bleu de colonel, la poitrine barrée du grand cordon de la Légion d'honneur. Il est apparu, la nuit, aux soldats et officiers du 4ᵉ régiment d'artillerie de Strasbourg. A la lueur des torches, d'une voix haute et ferme il a proclamé : « Soldats de l'Empire, et vous, jeunes soldats, qui êtes nés, comme moi, au bruit du canon de Wagram, souvenez-vous que vous êtes les soldats de la Grande Armée ! Le soleil de cent victoires a éclairé vos berceaux : que nos hauts faits et notre trépas soient dignes de notre naissance ! » Et savez-vous, messieurs, que d'un seul cœur, en cet instant, à la seule vue du prince, tout le régiment a crié « Vive l'Empereur ! »

Qu'on imagine, à douze ans, l'âge des rêves les plus nobles et des ambitions démesurées ! S'il suffisait d'être prince pour apparaître et se faire acclamer, prince je serais, puisque prince j'étais, foi de Jean Thounem, mon père !

— Messieurs ! Retenez votre souffle, voici ce que le prince a ajouté : « Dans peu d'instants, nous allons commencer une grande entreprise. Si nous réussissons, les bénédictions du peuple seront notre récompense. Si nous échouons, le vulgaire nous couvrira de boue. On ne trouvera pas assez d'expressions pour peindre la folie, le ridicule de notre entreprise. C'est là le martyre des temps modernes. Nous le supporterons avec calme et résignation. Nous nous rappellerons la longue agonie de l'Empereur à Sainte-Hélène. »

On en arrive toujours là. *Paubre carnaval* agonise à Tourtoirac...

— Monsieur Thounem ! avait dit Chabrier.

Si vivement impressionné que j'étais, le régent s'adressait à moi, parmi tous mes condisciples, pour marquer sa conclusion.

— Monsieur Thounem ! Il en fut comme le prince l'avait dit. Trahi et ridiculisé. Emprisonné et brocardé. Sachez, monsieur Thounem, que les meilleurs sont toujours trahis. C'est leur marque, leur croix, et leur honneur !

De fierté, j'en ravalais mes larmes. Trahi je l'ai été, plus que tout autre souverain. Brocardé, emprisonné, ridiculisé, toujours trahi. Émile Guilhem et Gérardin me regardaient comme si le régent Chabrier avait déposé sur mon front une sorte de couronne. C'est en souvenir de cette minute-là qu'au Mardi gras de Tourtoirac, eux seuls ne m'ont pas trahi. Du moins je veux le comprendre ainsi...

En 1840, j'avais quinze ans et m'apprêtais à quitter l'école du régent Chabrier pour le collège royal de Périgueux quand le prince Louis-Napoléon débarqua à Boulogne pour tenter de soulever la garnison et de proclamer l'Empire. Autre échec. Les gazettes se couvrirent de caricatures et d'épithètes cruelles, les mêmes dont je fus abreuvé toute ma vie : « nigaud impérial, niaiserie... » Chabrier avait vieilli. L'affaire, cette fois, le rendait triste. Moi je sais que le nigaud a eu plus tard sa revanche et c'est cela même qui a scellé mon propre destin, mais Chabrier ne l'a jamais su. Il était mort trop tôt pour voir empereur son prince chimérique, et roi son jeune élève qui rêvait.

En décembre de cette même année, Chabrier a pris son bâton de marche, sa croix de la Légion d'honneur, sa bourse contenant les quelques louis d'or de ses économies, son havresac où il avait plié sa grande tenue de 1815 de lieutenant des grenadiers de la Vieille Garde et son bonnet d'ourson protégé par une housse dans le rabat du sac, comme s'il partait en campagne, et il a quitté Tourtoirac à pied pour attraper à Périgueux la diligence de Limoges et Paris. Nous ne devions plus le revoir. Depuis plusieurs jours déjà, il était très agité, négligeait son enseignement et ne nous parlait plus en classe que de gloire et de conquêtes. Le journal du Périgord venait d'annoncer l'arrivée à Cherbourg des cendres de l'empereur Napoléon Ier ramenées en grande pompe de l'île de Sainte-Hélène par la frégate *La Belle Poule*. La dépouille sacrée de l'Empereur, transférée sur un petit vapeur, devait faire étape sur la Seine au pont de Neuilly le soir du 14 décembre avant son transfert aux Invalides dans la journée du lendemain.

C'était un hiver noir qui s'annonçait. Le 14 décembre, à Paris comme au Périgord, il faisait un froid de gueux. La foule qui s'était massée au pont de Neuilly battit en retraite à la nuit tombée sous des bourrasques de neige et de glace. Ne restait sur le quai, veillant le bateau de son empereur, qu'une petite armée d'ombres. Ils étaient quatre cents. Quatre cents revenants, survivants de tous les combats, tous en grand uniforme, grenadiers en bonnet d'ourson, dragons à plumet jaune et hautes guêtres noires, chasseurs au shako évasé, cuirassiers à crinière noire et carabiniers à chenille blanche, tous âgés, perclus, marqués par leurs blessures, s'appuyant sur des cannes, martelant le pavé du quai du pilon de leur jambe de bois. Avec quelques planches ils firent du feu, dernier bivouac de la

Grande Armée. Par vingt degrés sous zéro, les quatre cents braves dormirent là, roulés dans leurs vieux manteaux, sous le regard éteint de leur dieu. Au matin, plus de vingt ne se réveillèrent pas, morts de froid dans la paix des souvenirs de gloire. Chabrier était de ceux-là.

Récit que me fit sur la route de son retour un vieux hussard de Bergerac, qui, lui, s'était réveillé. Chabrier, avant de s'endormir, lui avait parlé de moi.

— Dommage ! avait dit le hussard. Il a manqué l'apothéose. La foule criant « Vive l'Empereur ! » sur le passage du catafalque funèbre escorté par des fantômes...

Adi, paubre Chabrier...

IV

Le grand large, les horizons lointains, l'Amérique...

Tout *Prince* que je fusse, fils de paysan j'étais, et aucun de ces vents-là ne projetait jusqu'à La Chèze et Tourtoirac leur grand souffle voyageur. Les nuages ne nous apportaient jamais la mémoire des océans mais seulement de banales interrogations terre à terre : « Faudra peut-être faire vite pour rentrer les foins. » Et moi je regardais les nuages et leur posais d'autres questions.

Quelques signes, cependant, pour qui savait les voir. Des portes sur le vaste monde qu'entrouvraient l'espace d'un éclair des gens étranges qui passaient.

Un matin d'automne entra dans le village un personnage qui parut fabuleux au regard de mes huit ans. Coiffé d'un chapeau melon noir dans lequel il avait planté une plume de faisan, vêtu d'une blouse rouge ceinte d'une large ceinture jaune, appuyé sur un bâton sculpté d'arabesques mystérieuses et harnaché de balluchons et d'objets de toutes sortes dont l'usage et le nom ne semblaient connus que de lui seul, il tapait sur un petit tambour qui lui battait la jambe au rythme de sa marche rapide. Un anneau d'or pendait à son oreille droite. Ce n'était qu'un chemineau, un peu bohémien sans doute, qui vendait du papier d'Arménie et achetait des peaux de lapin, mais l'allure fière, l'œil noir et lumineux, et tant avare de ses paroles que chaque mot tombé de sa bouche prenait l'éclat du diamant, car il les choisissait toujours pour frapper l'imagination.

— Est-ce loin l'Arménie, monsieur ?

— Douze fois douze montagnes blanches, c'est après.

— Vous m'emmenerez quand je serai grand ?

— Douze fois douze armées de cavaliers et d'archers. Il faut marcher les nuits sans lune.

— Cessez de raconter des sornettes à ce petit, avait alors dit ma mère, il est déjà assez impressionnable comme cela.

— Sornettes ! madame. Respirez ce parfum, fermez les yeux, vous verrez le palais du sultan...

Et il enflammait prestement une petite feuille de couleur mauve. Ma mère riait, et l'Arménien emportait l'affaire. Mais moi, fermant les yeux, j'avais *vu* le palais du sultan. Au matin, comme il s'en allait, passant devant notre porte il me dit :

— Tu fais un bout de chemin, petit ?

— Pas plus loin que le sommet de la côte, fit ma mère.

C'était à trois cents mètres à peine et, de là, comme je l'ai dit, on ne voyait que le sommet des paisibles collines voisines. L'Arménien m'en désigna deux du bras, en des sens opposés.

— Là-bas, c'est l'Arménie. Et là, les Amériques. Mais il y faut un grand vaisseau, avec douze fois douze voiles blanches.

Il s'en fut tandis que j'écoutais, pétrifié, les battements de son petit tambour s'éloigner et disparaître derrière l'autre versant de la colline. C'est ce jour-là, me semble-t-il, que je découvris l'Amérique.

Dès lors je me mis à guetter l'arrivée des gens du voyage, lors de mes séjours à La Chèze, ne les quittant pas d'une semelle durant tout leur séjour au village. Le *Caïffa* vendait du café d'Arabie, du poivre et du clou de girofle de Zanzibar, du sucre brun des Antilles et de l'indienne de Pondichéry. Il était une géographie ambulante. Son magasin portatif consistait en une vieille caisse montée sur quatre roues à laquelle il s'attelait en couple avec son chien. En roulant, la caisse faisait un bruit affreux que le *Caïffa* complétait en criant à tue-tête et en roulant terriblement les r : « Arrivages d'Arabie ! de Pondichéry ! de Zanzibar ! des Amériques ! » Les plus butées des fermières ne lui résistaient pas. Il leur tirait toujours quelques sous. C'était le seul *romantisme* que ces pauvres femmes s'offraient dans l'année. Le *Caïffa* était très bavard. A l'entendre, il se fournissait lui-même chez « messieurs les rois nègres ». Un jour je lui offris de prendre la place de son chien, une pauvre bête si fatiguée que je la voyais bien en peine de tirer la caisse jusqu'au pays des rois nègres.

Les colporteurs étaient d'une autre race. Petits, trapus, poilus, noirauds, bas sur pattes avec d'énormes torses, ils venaient des hautes montagnes des Alpes et parcouraient à pied des distances formidables avec une caisse sur le dos. Il y avait toujours quelque chose de magique dans le contenu de la caisse. L'un vendait des lunettes de fer et prétendait mesurer la vue avec une règle graduée. Un autre proposait toute une série de bouteilles emplies d'un liquide coloré présenté comme un élixir miraculeux. Un troisième ne vendait rien mais s'installait au lavoir, ouvrait sa caisse à deux battants devant laquelle il déposait une sébile et offrait à la vénération des braves femmes la statue d'un saint Donatien, protecteur des récoltes et des petits enfants. C'étaient des hommes durs, âpres au gain, prêts à tous les mensonges de commerce, mais leurs récits sonnaient vrai parce qu'ils avaient beaucoup voyagé.

Je dois au colporteur lunetier l'apparition des Patagons dans ma vie. Il avait été jusqu'en Argentine et au Chili avec sa boîte sur le dos, et, fait prisonnier par une tribu d'Indiens particulièrement ter-rifiants, n'avait échappé à la mort la plus affreuse qu'en chaussant de lunettes le nez d'un vieux cacique à la vue particulièrement basse. Il décrivait ces sauvages comme des êtres immenses, des géants, avec d'énormes pieds qui laissaient sur le sol des empreintes d'éléphant. Plus tard, à l'occasion de mes lectures, je reconnus là le récit de Magellan, lequel avait été épouvanté de constater que sa propre tête n'arrivait qu'à la ceinture de ces géants. Un explorateur anglais, lord Anson, confirma cette description, et sous le règne du roi Louis XV M. de Bougainville organisa une expédition maritime à seule fin de mettre un terme à la discussion, très passionnée à l'époque, sur la taille des Patagons. En fait, je puis en témoigner, ils ne sont pas plus grands que moi, mais je fus, dans mon bel âge, un homme de haute taille. Quant à la terreur qu'ils inspiraient, moi qui fus leur prisonnier avant de devenir quelque temps leur roi, je puis affirmer qu'elle était justifiée. Menteur ou non, le lunetier avait dit vrai. Les Patagons de Patagonie... Après son départ, je me suis répété plusieurs fois ces mots comme une sorte de comptine magi-que. Sa musique ne m'a plus quitté. On me l'a tant dit que je veux bien le reconnaître : je fus un homme à idées fixes...

Et il y avait les voyages avec mon père. J'ai dit la complicité qui nous liait, la volonté qu'il avait de tenter de forcer mon destin, de me faire échapper à ma condition paysanne, et sans doute, je l'ai compris plus tard, à certaines sombres pensées.

L'été, pendant les vacances, nous partions plusieurs jours avec la *carriola,* allant de foire en foire au petit trot d'Artaban. Mon père était l'un des *accordeurs* les plus appréciés du pays. Pas un métier, une sorte d'office lucratif. Quand deux paysans discutaient devant une paire de bœufs sans parvenir à se mettre d'accord sur le prix, l'accordeur s'avançait, crachait par terre pour s'éclaircir la voix et prenait la négociation en main jusqu'au « tope là » final. Pendant ce temps-là je me promenais à travers la foire, ouvrant des yeux immenses. Mon père me fixait rendez-vous quelque part et disait : « Va et regarde. Il y a ici des gens qui viennent de très loin. »

De très loin, pour mon père, c'était Toulouse, Limoges ou Bordeaux. Le chemin de fer, inventé depuis peu, ne reliait encore que Paris à Saint-Germain et dans quelles épouvantables conditions ! Dans l'accident du tunnel de Meudon périt M. Dumont d'Urville qui avait franchi le cap Horn à la tête de ses vaisseaux pour reconnaître mes États et que je fis, par la suite, amiral de Patagonie et commandant en chef de ma marine royale... Mais de loin, c'était vrai, venaient des personnages surprenants. Les montreurs d'ours descendaient des Pyrénées. C'étaient des Bohémiens d'Espagne habillés comme des princes au soir d'une bataille perdue. Ils agitaient des tambourins, des grelots, menant par le bout d'une chaîne un animal énorme qui dégageait une odeur sauvage. D'année en année, l'ours changeait de nom : ours des Karpathes, des montagnes Rocheuses, ours des Andes. Des Andes... C'était toujours le même ours vieillissant, mais je rêvais. Par leur magie, les mots faisaient leur chemin. Le montreur de singes était suivi d'un nègre immense et musculeux, coiffé d'une chéchia, qu'il présentait comme son esclave à lui donné en royal cadeau par un prince du Soudan. Le nègre marchait les bras étendus et sur chaque bras, comme sur un perchoir, se tenaient trois petits singes d'Asie. Sur un signe de leur maître, les singes sautaient des bras du nègre, grimpaient aux maisons, le long des volets et des cheneaux en s'arrêtant de temps en temps pour saluer la foule, et attrapaient au vol les petits sous qu'on leur lançait. « Je suis le roi des singes ! » proclamait le nègre d'une voix sépulcrale. « Je suis le roi des Patagons ! » ai-je proclamé toute ma vie...

Un autre jour, à la foire d'Excideuil, m'étant poussé au premier rang de la foule jusques aux pieds d'un bonimenteur fort en gueule, j'entendis le discours suivant :

— Entrez ! Entrez ! Venez contempler l'extraordinaire animal originaire de l'Amérique ! Il a une tête de sanglier, une carapace de tortue géante, des pieds d'orang-outan et de la chair de poule sous le ventre ! Surtout, ne l'agacez pas ! Il est d'un naturel calme, mais quand il se met en colère, il devient terrible !

A ces mots, de derrière la toile où se dissimulait le monstre, poussé par le moyen de je ne sais quelle mécanique, on entendait une sorte de rugissement profond. J'ai payé mon sou d'entrée pour voir une drôle de bête de taille fort médiocre, au museau noir et pointu, au corps protégé par une sorte de cuirasse grise, dont l'aspect suscitait la déception unanime des grandes personnes. Moi, j'étais subjugué. Plus tard, j'ai vu des centaines de ces bêtes courant en zigzag à toute vitesse comme des tortues devenues lapins sur les terres de mes États. C'est le tatou de Patagonie. Il est inoffensif. Il m'a souvent sauvé de la faim quand je pouvais l'attraper. Sa chair comestible, à condition de bouillir longtemps, a la saveur d'un poulet fade. Avec le guanaco qui ressemble à une girafe et le lièvre de Patagonie aux pattes arrière démesurées et qui fait des bonds de kangourou, il figure sur les armes du sceau royal patagon. Ce sont mes aigles et mes abeilles à moi. Des animaux de comédie...

Au printemps de mes treize ans, mon père, Jean Thounem, entreprit en ma compagnie un voyage qui parut à ma famille aussi extravagant que celui de Christophe Colomb. Il s'était mis dans l'idée d'aller essayer ses talents d'accordeur à la grande foire annuelle d'Argentat, en Xaintrie, dans le département de la Corrèze, sur le cours de la haute Dordogne. Pourquoi si loin ? Il n'y connaissait personne. Et pourquoi avec moi ? On le crut fou. Et par la diligence de Brive-la-Gaillarde, avec des repas et des nuits à l'auberge, dépenses qui réduiraient à rien le bénéfice de l'entreprise ! Ma sœur Zulma, en âge de se marier, y voyait déjà fondre sa modeste dot. Elle me lançait des regards venimeux. Sa méchanceté lui donnait des antennes. Elle avait évidemment compris bien avant tous les autres que j'étais la seule cause de cette étrange folie. Elle me l'a reprochée toute ma vie : « C'est ce jour-là, Antoine, que tu as commencé à nous ruiner, et depuis, tu n'as plus cessé... » Hélas, j'y reconnais une certaine vérité.

Argentat est une jolie petite ville couleur de pain bis, aux maisons à colombages avec des toits de lauze et de schiste. Sur le foirail encombré de bétail, je fus surpris de voir mon père n'accorder qu'un regard distrait aux groupes de paysans en blouse noire qui traitaient un peu partout leurs affaires. Il avait son idée. Il demanda plusieurs fois son chemin. Nous longeâmes une rue étroite encombrée de cordages qui sentaient le goudron — je me souviens de son nom : rue de l'Escondamine — pour déboucher sur le quai de la Dordogne qu'on appelait là-bas le quai des Gabariers. Un port ! En pleine terre ! Avec de vrais bateaux ! Plus de gueux en blouse, plus de bétail puant. Un univers nouveau qui ne ressemblait en rien à mon univers paysan. On y respirait un air chargé de senteurs qui m'étaient étrangères, l'odeur particulière de l'étoupe à calfatage, du bois fraîchement scié dont les piles s'alignaient le long du quai, et une odeur d'algue il me semble, comme si l'océan lointain remontait jusqu'à Argentat à la façon des saumons, pour y donner la vie et mourir de bonheur. Et il y avait les gabares et les gabariers.

De vrais navires, à faible tirant d'eau, mais longs d'une bonne cinquantaine de pieds, larges de vingt, faits de chêne solide et qu'on appelait *nau* ou *coujadours*. Des équipages de deux ou trois hommes, en général le père et ses fils, des êtres comme je n'en avais jamais vus, courant pieds nus sur le pont, un bonnet de laine rouge sur la tête, crachant de longs jus de chique et parlant un langage inconnu qui me devint familier par la suite, lors de mes longues traversées transocéaniques, le langage technique des marins. En jurant gaiement, tous s'activaient aux palans pour charger à leur bord les entassements de *merrain* [1] et de *carassonnes* [2] à destination du Bordelais. On se serait cru à Saint-Jean d'Acre, dans la hâte fiévreuse d'un départ de croisade. Il y avait le long des gabares un grand encombrement de charrettes, au balcon des maisons des grappes d'enfants éblouis, et sur le quai les silhouettes noires des femmes des gabariers. La Dordogne, à Argentat, n'est encore qu'une rivière, mais on peut y périr aussi fatalement dans ses tourbillons qu'au plus fort des tempêtes d'Atlantique. C'est une rivière qui réserve des surprises de taille. Par là arrivèrent jadis les Vikings chevelus et casqués qui furent les ancêtres de nos comtes et barons. Et par là des marins d'Argentat, emportés par l'appel de la mer et l'apparition magique des grands voiliers de Libourne, disparurent à tout jamais dans les parages du cap Horn. Entre le Horn et la Dordogne, je le sais, ce n'est qu'affaire d'imagination.

Je courais d'une gabare à l'autre, à chaque fois ébahi. Mon cœur

---

1. Planches de châtaignier servant à la confection des tonneaux.
2. Piquets de vigne. (*N.d.E.*)

battait fièvreusement. Je vis mon père causer à certains de ces marins, tirer de sa poche une gourde d'eau-de-vie qui tourna à la ronde, parler à un patron de gabare qu'un autre était allé chercher, lui compter quelques pièces de sa bourse puis lui serrer chaleureusement la main, enfin m'appeler d'un grand geste joyeux :

— Antoine! Ça te dirait d'embarquer?

Muet, j'étais, regardant mon père comme un dieu. A peine eus-je la force d'articuler : « Oui! »

— J'ai affaire à Libourne dans quinze jours. Je viendrai te chercher. En attendant, respire l'air du voyage, mon gars...

Pas plus qu'à Argentat, mon père n'avait affaire à Libourne. On raconte que l'empereur Napoléon premier, parlant plaisamment de son père à ses frères et sœurs, disait : « Feu le roi notre père. » Roi de Patagonie, il me semble que je peux reprendre la formule à mon compte. Ce jour-là, mon père scella mon destin.

Haute à mes yeux comme un vaisseau, la gabare s'appelait *Médéa*.

— Embarque, mon gars, dit le patron. Les eaux sont marchandes [1], on y va.

Et à ses deux fils qui se tenaient prêts aux amarres, à l'avant et à l'arrière :

— Allez! A déborder!

Le courant nous emporta.

Entre l'enfance et l'âge d'homme, ce n'est qu'affaire d'imagination. Plus tard, au large du cap Horn, j'ai vu des vagues de trente pieds, des montagnes écumantes se fracasser sur le pont du navire, j'ai franchi le détroit de Magellan qui est un corridor bouillonnant parcouru par des vents en furie, j'ai essuyé dix tempêtes et navigué sur deux océans au cours de mes quatre conquêtes, mais c'est ce jour-là, voyant disparaître au détour de la rivière le clocher d'Argentat comme si l'Occident tout entier s'effaçait derrière moi, que je suis pour de vrai parti pour l'Amérique. *Médéa!* Plus tard, j'ai donné ce nom au vaisseau amiral de la flotte royale patagonne...

La traversée fut un rêve éveillé et c'est pourquoi je la nomme

---

1. Sur la haute Dordogne, c'est la fonte des neiges qui fait les eaux « marchandes », profondeur et force du courant. *(N.d.E.)*

ainsi. Ce n'était que le cours d'une rivière mais j'en peuplais les rives
à mon gré. Du paysage qui défilait à la vitesse d'un fort courant, je
gommais en esprit les villages trop paisibles, les maisons trop heureuses, les troupeaux trop gras dans les prés, les cultures trop régulières, tout ce qu'il y avait d'aimable et de doux, pour ne conserver,
lorsqu'ils se présentaient, que les falaises calcaires quand nous franchissions des gorges, les donjons en ruine et les bancs de sable
déserts semés de bois flottés comme autant d'épaves abandonnées.
La rivière était fort cingleuse [1] et les trois gabariers, armés d'une
longue perche qu'ils plongeaient dans le flot, couraient sans cesse de
l'avant à l'arrière pour maintenir le navire bien droit dans le courant. J'étais assis entre deux madriers, à la proue, me faisant
oublier, de telle sorte qu'ignoré de l'équipage tout attentif aux
manœuvres, je pouvais m'imaginer commander moi-même aux mouvements du navire.

Sur la fin de la journée, la vallée s'obscurcit d'un coup et
l'orage éclata. Dans un fracas de tonnerre, le torrent venu du ciel
nous tomba dessus à l'instant précis où la *Médéa* s'engageait à travers une série d'écueils, de bancs de sable, de roches émergées entre
lesquels le courant étréci de la rivière se dressait en vagues écumantes. Ce n'était plus la Dordogne, c'était le flot des premiers âges
et moi j'étais le premier homme qui se risquait à sa conquête. Des
chocs sourds ébranlaient la *Médéa*. Un moment elle vint dangereusement en travers.

— *Boun Diou!* cria le patron. Tous aux perches à bâbord, ou on
va s'acclaper!

Acclaper, dans leur patois, voulait dire s'échouer, s'écraser. Ruis-
selant de pluie, transi, terrifié, agrippé à un madrier, je jouissais de
ma peur comme d'un cadeau des dieux.

— Arrière toute! ordonnait le commandant de la frégate *Duguay-
Trouin*, tandis qu'un récif venait de surgir à l'avant du navire en
pleine bourrasque de neige, à la sortie du deuxième goulet du détroit
de Magellan. Mais c'était vingt-cinq ans plus tard. L'âge d'homme
n'est qu'imagination d'enfant...

Les trois gabariers s'activaient en silence, peinant à se claquer les
muscles sur les perches qui ployaient, essayant plusieurs manœuvres
successives jusqu'à ce qu'enfin la gabare, redressée, se coule à nou-

---

1. De *cingle,* courbe, dérivé du mot couleuvre. *(N.d.E.)*

veau dans le flot du courant. Nous étions sauvés. Alors s'éleva le chant des gabariers, entonné à pleins poumons par leurs joyeuses voix :

> *Bruches Dordonha, Bruches Malpas,*
> *Los auras pas les gabariers d'Argentat* [1] !

Je n'ai jamais oublié ce chant et nous l'avons chanté au détroit de Magellan, ainsi que je le raconterai si Dieu m'en donne la force et le temps.

En aval du village de Beaulieu finit la Dordogne montagnarde. La gabare amarrée au quai, nous avons soupé de lard sur du pain frotté d'ail et de fromage d'Auvergne arrosé de longues gorgées, à la gourde, de vin blanc coupé d'eau. J'ai dormi sous une bâche, à l'avant. Ce fut ma première tente royale, dressée au milieu de mes gens. Tardant à m'endormir, je les entendais ronfler, mes marins patagons.

Au matin, quand je m'éveillai, nous avions déjà repris la route. Nous avons navigué plusieurs jours, traversant des villages, Carennac, Souillac, Le Buisson, Lalinde, qui devenaient plus lointains au fur et à mesure que s'élargissait la rivière. Le rocher de Domme ressemblait au cap Froward, terrible promontoire qui marque la seconde entrée du détroit de Magellan. Vinrent le saut de la Gratusse, celui des Pesqueroux, longs chenaux encaissés entre des pentes abruptes noyées dans d'épais feuillages de bois et de taillis, où la *Médéa* filait à une vitesse folle au milieu des remous, des vagues et des rochers. Sortis de là, le patron me conta la légende du *Coulaubre,* un dragon qui hantait la rivière au temps des Romains et fracassait d'un seul coup de queue tous les *naus* qui s'aventuraient jusqu'au saut de la Gratusse. L'évêque saint Front, accouru de Vésone, condamna le monstre à l'immersion perpétuelle. Il ne fait plus de mal mais soulève encore d'énormes gerbes d'eau.

A Bergerac prit fin la première partie du voyage. Pour la *Médéa,* c'était le dernier voyage. Il n'y avait pas de retour. Aucune embarcation n'est capable de remonter les torrents de la haute Dordogne. Les *naus* d'Argentat ne servaient qu'une seule fois. A peine nés, ils mouraient, leur unique mission accomplie, à la façon de ces insectes

---

1. « Tu grondes Dordogne, tu grondes Malpas,
Tu ne les auras pas les gabariers d'Argentat ! » *(N.d.E.)*

mâles qui, dans l'accouplement, meurent aussitôt qu'ils ont donné la vie. Petit garçon solitaire sur un quai de Bergerac, j'ai vu démanteler sous mes yeux le merveilleux navire de mes premières aventures. Les *barricaïres* [1] du pays s'en étaient emparés en chantant. Dans le fracas des haches et le crissement des scies, ils transformèrent, accroupis sur son propre ventre, la *Médéa* en tonneaux, en cuves et autres futailles. A ce spectacle qui leur était familier, le patron et ses fils ne manifestaient aucune émotion. Ils s'en étaient allés boire leur chopine de vin blanc à l'estaminet des marins, indifférents au massacre. Mais moi, pétrifié sur le quai, recevant dans ma chair chaque blessure du bois par la hache et la scie, j'assistais, impuissant, à l'assassinat de mes premières espérances. Bénie soit cette épreuve prémonitoire. Elle m'a permis de tout supporter. Car je n'ai plus jamais cessé, au cours de ma royale existence, de voir assassiner mes propres espérances.

Au soir, le patron m'a emmené souper à l'estaminet des marins. Me voyant triste, il m'a dit :

— Mon gars, en trente ans de rivière, c'est ma nonante-troisième *Médéa*. A la première, j'ai souffert, tout comme toi. Puis je me suis fait une raison. Je ne suis que le patron fantôme d'un navire fantôme.

Cette phrase aussi, je l'ai retenue. Je suis le roi fantôme d'un royaume fantôme...

Nous avons marché le long du quai et j'ai découvert d'autres navires, cette fois doués de pérennité, grandes gabares à voile qui prenaient le relais jusqu'à Libourne et Bordeaux. Il y en avait une rouge peinte à neuf, avec une petite cabine sur le pont et une voile à rayures blanches et bleues ferlée le long d'un grand mât blanc. Elle s'appelait *L'Hirondelle*. Un patron, deux matelots et un mousse de mon âge. Le patron connaissait l'Amérique, le cap Horn et les côtes du Chili. Un beau matin de sa jeunesse, sur un quai de Libourne, il n'avait pu résister à l'appel du grand large. De vingt ans de bourlingue il était revenu manchot, une main gelée au passage du Horn, dans les hauts, à ferler le grand perroquet, en catastrophe, par une nuit de tempête, le long d'une vergue enrobée de glace comme un sucre d'orge monstrueux. Avec ses économies, il avait acheté

---

1. Tonneliers. *(N.d.E.)*

L'Hirondelle, qu'il pilotait en fumant sa pipe, ne sortant de son silence que pour répéter, comme un refrain :

— La Dordogne! De la roupie de sansonnet!

C'est à lui que je fus confié. Je dormis comme une souche cette nuit-là. Au matin je me réveillai en pleine mer. Un léger clapot venait battre les flancs du navire. Ce n'était que la Dordogne. Pointant la tête hors de l'écoutille, je vis défiler à bonne allure des coteaux plantés de vignobles rectilignes.

— Des vignes! Des vignes! marmonnait le patron. De la roupie de sansonnet!

Nous avons traversé Gardonne, Port-Sainte-Foy, Castillon, petits ports fluviaux aux quais encombrés de barriques de vin que le patron de *L'Hirondelle* contemplait avec mépris. Puis à Branne, juste en amont de Libourne, courant au largue par bonne brise du nord, voilà bien un quart d'heure que le clocher de Cabara, un petit hameau avant Branne, demeurait immobile à sa place par le travers du mât. Il se faisait des mouvements sourds sous la coque et à l'étrave un fort remous comme une double barbe liquide. Puis le clocher de Cabara consentit à se déplacer, mais cette fois en sens inverse. Nous reculions!

— La marée! dit le patron, me décochant son premier sourire. C'est la marée, mon gars! Nous naviguons sur l'Océan, mais il est plus fort que nous. Parés à mouiller, vous autres!

Nous avons soupé à la lueur d'une lampe à huile qui se reflétait sur les boiseries rougeâtres de la cabine.

— Respire un bon coup, mon gars. Tu le sens, l'Océan? Ah! Si j'avais encore mes deux mains, une pour le navire, l'autre pour le marin...

Nous avons passé la nuit là, ancrés au milieu du fleuve. Le lendemain, la marée nous a emportés. Des centaines de mouettes escortaient *L'Hirondelle* et le patron ne parlait plus de « roupie de sansonnet ».

A Libourne, nous nous sommes amarrés au quai de la Vieille-Tour, parmi d'autres gabares fluviales. Mais plus loin, sur le même quai, en aval, étaient alignés de grands trois-mâts qui semblaient emmêler leurs mâtures, leurs cordages, leurs voiles. Des pavillons flottaient dans le vent, la marque des navires que le patron de *L'Hirondelle* traduisait comme à livre ouvert.

— *La Belle!* Un cap-hornier. Fait le guano du Pérou. *Le Duc d'Aumale !* Les laines d'Australie en quatre-vingts jours par le cap de Bonne-Espérance ! Et là ! Et là ! Mais oui ! mon gars, c'est là-haut que j'ai perdu ma main. *La Reine blanche !* Je peux te le dire, ce n'était pas de la roupie de sansonnet...

Mon père m'attendait sur le quai. Il m'a embrassé comme il ne l'avait jamais fait et nous avons repris le chemin de La Chèze. C'est ainsi que mon enfance m'a quitté, imprimant dans mon cœur un sceau indélébile.

En 1841, j'entrai au collège royal de Périgueux. En 1846, je devins bachelier et Zulma elle-même dut se résoudre à m'en féliciter. Elle ne m'en détesta que plus.

C'était l'année où s'évada le prisonnier du fort de Ham, enfermé depuis sa conspiration manquée de Strasbourg : le prince Louis-Napoléon... L'un comme l'autre, sans le soupçonner encore, nous marchions déjà vers nos royales et impériales destinées.

V

La vie cachée... La vie publique...

Ainsi s'équilibre l'existence des personnages hors du commun, prophètes, conquérants, découvreurs, bâtisseurs d'empires et fondateurs de religions. François Pizarre gardait les pourceaux en Estramadure, le Christ s'échinait au rabot du côté de Nazareth, Mahomet poussait devant lui ses biques puantes dans les déserts d'Arabie, Louis-Napoléon, après son évasion du fort de Ham, oublié, déconsidéré, coulait des jours d'exil inutile en Angleterre, Jeanne d'Arc gardait les moutons, et l'on pourrait sans fin allonger cette liste édifiante, mais je gage que toutes les certitudes les habitaient déjà. Nécessités et humiliations de leur vie cachée contribuaient à préciser et à fortifier ces certitudes contenues jusqu'à ce qu'à la fin elles éclatent. Le triomphe, la chute et la mort ne sont que les conséquences apparentes d'une longue gestation. Quel que fût le succès, il n'est que la caricature du vrai dessein caché. Même au sommet de la gloire, chacun n'est que roi de carnaval.

Je n'échappe pas à cette règle.

Je devins roi dans l'humiliation. C'est l'humiliation qui libéra le torrent de mes ambitions. Il faut bien que je conte à mi-mot pourquoi, quand et comment fut prise ma royale décision, puisque l'âge a achevé d'en effacer les souffrances secrètes et qu'à l'approche de la mort je suis déterminé à contempler ma vie sans trop de complaisance.

L'an 1846, cependant, ne m'avait apporté que des satisfactions. J'avais la taille haute, la mine fière, l'œil chaud et impérieux m'a-t-on dit, le verbe jamais en défaut. Les demoiselles, au premier abord, me jetaient des regards flatteurs. Je cultivais ma moustache naissante, et, me sachant éloquent, j'aimais par-dessus tout m'imposer par la seule force des mots. J'y parvenais sans peine dans le cercle de famille ou celui de mes condisciples de collège, ainsi que dans certains salons amis de Périgueux, sans m'apercevoir que le premier étonnement passé, les gens d'âge m'adressaient parfois des coups d'œil agacés. Mais j'étais premier de classe. Le parchemin du baccalauréat, rapporté comme un trophée à la maison où l'on n'avait jamais rien contemplé de semblable, avait arraché des larmes de joie à ma mère. Quand arriva une autre missive de l'administration...

A l'en-tête de la sous-division militaire de Périgueux et acheminée par un couple de gendarmes à cheval, cette lettre m'enjoignait, comme à tout conscrit de mon âge, de me présenter à la mairie d'Excideuil le vendredi à venir, 21 juin 1846, pour y subir l'épreuve du conseil de révision en compagnie des jeunes gens de ma classe domiciliés dans le canton de Hautefort. Rien de plus banal.

L'air important, gonflé de fierté, lissant ma moustache dont je m'efforçais de rouler les pointes vers le haut, à la hussarde, je tendis la lettre à mon père en lui disant avec l'emphase propre à mon âge et à mon ambition :

— Et tu verras! Je deviendrai officier à la pointe de ma baïonnette! Je me couvrirai de gloire en Algérie et je finirai duc et maréchal de France, comme M. le maréchal Bugeaud! Le régent Chabrier me l'avait prédit: c'est là ma destinée!

Mes frères et sœurs avaient applaudi. Mon aîné Jean me félicitait déjà. Rien ne lui semblait plus naturel. Quelques années encore et il accueillerait avec le même enthousiasme ma décision de fonder un royaume. Même Zulma en était restée bleue. Je regardai mon père. Il était devenu blême. Ma mère sanglotait dans son mouchoir, comme si elle me voyait déjà mort au combat, abandonné aux charognards sur une piste du désert berbère. Avais-je tant grossi l'effet? Du fond de ma prime enfance surgit une sourde inquiétude oubliée.

— Officier... Officier..., dit mon père, et l'on sentait que les mots lui venaient mal. Peut-être faudrait-il que nous en parlions tous les deux...

Nous en avons parlé. Nous sommes sortis. Nous avons fait quelques pas sur le chemin, ensemble. Je bénis mon père d'avoir attendu la nuit propice au secret des visages. Mon embarras eût été trop grand et, au lieu de faire un vieux roi de carnaval dont viennent se moquer les enfants, j'aurais fait trente ans plus tôt un très classique pendu de village.

— Peut-être te rappelles-tu, dit seulement mon père, ce médecin de Périgueux auquel je te menai, sur tes sept ans...

Je m'en souvenais parfaitement. Bizarrement, cette nuit-là, je ne me souvenais que de lui, et du sorcier qui lui succéda...

— Je te donnerai un mot pour lui. Demain, tu attelleras et tu t'en iras le consulter, à Périgueux. Il ne t'aura pas oublié... Mon petit, tu ne *dois pas* te présenter au conseil de révision d'Excideuil. Le docteur fera le nécessaire...

Artaban était mort. Nous avions un autre cheval qui répondait au nom d'Aramis. Son trot jeune et fringant m'emportant à Périgueux, me revint dans le petit matin une chanson que mon père chantait aux instants d'émotion. A sa façon, lui aussi s'en tirait par des pirouettes :

> *Liou Jean répoun,*
> *Digue, digue,*
> *Liou Jean répoun,*
> *Digue de moutoun.*

Et hue ! Aramis. Va ! mon brave petit cheval. Emporte le bel Antoine vers sa destinée de roi...

Le médecin lut la lettre de mon père. C'était devenu un vieillard aux cheveux blancs et au regard amical. M'ayant examiné, il dit avec bonté :

— Vous n'irez pas à Excideuil. J'écrirai personnellement à M. le préfet de la Dordogne. Il vous dispensera de votre service militaire. Vous êtes brillant, vous êtes jeune, vous gagnerez du temps. Et croyez-moi, mon cher Antoine, le célibat est un état qui vaut largement les autres. Il vous laisse disponible pour tous les grands desseins...

Au sortir du cabinet du médecin, je fis un tour dans Périgueux. J'allai promener ma moustache, ma haute taille et ma redingote neuve sous les frondaisons des allées Tourny. Il faisait beau. La jeunesse de la ville y prenait le frais, les jeunes filles accompagnées de leurs mères, les jeunes gens par petits groupes farauds, parlant sous cape au passage des demoiselles. J'étais seul et attirais l'attention. La force de la solitude... Je vis des mères me jeter de brefs mais intenses regards de sympathie puis se pencher vers leur fille et leur adresser quelques mots d'interrogation. Il me fut donné de vérifier une fois encore l'intérêt qu'au premier abord me portait le beau sexe. Une jeune fille, en particulier, jolie comme un cœur pensif, la taille gracieusement ployée par une souple démarche, la bouche comme une fleur de printemps, le bras rond, le corsage plein, croisa mon regard de ses yeux bleus, et j'y lus beaucoup plus, l'espace d'un instant, qu'une simple marque de curiosité. Je me sentis rougir jusqu'à la racine des cheveux, mes mains devinrent moites, la sueur perla à mon front et je baissai les yeux, accablé. Il y eut, chez la jeune fille, un éclair étonné de l'œil, suivi d'une petite moue de la lèvre inférieure, et je disparus de sa vie, tandis que j'entendais sa mère l'appeler « Véronique ». Je ne l'ai jamais revue. Me vint au cœur la chanson de mon père. J'y changeai seulement le prénom.

> *Lou Antoun répoun,*
> *Digue de moutoun.*

Dès lors je me jurai de ne jamais plus m'exposer à de semblables assauts de regards féminins où je ne pouvais qu'être frappé à mort. J'en pris vite l'habitude. Mais conservai dans toute sa splendeur, au plus profond de ma mémoire, le premier regard bleu de Véronique, celui d'avant la moue. Véronique... Il n'y a pas de roi sans reine. Plus tard j'en ai fait ma reine, là-bas, en Patagonie...

Je rentrai passé minuit à La Chèze. Mon père m'attendait, seul dans la cuisine, assis sur l'*archaban*, fumant sa pipe en silence. Toute la maison dormait.

— Alors? demanda mon père. As-tu vu le médecin?

Et moi, les yeux baissés, sans oser le regarder en dépit de la faible lueur que la lampe à huile projetait sur nos visages :

— Je n'irai pas à Excideuil. Le docteur a écrit au préfet. Je ne serai pas officier...

Le court silence qui a suivi a duré tout l'espace séparant deux planètes. Au sortir de ce silence, j'avais changé d'univers. Tombé au plus bas de la tristesse morale, j'avais compris que je ne me retrouverais moi-même qu'au plus haut des ambitions humaines. Redressant ma taille et pointant le menton, regardant mon père dans les yeux, je déclarai d'un ton solennel :

— *De Tounens* tu étais, de Tounens je serai. *Prince* tu étais, prince je serai. Mais moi, j'irai plus loin. Je serai roi.

Et d'ajouter gravement, fier de mon effet :

— Roi d'Araucanie et de Patagonie.

J'ai tenu parole...

Comme mon père me regardait sans comprendre, je suis allé chercher sur un rayon de la cuisine où nous rangions les quelques livres de la maison, la *Géographie universelle* de Malte-Brun et Cortambert, que mon père m'avait offerte pour fêter mon baccalauréat. Je la connaissais déjà par cœur. J'avais rêvé dessus des nuits entières à la lueur de la chandelle, y cherchant fiévreusement une terre et des populations aptes à reconnaître un aventurier de génie, et fixant déjà mon choix, en accord avec ma mélancolie, sur ces territoires désolés de l'Amérique australe. J'ai parlé... parlé... raconté... imaginé... J'étais devenu conteur de veillée et c'est mon père qui m'écoutait en ouvrant de grands yeux. Lorsque j'en eus terminé, vers les trois heures du matin, mon père descendit à la cave chercher une bouteille de bergerac blanc, le vin gai de nos fêtes de famille. Il remplit nos deux verres à ras bord, leva le sien et déclara :

— Ça! c'est une idée! On va l'arroser! mon gars. A la santé du roi! Mais si tu m'en crois, pour le moment, nous en garderons tous deux le secret.

Puis il eut un petit hochement de tête. Je n'ai jamais vraiment su s'il a cru à mon étoile ou s'il a feint d'y croire. En tout cas, il a tout mis en œuvre pour m'aider. Nous étions convenus d'attendre que je mûrisse quelque peu. Il existe un âge conforme à la dignité royale que nous avons situé aux alentours de la trentaine. Pour patienter et me former, il me fallait un état transitoire et rémunérateur où je puisse faire fructifier le capital que mon père plaçait dans l'entreprise. Dès la fin de l'été 1846, je rejoignis l'école de droit de Bordeaux où je passai deux ans, puis entrai comme clerc de notaire, à Périgueux, chez Mᵉ Léon Gilles-Lagrange, un personnage imposant qui m'intimidait fort, fréquentait chez M. le préfet et chez M. le maréchal Bugeaud et dont je fis, par la suite, mon ministre plénipotentiaire en France.

En 1851, mon père, avant de mourir et en dépit de l'opposition de toute ma famille à l'exception de mon frère Jean, avait vendu des terres et hypothéqué quelques autres pour m'acheter, à Périgueux, une charge d'avoué. J'en pris possession en 1852, prêtant serment à la République du Prince-Président, exactement le 3 janvier, trois jours après le *Te Deum* célébrant à Notre-Dame de Paris l'installation de Louis-Napoléon aux Tuileries.

Il avait fait son chemin, le ridicule prisonnier du fort de Ham. Le

2 décembre de la même année, il proclamait l'Empire et devenait l'empereur Napoléon III! J'ai pu juger ainsi la distance dérisoire qui sépare l'obscurité méprisée de l'éclatante lumière. Alors qu'il n'avait pas trouvé vingt partisans lors de la conspiration manquée de Strasbourg, Napoléon III obtint une majorité écrasante au plébiscite de ratification de l'Empire. A Périgueux, 2 015 oui, dont le mien, contre 147 non seulement, ultime résidu de la canaille républicaine.

Et moi, j'étais Me Thounem, avoué, 13, rue Hieras à Périgueux, successeur de Me Greneaux, possesseur d'une étude achetée dix mille francs-or — mon trésor royal — avec la considération qui s'y attachait. Pour moi aussi, la partie pouvait commencer.

J'en donnai le coup d'envoi en inversant l'ordre de mes prénoms. D'Antoine Orélie, je fis Orélie-Antoine, le nom sous lequel j'avais choisi de régner. Cela surprit beaucoup Me Léon Gilles-Lagrange, qui me témoignait de la bonté et me recevait parfois à ses soirées du troisième mercredi du mois. C'était l'effet cherché. Il s'enquit de mes raisons devant quelques amis. Avant de répondre, je laissai passer sur l'honorable compagnie le silence qui convient à une annonce d'importance.

— C'est un grand secret, dis-je, et un immense dessein. Plus tard, vous en serez étonnés.

— Ah! dit Me Lagrange. Je croyais que c'était pour faire joli...

J'entendis quelques rires sous cape. Là aussi, la partie commençait, *paubre carnaval...*

Sans doute est-ce le moment de dire quelques mots au lecteur du double territoire sur lequel j'avais jeté mon royal dévolu. Long de cinq cents lieues, large de plus de deux cents, puis s'étrécissant du nord au sud pour finir au cap Horn comme une pointe de flèche lancée vers les glaces éternelles du pôle, il pourrait contenir la France deux fois en son entier. Ses frontières naturelles découlent de l'évidence géographique. Au nord, deux larges rivières, le Rio Negro de l'Atlantique aux Andes et le Rio Bio-Bio des Andes au Pacifique, courant chacun entre le 37e et le 39e degré de latitude sud. A l'est et à l'ouest, deux océans en furie à travers lesquels les capitaines de navires ne s'engagent jamais sans avoir auparavant recommandé leur âme à Dieu. La côte atlantique est plate, sablonneuse, mouvante, souvent marécageuse et semée de trahisons. La côte pacifique, sur plus de quatre cents lieues, n'est qu'une terrifiante dentelle de rochers soumise à toutes les tempêtes et découpée par de profonds canaux mille fois plus inhospitaliers que les fjords scandinaves les plus sauvages, et qui forment un labyrinthe d'enfer où seuls parviennent à trouver leur chemin quelques rares indigènes. Au 53e degré de latitude sud, les deux océans communiquent entre eux par le détroit de Magellan, frontière naturelle du sud au-delà de laquelle s'étend, comme une sorte de colonie du diable quasiment inhabitable, la grande île que Magellan nommait la *Terre des Feux*. Enfin, courant longitudinalement du nord au sud à peu de distance de la côte pacifique, la cordillère des Andes étend la majesté désertique et glacée de ses sommets, percée de rares cols qui font communiquer entre eux mes deux royaumes jumeaux, la Patagonie à l'est, l'Araucanie à l'ouest.

La Patagonie a un roi naturel : le vent. Il y souffle en tempête les trois quarts de l'année et détruit toute tentative de la végétation à se hausser au-dessus de l'élévation d'une touffe d'herbe. L'Araucanie a un autre roi naturel : la pluie. Elle y étend son voile opaque sur une période identique de l'année, faisant naître sur les premières pentes des Andes un foisonnement de forêts monstrueuses et presque impénétrables. Au sud, là où s'étendent la longue nuit d'hiver et le pâle jour sans fin de l'été, le vent et la pluie se rejoignent en noces effrayantes et s'allient à un troisième génie maléfique, la neige et ses serviteurs polaires qui sont la glace, la grêle et le grésil, pour envoyer au martyre les rares êtres humains pris dans les tourments de leurs embrassements. Quand on saura que l'homme venu d'Europe n'y retrouve aucun de ses animaux familiers, que la carte du ciel lui est totalement inconnue, qu'il est écrasé par l'énormité des distances, atteint dans son équilibre mental par le magnétisme des montagnes des Andes et qu'enfin il doit y fêter la Saint-Jean sous la neige et réveillonner à Noël, s'il en a encore le goût et le courage, sous un ciel où le soleil ne s'est point couché de la nuit, on conviendra que la nature exceptionnelle de mon double royaume avait tout pour faire fuir et rien pour séduire le dernier des conquérants.

C'est pourtant ce royaume que je m'étais choisi. Car il était le dernier au monde à ne posséder ni roi, ni république, ni aucune forme de gouvernement moderne, et à être exempt de toute tutelle étrangère.

Non pas qu'il fût inhabité. On connaît l'obstination divine à parfaire sa malédiction et à peupler sa création jusque dans ses extrémités les plus hostiles. Je n'étais pas appelé à devenir un roi sans sujets, ainsi qu'il fut dit tant de fois pour rire à mes dépens. Des hommes, il y en avait, sur cette immensité. Peu nombreux, c'est vrai. Dispersés en petits clans ennemis et isolés sur cet énorme territoire, occupant toute leur existence à se défendre contre la nature et à chercher leur subsistance sans le loisir ni la pensée de s'élever à une vie meilleure, ignorants, sauvages, en proie à toutes les superstitions, mais également courageux, endurants, inventifs à leur façon, insensibles aux pires souffrances, des hommes, enfin : mes sujets ! Le géographe et naturaliste français Alcide d'Orbigny les visita dans les années 1830 comme un envoyé prémonitoire du roi de Patagonie. Mort en 1857, trois ans avant mon avènement, j'en fis le président de l'Académie royale patagonne. Son livre est la bible du royaume.

Au nord, entre les Andes et l'océan Pacifique, leurs premiers escadrons déployés face aux Chiliens sur la rive du Rio Bio-Bio, les Araucans. Des guerriers ! des cavaliers ! *Mapuches* ou *Huilliches* selon qu'ils occupent le nord ou le sud de ma province araucane, divisés en tribus relativement nombreuses et obéissant à des chefs, les caciques, élisant en cas de guerre un général en chef, ou *toqui,* habitant des villages, sachant cultiver la terre qui est fertile sous ces latitudes au nord du sud, relativement tempérées, ils forment à eux seuls le gros de mes peuples, leur masse la mieux organisée et le fer de lance de mon armée.

Ces tribus héroïques ont toujours défendu leur sol avec un acharnement féroce et indomptable contre tout pouvoir venu du nord, de la rive opposée du Bio-Bio. Aux temps précolombiens, les Incas s'y étaient cassé les dents. Le conquistador Pedro de Valdivia s'épuisa à les combattre, y perdant son armée et la vie. Commandés par un toqui de seize ans, Lautaro, puis par le grand Caupolican, héros de l'Araucanie, les Mapuches remportèrent victoire sur victoire et menacèrent même Santiago avant d'être écrasés sous le feu de l'artillerie espagnole. La *moitié* de la population, soit près de cent mille hommes, femmes et enfants, fut torturée et massacrée par les soldats de Sa Majesté Catholique. Rien n'y fit. Tout colon blanc qui s'installait sur leur sol était aussitôt écartelé, les femmes livrées aux plus odieux sévices, les enfants écrasés sous le galop des chevaux. Ne pouvant les soumettre, on tenta de les cerner. Au sud de leur territoire fut établi le poste de Valdivia, et plus au nord, sur la côte, en arrière de leur frontière, le fort d'Arauco. Sans succès. La République chilienne, héritière des vice-rois de Santiago, n'a pas avancé d'une lieue à l'intérieur de *la frontera*. Mais le dernier quart d'heure approchait. Pour établir une indépendance durable, les Araucans avaient besoin d'un roi: moi. Et d'un gouvernement: le mien.

Également au nord de mes États, mais de l'autre côté des Andes, établis sur les vastes plaines semi-désertiques qui s'étendent depuis la Cordillère jusqu'à l'océan Atlantique, les Puelches! Le Rio Negro les sépare des marches méridionales de la République argentine défendues par de petits postes militaires portant des noms de colonels et où s'enferment à la nuit des garnisons épouvantées. Car les Puelches sont des fous! Ivres une grande partie de la journée, se gorgeant de viande de cheval crue qu'ils dépouillent à pleines mains plongées dans les entrailles, couverts de sang et barbouillés de peintures de guerre, les cheveux longs imbibés de graisse de jument qui répand une odeur épouvantable, allant nus par tous les temps, soudain ils s'élancent sans raison en poussant des hurlements sauvages, enfourchent leurs coursiers qu'ils montent sans selle, fesses contre poil, toute sueur mélangée, armés de la lance et de la *bola* [1], et dévastent au galop tout ce qui leur tombe sous la main, caravanes de colons, fermes argentines mal défendues ou pelotons de cavalerie isolés. Capables de toutes les lâchetés comme de tous les courages, ils fuient avec la même promptitude qu'ils avaient déployée pour l'attaque. Ce sont des pillards, des brigands sans foi ni loi. Ils promettent la vie sauve puis massacrent leurs prisonniers, ne conservant avec eux que les femmes blanches les plus jeunes. On a retrouvé plus tard certaines de ces malheureuses. Eh bien! On ne le croira pas! Elles refusèrent de rejoindre les bienfaits de la civilisation, préférant la compagnie de ces mâles sauvages à celle de leurs maris ou fiancés perdus, et reniés!

Nomadisant sans cesse, les Puelches vivent dans des huttes démontables recouvertes de peaux crasseuses. L'anarchie est leur mode particulier de gouvernement. Mais, pour la guerre, ils obéissent à un cacique suprême, le terrible Calfucura, âgé de plus de cent ans, ce qui ne l'empêche nullement de puiser dans un harem de sauvagesses et de captives à peine nubiles. Entre deux expéditions de

1. Arme faite de deux lanières de cuir lestées de boules de pierre qui viennent s'enrouler en sifflant autour du cou et des jambes des victimes visées. *(N.d.E.)*

pillage, Calfucura réside habituellement dans sa capitale de Choele Choel, qui est une île au milieu du Rio Negro, à quelque cent lieues de l'Océan. Au seul nom de Choele Choel, tous les Blancs établis sur l'autre rive sont saisis d'épouvante. Les nuits qui suivent un raid, il se fait à Choele Choel un sabbat d'enfer. Toute la pampa retentit des hurlements mêlés d'horreur et de triomphe des captives et de leurs geôliers. On conviendra que, vus de Périgueux, en Dordogne, à la seule lecture des ouvrages de M. d'Orbigny et de M. Darwin et ainsi que me le fit remarquer Me Gilles-Lagrange, le notaire, quand il fut dans ma confidence, les Puelches ne ressemblaient en rien à de fidèles et bienveillants sujets prêts à s'enrôler sous mon royal drapeau.

Mais ce serait mal connaître les exigences de l'Histoire. Comme les Araucans, les Puelches vivaient leur dernier quart d'heure. Lassée de leur violence, la République argentine préparait l'offensive, renforçant la *frontera* de nombreuses troupes bien armées et appuyées par de l'artillerie. A l'abri de ces armées prêtes à s'élancer, attendaient messieurs les éleveurs de moutons, riches capitalistes piétinant d'impatience à l'évocation de ces immenses territoires herbeux. L'argent mène le monde. Il était temps que j'arrive. Et que, me mettant à leur tête, j'apportasse aux Puelches la dignité qui leur manquait, de telle sorte qu'ayant retrouvé l'estime des Blancs sous les plis du drapeau royal bleu blanc vert, ils pussent traiter d'égal à égal avec eux, et même les combattre, s'il le fallait, mais entre nations civilisées.

Plus au sud mais toujours sur le continent, les Tehuelches, ou Patagons proprement dits. De belle taille et de bonne santé, ils ne diffèrent des Puelches que par leur petit nombre qui les rend infiniment moins redoutables. Nomadisant en clans, groupes de quelques familles, la recherche de leur subsistance par la chasse et la cueillette leur laisse peu de temps pour la guerre. Au surplus, sauf dans les parages du détroit de Magellan, les Blancs ne s'étant jamais aventurés sur leur immense territoire, ils n'eurent jamais à les combattre. Ce sont les maigres escadrons tehuelches qu'avait aperçus M. de Bougainville depuis la dunette de son vaisseau *La Boudeuse* embouquant le détroit de Magellan en 1767. Il les avait suivis à la longue-vue, se découpant comme des ombres sur les crêtes, en file indienne, à cheval et armés de la lance, mais lui adressant de temps à autre des gestes amicaux.

Puelches et Tehuelches, cavaliers incomparables, fournirent à mes armées, sous le commandement du général en chef Chabrier, assisté de Calfucura comme d'un autre Murat, des éléments irréguliers mais précieux.

Enfin, à l'extrême sud de mon royaume, en Terre de Feu et dans les canaux chiliens qui avoisinent l'île de la Désolation, survivant miraculeusement au sein de cet enfer liquide, mes sujets de la mer, infiniment peu nombreux mais infiniment respectables dans leur misère et leur fragilité, les Alakalufs, les Onas, les Yaghans, mes matelots! En tout quelques poignées d'hommes, de femmes et d'enfants nomadisant sur de minuscules canots.

Il ne m'a pas été donné de pouvoir soulager leur misère. Tout juste si j'ai pu, un jour, leur tendre la main...

VI

Ma vie cachée... De 1852 à 1858.

Qu'on en juge.

La vacuité d'un roi en exil avant même d'avoir conquis ses États...

J'étais roi. Roi de Patagonie cloué à Périgueux comme sur la croix du néant. Sans doute ne l'étais-je que pour moi et pour quelques rares amis qui se *disaient* mes amis, mais l'écrivant ce soir dans ma mansarde, vieil indigent recueilli par mon neveu Jean, à deux doigts, deux jours ou deux mois de la mort, je me souviens que je ne fus jamais autant roi qu'en ces temps de ma jeunesse où je m'imaginais déjà régner. L'imagination prime la réalité. Dussé-je souffrir le martyre sur l'autel de la médiocrité, je ne sortirai pas de là.

Et que faisait un roi dans l'œuf, à Périgueux, en 1854?

Assis à son pupitre d'avoué au premier étage de la rue Hieras, entouré de chemises cartonnées contenant les insanités procédurières de dizaines de familles aussi pourvues qu'imbéciles, n'ayant pour tout paysage, en soulevant le lourd rideau de velours cramoisi protégeant les immondes secrets d'argent de ses clients rapaces, que les devantures mercantiles de M. Grétillat, horloger-lunettier, ou de M. Guillarmeaux, quincaillier-brossier, le roi de Patagonie, plume en main, tête ailleurs, rédigeait l'énième acte de décès d'un amour conjugal promis naguère à l'éternité :

« Étude de Mᵉ Thounem, avoué à Périgueux, 13 rue Hieras.

« Extrait d'une demande de séparation de biens.

« D'un exploit du ministère d'Héricord Lamothe, huissier à Périgueux, en date du 25 août courant, enregistré.

« Il appert... »

Que pouvait-il bien *apparoir* de tout cela à mon brave ami Héricord Lamothe, huissier besogneux, mari d'une grosse épouse vouée aux confitures et aux couches et père de quatre enfants morveux, voisin, rue de la Traverse, de M. Bardon, pâtissier, et de Mme Gaby, modes de Paris, et auquel, dans mes soirées d'ennui et de solitude, un verre de queue de cerise en main et face à une famille effarée, je racontais déjà mon avènement au trône et sa propre élévation au rang de ministre de la couronne?

« Il appert :

« Que la dame Catherine Laurent, sans profession, épouse du sieur Hugues Vallade, demeurant avec lui au village de Fauquetie, commune d'Eyvirat, canton de Brantôme, a formé sa demande de séparation de biens contre son dit mari, et que Me Thounem, avoué près le tribunal de première instance de Périgueux, est chargé... »

Je paraphais, scellais, prenais copie, classais, posais ma plume et m'en allais porter la copie aux annonces légales du journal *Le Périgord* dont les bureaux étaient voisins de mon étude. Le directeur, Amédée Matagrin, qui s'occupait de tout lui-même, comptait les lignes à 25 centimes la ligne, les lisant rapidement au passage avec un vague sourire, m'en donnait quittance d'un geste négligent, puis ayant déposé mon papier dans un panier d'osier posé sur son bureau, me disait en guise d'au-revoir :

— Alors? Maître Thounem. Toujours des amours brisées!

Et c'était vrai. Moi à qui l'amour fut toujours refusé, moi qui n'avais aperçu que dix secondes, et de loin, celle qui fut la dame de ma vie, Véronique, reine de Patagonie, il m'était sans cesse donné, dans l'exercice de mon métier provisoire, de mesurer les ravages et les dévastations que l'amour apportait à tant d'hommes et de femmes qui avaient eu l'imprudence de s'aimer. Ce n'était que ruptures, lettres fielleuses, sordides calculs d'intérêt, odieux déballages d'alcove, mensonges, parjures, menaces... En avais-je vu passer à mon étude depuis deux ans! La dame Marcelline Bontet contre le sieur Séraphin Massard son dit époux, et la dame Louise Vallat contre le sieur Dupuy, et la dame X... contre le sieur Z... Certaines de ces dames étaient jolies à vous tirer des larmes. Beaucoup de ces messieurs avaient la mine et l'état d'honnêtes bourgeois pères de famille. Et que me fallait-il entendre de leur bouche, rédiger en termes légaux, copier, copier sans relâche? Un torrent de boue! L'amour. Piètre consolation...

Et c'était bien vrai qu'insensiblement, sans trop savoir pourquoi, je m'étais fait sans le vouloir une sorte de spécialité de tous les drames conjugaux. Cela faisait vivoter mon étude plutôt bien que mal et me laissait le temps de rêver, de lire les ouvrages des grands voyageurs, de tirer des plans, de rédiger la future constitution de mon royaume, les statuts de mes ordres royaux, l'organisation de mes armées et des corps constitués de l'État, de dessiner le grand sceau de Patagonie et le tracé de mes frontières, sans éprouver le besoin, comme mes confrères avoués et notaires, d'occuper d'immenses surfaces de la page des annonces légales du journal *Le Périgord*, consacrées à leurs ventes de châteaux, de fermes, de domaines, de successions mirifiques. Mais c'était vrai aussi que de mes petits encarts passablement désespérants, je retirais moins d'estime. Matagrin me le faisait sentir et sans doute est-ce à ce souvenir que plus tard, quand je fus devenu roi, il me couvrit de ses sarcasmes. Et au banquet annuel des avoués de Périgueux, ainsi qu'à celui des notaires où les avoués étaient invités, à l'hôtel du Coq Hardi, place Francheville, j'étais toujours assis en bout de table, juste à la charnière qui séparait les avoués des greffiers et des huissiers. Dans les discours de remerciement où chacun était cité, on m'oubliait souvent. Me Thounem, comptait-il seulement ?

Un jour viendrait où je leur montrerais qui j'étais !

Une fois par mois environ, je m'en allai passer deux ou trois jours chez mon frère Jean, à La Chèze. Mon père disparu, ma mère morte peu de temps après lui, ma sœur Zulma enfin mariée à un sieur Mouneix, agriculteur, assez brave homme pour la supporter, et établie à Chourgnac, mon frère Jean était devenu le maître de La Chèze. A lui l'*archaban* bien au chaud près du feu. Mais il n'avait guère le temps de s'y poser, travaillant dur et s'en m'en faire le reproche, pour tenter de combler le trou creusé par mon père dans nos biens de famille, lors de l'achat de mon étude d'avoué.

Il m'accueillait toujours bras ouverts, débouchait le bergerac blanc, décrochait le jambon. Ses enfants me faisaient fête, surtout son fils Jean, mon neveu, justement celui qui m'a recueilli aujourd'hui dans mon dénuement, un gamin à l'époque. Mon frère me parlait de ses affaires, des récoltes bonnes ou mauvaises, de l'état de son débit à la banque du Crédit Foncier qui lui causait du souci, le tout sans appuyer, en passant, juste le temps de courir à l'essentiel de la conversation :

— Alors? Et toi? demandait-il.

Car il s'intéressait passionnément à moi. Je représentais l'espérance.

Et moi? Que répondre?

Alors s'imposait le Verbe auquel je n'ai jamais pu résister. Et je me lançais. Un grand courant d'air frais traversait ma tête et mon cœur et je balayais d'un coup tout le tran-tran de la médiocrité.

Et moi? Cinq paires d'yeux brillaient d'admiration. Cinq paires d'oreilles guettaient mes paroles.

Et moi? Mes affaires étaient discrètes mais je traitais avec les plus grands. Si ce n'était fait, cela ne saurait plus tarder. Je régalais au Coq Hardi les plus gros avoués de la place, Me Villemonte, allées Tourny, Me Reveilhas, rue de la Vertu. M. Matagrin, le directeur du journal, sollicitait mes conseils. M. Vouzillaud lui-même, procureur impérial, n'omettait jamais un grand coup de chapeau quand nous nous croisions au palais. Les plus importants notaires de Périgueux, Me Rapnouil, Me Gaillard, me consultaient sur des points délicats. Je soutenais mon train de maison, m'habillant chez M. Pradier, rue Taillefer, qui habillait M. le préfet, commandant mes cartes de visite chez M. Lavertujon, où se fournissaient le palais, l'état-major divisionnaire et la préfecture. Aux courses, justement, à l'hippodrome de Périgueux, dans le prix de l'Empereur, misant sur *Minos* à M. Achille Fould, j'avais gagné cinquante francs et M. Albert de Calvimont, le préfet, que je croisai au pesage, avait bien voulu m'en féliciter, en m'appelant par mon nom. J'allais également au théâtre. On y jouait *Claudie ou les suites d'une faute,* de Mme George Sand, par la compagnie du théâtre Saint-Martin, de Paris. L'important n'était pas de regarder la pièce, l'important était de se montrer. Au foyer du théâtre, j'avais été présenté à M. le général Tatareau, commandant la sous-division militaire de Périgueux. Il avait une femme bien charmante, d'une grande simplicité, très grande dame. M. le marquis de Saint-Aulaire m'avait fait la grâce de s'enquérir de mon jugement sur la pièce, me prenant familièrement par le bras et m'emmenant féliciter les artistes, dans les coulisses, spécialement Melle Claude Lebrun, qui avait joué *Claudie* divinement, et jeta sur moi un regard intéressé illuminé d'un ravissant sourire, hé! hé! les bonnes fortunes de théâtre... Mais taisons-nous devant les enfants. Enfin, au dernier mercredi de mon éminent ami Mᵉ Léon Gilles-Lagrange, j'avais passé trois minutes en tête à tête avec, devinez qui?

Mon triomphe!

— Dis-nous, oncle Antoine, dis-nous vite!

Et mon frère attendait, confiant, heureux. Je mesurai mon effet.

— Avec Son Excellence M. Pierre Magne.

— Le ministre!

— Lui-même. Le ministre des Finances de Sa Majesté l'Empereur! Et je lui fus présenté par Mᵉ Gilles-Lagrange en personne dans les termes les plus chaleureux : « Tenez! Excellence, que je vous fasse connaître un jeune périgourdin d'avenir, Mᵉ *Orélie-Antoine Thounem*, dont je gage que nous entendrons souvent et favorablement parler... »

M. Pierre Magne était périgourdin. Il revenait souvent passer quelques jours sur ses terres et ne manquait jamais, s'il le pouvait, d'étendre sa protection à sa province natale et à ceux de ses compatriotes qui avaient recours à lui. C'est étrange! Lorsque plus tard, à Paris, devenu entre-temps roi de Patagonie, je tentai des démarches auprès du gouvernement impérial pour obtenir des secours me permettant de reconquérir mes États, S.E. M. Pierre Magne, qu'en réalité je n'avais jamais rencontré, se souvenait parfaitement de moi...

— Et qu'avez-vous dit? De quoi avez-vous parlé? demandait mon frère.

— J'avais peu de temps. Quand on fréquente la bonne société, il faut éviter d'importuner. J'ai dessiné mon grand projet à traits forts et généraux.

Mon frère était dans le secret. Nous l'appelions entre nous : *grand projet.*

— Alors?

— Alors il m'a encouragé. S.M. l'Empereur n'a pas encore décidé clairement de sa politique sud-américaine. Il y aurait une chance, comment le dire?... de lui forcer la main. A quitte ou double, toi et moi, nous jouerions tout. Toi ici. Moi là-bas. Tu me rejoindras plus tard. La gloire... La fortune... Le pouvoir...

Et voilà! J'étais roi.

La réalité... Ah! la réalité! Je l'ai oubliée si longtemps... Je ne connaissais presque personne à Périgueux. Mon ascension piétinait. Je faisais peu de progrès dans l'échelle des relations mondaines et la société me boudait. Les invitations aux mercredis de Me Lagrange se faisaient de plus en plus rares. Certes j'avais un petit cercle d'amis fidèles. Qui n'en a pas? Le plus médiocre des hommes trouve toujours d'autres médiocres à son image et son goût. Moi, je fréquentais Me Héricord Lamothe, huissier à Périgueux, M. Jacques Desmartin-Duvignaud, juge de paix à Saint-Pierre-de-Chignac, non loin de Périgueux, et M. Jules Pouyadou, le mieux établi de notre groupe, qui était chef de division à la préfecture de la Dordogne. J'ai beau chercher dans ma mémoire, au chapitre de mes amis, je ne trouve personne d'autre. Leurs épouses étaient des femmes bonnes et de grande vertu, mais dénuées d'autres talents que ceux d'ordre ménager. Nous nous réunissions chez l'un chez l'autre, mais le plus souvent à la campagne, dans la jolie maison du juge Desmartin. Les tartes aux fraises étaient toujours excellentes, le poulet du dimanche rôti et doré à point, mais sortie des potins de ménage, de préfecture et de palais, la conversation languissait. Alors, n'y tenant plus, j'intervenais. Le Verbe... Toujours le Verbe... Et en avant le *grand projet!*

Je dois reconnaître qu'ils m'écoutaient passionnément. Si leurs femmes bâillaient quelquefois, préférant échanger leurs soucis maternels, mes trois amis me suivaient, bouche bée, avec parfois, c'est vrai, un petit haussement d'épaule chez le chef de division Pouyadou. Mais le bon vin aidant, au soir de chaque dimanche, je parvenais même à convaincre Pouyadou! Nous partions tous quatre conquérir la Patagonie et je les faisais ministres, tout en exigeant par serment le secret. Voilà bien un serment qui fut tenu! Lorsque plus tard, à Périgueux, l'on sut que je m'étais nommé roi de Patagonie, par la notification officielle que j'avais adressée depuis mes États au journal *Le Périgord*, aucun de mes trois *ministres*, interrogés sur mon projet, n'osa répondre qu'il l'avait connu, tous trois celant à plus forte raison leur éphémère dignité ministérielle. On est toujours renié par ses amis...

A ces repas du dimanche chez Desmartin, j'apportais aussi de la lecture. Je possède, dit-on, une belle voix et j'aime à lire tout haut pour faire partager mon plaisir. D'abord le journal *Le Périgord*, en dépit de l'antipathie que me témoignait son directeur. Il se passait beaucoup de choses dans ces temps-là : la prise de Sébastopol, la naissance du prince impérial qui me causa à la fois une joie sincère et une grande mélancolie que je sus cacher à mes amis, l'inauguration de la ligne du chemin de fer de Limoges à Paris et de celle de Périgueux à Bordeaux, l'arrivée jusqu'à Périgueux du télégraphe électrique, mais ce n'était pas ces nouvelles-là que je leur lisais. Je choisissais dans les dépêches intitulées « Courrier de Paris » les nouvelles de la cour impériale et des cours européennes. Il me semblait déjà que c'était affaire de famille. J'y apprenais les façons qui conviennent à un roi. Je me souviens d'une dépêche qui m'avait tant marqué que je l'ai conservée après l'avoir lue à mes amis :

« L'enterrement de S.A.I. le duc Maximilien de Leuchtenberg a eu lieu le 4 septembre à Saint-Pétersbourg, dans l'église catholique romaine de Saint-Jean de Jérusalem. S.M. l'empereur Nicolas et les grands-ducs ses fils assistaient à la cérémonie.

« Le cortège s'est mis en marche dans l'ordre suivant :

« Trois escadrons du régiment des cosaques de la garde

« Un maître des cérémonies à cheval

« Un officier des écuries de S.A.I. Mme la grande-duchesse Marie-Nicolaïevna à cheval, en uniforme et en grand deuil

« Les valets de pied et laquais de chambre de la maison de S.A.I. sur deux de front, en livrée de gala

« Les officiers de bouche de S.A.I., en deuil, sur deux de front

« Un cheval de selle de S.A.I. Mgr le duc, couvert d'une housse de général et mené par un palefrenier

« L'écusson aux armes du duc de Leuchtenberg, porté par un colonel assisté de deux officiers subalternes... »

Et le lisant, je *voyais* le sublime cortège chamarré, j'*entendais* le roulement macabre des tambours voilés, le martèlement lent des bottes des troupes à pied. Les femmes n'ont pas la nature sensible au grandiose. Elles s'étaient éclipsées dans la cuisine pour poursuivre leurs bavardages ménagers. Mais je ne faisais grâce à mes amis d'aucune des décorations étrangères, disposées sur des coussins et portées par des officiers, qui défilaient dans l'ordre protocolaire, depuis la grand-croix de Saint-Hubert de Bavière, celle de première classe de Saint-Ferdinand des Deux-Siciles, en passant par le Faucon-Blanc de Saxe-Weimar, l'Aigle-Noir de Prusse, et le collier et l'étoile de l'ordre de Saint-André de Russie. C'est ce jour-là que je décidai que le roi de Patagonie disposerait de ses propres ordres, la Constellation du Sud, l'Étoile du Sud et la Couronne d'acier.

Puis je terminai ma lecture par le passage de la prolonge d'artillerie, traînée par seize chevaux, sur laquelle était disposé le cercueil, drapé aux couleurs de ses armes, du duc de Leuchtenberg qui vivait ainsi le jour le plus solennel de sa vie. Ce cercueil, c'était le mien.

— Ainsi, conclus-je pour mes amis, ainsi veux-je être conduit en terre, derrière trois escadrons de mes armées, un escadron des hussards bleus de Patagonie, un escadron des lanciers de Magellan, un escadron des dragons d'Araucanie. Vous tiendrez les cordons du poêle et la prolonge d'artillerie sera escortée par un détachement de ma marine, le béret à la main en signe de deuil.

Pouyadou m'avait regardé d'un drôle d'air, en disant :

— Il faudrait, mon cher Antoine, commencer par être roi.

C'est fait. Je le suis, je le fus, je le reste. Mais je vais rater ma sortie. Un bidet de corbillard, le cercueil des pauvres, la famille de mon neveu, ma nièce Marie enfin soulagée d'un fardeau, Émile Guilhem l'aubergiste, Gérardin le maréchal-ferrant, et quelque curieux du village pour regarder passer le *paubre carnaval*. Desmartin, Pouyadou, Lamothe : absents. Ils avaient mon âge. Ils vivent encore, et bien. Une bonne cinquantaine prospère, bourgeoise, établie, exempte de toute vicissitude royale. Dès mon premier retour en France, au sortir des geôles chiliennes, chacun des trois, avec plus ou moins de simagrées et de fausses protestations d'amitié, m'avait condamné sa porte. Je ne les ai jamais revus. Ah ! Combien la chute est douloureuse quand on tombe, comme moi, d'aussi haut...

J'en étais donc là, en 1856, lorsque je décidai de frapper mon premier grand coup.

Il me fallait commencer par obtenir de la justice la restitution du vrai patronyme de ma famille assorti de la particule attestant notre ancestrale noblesse : *de Tounens*. Après la particule, le titre de prince, que portait nos aïeux, coulerait de source.

On se souvient de M. Vouzillaud, le procureur impérial qui me saluait bas — le fit-il jamais ? — sur les marches du palais de justice. Au dernier des mercredis de Mᵉ Gilles-Lagrange où je fus convié — par la suite, les invitations cessèrent —, je pus toucher un mot de mon affaire à M. le procureur.

— Instruisez ! m'avait-il répondu avec une petite tape désinvolte sur l'épaule. Instruisez et venez plaider ! Ces détails sont de mon recours. Je vous promets de m'en occuper.

Mon père était encore vivant à l'époque. J'avais présenté la requête en son nom, assortie de tous les arguments nécessaires et étayée par des documents d'état civil irréfutables : de 1674 à 1781, le patronyme *de Tounens* avait été bel et bien porté par ma famille avant que de disparaître sous les coups du sort. J'étais sûr de mon affaire. Avoué, je n'en avais jamais plaidé de meilleure.

Dieu merci ! mon père était mort quand le procureur impérial rendit son jugement, le 10 janvier 1857. Le pauvre Jean Thounem n'aura pas connu l'insulte. Pis que l'insulte ! Le mépris ! Le dédain ! Fallait-il que la roture pesât à M. le procureur Vouzillaud pour qu'il s'acharnât avec tant de malignité contre le descendant de l'illustre prince Tonantius Ferreolus. Dans les attendus du jugement, les noms et qualités de Tonantius notre ancêtre n'étaient même pas cités ! En outre il était écrit, et affiché au palais, ce qui était indigne, « que cette disparition subite de la particule en 1781, à une époque où elle avait encore une importance réelle et sérieuse et où la Noblesse était essentiellement jalouse de ses titres ou de ses privilèges... donne lieu à penser que la famille Thounem, ou Tounens, n'y avait jamais eu droit. »

Et ce monstre de bassesse concluait ses attendus par une dernière flèche meurtrière : « A cette première présomption, se joint celle qui découle de la condition sociale des Tounens qui n'étaient que de simples journaliers ou laboureurs, ainsi qu'il appert des actes de mariage, de naissance ou de décès du 6 février 1777, 30 octobre 1779, 15 novembre 1781 et 17 août 1783. »

On imagine l'éclat de rire qui courut dans mon dos, à Périgueux. Dans la rue, des gens que je ne connaissais que de vue se retournaient sur mon passage en chuchotant. Je dus m'abstenir de paraître au banquet annuel des avoués, tant ma présence suscitait de sourires à peine contenus. Mes vis-à-vis de la rue Hieras, M. Gretillat l'horloger, et M. Guillarmeaux le quincaillier, affectèrent quelque temps de me saluer avec une exagération marquée. Le plus pénible à supporter fut le jugement d'un homme que j'admirais et qui m'en imposait, Me Gilles-Lagrange. Le rencontrant peu de temps après chez M. Lenteigne, le libraire, où je me fournissais en atlas et récits de voyage concernant mes futurs États, il me lança :

— Mon cher maître, comme vous y allez ! Devenu *Orélie*, voilà que vous vous voulez *de Tounens*, à présent ! Mais où vous arrêterez-vous donc ?

Je n'y pus tenir. J'avais ouvert un atlas sur une table à la page de l'Amérique du Sud. Pointant mon doigt au bas de la carte, je lui dis :

— Je m'arrêterai là, et pas avant !

Me Lagrange se pencha et lut :

— Pa-ta-go-nie... Et alors ?

— J'y serai roi ! Mon grand projet !

C'était dit.

Nous étions seuls dans la boutique. M. Lenteigne vaquait à ses rangements dans ses réserves du grenier. Me Lagrange changea de ton. Il devint presque amical.

— Me Thounem, j'ai de l'estime pour vous, en dépit de votre étrange conduite. Lorsque vous étiez clerc chez moi, j'ai pu vous apprécier. Mais ne pourriez-vous *simplement* exercer les devoirs de votre charge ?... Je n'aurai pas la cruauté de répandre dans la ville ce que vous venez de me dire, mais laissez-moi vous donner un conseil : cessez vos folies, faute de quoi l'on vous prendra pour fou...

Fou ? Moi ! Parce que j'avais décidé d'être roi ! D'autres y étaient parvenus avant moi, qui étaient partis de plus bas. Et puis, je vous le demande, n'est-il pas plus facile à un avoué de faire un bon roi qu'à un roi de faire un bon avoué ?

Jusqu'à Pouyadou, fonctionnaire prudent, le dimanche suivant, qui me prenant par le bras, me dit en aparté, amorçant ses trahisons futures :

— Antoine, vous ne croyez pas que vous exagérez ? Si vous preniez des vacances. Une couple de semaines d'absence, pour vous faire oublier et repartir du bon pied...

Me faire oublier ! Moi ! Jamais !

Dès la publication de ce jugement inique, je contre-attaquai. Une absence, certes, mais pour revenir en triomphateur ! Je pris le train pour Bordeaux où j'avais noué quelques amitiés durant mes deux années passées à l'école de droit. Un avoué, en particulier, Me Thomas, qui était de mon âge et avec qui je correspondais parfois.

Je n'avais jamais encore pris le train. Tout était nouveau pour moi, mais je ne prêtai guère attention au paysage qui défilait par les vitres du compartiment à des vitesses inimaginables, ni à tous ces bruits inouïs, le fracas des roues sur les rails, le sifflet et le halètement de la locomotive, le grincement des attelages, l'entrechoquement des tampons, qui terrifiaient quelques dames. Refusant toute conversation avec mes compagnons de voyage, je me plongeai dans une longue méditation studieuse. J'avais apporté avec moi ma *Géographie universelle* de Malte-Brun et Cortambert, atlas qui ne me quittait jamais au cours de mes déplacements et m'accompagna partout jusque dans mes États. L'ouvrant sur mes genoux, je pris de nombreuses notes, traçant sur une carte après l'autre des traits de crayon précisément calculés. Ainsi naquit la *Compagnie royale du chemin de fer de Patagonie*. Il n'en existait nulle autre pareille au monde. La ligne partait de ma capitale Choele Choel, puis traversait les Andes en direction de Santiago du Chili. Elle remontait ensuite par la Bolivie, le Pérou, l'Équateur, la Nouvelle-Grenade, Panama, le Mexique, les États-Unis, la Nouvelle-Bretagne et l'Amérique russe [1] jusqu'au détroit de Behring en face de l'île Ratmonoff. Je faisais combler le détroit de Behring dans un espace proportionné à la largeur du chemin de fer et de ses accessoires. Ces travaux gigantesques une fois opérés, l'ancien et le nouveau monde étaient réunis. La ligne de la voie ferrée traversait alors la Sibérie et la Russie, la Prusse, l'Allemagne, la France, l'Espagne et le Portugal jusqu'à Lisbonne qui devenait l'autre tête de ligne. Je cite pour mémoire des embranchements vers l'Afrique et le cap de Bonne-Espérance par la Grèce, la Turquie et l'Arabie Pétrée, et vers l'Inde, la Chine et de nouveau le détroit de Behring, jusqu'à Choele Choel. Ainsi la Patagonie se hissait à l'échelle du monde.

Revenu à mon point de départ, par mon propre wagon royal et dans ma propre capitale, j'étais également arrivé en gare de Bordeaux.

Me Thomas fit diligence. Il avait quelque poids auprès du président de la cour d'appel de Bordeaux, M. Desgranges-Tanzin. Reprenant mes arguments, les étayant de son immense talent, il obtint le 27 juillet de la même année la cassation par la cour de Bordeaux du jugement de Périgueux. Les attendus sonnèrent à mes oreilles comme un appel de fanfares :

1. Alaska. *(N.d.E.)*

« Attendu que la famille *de Tounens* s'était appelée ainsi tant que sa situation de fortune avait été en harmonie avec son nom, que c'est seulement après l'époque où la particule *de* a disparu de l'état civil de la famille *de Tounens* qu'on voit les membres de cette famille journaliers et laboureurs, et que c'est précisément à cause de cette décadence que la particule est supprimée, la cour reconnaît à l'exposant le nom de *de Tounens*... »

Il est vrai — Me Thomas n'avait pu l'éviter et le président Desgranges-Tanzin n'avait pas voulu peiner outre mesure son confrère et ami le procureur Vouzillaud, car tous ces gens de robe se tiennent ignoblement —, il est vrai que la cour précisait cependant « qu'on ne pouvait induire du mot *de* qui précédera désormais le nom *Tounens* aucune distinction honorifique ou nobiliaire, et ce, pas plus dans l'avenir que par le passé... »

Qu'importe, malgré cette flèche du Parthe, j'étais Antoine *de* Tounens; mon frère Jean, Jean *de* Tounens; et feu mon père, Jean *de* Tounens aussi! Je pouvais rentrer tête haute à Périgueux, ce à quoi je m'employai sans tarder, faisant claquer mes talons rue Hieras, place Francheville, aux allées Tourny, à l'auberge du Coq Hardi et jusque sur les marches du palais de justice de M. le procureur impérial Vouzillaud, rendant coup de chapeau pour coup de chapeau à ceux qui me l'adressaient dans une intention malveillante.

Hélas, le mal était fait.

L'air de la calomnie, rien ne l'efface jamais. Les sourires ne cessèrent pas. Ils se firent seulement plus secrets, et partant plus venimeux. Lorsque je croisais Me Lagrange dans la boutique de M. Lenteigne, le libraire, il s'enquérait aimablement de ma santé mais n'y ajoutait pas un mot. Jusqu'à mon frère Jean qui manifestait grande réticence à troquer Thounem pour Tounens et à adopter le *de*. Ma sœur Zulma y veillait, avec tout le reste de ma famille liguée.

— Qu'on rie de toi, passe encore. Mais de nous, cela, je ne l'accepterai pas!

Personne ne me reconnaissait tel que mes ancêtres et la loi m'avaient fait. Et quand M. Amédée Matagrin, directeur du journal *Le Périgord*, publia à la fin de cette même année 1857, son bel ouvrage très complet intitulé *La Noblesse du Perigord en 1789*, vendu chez M. Lenteigne pour la somme de six francs, je n'y trouvai pas un mot des Tounens, pas la moindre citation! Hors de moi, je courus à son bureau.

— Pauvre petit Matagrin de misère! lui lançai-je au visage devant ses employés stupéfaits, misérable plumitif à vendre et à louer! Je suis le prince Orélie-Antoine de Tounens et un jour prochain, vous m'en rendrez raison!

— Et de quelle façon? mon cher prince.

Cette fois, les employés riaient.

— Bientôt je vous ferai condamner pour insulte, diffamation et calomnie à l'égard d'un souverain étranger mais ami de la France.

— Et lequel? mon cher prince.

— Vous le saurez bien assez tôt!

C'en était trop! Nul n'est prince en son pays. Qu'importe! Puisque j'allais être roi dans un autre!

Le jour même, je notifiai à la compagnie des avoués de Périgueux la mise en vente de mon étude pour la somme de 18 500 francs. J'invitai mon frère Jean, nommé incontinent ministre des Finances de mon gouvernement, d'avoir à recueillir les fonds nécessaires au trésor de guerre de la conquête, et commandai à mes trois amis, Desmartin, Lamothe et Pouyadou, de se tenir prêts dans un délai de six mois à m'accompagner dans mes États pour y prendre, à mes côtés, leurs charges et fonctions de ministres de ma couronne.

Enfin, dûment équipé de cartes de visite neuves commandées en secret chez M. Lavertujon, je partis pour Paris, offrir l'alliance de mon royaume français de Patagonie, moyennant quelque avance à mon trésor de guerre, à mon cousin l'empereur Napoléon III.

La tête de ligne du chemin de fer se trouvait encore à Limoges. Je pris la diligence pour cette ville, dont la station se trouvait à un bout des allées Tourny. Au moment d'embarquer, le postillon me demanda mon nom pour l'inscrire sur la feuille de route avec celui des autres voyageurs.

— Prince Orélie-Antoine de Tounens! dis-je.

Je ne connaissais pas ce postillon. Aucun des voyageurs ne me connaissait. Pendant toute la durée du voyage, ils me témoignèrent beaucoup de respect.

Allées Tourny, la fanfare du 17e de ligne donnait son concert hebdomadaire. Il faisait froid mais beau. La foule des Pétrocoriens

applaudissait la musique de son régiment. Mais tandis que nos chevaux prenaient le petit trot, c'était pour moi, le roi, qu'éclataient ces
accents guerriers, et vers moi que montaient les acclamations du
peuple.

VII

C'est immense, Paris!

Je n'y connaissais rien ni personne, seulement l'adresse d'un hôtel modeste mais central, où mon ami Lamothe était descendu lors d'un unique voyage dans la capitale, l'hôtel de Tours, place de la Bourse, au cœur des affaires et dans le seul voisinage qui comptât pour moi, celui du palais des Tuileries, où résidait l'Empereur, et celui du ministère des Finances, où gouvernait S.E. M. Pierre Magne, mon compatriote.

— Paris! Mon cher Antoine, méfiez-vous de Paris, m'avait dit Lamothe. Rien n'y compte que l'argent. Aucune porte ne s'y ouvre sans puissante recommandation. Et si l'on est pauvre, au moins faut-il paraître et faire sonner son nom, s'il a suffisamment de surface. Hors de ses trois sésames, qui vous manquent, mon pauvre Antoine, on ne rencontre dans les bureaux que mépris, dans les salons que dédain, et dans la rue qu'insolence. Renoncez à ce voyage. Demeurez auprès de vos amis qui vous aiment et vous aideront à revenir sur terre. N'allez pas vous brûler les ailes aux feux empoisonnés de cette Babylone...

Langage d'huissier de trente-sixième ordre, non de ministre. Mon cher Lamothe! si vous aviez voulu... Ah! Que les rois sont mal servis... J'étais le prince Orélie-Antoine de Tounens! Je déposerais ma carte dans les antichambres et les portes s'ouvriraient!

— Prince... Orélie... Antoine... épelait péniblement l'employé de l'hôtel, un misérable à face de rat, sa plume grattant maladroitement le registre des entrées.

Je le toisai. Eh oui! Prince! Allait-il se lever, saluer, s'incliner, ainsi que l'usage lui commandait?

— ... de... Tounens. Monsieur paye d'avance? C'est la règle. Deux nuits comptant.

Il ne faut jamais laisser la canaille attenter à la majesté des grands, ou l'on écope d'une révolution. Comment lui faire ravaler cette insolence?

— Apprenez que je séjourne ici *incognito*. En réalité, je suis... Et lui parlant à l'oreille :

— Le roi de Patagonie! C'est pourquoi j'ai choisi la discrétion de votre hôtel. Veuillez éconduire les visiteurs. Voici pour vous, mon brave.

Je déposai dix sous sur le comptoir.

— Merci, mon prince. Pour la note, ce sera dix francs.

Mon prince... Voilà comme il faut traiter le peuple.

Paris...

Je passai d'abord deux jours à lire les journaux de la capitale, *le Figaro, le Gaulois, l'Opinion, l'Univers, la Gazette des étrangers, le Journal de la Bourse,* ne quittant pas ma chambre d'hôtel, tâtant le pouls de la finance et de la politique, méditant sur les meilleurs moyens de faire avancer les affaires de mes États. L'argent semblait couler de mille sources intarissables. La *Banque de France* doublait son capital. Le *Crédit Lyonnais* et le *Crédit Mobilier* commanditaient toutes les grandes entreprises, gaz, chemins de fer, charbon, jusqu'aux mines d'or du Transvaal et aux grumes d'Afrique. Leurs obligations s'arrachaient comme des petits pains. La rente montait chaque jour, aussi vite qu'à l'Étoile et Monceau les hôtels des grands banquiers particuliers, Péreire, Rothschild, Mirès, Millaud. La *Compagnie générale maritime* annonçait vingt-six navires — vingt-six! — sur les lignes des deux Amériques et je ne doutais pas de l'intérêt immédiat que cette compagnie témoignerait d'entrée à ma *Compagnie royale maritime de Patagonie,* reliant mes États à l'Europe. Je ne doutais pas non plus d'un apport frais de capital, de la part du *Crédit Lyonnais* ou du *Crédit Mobilier* à ma *Compagnie royale du chemin de fer de Patagonie.*

De l'argent? Un jeu d'enfant.

Je l'écrivis incontinent à mon frère Jean, l'exhortant à hâter les moyens, devant l'imminence de la réussite de mes projets, de se procurer vingt-cinq mille francs d'argent frais. L'assurant en revanche que ce n'était qu'une goutte d'eau, comparée à l'ampleur des appuis dont j'étais sur le point de m'assurer, mais néanmoins nécessaire au seul titre du trésor royal et pour préserver notre royale dignité.

J'écrivis également à M⁰ Léon Gilles-Lagrange :

« Monsieur et cher Maître,

« Mon départ pour mes États de Patagonie est proche.

« Je vous écris de Paris où je mène actuellement de grandes négociations de politique et de finance. Le budget nécessaire à mon entreprise est sur le point d'être couvert plusieurs fois.

« Puisque vous avez eu la bienveillance de recevoir seul, et en premier, la confidence de mes projets d'établissement royal, je veux, en remerciement et par haute considération pour vos immenses mérites, vous faire ministre plénipotentiaire et chargé d'affaire de Patagonie en France, avec résidence à Périgueux.

« Je ne manquerai pas d'aller vous saluer d'ici à quelques jours avant de rejoindre mes États.

« Dans cette attente, je vous prie de bien vouloir agréer...

« Prince Orélie-Antoine de Tounens »

Ayant ainsi avancé mes affaires, je m'en fus chez Arthus-Bertrand, le graveur le plus en vue de Paris, commander en deux exemplaires le grand sceau de l'État. Je dus payer comptant. Mais devant les sourires à peine dissimulés, j'annonçai bien haut que si j'étais satisfait de ce premier travail, j'accorderais à cette maison respectable l'exclusivité de la fabrication de mes ordres royaux. On me reconduisit jusqu'à la porte avec force saluts.

A M. Dentre, imprimeur, galerie d'Orléans, au Palais-Royal, je confiai l'impression de la constitution du royaume de Patagonie, telle que je l'avais rédigée dans le secret de mon étude, à Périgueux. Dès mon avènement, il m'appartiendrait de la faire diffuser largement au bénéfice de mes peuples et des souverains et gouvernements étrangers.

Enfin, chez M. Fanchon, emblèmes et oriflammes, passage du Sentier, je passai commande d'une vingtaine de drapeaux patagons, bleu blanc vert dans le sens horizontal, dont cinq étendards pour mes régiments de cavalerie, et cinq pavillons destinés à mes navires de guerre, blancs cette fois et cantonnés de bleu blanc vert.

Ces grandes œuvres accomplies, marquant le fondement du royaume, dès le lendemain je pus me consacrer aux formalités de politique et de finance. Avec moi, cela ne traînerait pas.

Je m'habillai soigneusement, lissai ma barbe que j'avais laissée pousser depuis quelques mois, pris ma canne, mes gants, mon haut de forme, et m'en allai déposer ma carte — *Prince Orélie-Antoine de Tounens* —, avec demande d'audience immédiate, sur le bureau du chef des huissiers, dans l'antichambre de S.E. M. Pierre Magne, ministre des Finances.

L'humiliation...

Tout au long de ma vie, j'ai rejeté le pénible souvenir de cette démarche. Je suis parvenu à en changer le sens, ou au moins, dans les mauvais jours, à l'oublier. Avec le froid qui saisit mon cœur et raidit mes doigts sur la plume, le voici qui revient. Même si je suis le seul à l'admettre encore, je sais que je fus roi, et pas pour rire, hélas! Je n'ai plus peur de la vérité quand elle consent à me visiter...

Ayant déposé ma carte et rempli ma demande d'audience, j'attendis, prenant soin de m'asseoir à l'écart des autres solliciteurs. Être prince, être roi, c'est d'abord s'entourer d'un fossé qui vous sépare du vulgaire. De temps à autre, un huissier à chaîne, en culottes noires à la française, pénétrait dans l'antichambre par une porte à tenture et appelait.

— Monsieur Untel. Son Excellence va vous recevoir. Donnez-vous la peine de me suivre, s'il vous plaît.

Ou encore :

— Monsieur Untel, monsieur le Premier secrétaire, ou monsieur le Sous-chef de cabinet va vous recevoir. Veuillez me suivre, s'il vous plaît.

Grandes façons! Dignes de la majesté du pouvoir. C'est en France qu'il me faudrait recruter les huissiers de mes ministères. Monsieur Untel, Sa Majesté va vous recevoir, veuillez vous donner la peine de me suivre... Trois heures plus tard, j'étais toujours assis sur ma banquette de velours rouge, seul. Tous les visiteurs avaient été reçus, sauf moi.

— Monsieur, dis-je au chef des huissiers, avez-vous bien porté ma carte à Son Excellence le ministre?

— Oui monsieur. A son chef de cabinet. Mais il faut croire qu'elle n'a pas suffi. Quel dommage! une aussi belle carte. Les audiences sont terminées.

L'insolent!

— Veuillez, s'il vous plaît, préciser à ce monsieur que je suis prince à Périgueux et que je suis un ami de Son Excellence!

— Un ami? Vraiment?

Mais il arrive toujours un moment où je m'impose.

— Je vais le lui faire savoir, dit enfin le chef des huissiers.

Il revint quelques minutes plus tard, se mordant les lèvres.

— Suivez-moi. Un attaché de cabinet va vous recevoir.

Je pris la peine de le suivre. Nous parcourûmes de longs couloirs bordés de doubles portes, puis de portes simples, jusqu'à la dernière d'entre elles que l'huissier m'ouvrit sans autre formule. Un jeune homme d'allure désinvolte se tenait assis derrière un bureau. Il ne se leva pas, me désignant seulement un siège. Je ne sais pourquoi il avait ri, mais il riait encore. Il tenait ma carte de visite entre ses doigts. Enfin, redevenu sérieux :

— Monsieur *de* Tounens, qui croyez-vous duper?

Aujourd'hui, je puis répondre sans fard à cette question : « Mais moi! évidemment. Uniquement moi. Il le fallait... » Ce jour-là, je ne répondis pas.

— A qui ai-je l'honneur de parler? demandai-je, hautain.

— Hector, marquis d'Ans, attaché de cabinet, spécialement chargé des importuns, fonction toute provisoire où je m'amuse énormément. Son Excellence aime s'entourer de collaborateurs périgourdins.

Ainsi, il avait abandonné son château en ruine, le fils du vieux marquis. Mon père s'était trompé. Ans ne tomberait pas en roture crottée. Le jeune marquis ne cultivait pas sa terre de ses mains, mais ses relations et son ambition dans les antichambres du pouvoir... Un marquis! Il ne m'en imposait pas. Devenu roi, j'en ferais, des marquis! Et des ducs, des comtes, des barons. J'en ai fait. Ceux qui se jouèrent de moi tout en étant mes amis, Antoine Cros, Charles Cros, et même le gros Achille, duc de Kialéou[1], ceux-là m'ont oublié depuis belle lurette. Ils attendent ma mort pour continuer le jeu sans moi. Mais moi, je n'avais pas joué! Quant aux autres... les tavernes

---

1. Achille Laviarde, négociant en champagne, se proclama roi de Patagonie quelque temps après la mort d'Antoine de Tounens, sans avoir assisté à ses obsèques ni l'avoir secouru dans son dénuement. Il régna en roi d'opérette sur les cabarets de Montmartre et de Montparnasse tant qu'il y tint table ouverte. Il ne mit jamais les pieds en Patagonie. *(N.d.E.)*

de Montmartre sont emplies de vieux poètes maudits et de rapins ivrognes qui composaient naguère ma noblesse...

— Monsieur, dis-je, je suis venu exposer un grand projet. Mais je ne saurais le faire qu'en la seule présence de Son Excellence, qui m'honore de son amitié.

— J'ai toute sa confiance. Mais auparavant, laissez-moi vous dire ceci. Nous vous connaissons, monsieur *de* Tounens. Son Excellence a suivi de loin votre prodigieuse ascension. A ce détail près que vous n'êtes point de ses amis. Toutefois, puisque vous êtes périgourdin, nous vous consentirons le traitement que Son Excellence accorde à tous ses compatriotes : cinq minutes. Je vous écoute.

Mon royaume en cinq minutes! France ingrate... Je me lançai. Je me levai. J'aime à parler debout. C'est debout que je sais convaincre.

— Monsieur...

Devais-je dire : Monsieur le marquis? Je n'étais plus un paysan. Ni même un avoué de province. J'étais roi.

— Monsieur, la France, que je chéris comme ma mère, a perdu ses plus riches possessions coloniales. Si l'on jette les yeux sur la carte de l'Amérique et que l'on parcourt l'espace qui s'étend du nord au sud, du détroit de Behring à la Terre de Feu, une distance de trois mille cent cinquante lieues, que trouve-t-on dans cet immense trajet? Deux souvenirs de la France presque entièrement effacés : la Louisiane et le Canada. Est-ce la peine de parler des Antilles et de la Guyane autrement que pour mémoire et quelle prépondérance nous ont acquise en Amérique de pareilles possessions? Qu'est-ce que cela en comparaison d'une contrée comprenant près de cinq cents lieues de côtes sur les deux océans, avec une largeur moyenne d'environ deux cents lieues, un pays enfin deux fois grand comme la France, d'une rare fertilité en son nord, arrosé de nombreux cours d'eau, riche en pâturages et en minéraux de toute sorte, favorisé d'un climat rude, mais sain, et où l'on ne rencontre pas un seul reptile venimeux? Cette contrée comporte deux provinces, la Patagonie et l'Araucanie. Voilà ce que je veux offrir à la France, car ma prise de possession imminente de ce vaste territoire ne sera que le point de départ d'une colonisation française...

Je marquai un temps, jugeant l'effet produit. Assurément, le marquis d'Ans allait se lever, me tendre les deux mains, crier : « Bravo! monsieur! »

— Intéressant, dit-il. Vous disposez encore de deux minutes et demie.

— En deux minutes, monsieur, je vous aurai convaincu. Cette terre de liberté est convoitée par ses voisins du nord, l'Argentine et le Chili. Ces deux pays n'ont aucun droit sur elle, ni par les armes, ni par traité, ni même par le sens de l'Histoire. Cette terre est habitée par des tribus d'Indiens qui abominent Argentins et Chiliens. Mais elles sont divisées, courageuses mais sauvages, en proie à l'anarchie et incapables de mettre en valeur ces contrées qui pourraient nourrir vingt à trente millions d'habitants alors qu'elles n'en portent pas le centième. J'arrive. J'unis les tribus sous mon drapeau. Je me fais proclamer roi, car c'est le vœu des Indiens pour lesquels la république est synonyme de sang et de mort puisque c'est le régime que se sont donné leurs pires ennemis. Je pacifie les frontières et mets fin aux incursions chiliennes et argentines. Enfin, reconnu roi par tous les États du monde, j'appelle à moi les colons français, les soldats laboureurs, tous ceux de mes compatriotes, gênés par le trop-plein de l'ancien monde, qui consentiront à collaborer à l'œuvre de civilisation que j'entreprends. La seconde patrie que nous créerons d'un commun accord les récompensera largement de leurs peines. Elle portera le nom de *Nouvelle-France, royaume de Patagonie et d'Araucanie.* J'embarque à la fin du mois. Mon gouvernement est prêt à franchir l'Océan à mes côtés. Je réclame seulement du gouvernement impérial les moyens appropriés à la hauteur de l'entreprise. De quoi solder dignement mes troupes, mes ministres, mes diplomates et ma maison royale, ainsi que des armes et des uniformes pour équiper mes premiers régiments. En voici la liste, établie dans le détail par mon ministre de la Guerre.

Tout cela était contenu dans une enveloppe scellée que je déposai sur le bureau du marquis.

— Ah! dis-je, et que l'on n'oublie pas les tambours, trompettes et clairons! Il n'existe pas de victoire sans fanfare. Voilà, monsieur, j'en ai terminé. Vous pouvez m'annoncer à Son Excellence.

La foudre serait tombée sur le bureau de M. d'Ans qu'il n'en aurait pas été moins pétrifié. La stupeur se lisait sur son visage. Il me contemplait, la bouche grande ouverte, le regard effaré. Qu'avait imaginé ce jeune homme? Que j'étais venu lui exposer l'une de ces inventions utopiques dont tant de fous ont le secret? Un royaume! monsieur. Un royaume! J'avais gagné... Enfin M. d'Ans parla. Sa voix avait changé.

— Et vous comptez partir? *Vraiment* partir?

— Mon passage, ainsi que ceux de mes ministres, sont retenus à bord du paquebot à vapeur *La Plata,* qui fait escale au Havre, à destination de Panama.

— Nous ne pouvons vous en empêcher, monsieur *de* Tounens, chacun est libre de se perdre.

M. d'Ans avait refermé sa bouche et retrouvé sa morgue. A mon tour de le regarder, incrédule.

— Mais enfin! Vous n'avez pas compris...

— Oh! si. J'ai *très bien* compris...

— Mais je dois rencontrer Son Excellence! C'est de la plus haute importance! Je dois établir des relations diplomatiques avec Son Excellence M. de La Valette, ministre des Affaires étrangères. Je dois approcher l'Empereur. Je dois...

Mes forces me quittaient. Le Verbe me trahissait.

— Revenez en roi, monsieur *de* Tounens, Son Excellence vous recevra. Mais d'ici là, acceptez ce conseil. Abstenez-vous de toute démarche semblable à celle qui vous a conduit jusqu'ici et estimez-vous heureux d'être tombé sur moi.

Ma conviction demeurait intacte mais j'étais accablé. Muet, le pas lourd, je me dirigeai vers la porte.

— Monsieur *de* Tounens...

Le marquis s'était levé. Je vis dans son regard glacé la morgue faire place à l'ironie, puis l'ironie à quelque chose qui ressemblait vaguement à de la sympathie.

— Bonne chance quand même, monsieur de Tounens.

Cette fois, il n'avait pas insisté sur le *de,* mais je n'étais pas plus avancé.

La semaine qui suivit fut affreuse. Je m'obstinai. Au ministère des Affaires étrangères où j'allai néanmoins déposer ma carte de prince, je ne fus pas reçu. Pas le plus modeste attaché. Seulement le geste agacé d'un huissier. Au grand maréchalat de la cour, le rire à peine déguisé d'un secrétaire. Au cabinet des aides de camp de l'Empereur, palais des Tuileries, ma carte me fut retournée par un planton. Dans les banques, on ne prit pas plus de gants. Chez MM. Rothschild, un secrétaire impatient, de qui j'étais parvenu à me faire écouter, brisa l'entretien :

— Roi! Roi! Mais monsieur, vous me faites perdre mon temps. Si vous alliez prendre du repos...

Partout, je laissai une enveloppe scellée contenant l'exposé de mon grand projet, assorti de mes souhaits en matière d'emprunts et de budget, avec ma carte et mon adresse pour la réponse, *hôtel de Tours, place de la Bourse,* et la mention de cette précision : *à Paris jusqu'au 25 janvier 1858.* Dix jours. Je leur accordai dix jours pour se hisser à ma hauteur. En dix jours, ils finiraient bien par comprendre. Ils m'enverraient des estafettes, des messagers, des émissaires. Ils m'ouvriraient leurs portes à deux battants : « Sire, donnez-vous la peine d'entrer, et voyons ensemble, si Votre Majesté le veut bien, comment et dans quelles conditions nous allons pouvoir aider la naissance de ce royaume... »

Je n'avais plus qu'à attendre...

Attendre.

Toute ma vie j'ai attendu. Roi, je l'ai été. Durant de fort courtes périodes et pas toujours dans les conditions que l'on croit. Entre ces instants de royauté, je n'ai rien fait qu'attendre. Le destin d'un roi ne se force pas. Il procède à l'évidence de la dignité royale qui est un principe éminemment supérieur et indépendant des volontés humaines. Il finit toujours par s'imposer, seul. L'attendre est déjà s'en imprégner. Et tandis que j'écris ces lignes, c'est le dernier acte que j'attends : la mort d'un roi. Sublime attente. Je le sais, Dieu me reconnaîtra.

Attendre.

Paris m'était indifférent. Sa foule immense ne m'offrait aucun reflet de moi-même. Je n'y étais qu'un inconnu parmi des millions d'inconnus. Je sortais donc peu, préférant méditer dans ma chambre d'hôtel, travaillant d'arrache-pied à la composition de mes forces armées. Notamment la marine royale. Je la voulais modeste, mais suffisamment puissante pour imposer le symbole : un bâtiment de guerre, *La Médéa,* de quatre-vingts à quatre-vingt-dix canons, deux frégates d'environ trente-six canons chacune et deux corvettes d'environ vingt-six canons chacune; tous les canons de la plus longue portée possible et des bâtiments à vapeur. La marine se composerait donc de deux cent quatorze canons de dix hommes par pièce, soit deux mille cent quarante hommes, semblable force d'artillerie à

terre ou plus si c'est possible. Le surplus en cavalerie et en infan-
terie...

J'en étais là, ce soir-là, quand une formidable et triple explosion
ébranla tout le quartier. Les vitres de ma chambre volèrent en éclats,
ma porte s'ouvrit comme poussée par une force invisible, le gaz
s'éteignit et divers objets sautèrent comme des puces et tombèrent de
la table et de la cheminée. Me penchant à la fenêtre, j'aperçus dans
la nuit des passants qui couraient en tout sens, d'autres qui s'interpellaient : « Un attentat! Un attentat! »

Je blêmis. Je me tâtai le corps, les membres, passai les mains sur
mon visage. Pas de sang. Rien de cassé. J'étais sauf. Ainsi, ils
avaient osé! Mon royaume, déjà, les gênait. Il leur portait ombrage.
Ils ne m'avaient pas envoyé de messagers. Ils m'avaient envoyé des
assassins. Et de la pire espèce. De celle qui n'hésite pas, pour abattre
un roi, à faire couler le sang innocent. Ainsi, on avait voulu me tuer,
moi, le roi de Patagonie, incognito, en plein Paris! Je l'avoue, une
certaine ivresse me saisit, comme si, d'une abominable façon, je
venais d'être couronné. Les princes suscitent autant de haine que de
dévouement. Cela fait partie du métier de roi.

Le lendemain, j'appris qu'on avait lancé trois bombes sur la ber-
line de l'empereur et de l'impératrice qui se rendaient à l'Opéra,
lequel est proche de la Bourse. Douze lanciers de l'escorte furent
tués, ainsi que le général aide de camp Roquet dont le sang avait
éclaboussé la robe de l'impératrice. Partout des chevaux éventrés,
des blessés. Et l'impératrice qui disait, souveraine : « Pensez aux
blessés, ne vous occupez pas de nous, c'est notre métier. » On sait
maintenant qu'il y avait deux assassins, Orsini et Pierri. Il m'est
resté une certitude, que l'âge a seulement transformée en doute, que
les assassins étaient deux parce qu'ils avaient voulu faire coup
double, l'empereur des Français *et* le roi de Patagonie.

L'empereur fut acclamé et Paris rentra dans l'ordre.

Plusieurs fois par jour, je descendais voir le portier à face de rat.

— Pas de lettre? Pas de message? Mais enfin, il est bien venu une
estafette, du palais? Et un commissionnaire, du ministère des
Affaires étrangères?

Il haussait les épaules. Je le soupçonnais d'être à la solde de mes
ennemis, d'avoir volé ces lettres. Aujourd'hui, je le sais, aucune lettre n'a jamais été envoyée au prince Orélie-Antoine de Tounens,
hôtel de Tours, place de la Bourse, à Paris. J'étais seul. Paris! Paris!

Il existait bien une clef pour ouvrir les portes de Paris! Mais cette clef, je le sais aussi, on ne la confie jamais à un petit avoué de Périgueux...

Une lettre m'arriva toutefois. « De Périgueux! » dit avec dédain le portier de l'hôtel. Une lettre de mon frère Jean m'apprenant qu'il avait obtenu, du Crédit Foncier, un prêt de vingt-cinq mille francs-or en gageant tous ses biens. Il me demandait des précisions sur les appuis et commandites que j'avais reçus, et m'assurant de sa fraternelle affection, sollicitait la permission de ne pas m'accompagner en Patagonie. Lui-même, Lamothe et Pouyadou, chargés de famille, « ne pouvaient s'absenter ». Cela aussi, je le savais. Je partirais donc seul. Des ministres, j'en trouverais là-bas... Je répondis à Jean que mes affaires étaient au plus haut mais que ces accords restaient secrets en raison de la personnalité des augustes signataires.

A la *Compagnie générale maritime*, 8, rue de la Paix, qui représentait la *Royal mail* à Paris, je retins définitivement mon passage sur le navire à vapeur *La Plata*, mais seulement pour le mois de juin. Il me fallait encore attendre la prestation de serment de mon successeur Mᵉ Noël Pouyaud, laquelle ne pouvait s'effectuer qu'en avril.

Dans les bureaux de la compagnie, je tombai en arrêt devant une affiche. Je me la rappelle encore : *Départ pour les mines d'or de la Californie. En charge à Saint-Malo, le magnifique navire neuf* Le Montalembert, *du port de six cents tonneaux, construit exprès pour ces voyages. Les passagers trouveront à bord tout le confort désirable, et en arrivant à San Francisco, ils auront, auprès d'un comptoir spécial de* L'Union, *tous les renseignements et toutes les facilités pour s'utiliser immédiatement sur un* placer *d'or...*

Je manquai renoncer. M'embarquer sur ce navire, refuser l'argent de mon frère et l'aller chercher de mes mains, mêlé aux pires aventuriers de toutes les nations d'Europe... Et la Patagonie? Mes sujets lointains qui, déjà, m'acclamaient? Je me devais à leur cause. Ensemble, et par surcroît, nous découvririons des mines d'or, en Patagonie! Ma vie entière me l'a prouvé : on trouve de tout, en Patagonie! Il suffit de le rêver...

Je traînai encore quelques jours à Paris. A ma façon, j'étais roi, dans ma chambre d'hôtel, à attendre ces lettres qui ne venaient pas.

A la nuit tombée, je portais mes pas jusqu'à la butte Montmartre. Il y avait des tavernes, avec des gens étrangement accoutrés, qui parlaient fort et se racontaient des histoires folles. Je m'installais seul à une table, dans un coin, enveloppé dans ma cape, et je les écoutais. Je restais parfois jusqu'au matin et l'on me saluait en partant. Certains étaient accompagnés de femmes merveilleuses. Une nuit, l'une d'elles s'approcha de ma table.

— Je te trouve bien seul, mon petit lapin...

Elle était blonde et ressemblait trait pour trait à Véronique, ma reine.

Je n'ai rien répondu...

DEUXIÈME PARTIE

VIII

La grande houle de l'Atlantique...

Les feux d'Ouessant qui disparaissent dans la nuit, et le haut phare, sentinelle d'arrière-garde, qui m'envoie quelque temps encore et de plus en plus faiblement, son message d'adieu... Adieu! la France. Adieu! vieux monde mesquin où les avoués de Périgueux n'ont aucune chance de devenir prince ou roi. La lueur intermittente du phare disparut à son tour. Je rentrai dans ma cabine. Je notai la date et l'heure, 25 juin 1858, trente-deux minutes avant minuit.

Ma vraie naissance...

Le dernier quart d'heure, à Périgueux, ne s'était pas passé sans mal. Revenant de Paris, j'y avais trouvé une sorte de complot. On se liguait contre mon départ. Ma famille, mes amis, mes confrères avoués. Mûs par le désir de me conserver parmi eux et espérant que la réflexion me ferait changer d'avis, ces derniers retardaient autant que possible l'admission de mon successeur. Ils firent mon siège, rue Hieras, défilant à mon étude, Me Villemonte, Me Lavavé, Me Lachapelle, Me Chouri, Me Reveilhas, jusqu'au doyen des notaires, Me Guillier. « La proie pour l'ombre » était leur argument. S'ils avaient su combien déjà je m'étais éloigné d'eux et de leurs mercantiles écritures... Je crois plutôt qu'ils craignaient pour leur propre respectabilité. Qu'un avoué de la ville pût devenir aventurier laissait planer sur mes confrères de Périgueux toutes sortes de doutes fâcheux qui font fuir la clientèle. Ils durent renoncer. Le 18 mars, Me Noël Pouyaud prenait possession de la rue Hieras, et moi, dépouillant une identité qui ne m'avait jamais convenu, je n'étais plus Me Thounem, mais le prince Orélie-Antoine de Tounens. Désormais, quoi qu'ils en pensassent, il ne pouvait exister de confusion sur ce point.

De Mᵉ Léon Gilles-Lagrange, mon chargé d'affaires en France, point de nouvelles. Il n'avait pas répondu à ma lettre de Paris et me faisait savoir par ses clercs et ses domestiques, à son étude, qu'il était trop occupé pour me recevoir, à son domicile, qu'il était trop fatigué ou sorti. Je n'avais pas insisté. Devenu roi de Patagonie, toutes ses réticences tomberaient devant l'honneur que je lui avais fait.

Jusqu'à Zulma qui vint me supplier au nom de ma famille!

— Tu vas ruiner ton frère! Il est aussi insensé que toi de te soutenir dans tes folies! S'il ne rembourse pas la banque avant cinq ans, on le saisit. Il perdra tout. Par ta faute! Y as-tu songé?

— Zulma, lui avais-je répondu, en dépit du peu d'affection que tu me témoignes et du mal que tu as toujours cherché à me faire depuis notre âge le plus tendre, avant cinq ans tu seras princesse royale! On te fera des révérences dans les salons de Périgueux et jusqu'au palais des Tuileries. Je doterai tes filles. Elles épouseront des princes d'Europe, et ton fils, dès sa majorité, commandera dans mes armées.

Elle était partie d'un rire dément.

— Je vais te dire ce que tu es, Antoine! Tu n'es qu'un pauvre...

— Tais-toi!

Je n'ai jamais revu Zulma.

Puis ce fut le tour de mes *ministres*. Ils vinrent en délégation rue Hieras. Ah! Ils avaient triste mine, Lamothe et Desmartin... De Pouyadou, pas de nouvelles non plus. M. le chef de division à la préfecture de la Dordogne cachait sa honte dans ses dossiers. Je lui fis conduire mon chien pour qu'il en prenne soin en mon absence. Il s'arrangea pour le perdre.

— Antoine, disait Lamothe, mais c'était pour rire! Pour nous raconter de belles histoires, le dimanche...

— Mon cher Lamothe, je ne ris jamais, vous devriez le savoir.

Desmartin était resté silencieux. Je le voyais me dévisager gravement, comme s'il découvrait quelqu'un qu'il ne connaissait pas. Ils semblaient perdus pour moi. En cet instant, me trouvant sans gouvernement à la veille de mon départ, je les remplaçai tous deux, emportant leur ombre déguisée en souvenir de nos grands projets du dimanche, et nommai *in petto* deux ministres: M. Desfontaine, ministre d'État, garde des sceaux, et M. Lachaise, ministre de la Maison royale. Ils n'existent pas, n'ont jamais existé, quoi que j'en aie dit dans mes écrits pour cacher ma solitude. Mais ils m'ont servi fidèlement au-delà des bornes humaines du dévouement. Ministres, ils ont contresigné mes décrets. Leurs invisibles mains tiendront les cordons fantômes du poêle inexistant quand le corbillard du village me conduira vers mon éternel palais.

A la station de la diligence de Limoges, correspondance du chemin de fer de Paris, où je devais changer de train à destination du Havre, seul mon frère Jean m'accompagna. La fanfare du 17ᵉ ne jouait pas ce jour-là. Mes malles hissées sur le toit, mon visage à la portière, j'avais déjà coupé les ponts et brûlé mes vaisseaux. Jean était triste. Il affichait une sorte d'air coupable, comme un enfant qui s'aperçoit qu'il vient de commettre une grosse bêtise. Je l'embrassai.

— Aie confiance, lui dis-je. C'est un roi qui te parle. Je t'écrirai...

Et voilà. Ce 25 juin à minuit, j'étais en mer. En route pour mes États.

Le navire *La Plata* était un de ces tout nouveaux *steamers* à hélice et à machine *compound* lancés par les Anglais sur leurs lignes transatlantiques. Trois mâts étaient aussi plantés sur le pont, courts et penchés, portant chacun deux voiles carrées, et, pour celui de l'arrière, la seule voile d'artimon. Marchant à huit nœuds constants, par vents portants *La Plata* augmentait ainsi sa vitesse, assurant la traversée du Havre à Colon, sur l'isthme de Panama, *via* Saint-Thomas, aux îles Vierges ou Gentilles, possessions du Danemark, dans un délai de trois semaines à un mois. C'était un beau et fin navire de 76 mètres de longueur sur 10 mètres de largeur conçu pour le transport des passagers de marque, en première et deuxième classe seulement, à l'exception de toute classe d'émigrants ou de passagers du bas peuple, avec, dans ses deux cales, une certaine quantité de fret de prix. Je sus tout de suite, l'ayant visité dès mon embarquement au Havre, que c'était de ce type de navire que j'équiperais ma *Compagnie royale maritime de Patagonie*. Au *punch* qui nous avait réunis au salon, juste avant l'appareillage, moi-même et les autres passagers de première classe, je l'avais fait savoir au commandant du navire, capitaine John Templeton, un homme charmant d'une cinquantaine d'années, le teint cuit et recuit dans sa fréquentation de tous les océans du globe, parlant en outre remarquablement le français, ce qui se rencontre peu chez les orgueilleux fils d'Albion.

J'occupai l'une des meilleures cabines du bord, légèrement en avant du navire et au vent dominant de la cheminée, ce qui me délivrait de toute poussière de suie et de l'odeur incommodante de la fumée. Ma cabine donnait sur le pont supérieur prolongeant directement la dunette où se trouvaient le salon du commandant, la chambre de veille et la timonerie, à une hauteur suffisante au-dessus de la ligne de flottaison pour me permettre de prendre l'air et le jour par une vraie fenêtre et non par un hublot. Elle était entièrement lambrissée d'acajou, à la fois petite et spacieuse, dotée d'un lit véritable, d'une commode formant secrétaire, d'une armoire et d'un large coffre contenant mes deux malles, ainsi que d'une toilette complète. A mon service, seulement partagé par les deux cabines voisines, un valet qu'à bord on appelait *steward* et un mousse qu'on appelait *groom*, pour le ménage de la cabine et les menus services. J'avais payé deux mille cinq cents francs cette cabine, tous frais compris, l'une des trois plus coûteuses du bord, mais un roi, fût-il incognito, peut-il voyager au rabais sur un navire étranger lorsqu'il se rend dans ses États?

J'avais choisi, en effet, de voyager sous mon identité première : prince Orélie-Antoine de Tounens, taisant ma royale condition et ne m'en ouvrant qu'au seul capitaine Templeton, maître après Dieu de nos destins. Il avait eu le bon goût de me jurer le secret, hochant la tête en *gentleman* qui sait ce que parler veut dire.

— Dois-je vous appeler *sire*, en français, ou *your majesty*, dans ma langue, quand nous nous trouverons seul à seul, sur la passerelle par exemple?

La passerelle de commandement n'était accessible qu'aux seuls passagers de première classe des cabines du pont supérieur. J'y ai passé de longues heures, surtout la nuit, silencieux, adossé dans un coin, respirant la brise de l'Océan qui se faisait plus chaude chaque jour. J'écoutais battre le cœur régulier du navire d'une sorte de rythme éternel qui me rapprochait de mes États, mais comme si je ne devais jamais y arriver. J'ai vécu là des moments inoubliables, commandant mes escadres de Patagonie dont les navires couvraient l'Océan. Je me souvenais de mon enfance, des gabares de la Dordogne... Parfois je me demandais si j'étais jamais sorti de l'enfance? Et si tout cela n'était que le même rêve qui court, ininterrompu, sous l'apparence trompeuse de ce que l'on appelle l'existence, la vie... Savais-je seulement si je vivais?

— Cher capitaine, faites-moi la grâce de m'appeler *prince*, ou plus simplement *monsieur*, si vous acceptez d'être de mes amis.

Il avait eu un autre petit hochement de tête complice, accompagné d'un sourire à ce point chaleureux que, pour la première fois depuis de longues années, je me surpris à sourire à mon tour.

Une autre nuit, par une épouvantable tempête, j'avais néanmoins rejoint mon refuge favori, sur la passerelle. J'ai le pied marin. Ce fut ma surprise de le découvrir. Tous les autres passagers étaient malades comme des chiens. La mer s'était couverte d'une écume folle que chaque rafale arrachait et des vagues monstrueuses se précipitaient à l'assaut du navire qui se redressait bravement et franchissait l'obstacle dans un frémissement de toute sa coque. J'entendis une voix gaie, à mes côtés, dans l'obscurité et le mugissement du vent.

— Ne vous semble-t-il pas, *your majesty*, que c'est là un vrai temps de Patagon? Votre marine aura besoin de sacrés bons officiers, ne croyez-vous pas?

C'était le capitaine Templeton.

— De bons officiers, certes, hurlai-je dans la tempête. Capitaine, quittez ce commandement qui n'est plus digne de vous et venez prendre la direction de ma compagnie de navigation. Je vous donnerai carte blanche.

— Voilà une bonne idée! cria-t-il joyeusement.

Il n'est jamais venu. Je ne l'ai jamais revu. Mais il commande l'une de mes deux frégates, que j'ai baptisée *La Plata*. Je lui devais bien ça. Grâce à lui, j'ai régné au plus fort des tempêtes. Quel homme, au monde, peut en dire autant! Et cette nuit-là j'ai chanté.

> *Bruches Dordonha, Bruches Malpas,*
> *Los auras pas les gabariers d'Argentat!*

Un sourire et une chanson. Merci! John Templeton...

A l'égard du reste des êtres humains vivant à bord, passagers, officiers et marins, j'avais choisi la solitude et le silence. Durant les repas, qui se tenaient quatre fois par jour, du *breakfast* au *dinner* en passant par le *lunch* et l'*afternoon tea*, car ces Britanniques, tout éloignés qu'ils fussent des plaisirs de la table, mangent énormément, j'avais obtenu, moyennant un pourboire important au maître d'hôtel, qu'on me servît seul à une petite table ronde dans un coin de la salle à manger. Il y avait là de nombreux Anglais dont je ne savais pas la langue, ingénieurs, négociants, diplomates, officiers qui rejoignaient leur poste aux Antilles britanniques, ainsi que quelques vieilles *ladies* et deux ou trois couples de bonne famille qui voyageaient pour leur plaisir. Imagine-t-on cela ? Voyager pour son plaisir ! Je ne parlais pas non plus le castillan. Il me faudrait l'apprendre sur place pour traiter avec le gouvernement chilien. Mais d'ici là mon ignorance m'évitait d'avoir à répondre à la curiosité indiscrète des passagers sud-américains. Ils arboraient d'énormes favoris noirs bouclés, parlaient fort, s'essuyaient la bouche avec le bas de la nappe et se donnaient de grandes claques dans le dos. En aucun cas je n'eusse souhaité, moi le roi, me mettre en situation de subir des démonstrations d'une semblable vulgarité. Le capitaine Templeton lui-même, en dépit de sa courtoisie, ne pouvait retenir un geste de recul.

Et il y avait les Français. Peu nombreux, ils ne se quittaient jamais, jetaient aux autres passagers des regards de pitié, déploraient avec des mimiques navrées la médiocre qualité de la cuisine tout en engloutissant au *breakfast* d'impressionnantes quantités d'œufs au lard. J'identifiai un planteur de la Martinique qui devait nous quitter à Saint-Thomas, un colonel instructeur des armées du Pérou, et sa femme, un petit clan de Basques, éleveurs et négociants au Chili, et un jeune diplomate élégant et désinvolte, M. Antoine d'Aninot, qui rejoignait son premier poste auprès du consul général de France à Valparaiso. Dès le premier soir, ils m'avaient prié à leur table, amabilité à laquelle j'avais répondu négativement par un courtois et royal signe de tête. Ils avaient insisté le lendemain. Visiblement, je les intriguais. J'avais persisté dans mon refus. Je me méfiais d'eux comme de la peste. A Paris et à Périgueux, j'avais appris à connaître les Français. En France, on ne cherche que les occasions de rire et on leur sacrifie souvent les intérêts les plus graves et les espérances les plus sérieuses. J'avais décidé de ne plus me laisser entraîner inconsidérablement par le Verbe avant que d'être mis en présence de mes chers sujets, et de ne plus dévoiler mes projets qu'à des personnes sûres. Celles-là ne l'étaient pas. A commencer par le colonel et le jeune consul. Nous nous rencontrions au fumoir où je daignais paraître une demi-heure chaque soir, après souper. Le capitaine Templeton m'avait présenté. J'avais distribué ma carte de visite à la ronde. J'offrais le porto vieux, les cigares. Nous parlions du temps, de la France lointaine. J'évoquais mon enfance solitaire au château de La Chèze, auprès de ma mère la princesse, veuve et inconsolable, élevé par de vieux serviteurs fidèles.

— Prince, disait le jeune consul, vous voilà bien mystérieux. Tout cela ne nous explique pas pourquoi vous avez entrepris un aussi long voyage. N'avez-vous point pitié de madame votre mère, seule dans son château?

— Elle sait mes grands desseins.

— Et quand retournerez-vous au pays?

— Mon pays est ailleurs. Qui sait si je rentrerai jamais...

— Mon cher prince, reprenait le colonel avec une impudence cauteleuse...

Mon cher prince! Étais-je son ami? Ne pouvait-il au moins me nommer *monseigneur?* Je réfrénais l'envie de lui apprendre les bonnes façons, à cet escogriffe militaire...

— Mon cher prince, confiez-nous la vérité. Cherchez-vous fortune aux Amériques? Quand cela serait, il n'y aurait pas faute contre l'honneur de votre illustre maison. C'est ainsi que depuis Colomb tant de nobles familles vont redorer leur blason.

— Ma fortune personnelle suffit à mes desseins. Je n'estime pas l'or, je méprise l'argent et ma naissance m'interdit le négoce. Je me place au-dessus des biens de ce monde.

J'évitais ainsi tous les pièges. Je bernais ces hommes de peu de foi. Ils restaient sur leur soif. A neuf heures je me levais de mon fauteuil, les saluais chacun de la tête mais sans serrer de mains, et m'enveloppant de mystère et de silence, *paubre carnaval,* je regagnais ma cabine.

Au reste, sauf pour les repas, pour mes longues stations de nuit sur la passerelle et cette petite demi-heure vaine que j'accordais à ma vie publique, je ne quittais jamais ma cabine. Elle était comme un œuf où je me sentais bien, sans rien qui pût m'y distraire de moi-même. J'y respirais l'odeur du bois verni. J'accueillais comme une mélodie séraphique les craquements des parois et les vibrations du navire. Comme d'une tombe où j'aurais été enterré vivant selon ma volonté, je guettais les signes dérisoires du monde que j'avais quitté, des voix, des pas, des commandements, des disputes, la cloche qui piquait les quarts, le cliquetis des cabestans et le chant des marins pour soutenir leur effort, tout un ordre de choses auquel j'étais étranger. Outre-tombe, je régnais.

Ma cabine tenait du catafalque. J'avais fait tendre les parois de drapeaux de Patagonie, graissant la patte du *groom* et du *steward* pour que, cette tâche accomplie, ils gardassent le secret. Un pharaon eût donné l'ordre de leur couper la langue et de leur crever les yeux, mais j'étais, pour ma part, un souverain éclairé. Au moment de me coucher, j'étendais par-dessus la couverture de mon lit le grand pavillon patagon de marine, blanc cantonné de bleu blanc vert. Je m'y glissais délicieusement comme dans un linceul et m'endormais, les mains jointes, dans la paix des princes gisants.

Dans la journée, je lisais. J'avais composé avec soin ma bibliothèque royale de campagne. Quelques ouvrages déjà sus par cœur mais dont la lecture répétée me causait un plaisir d'enfant. Il y avait mon vieux compagnon, l'*Atlas universel* de Malte-Brun et Cortambert, et le petit volume des *Mémoires du Dr Richard Williams*, martyr de la Terre de Feu, que j'ai déjà évoqué au début de ce récit. Chaque soir, j'en relisais le poignant épilogue : *Nous sommes partis vers l'ouest, vers la baie de Blomfield... Allez au port des Espagnols...* Il y avait aussi le *Journal de voyage* du R. P. Housse, un jésuite français qui avait tenté l'évangélisation des Patagons et des Araucans, où je puisais la connaissance nécessaire au bon gouvernement de mes peuples. Enfin le *Voyage d'un naturaliste*, de Darwin, et le *Voyage autour du monde*, de Bougainville, compléments indispensables à la connaissance de mes provinces australes et de mes peuples du Sud, les Fuégiens. Rien d'autre. Point de livre de détente ou de piété. La volonté tendue vers mon seul destin en aurait rejeté l'usage.

L'inventaire de mes malles m'occupait également beaucoup. Je m'y livrais au moins une fois par jour, surtout celui de la malle qui contenait les attributs du pouvoir. J'en avais dressé la liste avec soin, liste contresignée par M. Lachaise, ministre de la Maison royale :

Un grand sceau de l'État, frappé de la devise *Justitia et pax*. (On se souvient que j'en avais commandé deux chez Arthus Bertrand. Je conterai plus tard où se trouvait le second.)

Un sabre de cavalerie du Premier Empire, arme personnelle du roi et symbole du pouvoir militaire.

Dix drapeaux patagons, cinq étendards de cavalerie et cinq pavillons de marine.

Les grands cordons de mes ordres royaux, la Constellation du Sud, l'Étoile du Sud et la Couronne d'acier, à mon usage personnel, ainsi que cinq croix de commandeur et dix d'officier de chacun de ces ordres, à la disposition de la grande chancellerie.

Deux cents exemplaires imprimés de la constitution du royaume.

Deux cents exemplaires de ma proclamation aux tribus à l'occasion de mon avènement.

Dix pièces d'argent d'une piastre et cent pièces de bronze de cinquante centimes patagons, frappées par Arthus Bertrand à mon effigie assortie de l'inscription *Nouvelle-France, Orélie-Antoine I*er *roi de Patagonie.*

Une grande tenue d'amiral de la flotte de Patagonie, bleu marine à parements réséda, à revêtir le jour de mon couronnement.

Une petite tenue de colonel des hussards bleus de Patagonie, à revêtir pour passer la revue de mes armées.

Le pouvoir n'est rien sans ses marques extérieures. Napoléon le savait bien, qui tenait tant à son habit vert et à son petit chapeau. Et Henri IV à son panache blanc. Et Jeanne d'Arc à son oriflamme bleue. Et les grands d'Espagne à leurs prérogatives de se couvrir devant le roi et d'entrer à cheval dans les églises. Quand Louis XVI accepta de coiffer le bonnet phrygien, il signa sa déchéance. Je suis le roi. Quel que soit le prix à payer, on ne me fera jamais renoncer aux symboles.

L'autre malle contenait mes effets personnels, une écritoire de voyage, un nécessaire de campagne inspiré de celui de l'empereur Napoléon, contenant tout ce qu'il fallait pour faire digne toilette et prendre mes repas, ainsi qu'une ceinture de sauvetage de mon invention pour franchir les *rios* tumultueux de mon royaume.

Tout cela m'avait coûté fort cher. Chaque matin, dans un carnet noir portant la suscription suivante : *Dépenses de la maison royale de S. M. le roi de Patagonie, S. Exc. M. Lachaise étant ministre,* j'inscrivais et calculais les frais de mon expédition. Je n'y ai pas manqué tout au long de mon règne. Faites-moi de bonnes finances, je vous ferai de la bonne politique... Je m'y employais d'une écriture déguisée, exercice auquel j'étais devenu très habile. Arrivé dans mes États, mes ministres indiens ne sachant point écrire et mes ministres français siégeant *in partibus*, j'usai de trois écritures différentes : la mienne propre, en mon nom royal, celle de M. Desfontaine, garde des sceaux, et celle de M. Lachaise. Chacun s'y est trompé.

Pour l'heure, d'un capital de quarante-trois mille cinq cents francs provenant de la vente de mon étude et du prêt du Crédit Foncier à mon frère Jean et qui formait le budget total du royaume, il me restait trente mille deux cent soixante-treize francs. Mes démarches à Paris, mon existence à Périgueux durant que je partageais les bénéfices de ma charge avec mon successeur désigné, le passage à bord de *La Plata* augmenté des gratifications, consommations, et cigares royalement offerts, l'achat de mes équipements et surtout la frappe de mes décorations et monnaies en avaient déjà presque absorbé le tiers. Que m'importait l'argent ! Ce n'était que le nerf de la guerre. Mes mines d'or et de cuivre, ma compagnie de navigation, ma compagnie de chemin de fer, entraînant le mouvement des banques, viendraient bientôt emplir mes caisses. L'État, c'était moi !

A Saint-Thomas, aux Antilles danoises, le planteur de la Martinique nous quitta pour attendre la malle régulière de Fort-de-France. Il avait fait le tour du monde et revenait de Pondichéry où il était allé, au nom de tous ses confrères planteurs, négocier l'engagement sans retour de travailleurs volontaires pour remplacer les esclaves noirs que la loi venait d'affranchir et qui avaient déserté les plantations, entraînant un marasme général. Un homme discret et bien élevé dont la famille était établie en Martinique depuis le début du XVIIe siècle. J'avais appris à l'apprécier. Sa distinction tranchait sur la faconde vulgaire des autres passagers français, à l'exception de M. d'Aninot le consul. Sur la fin, en sa compagnie, je m'étais laissé aller à quelques confidences.

La Plata était mouillée en rade de Charlotte Amalie, la petite capitale de l'île. Du bord, le coup d'œil était charmant. Rien qui ressemblât à mon Périgord natal. Une mer d'émeraude. Un rivage planté de cocotiers et bordé de maisons de bois à colonnes. Au sommet d'une colline, un fort de style espagnol surmonté d'un drapeau danois rouge frappé d'une croix blanche. J'annonçai mon intention de rendre visite au gouverneur.

— Gardez-vous-en bien, dit le planteur. Le gouverneur a d'autres soucis présentement. Ne vous fiez pas aux apparences.

Des barques délabrées chargées à couler de nègres en haillons rôdaient autour du navire. Ces malheureux nous interpellaient dans un jargon rudimentaire fait de mots français et anglais, brandissant de grossiers paniers pour les vendre ou tendant tout bonnement la main. Il y avait des femmes à bord. Leur peau noire luisait par les déchirures de leurs robes. De ma vie je n'avais vu de créatures aussi nues. Je crus distinguer que certaines d'entre elles étaient jeunes et jolies. Il me sembla même découvrir un sein noir qui, honnêtement, m'hypnotisait. Noir ou blanc, c'était le premier que je voyais. Un grand diable gesticulait en me désignant sa compagne. Il eut un geste pour lui soulever sa robe par-dessus le genou, puis, riant de toutes ses dents, assena sur la croupe de la fille une claque vigoureuse qui me rappela les maquignons de la foire d'Excideuil.

— Hé! Missié! Ti veux ma sister? Bon trou-madame, ma sister, joli joli. Two dollars, ti gardes la nuit.

— Gardez-vous-en bien, dit encore le planteur, beaucoup de ces femmes sont...

Je le coupai d'un geste noble.

— Je suis marié, dis-je, et fidèle à la princesse Véronique.

De la passerelle, hurlant dans son porte-voix, le capitaine donnait des ordres à l'équipage. Des matelots couraient sur le pont et dans les coursives du navire, fermant les panneaux d'écoutilles, les bas hublots, les portes extérieures à clef. Un garde en armes prit position à l'échelle de coupée.

— Il n'y a pas à craindre pour sa vie, expliqua le planteur. Pas encore. Mais depuis l'abolition de l'esclavage, tous ces nègres-là vous volent dès que l'on a le dos tourné. Avec une impudence!

Tirant de sa poche de la menue monnaie, il la jeta en gerbe par-dessus bord. Vingt négrillons plongèrent et c'était miracle de les voir dans l'eau translucide attraper les pièces avant qu'elles disparaissent dans les profondeurs. Certains revenaient bredouilles. Il y eut force disputes et grands jacassements.

— Vous voyez ce qu'il en est, dit le planteur. Nous avions chassé le naturel, il revient au galop. Je ne donnerais pas cher de ces îles...

Par la chaloupe du bord, je l'accompagnai en ville.

— Emportez peu d'argent sur vous, avait recommandé le capitaine Templeton. D'ailleurs il n'y a rien à acheter. Ne répondez pas aux mots malsonnants. Évitez les ruelles écartées.

Nous débarquâmes sur un quai branlant qui semblait ne pas avoir été entretenu depuis dix ans, aussitôt assaillis par les mendiants et les petits vendeurs de bananes. Vingt nègres me prenaient par le bras jusqu'à m'agripper violemment en me décrivant leur sœur.

— Dix ans! dit le planteur qui venait de trébucher sur une planche pourrie du quai. Il a suffi de dix ans. Un peuple si aimable, si gai, si doué...

Les belles maisons coloniales, en bordure de mer, si jolies de loin, de près tombaient en décrépitude. Des familles entières de nègres y avaient élu domicile dans le délabrement des splendeurs passées. L'avenue était malodorante sous la chaleur et encombrée de détritus. Certains habitants nous saluaient gentiment. D'autres, les plus jeunes, nous jetaient des regards venimeux.

— Le monde bascule, dit le planteur. Si vous étiez venu avant l'abolition... Beaucoup de Blancs ont quitté l'île. Ceux qui ont choisi de rester se sont repliés dans les villas qui entourent le fort. La nuit, l'armée patrouille. Il reste un seul hôtel ouvert, celui où je vais attendre mon bateau.

Nous y fûmes déjeuner, dans une chaleur étouffante, mal servis, comme à contrecœur, par deux domestiques noirs d'une rare nonchalance. Le ventilateur du plafond ne brassait plus l'air épais. Depuis l'abolition, il avait perdu son moteur.

— Mon cher prince, dit le planteur qui était dans ma confidence, quand vous serez roi dans votre Patagonie, un conseil : n'importez pas de nègres libres.

— Il n'y aura pas d'esclaves dans mes États. J'apporte la paix et la civilisation.

— Comme vous voudrez. Bonne chance quand même...

Il eut, en me quittant, la même sorte de sourire que m'avait adressé Templeton. J'ai retenu son nom : André Barret. Je ne l'ai jamais revu. Je lui ai écrit, à Fort-de-France, pour lui notifier sa nomination au poste de consul général de Patagonie. Il ne m'a jamais répondu. Il est aujourd'hui le doyen du corps diplomatique patagon.

Rembarquant à bord de *La Plata,* je conclus de cette courte visite qu'on ne forge pas de grande nation sous la chaleur des tropiques. Ce sont les climats froids et rudes qui trempent les âmes et enfantent les civilisations. Je me félicitai de mon choix.

Enfin, avant l'appareillage du navire, j'écrivis à Desmartin. Je commençai une longue lettre pour lui narrer par le menu mon voyage. Au troisième feuillet, je levai ma plume, frappé par une double évidence. Que rien de tout cela ne saurait éveiller la curiosité et l'intérêt d'un juge de paix à Saint-Pierre-de-Chignac voué au tran-tran de la justice et de la famille. Et qu'il vaut mieux être bref et demeurer évasif si l'on veut se construire une légende. De Zénobie, par exemple, reine de Palmyre, on ne sait rien, quelques mots sur une colonne antique et c'est tout. Cela n'a pas empêché ses biographes d'en tirer des ouvrages de cinq cents pages. Je détruisis les trois feuillets et écrivis la lettre suivante :

« Mon très cher ami,

« Je suis arrivé à Saint-Thomas le 15 juillet, à quatre heures du soir, mon voyage a été très bon, la mer constamment belle. Je pars dimanche prochain 18 du courant pour continuer mon voyage. Je n'arriverai à ce qu'il paraît que le 20 du mois d'août. Plus tard je t'écrirai plus longuement. Écris-moi le plus souvent possible, je te prie.

« Bien des choses de ma part à Mme Desmartin et à ta mère. Adieu, mon bon ami. Je prie Dieu qu'il t'ait en sa sainte et digne garde.

« Prince O.-A. de Tounens. »

IX

A Colon, sur la face atlantique de l'isthme de Panama, je quittai mon cher navire *La Plata* et mon bon ami le capitaine Templeton. Tandis que la chaloupe me conduisait à terre en compagnie du colonel et de sa femme, du consul M. d'Aninot et du clan basque toujours aussi malveillant et soudé, je songeai que se rompait enfin le dernier lien qui m'attachait encore à l'Europe. J'étais en Amérique! Chez moi.

Il y faisait encore plus chaud qu'à Saint-Thomas. On ne pouvait faire un mouvement sans être trempé de sueur. Un plafond de nuages immobiles comprimait l'atmosphère. L'action de respirer était elle-même un effort. Pour ajouter à cette oppression, on entendait par intermittence, venant de la terre, le crépitement d'une fusillade.

— Révolution, dit seulement le jeune lieutenant qui commandait la chaloupe, comme si c'était la chose la plus naturelle du monde.

Il fallait cependant débarquer, franchir l'isthme par la récente voie du chemin de fer de la *Panama Railroad Company*, pour retrouver de l'autre côté, au port de Panama, sur l'océan Pacifique, le *steamer Acapulco* faisant route avec escales de San Francisco à Valparaiso.

— Rien à craindre, ajouta le lieutenant. Ces gens-là ne se battent qu'entre eux et de loin, car ils sont très poltrons. Il suffit de se baisser de temps en temps pour éviter les balles perdues.

Un roi ne baisse pas la tête, pensai-je. J'allais pouvoir mesurer mon courage.

La petite ville de Colon était d'une grande laideur. Le spectacle des rues, des gens et des biens offrait plus de désolation encore qu'à Saint-Thomas. Plus de jacassements. Plus de sollicitations. Rien qu'une morne hébétude dans un triste décor. Quelques maisons basses, des entrepôts alignés le long d'une plage sale et dénudée, la gare du *Panama Railroad* et son hôtel attenant, un bâtiment lépreux, en bois, à l'enseigne *Colon Palace Hôtel*. C'est là que nous descendîmes. Une trentaine de chevaux gardés par deux soldats étaient attachés devant l'hôtel. A la porte, deux sentinelles croisèrent la baïonnette. Ils portaient des uniformes vert olive en loques et de curieuses petites casquettes plates à visière.

— Les Noirs! dit le colonel. Laissez-moi faire.

Je dévisageai les soldats. Ils étaient blancs. Instructeur de l'armée du Pérou, le colonel parlait le castillan. Les baïonnettes s'écartèrent. Nous entrâmes. Le *salon* empestait le rhum et le tabac. Dans la fumée des cigares et le cliquetis de son sabre lui battant les éperons, un petit homme s'avança. Sa casquette plate s'ornait de six étoiles et ses manches de galons d'argent qui s'enroulaient comme des serpents jusqu'aux épaules. Le colonel se nomma. L'autre répondit en roulant effroyablement les r.

— Général Manuel Rodriguez y Peralta! Je tiens la ville!

Ils tombèrent dans les bras l'un de l'autre en s'appliquant mutuellement d'énormes claques dans le dos. J'ai retrouvé jusqu'au Chili cette étrange coutume qu'on appelle *l'abrasso* et à laquelle je n'ai jamais pu me faire. Un roi doit conserver ses distances. Toutefois, par dérogation découlant des circonstances et eu égard à son grade, je tombai à mon tour dans les bras du général, ou plutôt ce fut lui qui tomba dans les miens, car il était de petite taille.

— Buvons! dit-il d'une voix formidable.

— Buvons! répondirent en chœur les officiers et soldats qui peuplaient le *salon*. Et tous levèrent leur verre.

A ce moment-là on entendit un bruit de galopade dans la rue, suivi d'une fusillade lointaine qui semblait s'approcher. Un cavalier couvert de poussière fit irruption dans la pièce.

— Ils arrivent! haleta-t-il.

— *Por Dios!* jura le général. Nous sommes trahis. Trompette, sonnez la retraite! A bientôt. Nous reviendrons!

Ils filèrent ventre à terre. Le galop de leur troupe s'estompait à peine vers le sud, que du nord nous parvint le fracas d'une autre galopade qui alla s'amplifiant pour cesser net sous les fenêtres de l'hôtel. La porte fut ouverte d'un coup de talon. Je songeai au pauvre Desmartin, à Lamothe, à Pouyadou. Qu'eussent-ils compris à tout cela? Des soldats entrèrent.

— Les Blancs! dit le colonel.

Je dévisageai les soldats. C'étaient des nègres. Habillés d'une sorte de pyjama blanc, bardés de cartouchières et portant d'immenses chapeaux coniques à large bord. Ils empestaient le rhum et le tabac, avec, en plus, ce puissant relent d'oignon qui annonce les armées populaires. Leur chef portait sept larges galons d'or autour de ses manches et du cône de son chapeau. Le colonel se présenta. L'autre, un grand diable de nègre, répondit en escamotant tous les r.

— Général Fernando Gomez y Almagro! Je tiens la ville!

Ils tombèrent dans les bras l'un de l'autre, avec, me semblait-il, quelque froideur dans cette chaleur.

— Vous avez femme mignonne mignonne, dit le général Gomez y Almagro en jetant un regard de feu sur la blonde et frêle épouse du colonel.

— Il va falloir filer d'ici, me souffla le colonel à l'oreille.

— Mon colonel, dis-je sur le même ton, foi de prince de Tounens, je prends madame votre épouse sous ma protection. Même au prix d'un grand destin tragiquement interrompu, il faudra me passer sur le corps!

— En attendant buvons! dit le général d'une voix formidable.

— Buvons! répondirent en chœur soldats et officiers, et de leurs bouches s'échappa une effroyable odeur d'oignon.

On entendit alors un nouveau bruit de galopade dans la rue. Un cavalier couvert de poussière, son grand chapeau retenu par un cordon lui battant les épaules, fit irruption dans la pièce.

— Ils arrivent! haleta-t-il.

— *Por Diablo!* jura le général. *Nos otros* être trahis. Ricardo! Toi sonner la retraite. A bientôt. Jolie madame, nous reviendrons!

Ils filèrent ventre à terre et n'avaient pas encore tourné le coin de la rue que la porte s'ouvrit, frappée d'un coup de botte.

— Les Noirs! annonça joyeusement le colonel, tandis que madame son épouse reprenait des couleurs.

C'étaient les soldats blancs à casquette. Fit son entrée en grand tumulte le général Manuel Rodriguez y Peralta. Il baisa galamment la main de la blonde colonelle.

— Vous voyez! dit-il triomphalement, nous sommes revenus. Rien de plus simple. Je tiens la ville. Buvons!

— Buvons! répondirent en chœur officiers et soldats.

À la tombée de la nuit, après quelques retournements de situation

à la façon du métronome qui trônait sur le piano de Mme Pouyadou, à Périgueux, l'affaire parut se stabiliser. Les Blancs au nord de
la ville, les Noirs au sud, nous pouvions enfin jouir de la tranquillité
du *Colon Palace Hôtel*, lequel se révéla désert, à l'exception du personnel qui dormait à l'office et que le colonel fit lever à coups de
pied, et d'une armée de cafards qui réinvestissait, dans la paix
retrouvée, les planchers du *salon*.

— Buvons! dit le colonel. Nous l'avons bien mérité.

Nous l'entourions. Il était le héros de la journée. Entre ces deux
généraux il avait bien manœuvré. Il m'appelait toujours « mon cher
prince », mais sur un ton nouveau, déférent. C'était un vrai soldat
qui n'estimait que le courage.

— Mon cher prince, mes amis, voici quelques explications que je
voulais vous donner quand a fondu sur nous le premier de ces messieurs. En attendant des jours meilleurs, la ville de Colon trompe
l'ennui qui règne en ses murs délabrés par une agitation politique
digne des antiques rivalités grecques. Les Noirs et les Blancs, c'est-à-
dire les cléricaux et les libéraux, sont en lutte continuelle, et cette
lutte amène des désordres bruyants et quelquefois sanglants. L'élément nègre domine à Colon. Uni à quelques métis d'Indiens et d'Espagnols, c'est lui qui représente le parti libéral, ou blanc, toujours
prêt à tirer des coups de carabine contre le gouvernement noir de
race blanche, au profit de quelque homme d'État, lequel, devenu
gouverneur à son tour, sera brutalement renversé par ses amis
d'hier ralliés au parti opposé, dès qu'il n'aura plus de places et de
prébendes à leur donner. Est-ce clair?

La province de Panama dépendant du régime républicain installé
en Colombie, autrefois Nouvelle-Grenade, il devenait clair pour moi
que la république n'était pas, loin s'en faut, le modèle idéal d'un bon
gouvernement des peuples. Roi, je me félicitais de mon choix.

— Enfin, ajouta le colonel, cette population remuante, turbu-
lente, et, ce qui est plus grave, fainéante, n'est pas encore capable, à
supposer qu'elle le devînt jamais, de s'unir à l'élément européen
dans un commun effort pour la prospérité du pays. Ce n'est pas là
une des moindres raisons qui me donnent à penser que nous ne
devons pas moisir ici. A-t-on des nouvelles du train?

On en avait. Entre deux *pronunciamientos*, le jeune consul était
allé se renseigner à la gare, mitoyenne de l'hôtel. Là, au moins,
régnait une sorte d'ordre. Comme son nom l'indiquait, la *Panama*

Railroad Company était la propriété des Américains du Nord, ou *gringos,* ainsi que l'avait souligné d'un ton méprisant chacun des deux généraux rivaux et jurant, dès la victoire acquise, de faire restituer au peuple (général blanc) ou à la province (général noir) de Panama la légitime propriété de son chemin de fer transcontinental.

— L'heure de départ est-elle l'heure indiquée? avait demandé M. d'Aninot le consul, pratiquant avec bonheur la vertu diplomatique de la prudence.

— Si l'on s'en tient aux normes et usages courants pratiqués aux États-Unis d'Amérique, avait répondu l'employé, le train pour Panama part demain à 6 h 42 du matin. Toutefois, si l'on considère les impondérables dus à la nature particulière de ce pays et de sa population...

C'était un grand rouquin au sourire triste et désabusé. Il désignait du doigt les impondérables, à savoir une centaine de nègres, d'Indiens et de métis qui dormaient avec femmes et enfants, encombrés de balluchons et de volaille vivante, sur la terre battue du hall.

— Moitié moitié, avait-il expliqué. Les uns sont des réfugiés de la ville de Panama fuyant les combats entre Noirs et Blancs. Ils sont arrivés ce soir. Les autres sont des réfugiés de la ville de Colon fuyant les combats entre Blancs et Noirs. Ils partiront demain matin pour Panama, s'ils parviennent à s'entasser dans le train, ce qui demandera au mieux trois bonnes heures de désordre. Il faut également obtenir, pour que le train puisse quitter la gare, l'autorisation du général au pouvoir. Ce qui fait que...

Il s'était mis soudain à hurler.

— Ce qui fait que le train partira quand il voudra et que cela ne dépend ni de moi ni de personne!

Puis d'un ton radouci :

— Combien vous faut-il de billets?

— Onze. En première classe, s'il vous plaît.

— Onze premières. Parfait. Les voici. Vous payez?

— Évidemment, quelle question!

— Parce que personne ne paye jamais. Vous désirez des places réservées?

— Évidemment.

— Parfait. Vos places seront réservées. Où couchez-vous cette nuit? A la gare?

— A l'hôtel *Colon,* à côté.

Le *gringo* roux s'était gratté la tête.

— Pas prudent. Dès deux heures du matin nous ouvrons les portes des compartiments, faute de quoi *ils* les feraient sauter à la *machete*. Le train sera pris d'assaut. Vous ne trouverez plus vos places.

— Mais elles sont réservées!

— En effet. Par vous, par moi. Mais *eux* ne le savent pas.

Lorsque M. d'Aninot était venu nous apporter ces effrayants propos, à l'hôtel, le colonel avait conclu sagement qu'il était temps de dormir et qu'on aviserait demain matin. C'était un homme que cinq ans d'Amérique latine tropicale avaient rompu à l'usage du *mañana por la mañana.*

Cette nuit-là, exceptionnellement, je ne pus me livrer à aucune méditation royale. Des armées de cancrelats et des escadres de moustiques avaient investi la chambre que je partageais avec le colonel. Lui combattit les moustiques et moi les cancrelats. La bataille fit rage toute la nuit. Au matin, compagnons d'armes, nous étions devenus amis. Il s'appelait le colonel Henri Noullet. Devenu roi, je lui ai écrit plusieurs fois, à Lima, lui faisant part de son élévation au poste de ministre plénipotentiaire de Patagonie au Pérou. Il ne m'a jamais répondu...

Le lendemain matin, moi, prince Orélie-Antoine de Tounens, roi de Patagonie, je sauvais la situation.

Dès le lever du jour, quand nous arrivâmes sur le quai, suivis des domestiques de l'hôtel qui dormaient en portant nos malles et que le colonel Noullet, selon son habitude, encourageait à coups de pied, le train était déjà occupé par trois fois plus de voyageurs qu'il n'en pouvait contenir. Des grappes humaines étaient accrochées aux marchepieds, d'autres campaient sur les toits et jusque sur le *tender* de la locomotive. Autour du train l'on se battait encore dans un grand mouvement de volaille plumée et de vieillards piétinés. La bataille dura jusqu'à neuf heures sans qu'il nous fût possible d'approcher du train. Deux soldats, carabine au poing, défendaient la locomotive contre les assauts de la populace sous le regard philosophe de deux *gringos* résignés, le chauffeur et le mécanicien. Les soldats arboraient le grand chapeau conique, ce qui prouvait que ce matin-là, le parti blanc était au pouvoir.

— Vous voyez! se lamentait l'employé roux, je vous l'avais bien dit! Vous ne partirez jamais. Vous serez encore là l'an prochain.

L'an prochain! Mon royaume n'attendrait pas jusque-là. Qu'en diraient mes amis? Et M⁰ Gilles-Lagrange? Et S. Exc. M. Magne? Qu'en dirait Périgueux? Et qu'en dirait Paris?

— Mon bon ami, dis-je à l'employé, je connais les chemins de fer. Il y a certainement un moyen. Accrochez un autre wagon qui nous soit réservé, ainsi que le stipulent nos billets.

— Je n'ai pas de wagon disponible. Seulement la voiture officielle du gouverneur de la province. Il faudrait pour cela son autorisation exceptionnelle. Mais ce matin, le gouverneur, malheureusement, c'est le général Fernando Gomez y Almagro...

Il en tremblait! le gringo. On entendit le fracas d'une galopade, mais cette fois sans coups de feu. Le général Gomez fit son entrée dans la gare.

— Ah! Ah! *Nos otros* revenus. Je tiens la ville. Je suis venir prendre nouvelles mignonne madame colonel.

La pauvre femme se cachait derrière son mari, mais dans l'émoi du moment, ses longs cheveux blonds s'étaient dénoués et l'éclat s'en répandait en corolle malgré ses efforts pour les dissimuler. L'œil noir du général s'alluma.

— Ah! Ah! Mignonne madame. Vous déjeuner aujourd'hui avec général Fernando Gomez y Almagro!

— Ciel! dit la malheureuse.

— Pensez-vous, demandai-je tout bas au colonel, qu'il y ait une chance pour que le général Manuel Rodriguez y Peralta prenne le pouvoir dans les minutes qui viennent?

— Je n'entends pas de coups de feu, répondit le colonel, accablé.

— Cette fois, laissez-moi faire, fis-je.

Et m'adressant au général qui n'était pas descendu de son cheval et se penchait déjà sur ses étriers pour s'emparer de sa proie :

— Général, je suis le prince Orélie-Antoine de Tounens, en mission secrète sur le continent américain. Toutes ces dames et tous ces messieurs font partie de ma maison. Je vous suis reconnaissant pour eux de votre invitation, mais des affaires d'État nous attendent au Chili qui ne souffrent pas de retard. A aucun prix nous ne devons manquer le vapeur *Acapulco* qui appareille demain matin de la ville de Panama. Général, nous vous demandons la grâce de vous emprunter pour la journée votre wagon personnel.

Le colonel traduisit d'une voix ferme en dépit de sa mortelle inquiétude.

On remarquera que pour la première fois j'employais le *nous* majestatif qui convient au langage des rois. J'en ai toujours usé par la suite. Mais écrivant au crépuscule de ma vie, à la veille de comparaître devant Dieu, je l'efface par humilité et l'effacerai désormais de ce récit.

— Ah! Ah! répondit le général Gomez, vous prince? Vous payer. Je prête wagon. Vous laisser jolie madame colonel.

— Ciel! fit encore la pauvre femme.

— Tout est perdu! dit le colonel.

A ce moment-là, s'étant glissé parmi nous en dépit de la peur qui le faisait trembler, le *gringo* roux vint me chuchoter trois mots à l'oreille que je compris parfaitement. Il avait murmuré : « Trois mille francs ».

— Général! dis-je. En faveur de votre noble cause, et en échange de votre wagon, je vous offre trois mille francs.

— *Très mil francos!* dit le général en découvrant ses dents blanches dans un large sourire. Vous prenez wagon. Vous partez Panama. Je laisse madame à vous.

Il la regarda une dernière fois et son sourire se changea en une moue de dédain.

— Madame colonel pas mignonne. Vieille.

Et tous les cavaliers à chapeaux coniques de partir d'un énorme rire qui fit se cabrer quelques chevaux.

— Ciel! dit une troisième fois la femme de mon ami.

Elle était sauvée. Le général et sa troupe filèrent dans un galop d'enfer.

Le wagon fut accroché, un vieux wagon-salon aux fauteuils crevés et aux vitres cassées mais qui n'en arborait pas moins aux portières les armoiries protectrices du gouverneur général de Panama, quel que fût le parti auquel il appartînt. A dix heures et demie, le train quitta la gare dans un grand halètement avec force jets de vapeur et coups de sifflet. Notre wagon était accroché en queue. Il y avait à l'arrière une sorte de terrasse d'où nous pouvions regarder la gare et le quai qui s'éloignaient. Nous entendîmes des coups de feu. Nous distinguâmes des silhouettes à cheval qui envahissaient les lieux que nous venions d'abandonner. Le général Manuel Rodriguez y Peralta avait pris le pouvoir pour la septième fois. Trop tard. A deux minutes près j'avais perdu trois mille francs de mon trésor de guerre mais j'avais gagné l'estime du clan basque, du consul et du colonel. La vérité m'oblige à reconnaître que, plus tard, ils m'en surent peu de gré.

Mais surtout, j'avais agi en roi. Je m'étais grandi à mes propres yeux.

N'est-ce pas le but suprême de la vie ?

La traversée de l'isthme dura sept heures.

Dans la somnolence due à la touffeur du climat et seulement interrompue par le carnage machinal auquel nous étions obligés de nous livrer sous peine d'être dévorés vivants par toutes sortes d'insectes énormes qui tombaient des arbres, par les vitres cassées, à l'intérieur du wagon, je comptai soixante et une bornes libellées en *miles* américains. Soit vingt-cinq de nos bonnes vieilles lieues ou cent de ces *kilomètres* républicains que les révolutionnaires sud-américains ont cru bon d'emprunter à nos conventionnels français. Ainsi l'on mesurera la vanité de l'homme qui croit renouveler le monde en découpant à sa guise le méridien terrestre.

Du pays, nous n'avons rien vu. Je me demandais quel aurait bien pu être le motif de ma présence dans ce wagon si je n'avais poursuivi les grands desseins que l'on sait. Voyager pour son plaisir, à la façon des Anglais, ne sert à rien. Autant rester à Périgueux. En effet, la voie ferrée traversait la forêt vierge qui s'étend sans interruption sur toute la largeur de l'isthme. La végétation était d'une puissance et d'une richesse extrêmes et la majeure partie du trajet s'accomplissait entre deux haies de feuillage à travers lequel le regard ne pouvait pénétrer au-delà de quelques mètres. Point de clairières, peu d'échappées, donc peu de paysages. La flore offrait une variété infinie de plantes grimpantes et parasites s'enroulant autour des arbres, se nouant entre elles mille et mille fois sous des dômes de verdure impénétrables, tellement compacts et serrés que la lumière du jour avait peine à y parvenir. Au bord même de la voie, une grande fleur assez étrange nommée *Spiritu Santo* déployait des ailes de colombe.

Le train s'arrêtait de temps à autre devant quelques villages d'aspect misérable, formés de simples huttes ou gourbis, habités par des nègres qu'occupait vaguement la récolte des bananes. C'était l'occasion de nouveaux désordres. A plusieurs reprises je dus tirer mon grand sabre, et le colonel ses pistolets d'arçon, pour défendre l'accès du wagon contre la foule des voyageurs qui prétendait y embarquer sans billets de première classe, et même sans billets du tout.

A intervalles réguliers, il y avait le long de la voie des clairières artificielles dont la végétation reprenait rapidement possession, recouvrant de son linceul vert les croix de centaines de tombes. Les cimetières des *coolies* chinois... Terrible offrande au dieu Progrès, due à la nature inconsistante et humide du terrain, aux intempéries des saisons et à l'insalubrité du climat. Le colonel me raconta que chaque traverse de la voie avait coûté la vie d'un homme, ce qui faisait environ quatre-vingt mille existences sacrifiées. Je frémis. Ainsi nous roulions sur un humus de chair et d'âmes.

Je méditais sur les moyens appropriés à diminuer la mortalité ouvrière lors de la construction imminente de mon chemin de fer transmondial, quand éclatèrent des coups de feu, tirant mes compagnons du sommeil hébété où ils s'étaient abandonnés. Le train s'était arrêté au milieu d'une étroite clairière. Par la cheminée de verdure on apercevait le ciel plombé. Il y avait un quai, une gare neuve et déjà vermoulue avec une pancarte rongée par l'humidité : *Rio Chagrès*. En cet endroit seulement la voie se dédoublait pour permettre le croisement des trains, à l'exact emplacement de la ligne de partage des eaux entre l'Atlantique et le Pacifique. Et justement, de l'autre côté du quai, un autre convoi était arrêté, le train de Panama à Colon.

Nous cherchâmes l'explication des coups de feu. Ce train, venant de Panama, avait son point de départ à une heure où le parti noir tenait la ville. Il était donc convoyé par deux soldats de race blanche, à casquette plate et uniforme vert olive. Le nôtre, ayant quitté Colon sous le gouvernement du terrible général Gomez y Almagro, naviguait sous la protection de deux soldats nègres à chapeau conique. Ce fut aussi beau, aussi parfait qu'une tragédie antique. Ces quadruples champions, l'entendement sans doute brouillé par le soleil et le rhum, avaient décidé d'en découdre deux par deux à coups de carabine. D'une locomotive à l'autre, magnifiques, debout sur la chaudière, les jambes écartées, méprisant la protection naturelle de la cheminée, ils se mitraillèrent avec beaucoup d'entrain. D'abord ils se manquèrent. Puis, la fatigue venant, l'aveuglement provoqué par la sueur et les rayons blancs du soleil, ils commencèrent à se blesser. Des étoiles de sang naquirent sur leur uniforme, comme au firmament de la gloire. Les coups mortels ne tardèrent pas. Deux par deux, de chaque locomotive, dans un ensemble admirable, les quatre braves tombèrent morts et roulèrent sur le quai. Les deux mécaniciens *gringos* s'étaient abrités pendant le combat. Le combat terminé faute de combattants, ils refirent surface, s'adressèrent de joyeux sourires accompagnés d'un geste du pouce levé au bout d'un poing tendu, se pendirent avec jubilation à la manette de leur sifflet, et dans un grand jet de vapeur accompagné des cris de triomphe des tenants des partis noir et blanc à la fois vainqueurs et vaincus, les deux trains s'arrachèrent du quai et s'enfoncèrent dans la forêt vierge, l'un en direction de Colon, le nôtre de Panama.

Le colonel Noullet haussa les épaules.

— L'an dernier, dit-il, lorsque j'ai fait ce même voyage dans les mêmes conditions politiques, au croisement de *Rio Chagrès*, il n'y avait pas eu combat. Casquettes plates et chapeaux coniques, après une pause d'observation, avaient détalé dans la forêt, Noirs à l'est, Blancs à l'ouest. On ne les a jamais revus. Morts ou vivants, vainqueurs ou vaincus, à considérer l'issue et les conséquences, je ne distingue aucune différence. Ah! mon cher prince, ajouta-t-il en soupirant, la guerre est une chose bien stupide...

Venant d'un soldat, le jugement me frappa. Je songeais à Louis XIV mourant : « J'ai trop aimé la guerre... » Hélas, les rois obéissent à d'autres contraintes.

Tandis que le train roulait vers l'océan Pacifique, rien ne vint plus troubler la somnolence de mes compagnons et mes propres méditations. Les quatre-vingt mille cadavres, à travers lesquels le *Panama Railroad* se frayait un chemin de charnier en charnier, me hantaient. Et pour quel dérisoire résultat! Un unique et minuscule train quotidien dans chaque sens pour relier deux océans majeurs, et au-delà de ces deux océans, tous les rivages de la terre! Nous étions presque arrivés au terme du voyage que j'avais trouvé la solution : un canal! Œuvre grandiose! Source de pouvoir et de revenus! Mais il me fallait d'abord étendre mes États jusqu'à la province de Panama... Plus tard, ayant échoué près du but, j'écrivis à M. Ferdinand de Lesseps pour lui proposer mon idée. Sans doute était-il trop absorbé par le percement du canal de Suez? Il ne m'a jamais répondu...

Vers cinq heures du soir, le train s'immobilisa sain et sauf en gare de Panama. Avant de quitter notre wagon, nous dûmes attendre un long moment, le temps que se dénoue sur le quai le monstrueux enchevêtrement du flot des réfugiés qui, déjà, prenaient le convoi d'assaut, et du flot des réfugiés qui venaient d'en descendre. Quand les casquettes vert olive firent leur apparition, tout se calma comme par enchantement. J'en tirai la conclusion qu'avec des troupes régulières l'ordre règne.

Panama... Regain de désillusion. Tout ce qui avait été construit sérieusement et solidement au temps des rois espagnols, remparts, églises, maisons privées, tout était en ruine. Vilaines rues, vilaines maisons, mauvaise odeur, point d'animation, tout un quartier brûlé, laissant voir des intérieurs jonchés de briques et de ferrailles tordues. Deux généraux se disputaient la ville. Pour les Noirs, le général Trujillo y Medina. Pour les Blancs, le général Correoso y Balduz. Mais les *gringos*, cette fois, tenaient solidement le *Grand-Hôtel*. Il y avait un *bar* comme aux États-Unis d'Amérique où nous bûmes d'excellents *cocktails* glacés, parmi des gens d'affaires et des gens désœuvrés qui absorbaient ces breuvages avec une telle persévérance qu'ils avaient toutes les peines du monde à regagner leur chambre ou leur domicile. Mais ici, à Panama, une telle conduite était passée dans les usages et il n'était pas de bon goût d'y prêter attention.

J'écrivis à Desmartin, choisissant la concision pour les raisons que j'ai dites :

« Mon bon ami,

« Je m'empresse de t'annoncer que mon voyage a été très heureux jusqu'à ce jour. Je suis arrivé à Panama le 26 du courant. Je pars demain pour continuer mon voyage. J'arriverai vers le 20 du mois d'août à Coquimbo.

« Bien des choses de ma part, je te prie, à Madame Desmartin et à tous ceux qui me portent quelque intérêt. Écris-moi le plus souvent possible...

« Au revoir mon bon ami, je te presse la main avec la plus grande affection.

« Prince O.-A. de Tounens
« Panama, 29 juillet 1858. »

La traversée sur l'*Acapulco* fut sans histoire mais de moindre agrément qu'à bord de notre cher paquebot britannique *La Plata*. L'*Acapulco* était un *steamer* américain. On nous y traita, nous autres Européens, avec ce mépris non déguisé que les citoyens des États-Unis portent aux habitants du vieux monde. Jusqu'à la nourriture qui était, cette fois, *réellement* exécrable, et mon titre de prince qui nullement ne les impressionna.

— Prince? m'avait dit un passager de première classe qui se nommait Kaminski et se déclarait newyorkais, combien cela représente-t-il de milliers de dollars?

Sur ma réponse que ce n'était pas en ces termes-là qu'on jugeait en Europe la qualité de quelqu'un, il m'avait tourné le dos sans autre forme de politesse. J'en conclus que ces gens-là étaient faits pour la république où l'apanage de la naissance cède le pas aux fortunes mal acquises hissées sur le pavois de la vulgarité. Ils appellent cela l'égalité.

Au Callao, le port de Lima, le colonel Noullet nous quitta. Déjà, à bord, il avait espacé nos rencontres. J'en conclus qu'un bienfait vous éloigne de celui qui l'a reçu. Sa femme me jetait des regards étranges, comme si elle me découvrait soudain indigne de lui avoir, par ma bourse et mon habileté, conservé sa vertu. L'un et l'autre me dirent à peine au revoir. Je ne leur en ai pas tenu rigueur, comme l'on sait.

Je débarquai le 28 août 1858 au port de Coquimbo, au sud de la partie septentrionale du Chili. Le consul, M. d'Aninot, et les Basques, poursuivaient leur route jusqu'à Valparaiso.

Pourquoi Coquimbo, qui était le port de la ville de La Serena, d'où j'étais encore fort éloigné de mes États? D'autant que j'allais m'installer à La Serena pour de longs mois...

On s'est penché, plus tard, sur cette étrange décision. Pour ma part, j'ai invoqué la nécessité d'apprendre à parler le castillan et à monter à cheval sans attirer l'attention de mes ennemis, de comprendre les mœurs du Chili et de son gouvernement et de déceler les failles de sa politique indienne, de collationner dans les journaux du cru les nouvelles de la guerre qui couvait aux frontières de la Patagonie et de l'Araucanie, de parfaire les textes établissant légalement mes États, de méditer enfin sur la condition royale...

Aujourd'hui, je confesse la vérité. J'avais peur. Non pas une peur physique. Peur que l'âme et le cœur du prince Orélie-Antoine de Tounens, roi de Patagonie, ne volassent en éclats au contact des réalités. Mes sujets m'attendaient avec une impatience qui procédait du cours de l'Histoire. Je le savais de droit et d'inspiration divins. J'étais leur roi. Encore me fallait-il aller à leur rencontre, et le prouver.

Ultime confrontation, celle du rêve et de la réalité. Dans l'histoire de l'humanité, on ne compte plus les génies qui s'y sont consumés...

X

Seul.

J'étais seul à La Serena, au Chili.

Telle une statue équestre dont le héros se tiendrait encore modestement à pied, tenant son cheval par la bride et contemplant le socle sur lequel aucun nom n'était encore gravé.

La solitude me convenait. C'est un état où il suffit de se donner illusion à soi-même, sans témoins, quitte à y introduire peu à peu de rares confidents choisis avec prudence et circonspection, en attendant avec confiance les commandements du destin.

La ville de La Serena n'avait rien de remarquable, sauf peut-être son extrême tranquillité. Périgueux au Chili... Pourquoi voyager? Il y avait alentour des champs de blé qui poussaient par miracle avec trois légères averses par an. Le Chili est un pays sans mesure. Au nord il ne pleut jamais. Au sud il pleut sans cesse. A l'extrême nord, le soleil brûle la terre et l'eau. A l'extrême sud, le froid les gèle. Au nord tout se dessèche. Au sud tout pourrit. La Serena se trouvait à la charnière de ces deux climats.

La ville contenait, dit-on, de six à huit mille âmes, mais lorsque j'y débarquai elle me sembla presque exclusivement habitée par des femmes, ce qui ne laissa pas de m'inquiéter. Huit jours plus tard, les messieurs réapparurent comme par enchantement, ce qui fit cesser du même coup les regards soupçonneux que m'adressaient les dames dans la rue et qui m'emplissaient de gêne. Il s'agissait là seulement d'une de ces excellentes coutumes qu'entretient un sentiment religieux très profond dans la population chilienne. Cela s'appelait *corridade ejercicios*, c'est-à-dire une neuvaine.

A la *maison de San José*, qui est une sorte de couvent, berlines, calèches et chars à bancs amenaient par masses des ouvriers, des bourgeois, des officiers, des boutiquiers, le juge, le banquier, le boulanger, le gouverneur et même le juif qui n'aurait su s'y soustraire, tous armés d'un matelas. Ils s'enfermaient pendant neuf jours, le peuple dans des dortoirs, les notables dans des chambres et le gouverneur dans quatre salons avec ses aides de camp, nourris par la maison à un prix proportionnel à la bourse de chacun, suivaient des exercices et prédications, se confessaient et communiaient. La neuvaine terminée, les dames attendaient la sortie et ramenaient au logis matelas et maris. Ceux-ci s'en allaient l'œil baissé, le regard pénétrant. Mais déjà au coin de la rue les têtes se relevaient, et après deux heures il ne restait plus grand-chose des exhortations des saints prêtres. La petite bonne de l'hôtel devait m'assurer plus tard que son mari en était meilleur pour une semaine et je m'étonnais de la voir si réjouie, car il y a, tout de même, cinquante-deux semaines dans l'année. Piètre revanche à l'égard des *machos*, lesquels représentent une sorte de principe sacré dans ces contrées et dont je n'ai jamais pu très bien saisir l'essence ni les motifs. Il ne venait à personne l'idée de transgresser cet usage. Ainsi libéraux et conservateurs qui se disputaient cruellement depuis une trentaine d'années le gouvernement du Chili s'abstenaient-ils pendant les neuvaines, faute de combattants, de toute action de guerre civile. Dieu est sage. Il tempère de ses lois les excès de la république.

Les maisons de La Serena étaient d'une grande simplicité. Construites en *adobes*, elles se contentaient, pour se donner un peu d'apparence, d'un stucage aux couleurs vives. Aux fenêtres on ne voyait jamais personne. La vie s'écoulait à l'intérieur, dans les cours ou *patios*, le long desquelles s'allongeaient les appartements, si bien qu'habitant La Serena, lorsque je me promenais dans les rues, j'avais l'impression de parcourir un désert. Au reste le désert commençait au nord même de la ville, passé les champs de blé, un désert rouge recouvert d'une croûte de sel.

L'aspect de la population, quand par exception elle sortait de chez soi, renforçait encore cette impression. Le Chilien, fils d'une terre rude, ne rit jamais. Ainsi, à La Serena, je ne rencontrais presque jamais d'enfants jouant dans la rue. Si parfois je voyais passer un cerceau, presque à coup sûr il était poussé par un petit étranger, fils de Basque ou d'Allemand. Nul ne courait, nul ne chantait, nul ne sifflait sur les voies publiques. Au collège de La Serena, les jeunes gens sortaient des cours, droits, austères, portant leurs livres comme le saint sacrement. Même la musique militaire du régiment des uhlans, aux sombres uniformes prussiens et à la raideur inhumaine due à des instructeurs envoyés de Berlin, le dimanche, sur la *plaza de armas*, ne jouait que des airs lugubres à peine adoucis par le lourd flottement, dans l'air chaud et épais, du drapeau chilien bleu blanc rouge déployé sur la citadelle. Il n'était pas nécessaire d'être heureux pour réussir au Chili.

J'aurais eu tort de m'en plaindre. Cela convenait à mon destin. Et à regarder manœuvrer ce sévère régiment, je prenais la mesure des ennemis héréditaires de mon royaume. Quand viendrait le temps des combats, au moins nous combattrions-nous gravement.

Je m'étais installé à l'hôtel *San Martin*, le meilleur de la ville, sur la *plaza de armas*, non loin de la résidence du gouverneur. L'hôtel était propre, les matelas aérés chaque jour pour que la bonne pût y chasser les puces. La nourriture y était acceptable quoique exagérément carnée, ce qui m'obligeait, il me faut bien l'avouer, à de longues stations en des lieux retirés. Toute la population du Chili est soumise à ces inconvénients, ce qui entraîne un ralentissement dans le mouvement de la vie aussitôt suivi d'une précipitation pour rattraper le temps perdu, et donne, en particulier, à la manœuvre des armées en campagne, une apparence désordonnée qui navre les instructeurs prussiens.

Je menais à l'hôtel une vie retirée, toute consacrée à l'étude de la langue espagnole qu'au bout de quatre mois, par un labeur acharné, je possédais suffisamment pour l'écrire correctement et converser dans l'essentiel. Je fus aidé dans cette tâche par un homme remarquable, M. Grabias, que des revers de fortune avaient conduit à l'état de maître d'hôtel à la pension *San Martin*. Ayant naguère commercé avec la France, il parlait notre langue et me donna des leçons que je payais royalement. Comme à la fin il s'en étonnait, je lui répondis qu'un précepteur de roi ne peut être réglé au salaire d'un simple maître d'école et qu'il en allait de leur dignité à tous deux. Il m'était tout dévoué et j'en vins à ne rien lui déguiser des motifs réels de ma présence au Chili.

Je sortais peu, me contentant de quelques pas sur la *plaza de armas*, devant le palais du gouverneur où j'échangeais des coups de chapeau avec les notables et les fonctionnaires, me rengorgeant malgré moi dans ma barbe : « S'ils savaient par qui ils ont l'honneur d'être salués... » A chaque arrivée de navire, je me rendais au bureau des vapeurs, sur le quai, où était conservé le courrier venu d'Europe. Ce bureau était mon seul lien avec ma famille et mes amis. J'ai reçu d'eux beaucoup moins de lettres que je ne leur en ai envoyées.

— Pas de courrier? En êtes-vous bien certain? Vérifiez s'il vous plaît : prince Orélie-Antoine de Tounens.

— *No, señor, lo siento mucho*, je le regrette vivement.

Déjà, ils m'oubliaient, moi qui pensais tant à eux et ne songeais qu'à leur fortune.

Mais chaque soir après souper, je me conduisais en roi, dans mon propre palais. On sait que la demeure d'un souverain en campagne se nomme toujours le *palais* quelle que soit la modestie des refuges d'occasion. Ainsi les aides de camp appelés sous la tente de l'empereur Napoléon, déployée les veilles de bataille, prenaient-ils leur service au *palais*. Ma chambre était mon palais, décorée de mes emblèmes, comme ma cabine à bord de *La Plata*. M. Grabias y apportait chaque soir une bouteille de champagne de France que nous buvions au destin du royaume et qui était portée sur ma note. M. Grabias avait, lorsqu'il ne s'observait pas, de petits yeux fureteurs et glacés qui démentaient un peu ce que sa physionomie avait d'ouvert et d'avenant, mais je crois que c'était l'effet de ses malheurs passés. A mon égard il ne se départit jamais du plus généreux dévouement et du plus grand respect. Au palais, il m'appelait monseigneur, mais je le priais de s'asseoir, ainsi qu'il convient au confident d'un roi dans son intimité. Je lui lisais le texte de la constitution du royaume et ensemble nous galopions sur les routes royales de la *Géographie* de Malte-Brun et Cortembert. Devant lui, je me laissais aller à rêver tout haut de mon destin, retrouvant l'usage du Verbe, cette fois en castillan, que j'aiguisais comme une arme qu'il me faudrait bientôt tirer de son fourreau. Il me venait parfois l'impression que c'était vivre Sainte-Hélène avant Austerlitz, mais je chassais bien vite cette triste pensée.

Un soir, je développai devant M. Grabias la totale ampleur de mes grands desseins, un éclair de génie qui venait de me frapper à la lumière de l'histoire de l'Amérique latine.

— Voyez-vous, monsieur Grabias, lui dis-je, dans l'état présent du monde, les rêves ont toujours un poids de réalité. Le général Bolivar a renoncé, trente ans plus tôt, à son grand dessein de confédérer les nations nées de l'effondrement de l'empire espagnol. Le génial libérateur est mort désespéré d'avoir, ainsi qu'il l'a dit lui-même, « labouré la mer ». C'est à moi, aujourd'hui, de relever le gant et de réunir les républiques hispano-américaines sous le nom d'une confédération monarchique constitutionnelle divisée en dix-sept États. Ainsi la France héritera de l'Espagne comme l'Angleterre, au-delà des mers, s'est substituée à la France. J'admets qu'on ne peut revenir sur l'éclatement en dix-sept États. Je me présente seulement en fédérateur. J'admets aussi la forme républicaine, faute de mieux, prise par chacun de ces États, mais j'entends les réunir sous le sceptre d'un roi, avec le consentement des États intéressés. Comment? Rien de plus simple. Pour parler d'égal à égal aux futurs fédérés, il me suffira d'être moi-même chef d'État. Les Indiens, au sud, n'ont jamais été soumis et sont d'intraitables sauvages. Je leur prêcherai l'unité dont ils ont besoin et à laquelle ils aspirent. Je leur apporterai la civilisation et l'indépendance. En échange de tant de bienfaits, ils me donneront le sceptre. Roi de Patagonie par la grâce de Dieu, celle de mon génie et le consentement de mes peuples, je serai le chef du dix-huitième État de cette Amérique qu'il ne me restera plus qu'à unir. Tout découle de la logique, mon cher monsieur Grabias, laquelle est une vertu française. Je suis tant assuré du succès de mon entreprise que voici le grand sceau du royaume!

Le tirant de ma malle, j'offris l'objet sacré aux regards éblouis de M. Grabias.

— Et tenez! lui dis-je, nous allons nous en servir. Voici de la cire. Soyez aimable de la faire chauffer à la chandelle.

Je pris une feuille de papier *luxe* à en-tête du *cabinet de S. M. le roi de Patagonie* dont j'étais amplement pourvu, y jetai quelques mots de ma véritable écriture, celle du roi, paraphai, scellai, et lui tendis ce qui était devenu un brevet par ma seule volonté.

— Vous voilà secrétaire privé de S. M. le roi de Patagonie aux appointements de vingt mille francs par an payables dans mes États. Il vous suffira de gratter à ma porte pour entrer, vous pourrez vous asseoir en ma présence et vous me donnerez votre conseil sur les affaires du royaume. En attendant, voici un acompte de cinq cents francs pour le fonctionnement de vos bureaux. Prêtez une attention particulière à la presse.

Je lui comptai l'argent tandis qu'il dévorait de ses yeux devenus fidèles le contenu de ma cassette. Il y restait vingt et un mille six cent soixante-treize francs, soit à peu près la moitié de mon trésor de guerre initial.

— Monseigneur, pouvons-nous fêter cet honneur par une autre bouteille de champagne?

J'acquiesçai. Elle fut portée sur ma note.

Grabias, secrétaire privé... En dépit de ses trahisons et de l'abandon où il me laissa quelques mois après, car je ne l'ai plus jamais revu, je lui conservai sa charge. Ainsi peuplais-je ma solitude...

Le lendemain, j'écrivis une longue lettre à mon frère Jean pour lui faire part de la fondation de mon royaume confédéré des États d'Amérique du Sud, l'exhortant à quitter Chourgnac en secret et à me joindre sans délai pour me seconder dans mon gouvernement. Sa fortune était assurée. Je lui offrais un traitement de cent mille francs par an, digne d'un prince du sang. Semaine après semaine, au bureau des vapeurs, je guettais sa réponse. *No, señor, lo siento mucho...* Il n'a jamais répondu. A dater de cette offre royale, il ne m'a plus jamais écrit. Étrange ingratitude. Incompréhensible aberration. Allez donc faire malgré elle, *paubre carnaval*, la fortune de votre famille!

Aujourd'hui où l'approche de la mort me permet de voir clair en moi, je pose un instant ma plume et je réfléchis. Pourquoi ce royaume étendu à toute l'Amérique? Et pourquoi pas le monde par-dessus le marché! Pourquoi ne pas m'être tenu à mon plan initial? Parce qu'à reculer sans cesse les bornes du but à atteindre, on peut entretenir plus longtemps, voire pour l'éternité, l'illusion qu'on y parviendra. Sinon le couperet du destin tombe trop vite...

Et la vie se poursuivait.

J'avais appris à monter à cheval. Ce fut une autre surprise, semblable à celle du pied marin. Je me révélai rapidement excellent cavalier. Dans mes veines coulait le sang des seigneurs de Tounens chevauchant jusqu'en Terre sainte. Grâce à M. Grabias, j'avais fait l'acquisition d'un jeune cheval plein de feu qui valait bien la somme élevée que je l'avais payé et que je baptisai aussitôt Artaban. Allez! Artaban! Ma jeunesse... Vêtu à l'indienne d'un poncho serré à la taille, un bandeau rouge autour des cheveux, barbe au vent et sabre royal au poing, je filais d'un galop d'enfer à travers le désert rouge, menant la charge de mes régiments, hussards bleus de Patagonie, lanciers de Magellan et dragons d'Araucanie.

Un jour, au terme d'une de ces charges folles, j'entendis un galop derrière moi et une voix qui m'appelait.

— Señor! Vous êtes grand cavalier et vous avez fier cheval! Seriez-vous officier?

C'était un jeune lieutenant de uhlans à l'œil impérieux et au port de tête noble. Je me présentai.

— Prince Orélie-Antoine de Tounens.

— Baron Otto von Pikkendorff.

Un baron balte, m'expliqua-t-il, dont la famille avait été spoliée par le tsar et qui était venu tenter fortune au Chili. Grand cœur et tête brûlée. De cette race d'hommes qui fondent un empire ou sont fauchés à vingt ans, en combattant. Le baron avait vingt ans.

— Grand pays, petites gens, me dit-il. Des éleveurs de vaches. Des bergers. Des boutiquiers. Des politiciens. Les uns ne pensent qu'à s'enrichir. Les autres à se demander comment ne pas crever de faim. L'armée! Tout juste bonne à défiler, et quand elle boit, c'est tristement! Même pas capable de régler leur compte aux métis du Pérou ou de venir à bout des Indiens, là-bas, sur la *frontera*! Mais le pouvoir est à qui le prend. Le président Montt est un cochon de libéral qui ne songe qu'à s'en mettre plein les poches. Son rival, le général Perez n'est qu'une vieille ganache espagnole, mais au moins, c'est un militaire. Avec lui, j'attendrai mon heure...

Nous rentrâmes botte à botte à La Serena. Je lui confiai mon grand projet. Il était enthousiasmé, jurait de me rejoindre si le général Perez échouait. Je lui donnai mon meilleur régiment, celui des hussards bleus, avec le grade de colonel-général. Nous nous serrâmes la main gravement. C'était un homme de la vieille Europe qui ne pratiquait pas le grotesque *abrasso*. Nous prîmes rendez-vous pour une autre charge, le lendemain.

Le lendemain, La Serena s'éveillait au bruit du canon. Deux régiments tenaient garnison dans la ville, le régiment des uhlans et un régiment d'artillerie légère. Les artilleurs avaient pris parti pour le président Montt. Les uhlans pour le général Perez. Ils allèrent en découdre dans le désert, aux portes de la ville. Ce fut une étrange bataille, chaque régiment privé de son complément. Lances des uhlans contre canons et artilleurs sans protection. Chaque régiment joua sa partie dans un simulacre de combat, car les deux colonels s'étaient entendus entre eux. D'abord une canonnade nourrie mais tirée trop court. Ensuite une charge brillante mais retenue sitôt arrivée à portée de lance. On vit cependant un cavalier, sourd aux appels de trompette, se précipiter en hurlant, sabre au clair, sur le colonel des artilleurs, mais avant d'avoir pu pointer son arme, il tomba, foudroyé. Le lieutenant Otto von Pikkendorff avait été abattu dans le dos, d'une double décharge de pistolets d'arçon, par son propre colonel. Ce fut le seul mort de cette bataille. Il avait vingt ans. Il n'avait pas joué le jeu. On lui rendit les honneurs militaires devant les deux régiments rassemblés. Après quoi, son corps enterré au cimetière militaire et surmonté d'une croix marquée : « Mort *por la patria* », uhlans et artilleurs s'en allèrent bras dessus, bras dessous, fêter leur réconciliation, les hommes de troupe dans les cafés de la ville, les officiers à leur club, tous à boire tristement. Deux ans plus tard, en 1861, le président Montt cédait le pouvoir au général Perez dont c'était le tour de s'enrichir, après une autre bataille de ce style et quelques morts inutiles, jeunes gens égarés qui s'imaginaient changer le monde et le changèrent bel et bien, en mourant. Seule la mort apporte le changement. La vie n'est que vaine agitation.

Tandis que les cafés et tavernes de La Serena retentissaient de *prosit* sinistres et de claquements de talons à la mode prussienne, je m'en fus au cimetière désert m'incliner sur la tombe fraîchement remuée du seul sujet patagon qui ait véritablement et loyalement existé : baron Otto von Pikkendorff, colonel-général de ma cavalerie. Ma peine fut immense. Ce soir-là, en ma profonde vérité, je fus sur le point de renoncer. Pikkendorff, mon frère, sur ton royaume d'illusion est tombé le couperet du destin...

La nuit s'étendait noire et sans lune sur la ville quand je regagnai l'hôtel *San Martin*. M. Grabias m'attendait dans le hall désert à cette heure tardive.

— Il y a quelqu'un chez vous, monseigneur. Une jeune femme de ma parenté. C'est une personne d'honneur et de dignité, mais de grande pauvreté. Orpheline, elle élève seule ses quatre frères et sœurs et vous savez combien ce pays est insensible aux malheurs d'autrui. Je lui ai parlé de vous, de votre grand cœur, de votre noblesse d'âme...

— Une femme ! Monsieur Grabias, dans l'état d'affliction où vous me savez, je ne saurais recevoir de visiteurs au palais.

— Elle est si jeune, monseigneur, et si abandonnée. Mais son sourire est si lumineux. Je vous apporterai du champagne. Vous échangerez l'expression de vos tristesses. Il n'est pas bon de rester seul les soirs où Dieu vous tourne le dos.

— Une femme! Jamais! Donnez-lui quelque argent de ma cassette pour sa pauvre famille, mais renvoyez-la. Je la verrai demain, plus tard, quand il fera jour...

— Monseigneur, elle s'appelle Véronique.

Véronique! Lui avais-je parlé de *ma* Véronique? Je ne m'en souvenais pas.

— Monseigneur, les rues de la ville sont remplies de soldats ivres qui rôdent. Ne la renvoyez pas ce soir. Elle dormira sur le sol de votre chambre. Elle en a l'habitude, elle est si pauvre.

Je fermai les yeux un instant. Le couperet du destin...

— Soit. Apportez du champagne, mais ne me quittez pas.

— Au service de Votre Majesté! dit-il joyeusement, et son sourire montrait à quel point il était heureux d'apporter, par mon truchement, quelque réconfort à sa jeune cousine.

Jeune, elle l'était. Presque une enfant. Aussi parfaitement blonde et le regard aussi bleu que ma reine un instant entrevue aux allées Tourny, à Périgueux. Pauvre, son vêtement le disait d'une certaine façon. Sans doute sa seule bonne robe, plutôt prêtée par une amie car elle semblait bien légère pour l'âge de celle qui la portait. Point de châle, point de mantille, les pieds propres mais nus, les épaules très blanches et découvertes, le cou et les bras ronds sans le moindre bijou, une fleur rouge piquée dans les cheveux et la bouche tout aussi rouge entrouverte sur des dents blanches magnifiques qui me firent, au cœur, une sorte de morsure d'amertume. Lorsque j'entrai, elle s'inclina en une gracieuse révérence. Je passai ma main sur mes yeux. Avais-je réellement distingué deux seins blancs qui palpitaient par l'échancrure de son corsage?

— Comment vous appelez-vous? mademoiselle.

— Veronica, señor, pour vous servir.

Elle avait une voix étrange, assez rauque, qui la faisait, en parlant, plus âgée qu'elle ne le paraissait.

— Véronique? Vraiment?

Véronique... L'émotion me prenait. M'étais-je pourtant cuirassé contre ces basses souffrances!

— Veronica, pour vous aimer.

M'aimer!

Grabias entrait avec le champagne, deux bouteilles, trois coupes, un plateau de sucreries.

— Ma cousine Véronique veut dire qu'elle vous aime comme un ami, un bienfaiteur dans son malheur.

— Un ami, c'est cela, un ami très intime, dit-elle en appuyant sur le mot, avec une œillade effrontée qui me surprit et me fit rougir jusqu'à la racine des cheveux.

Dieu! Que j'étais mal à l'aise. Je bus ma coupe d'un trait, aussitôt resservi par Grabias.

— Véronique! lui dit-il d'un ton sévère.

La jeune enfant pouffait de rire.

— Monseigneur voudra bien lui pardonner, dit Grabias. Véronique est une franche nature. L'excès de ses malheurs n'a pu venir à bout de son espièglerie. C'est le privilège de la jeunesse.

— Quel âge avez-vous? mon enfant, demandai-je.

— Seize ans, monseigneur, pour vous...

— Véronique! coupa M. Grabias sur un ton plus sévère encore.

La jeune fille cessa de rire, retrouvant aussitôt ses traits réguliers d'angelot. Le rire déforme. Il n'est que travestissement.

— Seize ans, reprit-elle avec une nouvelle révérence, pour vous servir.

Comme elle tardait à se redresser et que l'un de ses petits seins s'était échappé de son corsage, je jetai un coup d'œil à Grabias, l'appelant silencieusement à mon secours. Je ne savais rien du comportement des femmes dans le malheur, encore moins de celui des jeunes Chiliennes abandonnées.

— Véronique! commanda Grabias. Plus tard!

Le sein disparut. Le regard implora mon pardon. Pauvre petite! Que savait-elle de la vie? Je bus ma seconde coupe d'un trait, reprenant contenance. Grabias déboucha la deuxième bouteille puis s'éclipsa en annonçant qu'il allait quérir du renfort à la cave. L'enfant aimait le champagne, pillait les sucreries, cela faisait plaisir à voir. Dieu ménage des instants de grâce dans la vie des pauvres gens.

— Voulez-vous que je danse? demanda Véronique.

Déjà debout, les bras gracieusement levés et frappant dans ses mains par-dessus sa jolie tête, elle se mit à onduler sur place comme un long serpent blond.

— Non! Non! Asseyez-vous, lui dis-je.

Elle vint s'asseoir à mes côtés, sur le canapé. C'était un grand canapé, mais sans doute cherchait-elle un peu de réconfort, de chaleur humaine. Sa cuisse touchait la mienne, son bras se glissait sous le mien. J'étais pétrifié.

— Racontez-moi votre vie, mon enfant. Ainsi vous avez besoin d'aide...

Elle dit tout, l'enfer des bas-quartiers où l'infortune l'avait poussée, son père, officier, tué dans un *pronunciamento*, sa mère morte de chagrin, ses quatre frères et sœurs, entre cinq et douze ans, pleurant de faim tandis qu'elle s'épuisait à se louer dans les champs ou dans les cuisines des gens riches de la ville, lesquels ne lui jetaient pas un regard compatissant, à l'exception des messieurs, mais ceux-là! Son honneur sans cesse à défendre... Elle racontait d'une voix monocorde, récitative, comme si cette triste évocation jaillissait de tant de mots désespérés cent fois répétés dans le secret de son âme mais jamais prononcés. Cette marque de confiance me touchait. Son honneur à défendre... Oh Dieu! Délivrez-moi de cette morsure au cœur...

— Séchez vos larmes, mon enfant, dis-je. Votre honneur est en bonnes mains et nous allons vous tirer d'affaire.

Je sentis son bras presser le mien et sa main chercher la mienne puis se poser sur mon genou. Je tremblais de pitié. Pitié pour moi-même, pour Véronique, pour la stupide destinée. Aujourd'hui vingt ans ont passé. Je la revois, Véronique, ma reine. Je distingue clairement son visage. Elle a les yeux secs. Nul besoin de sécher aucune larme... A mon grand soulagement, Grabias revint, portant deux autres bouteilles.

— Vous avez bien tardé, lui dis-je. Cette malheureuse enfant...

— Que monseigneur m'excuse, je ne trouvais pas la lampe de cave. Véronique, as-tu bien tout dit à Monseigneur? Ton papa le capitaine?

La jeune fille acquiesça de la tête.

— Ta maman? Tes frères et sœurs qui ont faim?

Oui! Oui! faisait des yeux la petite en noyant sa tristesse dans le champagne.

— L'épuisement dans les champs? Et les vilains messieurs de la ville?

— Tout! gémit-elle en une sorte de râle qui lui secouait les épaules comme un rire tragique.

— Parfait! s'exclama Grabias. Je veux dire : monseigneur est-il édifié? Que ferons-nous pour cette jeune enfant?

Il remplissait mon verre, passait la main sous le menton de sa cousine comme pour la rassurer, tapotait les oreillers de mon lit, tirait les deux pans mal rejoints du double rideau de la fenêtre.

— Remettez-lui cinq cents francs, dis-je. Sur le budget de la maison du roi. Mais à quel titre?

Les vapeurs du champagne faisaient sur moi leur effet. Véronique me regardait sans ciller. Elle eut un frémissement des épaules et deux seins jaillirent à nouveau du corsage.

— Danseuse, dit simplement Grabias. Le roi et la danseuse, scène classique de l'histoire. Et la danseuse est pauvre. Vous faites le bien tout en...

— Qu'ai-je besoin d'une danseuse!

Grabias tenait l'argent dans sa main.

— Véronique a des dettes, dit-il. Elle est traquée par ses créanciers d'abominable façon. Son honneur...

— Remettez-lui mille francs.

Oh! Je le distingue clairement aujourd'hui, ce sourire de triomphe qu'ils échangèrent tous deux...

— Mille francs! dit joyeusement Grabias en comptant l'argent dans la main de la jeune fille qui le fit rapidement disparaître dans une poche, sous sa jupe, découvrant deux cuisses rondes et blanches. Mille francs! Monseigneur, c'est agir en roi. Vous ferez de Véronique votre reine...

Et sur ces mots il disparut. Il avait baissé la lampe en sortant et je ne distinguai plus, dans la chambre, que la blancheur laiteuse du corps de Véronique dont la jupe et le corsage formaient un petit tas sur le sol.

— Grabias! Grabias! appelai-je désespérément.

Cette fois, il ne revint pas. J'étais seul, éperdu de confusion au seuil d'un univers dont les portes m'étaient closes. Ma reine... Véronique, ma reine...

— Déshabille-toi, mon beau monsieur. Veux-tu que je danse? Veux-tu que je...

Elle s'approchait. Comment gagner du temps?

— Ne me touchez pas! mademoiselle. C'est ça, dansez! dansez! Véronique, ma reine...

Je me couchai, titubant, gardant une chemise et me fourrant sous les draps comme un enfant qui a peur du fantôme blanc qui danse. Un moment après, le fantôme me rejoignit. Il m'est impossible de décrire ce déchaînement de bouche et de mains tandis que je gisais, inerte. La vérité... La Vérité... Seigneur! Pourquoi m'avez-vous abandonné?

A la fin, j'entendis un rire léger et ses mains me quittèrent. Puis un soupir. Véronique s'était endormie. Je la contemplai longuement sous la lampe, navré jusqu'au plus profond de mon âme. La beauté de ma reine... La beauté... La beauté... Je m'endormis à mon tour. Au matin, je m'éveillai seul.

— Alors? demanda M. Grabias, l'œil allumé, en ouvrant les rideaux. Monseigneur a-t-il passé une bonne nuit? Quand monseigneur le voudra, je sais où habite ma cousine Conchita.

— Conchita?

— Je veux dire : Veronica; Conchita est son second prénom.

Elle ne s'appelait même pas Véronique.

J'ai pris goût à ce néant. Jusqu'à mon départ de La Serena, cela m'a coûté dix mille francs. J'étais le roi de ce néant et Véronique était ma reine...

XI

C'est au début de l'année 1859 qu'en entendant l'unique pluie d'été transformer en cloaque le *patio* de l'hôtel et en torrents les rues de La Serena, je fis mes comptes. Ouvrant le carnet noir des *Dépenses de la maison de S. M. le roi de Patagonie, S. Exc. M. Lachaise étant ministre,* une sueur froide m'envahit. J'étais atterré.

Non que les comptes fussent mal tenus. De l'écriture de M. Lachaise je m'y employais chaque soir, affectant ma note d'hôtel et d'écurie aux dépenses de la maison royale, l'achat d'Artaban au budget de la cavalerie et les bienfaits dont je comblais Véronique, toujours plus belle dans des robes que sa candeur ne se résolvait pas à choisir plus décentes, à la *cassette privée* de S.M. la reine. Tout était donc en ordre, mais c'est le total qui m'accablait. Depuis mon embarquement au Havre, en juin 1858, j'avais dépensé plus de vingt mille francs! Très exactement calculé, il ne me restait plus en ce 15 janvier 1859 que la somme de dix mille quatre-vingt-dix-sept francs, à peine le quart de mon trésor de guerre initial! A ce rythme-là, j'étais ruiné dans trois mois.

J'appelai mon secrétaire privé.

Il était devenu gras, portait des vêtements neufs, respirait l'optimisme et la bonne santé et il ne me déplaisait pas d'être entouré de prévenances par un serviteur aux apparences dignes en tous points de son roi.

— Monsieur Grabias, je n'ai pas de secrets pour vous. La situation financière de l'État me cause quelque souci.

— Si monseigneur le permet, je pourrais contribuer...

Je balayai l'offre d'un geste.

— Mon cher ami, cette pensée vous honore, mais nous n'en sommes point rendus là, fort heureusement. Nous pouvons encore disposer d'un crédit de dix mille quatre-vingt-dix-sept francs.

Je crus qu'il allait faire une grimace mais ce fut un sourire. Cela me réconforta. La somme, en effet, avait encore quelque importance.

— Cependant, monsieur Grabias, il importe de prendre certaines mesures. D'abord vous supprimerez le champagne.

— Ma cousine...

— Vous supprimerez le champagne les jours où mademoiselle Véronique ne nous honorera pas de sa visite. Ensuite vous donnerez des ordres aux cuisines pour que l'on ne me serve de la viande qu'au repas de midi. Je m'en porterai mieux.

Il s'inclina.

— Enfin vous vous mettrez à la recherche d'une mule pour mes bagages et me renseignerez sur les gîtes d'étape d'ici à Valparaiso. Je vais me rendre dans mes États et notifier, en passant, ma décision au gouvernement du Chili.

Je le vis peu convaincu. Il se grattait la tête, l'air pensif.

— Monseigneur, dit-il, votre décision semble un peu hâtive. Les chemins sont transformés en bourbier. Il faut attendre la sécheresse.

— Affaire de quelques jours.

— Certes, mais les dernières nouvelles de la *frontera* ne vous sont point encore favorables. La dernière livraison du *Mercurio* signale des mouvements de troupes et de tribus. Les tribus se rassemblent autour d'Angol, au sud du rio Bio-Bio que l'armée chilienne se prépare à franchir. L'Assemblée nationale vient de voter un crédit de deux cent cinquante mille piastres pour fortifier les points d'appui de la *frontera*. Il va y avoir une grande bataille. Le cacique Manil, chef de guerre des tribus, a refusé une entrevue de paix proposée par le colonel Saavedra.

— Justement! Ma place est à la tête de mes troupes, pour les mener à la victoire. Je vais adresser une lettre en ce sens au cacique Manil.

— Écrivez au cacique, monseigneur, mais laissez-le manœuvrer sans vous. S'il est vaincu, votre personne et votre royaume seront emportés dans la déroute. S'il est vainqueur, il vous suffira de paraître pour être acclamé.

L'argument n'était pas sans valeur. Le couperet du destin... Fallait-il hâter sa chute par trop de précipitation? Je résolus de retarder mon départ d'une quinzaine de jours et d'attendre, pour en décider, d'autres nouvelles de la *frontera* apportées par le *Mercurio*.

— Monseigneur agit sagement, approuva M. Grabias, que tout souci avait quitté. Le temps passera vite. Mlle Véronique y apportera tout son soin.

Véronique... Royaume inaccessible aux portes duquel je me meurtrissais, attendant que le sommeil emportât mon désespoir. Il n'existe que deux formes de grandeur appropriées à l'homme bien né, le triomphe et le désespoir. Elles se valent.

— Il faudrait cependant songer, dis-je, à s'assurer de quelques ressources nouvelles et d'un rendement rapide. Ce pays, me semble-t-il, contient toutes sortes de mines.

— J'allais en parler à Monseigneur. L'or est trop risqué. Une fois sur dix on y réalise des fortunes, mais on s'y ruine plus sûrement. Jeu de hasard! Le cuivre est d'un rapport fidèle, sans surprise. Je connais une mine de cuivre, à quelques lieues au nord. Elle appartient à M. Edwards, un Anglais. Pour des raisons de famille, il cherche à se dessaisir de quelques parts. Lui rendre visite serait affaire de deux jours...

A cheval, M. Grabias et moi-même, accompagnés d'une mule chargée de tonnelets d'eau, nous avons pris la route du nord, longeant la côte désertique sous un soleil accablant. Je songeais qu'une fois encore je tournais le dos à mon royaume. La route de la côte n'offrait aucun intérêt. En chemin nous croisâmes une troupe de mineurs en grand costume, vêtus d'un tablier de cuir, d'une ceinture aux couleurs voyantes et d'un pantalon large, la tête couverte d'une petite casquette de drap écarlate. Ils portaient au cimetière le cadavre d'un de leurs camarades. Quatre hommes portaient le corps en trottant très rapidement. Dès qu'ils avaient parcouru environ deux cents mètres, quatre autres, qui les avaient précédés à cheval, venaient les remplacer. Ils allaient ainsi s'encourageant les uns les autres en poussant des cris sauvages, bien qu'ils fussent Chiliens de race blanche. C'étaient, en résumé, des funérailles fort étranges.

— Vous en verrez passer d'autres, dit M. Grabias d'un ton indifférent, comme si ce spectacle l'avait laissé insensible. On meurt énormément dans ce métier.

J'en conclus tristement que j'allais m'enrichir avec du sang autant qu'avec du cuivre, mais qu'au nom de la raison d'État je devais m'y résoudre. Apprentissage de roi...

La mine de Los Hornos était une colline percée d'autant de trous qu'un nid de fourmis. L'air, alentour, était obscurci d'une fumée de poussière jaune qui s'échappait de ces trous comme d'autant de cheminées. De cette fumée émergeaient à leur tour des dizaines et des dizaines de silhouettes courbées sous le poids d'une hotte qu'on appelait *carpacho,* et que le règlement de la mine fixait à un minimum de deux cents livres. M. Edwards nous accompagnait. Il avait un visage dur et un regard impitoyable. Botté, ganté, poings sur les hanches en contemplant *sa* colline, il nous commentait d'une voix brève les phases de cette agitation.

D'après un règlement qu'il avait lui-même établi, les mineurs ne devaient pas s'arrêter pour reprendre haleine, à moins que la mine n'eût six cents pieds de profondeur. Chaque mineur remontait douze charges par jour, soit un total de onze cents kilogrammes hissés à une hauteur de quatre-vingts mètres. Pendant les intervalles, M. Edwards occupait ces malheureux à extraire le minerai. Je savais que c'était là un travail tout volontaire, et cependant je me sentais révolté quand je voyais en quel état ils arrivaient au sommet des puits : le corps ployé en deux, les bras appuyés sur les entrailles, les jambes arquées, tous leurs muscles tendus, la sueur coulant en ruisseaux de leur front sur leur poitrine, les narines dilatées, les coins de la bouche retirés en arrière, la respiration haletante. Chaque fois qu'ils respiraient on entendait une sorte de cri articulé, « aye, aye », se terminant par un sifflement sortant du plus profond de leur poitrine.

— C'est ainsi, conclut M. Edwards, qu'on peut gagner *vraiment* de l'argent.

Un pauvre homme s'écroula presque à nos pieds, battant l'air des mains tandis que le contenu de son *carpacho* déjà l'ensevelissait.

— A l'amende! cria M. Edwards.

Un contremaître se pencha :

— *Muerto!*

M. Edwards haussa les épaules.

— Trois aujourd'hui, mais qu'importe. Dix autres se présenteront. Je n'ai que l'embarras du choix.

Triomphe et désespoir. J'en conclus que ce sont les deux choses au monde les plus inégalement partagées.

Nous fûmes au *cottage* de M. Edwards. Une oasis dans ce désert, peuplée de fleurs et d'oiseaux. M. Edwards y vivait seul, servi par des jeunes femmes de mineurs, propres, plaisantes et en bonne santé, auxquelles il s'adressait par signes et qui me semblèrent à la fois heureuses de leur sort et terrifiées. M. Edwards prit place dans un fauteuil d'osier sous les eucalyptus. Une servante apporta un pot à eau, une autre, une bassine d'argent et une serviette, la troisième se baissa avec un mouvement de poitrine qui me rappela les révérences de Véronique, et entreprit d'extraire les bottes de M. Edwards, tandis que d'autres disposaient sur une table des fruits et des rafraîchissements.

— Chez lui aussi, me dit M. Grabias avec un bizarre sourire en coin, il n'a que l'embarras du choix. Ah! L'argent! L'argent...

— L'argent, justement, fit M. Edwards. De combien disposez-vous? L'affaire est à saisir aujourd'hui.

— M. de Tounens, dit Grabias, que je vous amène *personnellement* — et il insistait sur le mot —, dispose de cinq mille francs qu'il désire placer dans votre mine.

— Cent actions, dit M. Edwards. Vous pouvez choisir un dividende annuel, mais le précédent a été payé le mois dernier. Je vous conseille plutôt un bénéfice plus rapide et plus important sous forme d'un engagement de ma part de vente de cuivre en votre faveur et sans limitation de quantité, acheminement et revente en Europe à votre charge. Vous doublerez votre mise tous les six mois.

Je versai mon argent. Nous signâmes, M. Grabias comme témoin en l'absence de notaire.

J'étais riche, M. Grabias se frottait les mains. M. Edwards se leva et nous salua d'un simple mouvement de tête. L'entrevue était terminée. Faisant signe à une servante qui lui emboîta le pas, les yeux baissés, il disparut à l'intérieur de la maison. J'en conclus que les hommes d'argent ne s'embarrassent pas de façons.

Dès mon retour à La Serena, j'écrivis à mon ami Desmartin :

« Mon cher ami,
« Je te prie de faire un voyage à Bordeaux à l'effet de savoir combien y vaut le cuivre et s'il y aurait moyen d'en vendre une grande quantité. Le cuivre vaut dans ce moment au Chili 108 francs les 50 kilos, frais compris jusqu'en France. Si cette affaire te convient, je te donnerai un pourcentage sur la vente. Ne parle à personne dans le Périgord de cette affaire.
« Bien des choses de ma part à toute ma famille.
             « Prince Orélie-Antoine de Tounens. »

Desmartin n'a jamais répondu à cette lettre. S'il m'écrivit de temps à autre, ce fut sans y faire référence comme s'il ne l'avait jamais reçue. Pauvre petit juge de paix! Allez donc, encore une fois, malgré eux, faire la fortune de vos amis...

A notre retour à La Serena, apprenant que nous arrivions de la mine de Los Hornos, Véronique frissonna, refusant le champagne et contemplant avec une sorte de haine, que je ne m'expliquais pas, son cousin, M. Grabias, qui s'éclipsa tôt ce soir-là.

— Vous avez vu M. Edwards? demanda-t-elle quand nous fûmes seuls, avec de l'horreur dans les yeux.

— Oui. Le connaissez-vous?

— Une nuit, Grabias m'a emmené là-bas!

Elle frissonna de nouveau et se cacha la tête dans les mains, pleurant cette fois de vraies larmes qui ruisselaient sur ses joues de soie. Je la consolai de mon mieux. Il n'y eut pas, cette nuit-là, de déchaînement de bouche et de mains. Véronique pleura beaucoup et s'endormit, apaisée, simplement, dans mes bras. Mon désespoir fut plus doux. Il ressemblait à du bonheur. Le lendemain, lorsque je m'éveillai, Véronique dormait toujours à mon côté. Elle ne s'était pas enfuie au petit matin, suivant son habitude. A son réveil, elle me pria de cesser mes bienfaits. J'en avais, selon elle, assez fait. Au reste, elle ne se connaissait ni frères ni sœurs. Mais jusqu'à mon départ, elle viendrait chaque soir, comme par le passé, et pour l'amour de l'art, ajoutant, avec un petit sourire mélancolique, qu'elle ne désespérait pas. J'en fus désespéré. Véronique, ma reine...

M. Grabias se fit subitement rare et me servit du bout des doigts, désormais avare de paroles. Moi qui sais juger les hommes, qualité première d'un souverain, je reconnais m'être trompé sur son compte. Il est aussi dans la nature des rois d'être dupés. Dans leur cortège marchent les traîtres...

Ma note d'hôtel payée, il me restait quatre mille cinq cent quatre-vingt-dix-sept francs.

Le 27 janvier de cette année 1859, je pris la route de Valparaiso. Artaban, deux mules, la malle royale, et... à moi la Patagonie!

XII

Valparaiso !

Le plus grand port du Chili. Ville des affaires. Siège du véritable pouvoir, celui de l'argent. Ici, plus qu'à Santiago, capitale politique, se nouaient les intrigues qui font et défont les puissants. Les émissaires du président Montt et du général Perez s'y vendaient au plus offrant et de ce marché dépendait le sort des batailles que les armées rivales, conservatrices et libérales, se livraient là-haut, dans la montagne, sur le plateau entourant Santiago. Je résolus d'y trouver les concours qui me manquaient, ne doutant pas d'y parvenir par le truchement de la colonie française et de nos représentants diplomatiques parmi lesquels M. d'Aninot, le jeune consul rencontré à bord de *La Plata* et qui m'avait, on le sait, depuis le franchissement de Panama, bien des obligations. Messieurs ! Voici le prince Orélie-Antoine de Tounens, roi de Patagonie !

Je décidai de frapper l'opinion. M'étant établi, eu égard à ma bourse, à Santa-Teresa, un faubourg aux portes de la ville, dans une petite auberge de campagne fréquentée par des métis d'Espagnols et d'Araucans, gens braves plutôt que braves gens et que je me conciliai aussitôt en leur offrant des rafraîchissements, ayant vendu incontinent mes mules, déposé mes malles dans la chambre, je revêtis le poncho royal, ceignis mon front du bandeau rouge et ma taille d'une large ceinture de cuir à laquelle était accroché mon sabre de cavalerie, et dans cet équipage de bataille, au grand galop d'Artaban, je fis mon entrée dans Valparaiso.

Cette ville ne comporte que deux longues rues parallèles à la mer, entre colline et rivage où s'entassent les maisons et se concentrent la vie et les activités de toutes sortes. Je les parcourus chacune dans les deux sens au galop d'Artaban, me frayant habilement un chemin parmi les calèches, les berlines, les fardiers du port et les cavaliers de toute espèce qui s'y pressaient dans un grand enchevêtrement. Des chevaux se cabrèrent sur mon passage. J'entendis quelques jurons de charretier en langage populaire, des réflexions en anglais, en allemand, en castillan, et l'une même en français qui me sembla plutôt flatteuse en dépit des termes employés, mais, dans l'ensemble, l'impression fut considérable et j'imaginais déjà la question que se posaient tous ces gens : quel est donc ce fier cavalier?

Cependant, en dépit de son animation et de la tenue stricte de ses habitants qui ne sortaient jamais qu'en chapeau et boutonnés jusqu'au menton, les femmes recouvertes d'une *manta* noire sous laquelle j'aurais eu quelque peine à distinguer une autre Véronique, rien ne me semblait justifier le nom charmant de « Vallée du paradis » donné au premier port du Chili, espoir de tant de marins. Il y flottait dans l'air je ne sais quoi d'inhospitalier, aggravé par cette morgue triste qui est le masque des Chiliens de la bonne société, plus nombreux ici qu'à La Serena. Les façades des banques, des compagnies de commerce et de navigation, des clubs, du palais de justice, des casernes, des maisons neuves des riches notables, offraient un aspect austère et massif à la mode de Londres et Berlin. L'un de ces nouveaux hôtels, particulièrement somptueux, était, m'a-t-on dit, la demeure de doña Juana, madame Edwards, dont j'avais rencontré l'un des fils, M. Augustin Edwards, à la mine de Los Hornos dans les conditions que l'on sait. La noble femme, connue sous le nom de l'« Ange de la Charité », avait doté Valparaiso d'innombrables œuvres de bienfaisance qui portaient toutes son nom en lettres d'or sur leurs façades. Je songeai au malheureux mineur que j'avais vu mourir sous mes yeux et conclus que la charité ne coûte rien aux puissants puisque ce sont les pauvres gens, par le truchement obligé des riches, qui se la font à eux-mêmes... Seules l'église cathédrale et la résidence du gouverneur portaient encore témoignage des extravagances de l'ancienne vice-royauté. Pour le reste, quelques vagues bouquets de verdure sur les pentes sablonneuses des collines et de pauvres maisons de bois étagées sur les flancs des ravines qui descendaient vers la ville. Mais au-delà, il est vrai, lorsque l'épais brouillard humide acceptait de se lever, les cimes lointaines de la cordillère des Andes dominées par le sommet neigeux de l'Aconcagua, ce géant de l'Amérique...

Heureusement, il y avait le port. J'y passai de longues heures, comme au quai de la Vieille-Tour, enfant rêveur à Libourne, lorsque je dévorais des yeux les grands trois-mâts qui partaient pour le cap Horn. Et je les retrouvais là, sur l'autre face de la terre, sur l'autre face de ma vie, à l'ancre dans la baie de Valparaiso. Ils étaient des dizaines, battant pavillon de toutes les nations d'Europe et d'Amérique, dressant leurs forêts de mâts et de vergues dans le parfum des épices, l'âcre odeur du nitrate et la puanteur du guano, dégorgeant dans les ruelles chaudes où les attendaient des métisses sans *manta*, aux crinolines sales, des équipages titubants parlant toutes les langues de la terre. Un jour, entendant parler français, je m'approchai d'un groupe de matelots, m'enquérant de leur navire. Ils me le désignèrent et je le reconnus aussitôt : *La Reine blanche* ! Elle avait vieilli de vingt ans mais conservait encore fière allure. C'était là-haut, dans son gréement, que le patron de la gabare *L'Hirondelle,* du temps qu'il était gabier, avait perdu sa main. Je me souvenais aussi de ses paroles : « Je peux te le dire, mon petit, ce n'était pas de la roupie de sansonnet... » Mon enfance m'avait-elle déjà rattrapé sans que j'eusse pu combler tant d'années qui m'en séparaient par autre chose que le néant ? Quelque temps après, un petit *steamer* mouilla dans la baie. Il battait pavillon français. Il semblait avoir souffert au passage de Magellan. On parlait de nombreux passagers disparus entraînés par-dessus bord par la force des vents et que le courant avait emportés. Il s'appelait *Le Montalembert* et transportait en Californie des émigrants français que la fièvre de l'or avait saisis. Je me souvenais aussi de l'annonce de son départ affichée au bureau des vapeurs, à Paris. Le capitaine fit poser une affiche semblable au bureau des vapeurs de Valparaiso. Sans doute cherchait-il à combler les vides par le recrutement de nouveaux passagers payants. J'en conclus que la mort peut être une forme de bénéfice...

Je me sentais las, découragé. Chaque jour je parcourais ponctuellement les deux rues de Valparaiso au galop d'Artaban, n'entraînant plus sur mon passage que des hochements de tête parfois accompagnés d'un mot que j'avais peine à prendre pour moi : « *Gavacho loco*[1] ! » Fallait-il leur crier qui j'étais ! Se pouvait-il qu'ils ne l'eussent pas deviné ! Mes démarches demeuraient au point mort. Je n'osai franchir ces portes austères, me souvenant de l'accueil que j'avais reçu à Paris. Les premiers jours, j'avais cru que sur ma bonne mine et mon fier équipage on me ferait quérir depuis quelque

---

1. *Loco* : fou. *Gavacho* : étranger, français, avec un sens péjoratif. *(N.d.E.)*

fastueux hôtel ou quelque puissante compagnie. Hélas non. Comme à Périgueux, comme à Paris, j'étais seul. Je regagnai ma petite chambre, le soir, à l'auberge de Santa-Teresa, sans même le goût de rêver, d'ouvrir ma malle royale emplie de mes étendards et de mes proclamations. A quoi bon? Tout était prêt. Rien ne se produisait. Pourquoi forcer le destin... Parfois je descendais dans la salle enfumée de l'auberge. Des métis et des *guasos*[2], accompagnés de femmes repoussantes, y buvaient tristement dans un silence accablant. J'offrais à boire à la ronde, n'obtenant pour tout remerciement qu'une place parmi eux, à une table poisseuse, qu'on me faisait en se poussant un peu. J'y passais des heures. C'était au moins une forme de compagnie. Je vivais de peu, pour durer.

Je fis connaissance, à l'auberge, d'un jeune Indien araucan. Fils d'un cacique de la *frontera*, du moins me l'affirmèrent les *guasos* qui le considéraient avec mépris. Il semblait pourvu de quelque argent sans que l'on sût les raisons de sa présence à Valparaiso. Je tentai plusieurs fois d'engager la conversation. Sans succès. Il me dévisageait d'un œil morne puis retombait dans sa somnolence, ivre tous les soirs au point de rouler sous la table où il s'endormait chaque nuit. Tel était le premier représentant qu'il me fut donné d'approcher des peuples sur lesquels je me proposais de régner. J'en fus accablé. Sans savoir qu'à la suite de cette rencontre je toucherais au but, je fus sur le point de renoncer. Rejoindre les chercheurs d'or à bord du *Montalembert*... Embarquer sur *La Reine blanche* qui retournait à Libourne, par le cap Horn... Le bureau des vapeurs restait muet. J'étais sans nouvelles de mon frère, de mes amis. Ah! Comme on atteint le sommet de la grandeur lorsqu'on touche au fond de la solitude!

Un matin, sellant Artaban à l'écurie de l'auberge pour mon galop quotidien dans les rues de Valparaiso, je découvris le jeune Indien en contemplation devant mon cheval. Il était à jeun, la mine éveillée, le regard vif. Une résurrection.

— Bel animal! dit-il dans un espagnol hésitant.
Puis découvrant mon sabre :
— Arme de chef!

2. *Guaso*, ou vacher chilien. *(N.d.E.)*

Enfin, me dévisageant franchement :

— Barbe de *toqui* blanc !

Ainsi que tous les Indiens et quel que fût leur âge, je devais l'observer plus tard, le jeune homme n'avait pas un poil au menton. Pas plus d'ailleurs que les Chiliens, lesquels, par anglomanie, se faisaient raser de près tous les matins.

Toqui ! Chef de guerre ! Plus que l'apparition de leurs chevaux, c'était la vue de leurs longues barbes qui avait assuré le triomphe rapide des faibles troupes de Cortès et Pizarre. Cela, je le savais déjà.

— Noble guerrier, grand merci ! répondis-je.

Je le vis frémir, puis tendre l'oreille en disant :

— Parle encore !

— Je m'appelle le prince Orélie-Antoine de Tounens. Je suis venu de l'autre côté de la terre pour rencontrer ton peuple. S'il m'écoute, je le conduirai vers les plus hauts destins. Nous chevaucherons les cimes des nuages et le soleil, chaque jour, brillera sur nos victoires !

Le Verbe ! Pour moi aussi, résurrection. J'avais retrouvé le Verbe !

Le jeune homme semblait frappé de stupeur.

— Parle ! Parle !

Je répétai mot pour mot, ajoutant que les fiers Araucans, s'ils se joignaient à mon sceptre, galoperaient un jour jusqu'à Valparaiso !

Le jeune homme m'écoutait d'un air si recueilli, comme s'il entendait quelque musique céleste, que j'en fus moi-même interdit.

— Voix pour parler ! dit-il enfin. Voix pour commander ! Moi m'appeler Quillapan, fils du cacique Manil.

A mon tour d'être frappé de stupeur. Le fils du cacique Manil ! Ce chef de guerre qui mobilisait les escadrons araucans sur le Bio-Bio et refusait de rencontrer le colonel Saavedra ! Celui dont le seul renom semait l'effroi chez les colons allemands de la *frontera* et incitait les députés de Santiago à voter précipitamment la fortification des postes militaires ! Celui contre lequel l'armée chilienne faisait à nouveau mouvement après tant de batailles perdues tout au long de trois siècles ! Enfin, celui auquel j'avais adressé une lettre, la confiant aux soins d'un colporteur basque qui s'en allait vers le sud commercer avec les tribus... Qu'on imagine le mouvement désordonné de mon âme. Tant d'efforts infructueux ! Tant d'années perdues ! Et aujourd'hui, la couronne !

— Je suis le roi! dis-je.

Il sembla réfléchir.

— Moi, Quillapan!

Il leva haut ses deux mains comme s'il invoquait le ciel et j'en fis rapidement autant, comprenant que c'était là leur forme de salut. Je n'en connais pas de plus noble, à cent coudées d'âme au-dessus du grotesque *abrasso* et de notre poignée de main vulgaire. Plus tard, à Paris, l'on se moqua de moi, car je refusais toute autre façon de saluer, m'en tenant à celle que j'avais apprise de mon peuple...

Nous nous considérâmes gravement. Nous nous étions reconnus. Je lui parlai de ma lettre.

— Cacique Manil ne pas savoir lire. Messagers *huincas*[1] ne pas franchir Bio-Bio. Moi je dis : viens. Tu viens.

Nous échangeâmes un nouveau salut. Je lui demandai pourquoi il avait entrepris ce voyage.

— Moi acheter fusils sur le port. Bateau les transporter jusqu'à la *tierra*[2]. Mais *huincas* tous voleurs, tous chiens!

Il cracha par terre, puis eut un geste du poignet, à hauteur de gorge, comme s'il faisait tournoyer quelque chose.

— *Matar los con la bola*[3]! *Adios!*

Il s'en fut sans ajouter un mot. Nous nous étions compris, lui, le guerrier! moi, son roi! Enfin, j'allais pouvoir traiter d'égal à égal avec les puissants de ce monde, avec le gouvernement du Chili, avec celui de mon cousin l'empereur Napoléon III qui venait de vaincre à Magenta et à Solferino dans le même temps que mes armées s'apprêtaient à se couvrir de gloire sur le Bio-Bio... Que *Le Montalembert* et *La Reine blanche* appareillent sans moi! A quoi tient la destinée? Par un hasard étrange, *La Reine blanche* fit naufrage au large des Évangélistes, en route pour le Horn, et l'unique survivant, épuisé, déclara, avant d'expirer, que « vraiment, cette fois, ce n'était pas de la roupie de sansonnet... »

Au galop d'Artaban, moi, Antoine de Tounens, roi de Patagonie, je m'en fus au consulat général de France préciser mes intentions et définir une politique d'alliance entre nos deux nations. Les sabots de mon cheval martelaient la terre du chemin: être roi... être roi... Mais je l'étais, parbleu!

1. Blancs, chrétiens. *(N.d.E.)*
2. Autre nom de l'Araucanie. *(N.d.E.)*
3. « Nous les tuer à la *bola*! » *(N.d.E.)*

Où diable M. de Cazotte, consul général de France à Valparaiso, choisissait-il ses valets? Un faquin de métis, ridiculement affublé de culottes à la française, une chaîne d'huissier aux armes de l'Empire pendant autour de son cou décharné, prétendit m'interdire la porte du consul. Le mépris dont sont capables les petites gens est une chose intolérable lorsqu'il s'exerce au détriment de la grandeur méconnue. Le valet jaugeait mon vêtement! Mon poncho semblait le navrer. La vue du bandeau rouge serrant mes cheveux à l'indienne étira son torve visage d'une grimace de dédain. Mon sabre lui rappela le respect. Je dus le bousculer un peu.

— Annoncez à M. le consul général, Sa Majesté le roi de Patagonie!

Il arrive un moment dans la vie où il faut savoir abattre ses cartes maîtresses.

— Monsieur de Tounens, vraiment! Est-ce vous qui faites tout ce tapage?

C'était M. d'Aninot, le jeune consul. Il venait de surgir d'une porte et me considérait en se mordant les lèvres. A la fin, il éclata de rire.

— L'inéluctable mort fera taire les rieurs, dis-je.

— Pardonnez-moi, mais franchement, vous avez mis dans le mille! Ainsi c'était bien vous, le *caballero loco!*

— Loco?

— Votre surnom à Valparaiso. Mais il faut les comprendre. Vous débarquez dans la ville la plus collet monté d'Amérique du Sud. Tout y est passé à la pierre ponce et au vernis anglais. La société se parfume à la pommade à la rose et empeste le roussi du fer du coiffeur. Celui qui sortirait sans chapeau tuyau de poêle serait presque disqualifié. Et c'est dans cette tenue que vous faites votre entrée! Au fait, quelle est-elle? Qu'annonce cet étrange uniforme?

— Un roi!

— Monsieur de Tounens, je me souviens de Panama. Vous y étiez prince. Aujourd'hui vous voilà devenu roi. Cette soudaine promotion entraîne une explication. Entrez dans mon bureau.

Je lui dis tout, sans rien celer, tandis que la stupeur figeait peu à peu tous ses traits. Je me souvenais du marquis d'Ans, à Paris, au ministère des Finances. Il ne m'écoutait pas autrement. Mais ici je touchais au but. Par Quillapan, les tribus me suivaient. Rien ne pouvait désormais briser ma conviction. Je faisais litière de l'incrédulité!

— Monsieur de Tounens, êtes-vous sérieux?

— Parfaitement.

— Je veux dire... J'ai eu l'occasion d'apprécier votre originalité. La façon dont vous dépensez votre fortune vous conduira à la ruine avec l'estime des extravagants, et, je l'espère pour vous, en beauté. Mais nous n'en sommes plus là. Ne jouez plus et répondez-moi. Êtes-vous roi de Patagonie?

— Je ne joue jamais. Je suis en route pour mes États.

— Prenez un cigare et attendez-moi, je vous prie.

Il revint une vingtaine de minutes plus tard.

— Monsieur le consul général va vous recevoir.

M. de Cazotte faisait sienne une vertu cardinale de la diplomatie française que j'ai vite découverte chez tous ses représentants: surtout, éviter les ennuis et tout ce qui peut compromettre une carrière. C'est donc d'ennuis qu'il me parla, où, à l'entendre, je n'allais pas manquer de l'entraîner. Avec le gouvernement chilien qui venait de décider la pacification de la *tierra*. Avec le gouvernement français qui songeait à un grand dessein au Mexique et souhaitait par là même éviter tout motif de discorde avec les autres États américains. Avec la société de Valparaiso où ma conduite jetait le discrédit sur l'ensemble de la colonie française, entraînant une méfiance hautement préjudiciable au commerce avec la France que tant de nos compatriotes installés au Chili représentaient dignement... Que n'ai-je entendu ce jour-là! Avec cette consolation qu'au moins M. de Cazotte, tout accablé d'ennuis, ne riait pas du tout.

— Mon cher monsieur, conclut-il, pour le bien de tous, à commencer par le vôtre, retournez en France. Renoncez à ces prétentions ridicules...

Je me levai pour rompre l'entretien. Il y avait des termes que je ne pouvais admettre.

— Je sais que vous n'aimez pas cet adjectif, poursuivit M. de Cazotte, aussi vais-je éclairer le sens que j'attache à ce mot. Connaissez-vous les Indiens? Avez-vous vécu chez eux?

Je gardai le silence. Quillapan saurait m'instruire.

— Voici les dernières nouvelles de votre prétendu royaume. D'abord un massacre en Terre de Feu, tout chaud. On vient d'en apprendre la triste nouvelle au port par une goélette de passage. Connaissez-vous Jemmy Button?

Je le connaissais de réputation. L'Indien le plus célèbre de l'Amérique australe, un Yaghan. Enlevé par le capitaine Fitz Roy lors du premier voyage du *Beagle,* en 1826, il avait séjourné plusieurs années en Angleterre, assimilant rapidement nos usages et s'y conformant intelligemment. Ramené en Terre de Feu par ce même capitaine Fitz Roy, lors du deuxième voyage du *Beagle,* il avait vivement aiguisé la curiosité du naturaliste Charles Darwin qui se trouvait à bord. Ayant retrouvé les siens sur l'île Navarino, au sud de la Terre de Feu, de temps à autre il apparaissait, rendant de menus services aux rares équipages de passage, chasseurs de phoques ou de baleines, servant d'interprète et de guide aux missionnaires protestants anglais qui tentaient depuis peu l'évangélisation de ces contrées. Le Dr. Williams l'avait vainement attendu avant de périr de la triste façon que l'on sait et qui m'avait tant impressionné. Je comptais également sur lui, là-bas, aux marches glacées de mon royaume.

— Huit missionnaires! s'exclama M. de Cazotte. Huit missionnaires désarmés qui venaient de débarquer à Navarino pour célébrer l'office du dimanche. Massacrés tous les huit! Lapidés et achevés au harpon. Par qui? Par des Indiens dont ils s'étaient fait des amis. Par *votre* Jemmy Button. Par son frère et toute sa famille. Sans raison...

Autant l'avouer, je baissai la tête, comme si je me sentais moi-même coupable.

— La justice royale... bredouillai-je.

— Et voici le *Mercurio* de ce matin, continua le consul général, impitoyable. Édifiant, vraiment! Quatre fillettes de colons allemands enlevées près d'Arauco par un parti de cavaliers mapuches aussi ivres qu'il est possible de l'être sans tomber de cheval. Ils s'en sont amusés pendant une semaine. Quand la cavalerie chilienne les a retrouvées, trois de ces petites malheureuses étaient mortes, la quatrième était devenue folle. Et c'est sur ce ramassis de brutes que vous prétendez régner? Ne distinguez-vous pas ce qu'il y a là de ridicule, en attendant que cela devînt odieux? Ne comprenez-vous pas que ce qu'il peut y avoir encore de plaisant dans votre étrange comportement ne résistera pas à tant d'horreur.

Que répondre? Que j'apportais la paix, l'ordre, la civilisation... Que Chiliens et Argentins, s'installant sur les terres des Indiens sans

que ceux-ci l'eussent souhaité, s'exposaient à de justes représailles...
Que le martyre de quatre fillettes remboursait à peine trois siècles de
cruauté... Que l'indépendance et la liberté se comptaient au poids du
sang, parce qu'il fallait bien qu'en fût versée la rançon... Et *adi
paubre carnaval*! La vérité... La vérité... D'abord être roi, Roi,
ROI!

— Quant à *vos* Patagons, j'ai pour vous, de leur part, des nouvelles toutes fraîches. Connaissez-vous monsieur Auguste Guinnard? Un jeune Français d'un grand courage et d'une belle opiniâ-
treté. Prisonnier des Puelches pendant trois ans, il a pu leur échapper par miracle. Nous le fêtons ce soir au Cercle français. Je vous y
attends. Ce sera le dernier service que je pourrai vous rendre, en
attendant celui d'aider à votre rapatriement. Votre bourse s'aplatit,
monsieur de Tounens. Si je suis bien renseigné, vous vous êtes établi
dans une piètre auberge...

J'étais accablé. Qui veut noyer son chien...

— Un mot encore, monsieur de Tounens. Ce soir, habillez-vous
comme tout le monde. La seule vue de ce costume rappellerait à
M. Guinnard de trop affreux souvenirs.

M. d'Aninot me raccompagna.

— Quelle douche! mon cher monsieur. Que ne vous êtes-vous
tenu à l'état de prince. Cela vous convenait mieux...

Le coup de pied de l'âne... Cela me réveilla. J'étais Antoine de
Tounens, roi de Patagonie, souverain d'un peuple d'assassins!

Par mon sabre royal, je n'en étais pas peu fier. Que vienne enfin
le jour où je le plongerais dans le ventre d'un ennemi du royaume!
Mon nœud gordien: les entrailles d'un Blanc. D'une Blanche peut-
être? Ô Véronique...

Il y avait à Valparaiso, dans la rue principale, le *British Club*, le
German Hauss, la *Casa de Espana*, la *Swedish House*, le *Palacio
d'Italia* et le *Cercle français*, façades orgueilleuses et pavoisées à
l'abri desquelles se tramait dans le grouillement malodorant des
piastres le dépècement de l'économie du Chili. Pour parler en maître
dans cette ville, il fallait le faire depuis l'un de ces salons brillam-
ment éclairés. Je résolus de fonder sans délai la *Maison de Patagonie*.

Je m'étais « habillé ». Je me sentais diminué. N'allait-on pas me prendre pour un avoué? Introduction plus nuisible que recommandable. Les avoués, dans ce pays, sont fort peu estimés des autorités et du public. Ils sont mis en prison toutes les fois qu'ils sont en retard pour signifier un écrit, étranges façons qu'à Périgueux nous ne saurions concevoir. Je l'avais précisé à mon ami Desmartin, lui demandant de taire cette ancienne profession dans la lettre de recommandation que je le priai de m'obtenir du ministère des Affaires étrangères par l'intermédiaire de mon chargé d'affaires en France, Mᵉ Gilles-Lagrange. Au reste, quelle importance! Je n'avais pas reçu de réponse.

La porte du Cercle français était ouverte à double battant. De nombreuses calèches stationnaient dans la rue. J'entrai la tête haute et mon chapeau tuyau de poêle par-dessus. Un valet me le prit, ainsi que ma canne et mes gants. Il y avait foule et l'on y respirait, c'était vrai, la pommade à la rose et le roussi du fer du coiffeur. M. d'Aninot m'attendait. J'en fus flatté. Il me conduisit de groupe en groupe, ne me lâchant pas d'une semelle et répétant à la ronde:

— Voici le prince de Tounens qui a de grands desseins en Patagonie et en Araucanie!

Les Chiliens ajustaient leur monocle. Les Français se parlaient à l'oreille. Je n'en avais cure. Par ma haute taille, je les dépassais tous d'un bon pied. Je reconnus trois messieurs basques, passagers à bord de *La Plata*: MM. Ybarray, Jauréguy et Ordizan. Ils me firent bonne mine, m'offrirent le champagne. Ils possédaient des terres sur la *frontera*, s'offraient à m'y recevoir. J'entrevoyais tout le parti que je pouvais tirer de l'expérience de M. Ordizan, grand propriétaire familier des Indiens et voisin de mon royaume, de ces centaines de milliers de lieues carrées à peupler et à mettre en valeur. Je le nommai *in petto* ministre de l'Intérieur. Je lui en touchai même deux mots dont il me fut reconnaissant. Je n'avais point encore compris la trahison diplomatique qui se tramait...

Quelqu'un agita une clochette et l'on fit cercle autour de M. de Cazotte, lequel avait à son côté un petit jeune homme maigre et falot qu'il présenta en des termes élogieux parfaitement exagérés. C'était le « célèbre » M. Auguste Guinnard. J'attendais un explorateur. On nous montrait un commis!

M. Guinnard prit la parole. Il avait une voix sourde et monocorde, cherchait ses mots et parlait les yeux baissés.

Commis, il l'était, au rio de la Plata, en Argentine, lorsque s'étant égaré au cours d'une expédition de chasse, il fut emporté au fond de la pampa par un parti de cavaliers puelches qui s'était emparé sans ménagements de sa personne. D'abord il dut courir des jours entiers, les mains liées par un lasso dont l'autre extrémité se trouvait attachée au cou d'un cheval au galop. On le dépouilla de ses habits et il dut vivre nu, maculé de terre, semblable en cela aux sauvages dont c'était l'habituel vêtement. Parvenu au camp de la horde, parmi les hommes, femmes et enfants qui le contemplaient avec une curiosité farouche, il demeura étendu sur le sol plusieurs heures sans qu'un seul d'entre eux cherchât à lui procurer le moindre soulagement. Il vécut comme un esclave, se nourrissant de racines, puis dévorant de la chair crue, comme le font les Indiens eux-mêmes, mais contraint d'en disputer chaque bouchée aux chiens affamés parmi lesquels il était attaché. Alors qu'il pleurait sur son sort un flot de larmes amères, les Indiens s'en aperçurent et leur fureur ne connut plus de bornes, l'accablant de tant de coups qu'il crut en mourir. S'il parvenait à s'endormir, les sauvages se jetaient sur lui, en armes, prétendant que *Vitaouènetrou,* leur dieu, les avait avertis de ses projets de fuite et leur ordonnait de le châtier pour cette criminelle pensée. Il dit aussi comment, devant lui, sur l'ordre du terrible cacique Calfucura, des gauchos prisonniers furent dépouillés tout vivants de leur peau. Il parla de deux cents captives mortes l'une après l'autre sous les mauvais traitements. Il dit enfin la haine des Indiens contre les *théoaouignecaë,* chiens de chrétiens...

A ces mots, éclatèrent dans l'assistance des cris belliqueux : « *A la frontera ! Tierra chilena !* » Des cris de mort aussi. On entourait M. Guinnard. On le palpait pour s'assurer qu'il était bien vivant après le récit de tant d'épreuves qu'il avait, je n'en doutais pas, à l'exception de la haine des Indiens à l'égard des Blancs et qui me servait bien, tiré de son imagination.

— Venez, prince, me dit M. d'Aninot, nous allons saluer M. Guinnard.

Nous y fûmes, au milieu d'un groupe qui me dévisageait d'un air hostile. Je demeurai impavide.

— Qu'en pensez-vous ? cher monsieur, me demanda le consul général.

Je devinai le piège.

— Avez-vous jamais parlé à ces sauvages ? dis-je à M. Guinnard.

— Hélas! J'ai bien essayé. Mais quand j'ouvrais la bouche, ils me rouaient de coups.

Ce ton de crécelle. Cette plate humilité. Je l'aurais deviné! Voix, verbe, barbe, stature, ambition, le pauvre M. Guinnard ne possédait rien de tout cela.

A nous deux, général Calfucura!

Car je nommai ce jour-là le terrible cacique, général-légat des tribus de Patagonie. J'ignorais qu'il me faudrait attendre dix ans pour le rencontrer, et dans quelles conditions!

Revenu à l'auberge tard dans la nuit, je m'enquis du jeune Indien. Deux métis s'obstinaient à boire à cette heure avancée. L'un cracha par terre. L'autre fit un geste du pouce vers le sol. Quillapan avait déjà roulé sous la table et ronflait, le nez dans ses vomissures. Je tentai de le réveiller. Sans succès. J'avais tant de choses à lui dire. Préparer mon voyage, s'entendre sur ma venue, rassembler les caciques... Il dormait, le visage figé dans l'hébétude.

Je passai une nuit agitée, rêvant qu'on m'attachait les membres à quatre pieux et qu'on m'écorchait comme un lapin. Un peu avant l'aube, je me glissai dans l'écurie pour saisir mon Quillapan à jeun et reprendre notre conversation. La stalle de son cheval était vide.

— Il a bien fait de filer d'ici, me dit plus tard le patron de l'auberge avec un mauvais sourire. Il risquait le coup de fusil dans le dos. De la vermine!

Royaume, bulle de savon... Je tendais la main, je le saisissais, il n'y avait rien.

Une langueur me prit. Je me crus malade. Je n'étais atteint que de mélancolie. Je ne parvenais plus à prendre un parti. Attendant un signe, un message de Quillapan qui ne manquerait pas dans les mois à venir car je sais juger les hommes, je tâtai d'autres projets. La fondation d'un journal français au Chili, dont je confiai aussitôt par lettre la rédaction à mon ami Desmartin avec de bons appointements, mais il ne me répondit pas, et, à Valparaiso, personne ne m'écouta. J'avais pris la précaution, cependant, de me coiffer de mon chapeau tuyau de poêle. Même déboire après mon entrevue avec le directeur de la compagnie du chemin de fer de Valparaiso à Santiago, construit depuis peu. Je lui avais proposé de rattacher sa petite ligne à mon chemin de fer autour du monde, grâce à quoi Valparaiso et Santiago pourraient être reliés à toutes les grandes cités de la terre, ainsi que je l'avais déjà défini dans un autre grand projet. Assuré par anticipation du succès de cette démarche, j'avais également adressé ce projet à mon ami Desmartin en le priant de le faire publier dans la presse afin d'obtenir des concours qui ne manqueraient pas d'affluer. Là non plus, pas de réponse. J'étais seul. M. de Cazotte ne me recevait plus. M. d'Aninot m'évitait. On ne me saluait plus. Les trois messieurs basques avaient regagné leurs terres. Je ne connaissais personne.

N'en pouvant plus, je choisis le parti de retourner à La Serena, comme une bête blessée à son terrier. J'y comptais au moins deux amis, Véronique et M. Grabias, et un troisième sous une tombe, le lieutenant Otto von Pikkendorff. Faisant mes comptes, je m'aperçus qu'il me fallait vendre Artaban si je voulais durer. J'en obtins à grand peine le tiers du prix que je l'avais payé à M. Grabias, somme cependant intéressante. Aussi est-ce par une méchante diligence d'où l'on sortait sale et rompu que j'arrivais à La Serena le 1ᵉʳ janvier de 1860.

A l'hôtel *San Martin,* je dus me contenter d'une petite chambre sombre. M. Grabias, mon secrétaire privé, m'y conduisit avec dédain. Le titre eût été sans emploi, je l'eusse fait duc de Raguse.

— Je vois, me dit-il. On serait désargenté?

Il ne m'appelait plus *monseigneur.* A peine *monsieur.*

Répondant que j'attendais de France l'arrivée de fonds importants, j'ajoutai :

— Et Mlle Véronique?

— Vous avez de l'argent? Beaucoup d'argent?

— Bientôt.

— Bientôt est déjà trop tard. Mlle *Conchita* est en mains. Un riche chef d'escadrons de uhlans...

Ainsi l'impératrice Marie-Louise tombait-elle dans les bras de Neipperg tandis que Napoléon prenait le chemin de l'exil. Je revis plusieurs fois Véronique, belle et fière, très grande dame, dans une calèche attelée à la Daumont auprès de laquelle caracolait un épais *junker* chilien à monocle. Le premier jour, elle m'adressa un petit signe amical de la main puis se retourna en riant vers l'officier. C'était mon congé. Plus tard, la croisant sur la *plaza de armas,* je devins transparent. Elle ne me voyait plus. Ma reine...

Je m'enfermai dans ma chambre, si exiguë que mes deux malles et un méchant lit l'occupaient en entier, vivant chichement de l'arrière-fond de ma bourse. Je n'en sortais que pour me rendre au bureau des vapeurs dès qu'une sirène, en rade, annonçait l'arrivée d'un courrier. Peuplé d'employés méprisants, ce bureau était devenu mon seul lien avec le monde extérieur. Mon seul lien avec moi-même... Y déposer ponctuellement mes lettres pour mon ami Desmartin, pour mon frère Jean, pour Héricord Lamothe ou Me Gilles-Lagrange, à Périgueux, était la seule action qui pût me donner encore l'impression d'exister. En revanche, j'en recevais fort peu. Assis sur mon lit, l'écritoire sur les genoux, de mots écrits sur papier à l'en-tête du *cabinet de S.M. le roi de Patagonie,* je peuplais ma solitude, et, du moins l'imaginais-je, l'espérance de mes amis que je portais à bout de plume.

Au mois d'avril, ma bourse se trouva définitivement vide. Je dus vivre à crédit, exposé au mépris non déguisé des gens de l'hôtel *San Martin.* C'était lorsque j'étais riche qu'il m'eût fallu fermer ma bourse et user de crédit. On m'eût salué bas par-dessus le marché! Tandis qu'il me fallait sans cesse essuyer des remarques désobligeantes...

Et le bureau des vapeurs restait obstinément muet. Je ne vis plus de salut qu'en mon retour en France, pour stimuler mon crédit et obtenir de nouveaux concours. Cette route, hélas! m'était tout aussi bouchée, et toujours rien de Quillapan...

Je n'osais plus me montrer, ne sortant qu'à la nuit tombée pour me rendre au cimetière. Le lieutenant Otto von Pikkendorff, colonel-général des hussards bleus de Patagonie, était mon ultime confident. Nous échangions, sous la lune, des propos désabusés.

M. Grabias se faisait pressant. Lui qui avait géré ma cassette royale selon les volontés de ma somptuosité me fourrait chaque matin sous le nez toute une liasse de notes impayées. Enfin il me parvint quelque argent, avec un mot de mon frère Jean : « ... de quoi rentrer dignement en France. »

Renoncer! Jamais!

Ayant réuni mon conseil, M. Desfontaine, ministre d'État, garde des sceaux, et M. Lachaise, ministre de la Maison royale, je pris sur-le-champ les mesures qui s'imposaient. J'étais roi de Patagonie! En répandre la nouvelle, c'était établir mon royaume d'irréversible façon.

Pour ce faire, le 18 juillet 1860, je déposai deux lettres au bureau des vapeurs de La Serena, foudroyant du regard l'employé du courrier qui haussait les épaules à mon approche. La première était adressée à M. Amédée Matagrin, directeur du journal *Le Périgord*. On se souvient qu'il ne m'aimait pas. De quoi lui river son clou !

« Monsieur le Directeur,

« J'ai l'honneur de vous faire part de la fondation d'un royaume monarchique constitutionnel en Patagonie et en Araucanie et de mon avènement au trône de cet État, sous le nom d'Orélie-Antoine Ier, avec hérédité à perpétuité en faveur de mes descendants, et, à défaut de descendants, en faveur des autres lignes de ma famille que je désignerai.

« Ma dynastie et mon avènement ne peuvent être efficaces qu'avec le concours de mes compatriotes. Dans ce but je fais appel à notre nation pour solliciter une souscription nationale destinée à faire face aux premières dépenses : réunir une force de terre et de mer afin de faire respecter la loi et les autorités de mon royaume.

« En ma qualité d'ancien avoué à Périgueux et surtout d'enfant du Périgord, je viens, monsieur, vous prier d'appuyer, par la voix de votre estimable journal, la souscription que je demande à la France.

« Il ne faut pas oublier de faire valoir la facilité de communication qu'il y aura par la ligne de vapeurs que j'établis de Bordeaux en Patagonie et Araucanie, par le détroit de Magellan.

« Dans le cas où vous ne pourriez pas, où vous ne voudriez pas soutenir la souscription nationale et ma dynastie, je vous prierais de ne pas m'être contraire.

« En attendant le plaisir de vous voir, je vous prie, monsieur le directeur, de recevoir l'assurance de ma considération distinguée.

« Prince Orélie-Antoine de Tounens[1] »

La seconde lettre, accompagnée d'un paquet scellé, était destinée à mon chargé d'affaires en France, Me Léon Gilles-Lagrange, notaire à Périgueux.

---

1. Publiée par *Le Périgord* du 1er septembre 1860, cette lettre fut reprise, à Paris, par *Le Temps* du 27 septembre. *(N.d.E.)*

« Monsieur,

« J'ai l'honneur de vous confirmer sous ce pli votre nomination de chargé d'affaires du gouvernement patagon auprès du gouvernement français, avec une lettre autographe de S.M. le roi de Patagonie et d'Araucanie par laquelle il annonce à S.M. l'empereur des Français, la fondation d'un royaume en Patagonie et Araucanie et son avènement au trône de cette puissance.

Vous voudrez bien, monsieur le Chargé d'affaires... »

Suivaient des instructions détaillées et précises sur l'équipement et le recrutement, en France et en Europe, de ma marine, de mon artillerie et de ma cavalerie, étant établi que pour cette dernière il était inutile d'acheter des chevaux en Europe, la Patagonie et l'Araucanie en offrant en grande quantité et meilleur marché qu'en France.

Le paquet à l'adresse de Mᵉ Gilles-Lagrange, notaire à Périgueux, contenait l'un des deux sceaux officiels du royaume dont il aurait à user, comme chargé d'affaires de Patagonie en France, pour authentifier tous ses actes, brevets, ordres d'achat et connaissements. Le deuxième sceau royal, je le gardais par-devers moi.

Ayant accompli ces deux actions magistrales, je revins du bureau des vapeurs à l'hôtel, marchant la tête haute en traversant la ville, après un petit détour par le cimetière.

— Voyez! mon cher colonel-général, avais-je dit au lieutenant Otto von Pikkendorff, rien n'est plus simple que de fonder un royaume...

Il ne me restait qu'à attendre les renforts.

XIII

Pendant deux mois et demi le courrier ne m'apporta rien. Je ne m'en étonnais pas. C'était le délai normal pour expédier une lettre et en recevoir la réponse.

Au début du mois d'octobre, qui est, à La Serena, un printemps particulièrement radieux, je pris l'habitude de m'installer sur un banc de la Promenade, face à la mer, ma longue-vue de marine sur les genoux. Sitôt que pointaient par-dessus l'horizon les mâts ou la cheminée d'un navire, je braquais ma longue-vue cherchant la poupe où flotte, selon l'usage, le pavillon national. Le lancement de mon emprunt, son succès foudroyant, l'enrôlement enthousiaste dans mes armées, l'alliance déclarée de S.M. l'empereur Napoléon III... nul doute que je ne visse incessamment arriver le premier de mes navires, battant mon pavillon de marine, blanc cantonné du bleu blanc vert de Patagonie. Quinze jours passèrent. Je ne m'inquiétai pas outre mesure, faisant confiance à mon chargé d'affaires.

L'avant-dernier jour d'octobre, s'annonçant par le traditionnel coup de sirène, c'est un navire français, courrier régulier, qui entra dans la rade. Il mit ses chaloupes à l'eau et abaissa la coupée pour débarquer ses passagers. Après le débarquement des passagers, j'attendais celui de mon premier bataillon, dont M. le·Chargé d'affaires, pour des raisons que j'ignorais encore mais en toute diligence, avait sans nul doute, assuré le transport sur ce navire français. Hélas, pas la moindre escouade, pas le plus modeste aide de camp, n'avaient pris passage sur ce courrier. Je me précipitai au bureau des vapeurs. Il y avait deux lettres pour moi.

Je me souviens du serrement de cœur qui me saisit à en mourir lorsque j'ouvris la première de ces lettres, d'une écriture que j'avais bien connue du temps que j'étais tout jeune clerc de notaire, celle de Mᵉ Léon Gilles-Lagrange. Aujourd'hui encore, ma souffrance ne s'est pas apaisée. Et cependant, je puis l'avouer, je *savais* d'avance et depuis longtemps ce que m'apportait cette lettre. Voici :

« Mon cher Monsieur,

« Ce que vous me demandez est une tâche impossible à remplir, aussi grande que soit mon envie de vous aider. Je vous avoue franchement que je ne prévois rien qui puisse vous satisfaire et je suis convaincu que vos efforts resteront impuissants contre l'inertie des insouciants, contre l'envie et la jalousie des méchants et contre la malveillance et la médisance des égoïstes.

« Je n'hésite donc pas à vous dire combien je regrette pour vous, pour votre famille et pour vos amis, que vous vous soyez hasardé dans une entreprise périlleuse qui ne peut qu'aboutir à diminuer votre fortune, et qui loin de vous donner dans votre pays la considération que mérite une initiative comme la vôtre, ne vous attirera que la qualification d'ambitieux, d'insensé, d'homme ridicule par excès d'orgueil, de vanité et d'inaptitude.

« Abandonnez donc ces entreprises qui ne peuvent vous conduire à bien, chassez de votre esprit des espérances qui ne peuvent se réaliser, quittez un pays où vous ne pouvez rien faire pour votre avenir et rentrez dans votre famille qui vous attend et qui vient encore de faire un dernier sacrifice pour faciliter votre retour en France...

« Je vous en prie, mon cher monsieur, de bien vouloir me croire votre

« Léon Gilles-Lagrange. »

Ainsi s'exprimait mon propre chargé d'affaires en France, réunissant la gageure d'écrire à son roi sans qu'il fût question du royaume autrement qu'en termes vagues. N'hésitant pas à rejoindre le camp des envieux, des jaloux, des malveillants et des médisants qu'il avait lui-même dénoncés, ainsi me qualifiait-il à son tour de ridicule et d'insensé par inaptitude et vanité! Comment avais-je pu me méprendre à ce point sur son compte! La vie n'est qu'un long cortège de méprises que la mort seule vient effacer. Les saints, les conquérants, les martyrs, les rois maudits, les assassins et les ivrognes, en se plaçant délibérément à l'écart des autres hommes, vont justement au bout de leur méprise volontaire. La folie n'est elle-même que la conscience aiguë de cette gigantesque méprise. Songeant à attenter à ma vie, j'y renonçai. Qui sait si cette lettre accablante n'avait pas été dictée par des émissaires du président Montt, secrètement dépêchés à Périgueux pour tuer ou pour corrompre...

La seconde enveloppe était plus volumineuse. Elle contenait un seul mot de mon frère Jean : « Reviens ! », accompagné d'une nouvelle lettre de change de trois mille francs sur une banque de Valparaiso, sans autre explication qu'une liasse de coupures de journaux. Le calice jusqu'à la lie... M. Amédée Matagrin, directeur du journal *Le Périgord*, trempant sa plume dans le fiel, courait à l'hallali, dès le 12 septembre, dans sa « Chronique de la Dordogne » :

« La lettre du roi de Patagonie nous a valu deux communications :

« Monsieur B., de Bordeaux, nous demande si la Patagonie, ainsi constituée, est un pays d'avenir, et si l'âge et le passé de ce prince répondent aux besoins d'une telle contrée ?

« Nous répondrons à Monsieur B. que, s'il a des capitaux disponibles, il lui est loisible de se rendre dans ces lointains parages de l'Amérique du Sud. Peut-être y arriverait-il, comme ministre des Finances, à une haute fonction et à une grande fortune...

« Une autre personne, un loustic parisien, nous adresse un timbre-poste maculé de dix centimes, accompagné de la lettre suivante :

« *Monsieur, voici un timbre-poste, peut-être un peu vieux, pour votre blagueur de roi de Patagonie. Envoyez-le lui avec mes félicitations...* »

Ainsi le ton était donné. Jour après jour, le scélérat récidivait. Et moi, *paubre carnaval*, j'étais faible, et seul.

Parfois, sous le coup de pied, un amer réconfort. Ainsi du *Périgord* du 21 septembre, sous le titre : « Les plus patagons ne sont pas ceux qu'on pense... »

Voici une autre lettre. Elle est d'un poète de Carpentras, cela se verra du reste :

« *Monsieur le Rédacteur,*
« *Dans une de nos feuilles périodiques du Midi, j'ai vu la reproduction de la lettre que vous a écrite S.M. le roi de Patagonie. J'y*

adhère de tout mon cœur. En conséquence, veuillez m'inscrire pour
un franc cinquante sur la liste que vous avez dû former. Vous en
trouverez ci-inclus le montant en timbres-poste. Si vous lui écrivez,
envoyez-lui cette ode et dites-lui, je vous prie, que Victor Monard
d'Orpierre, dit le Troubadour des Alpes, *s'associe à ses peines*
comme à son triomphe :

   Ô France ! ô ma patrie ! écoute cet avis !
  Un certain Orélie
  Natif de ton pays,
  Vient, en Patagonie,
  (Amérique du Sud)
  Former par préciput
  Certaine monarchie...
  Moi, qui suis le plus pauvre hère
  Que l'on connaisse sur la terre,
  Je lui donne de très bon cœur
  Le prix de mon double labeur,
  C'est-à-dire un franc et cinquante.
  Et pour rendre encore plus contente
  La majesté du novateur,
  Je me dis, non son serviteur,
  Mais de Tounens l'admirateur.
        « Monard d'Orpierre. »

Celui-là était sincère. Moi qui ne pleure jamais, là-bas, dans mon exil, ses vers me tirèrent des larmes de reconnaissance. Je le fis *in petto* duc de l'Ile-de-la-Désolation et ministre des Beaux-Arts du royaume de Patagonie. Pauvre troubadour. Le Matagrin le crucifia ce jour-là sur le même calvaire que son roi.

Demain, dans quelques jours, quelques semaines au plus tard, je vais rejoindre mon royaume par-delà les ténèbres de la mort. J'y trouverai Monard d'Orpierre et le serrai enfin dans mes bras...

Ainsi, presque chaque jour, j'avais été accablé de quolibets par le propre journal du département qui avait eu l'honneur de donner naissance au roi. Pauvre Jean ! Pauvre frère ! J'imaginais ce qu'il devait endurer, les rires sous cape, les réflexions à demi-mot, les mimiques apitoyées, et ma sœur Zulma, écumante : « Je te l'avais bien dit !... » J'imaginais Desmartin, Lamothe, Pouyadou, mes fidèles, en butte aux sarcasmes de leurs amis à chaque nouvelle chronique du Matagrin : « Hé! Hé! Votre roi fait encore parler de lui... » Et le coq chantait trois fois.

Le 26 septembre, M. Amédée Matagrin me portait le coup final :

« Un lecteur nous fait part de son intention de correspondre avec Sa Majesté et nous demande le moyen de correspondre le plus sûr. Nous ne connaissons pas d'autre adresse que celle-ci : A S.M. Orélie-Antoine Ier, roi de Patagonie, à La Serena (Chili). Mais nous conseillons à notre correspondant d'attendre que le roi, nommé par la grâce de Dieu, soit installé dans ses États, car ce n'est qu'à partir de ce moment que cessera la disponibilité de S.M. patagonne et que commencera vraiment l'ordre de choses nouveau... »

Tout le reste était de la même veine. Plus personne ne croyait en moi. Ainsi que je l'avais écrit à Lamothe en réponse à la seule lettre que j'avais reçue de lui, je creusais sous mes pas un gouffre béant que je ne pourrais jamais combler et m'entourais de dangers dont je ne pouvais prévoir la fin. Mais au fond du gouffre brillait une lumière. L'instant propice! Le signe!

Revenu à l'hôtel San Martin, je trouvai dans le salon des hôtes le dernier numéro du *Mercurio* avec un titre sur deux colonnes en première page : « Bataille à la *frontera* : Les Indiens attaquent Arauco! »

Arauco était un poste chilien fortifié, sur la côte, en territoire araucan, à quelques lieues au sud de la ville frontière de Concepción. Il protégeait les établissements des colons en terre indienne, au sud du rio Bio-Bio. Réunies sous les remparts d'Arauco, les tribus s'étaient répandues alentour, incendiant des fermes et s'emparant de quatre mille têtes de bétail. La dépêche ne faisait pas état de victimes, mais devant la disproportion des forces en présence, le ministre de la Guerre avait donné l'ordre à deux régiments de faire mouvement vers la *frontera* et de se mettre à la disposition du colonel Saavedra pour rétablir la situation.

Je pris mon parti sur-le-champ. Qu'avait insinué le Matagrin? *La disponibilité de Sa Majesté patagonne?* On allait voir! Mon peuple m'appelait... Tout l'indiquait... Quillapan avait annoncé ma venue à son père le cacique Manil... Manil avait rassemblé les tribus, ménageant la vie de nos ennemis pour qu'un accord restât possible entre le royaume et le Chili... Le moment était arrivé... Chaque mardi faisait escale à La Serena le courrier de cabotage à destination du sud... Demain était mardi... Je décidai d'embarquer.

Seul dans le salon de l'hôtel à cette heure, je sonnai M. Grabias. Comme il tardait à paraître, je sonnai une nouvelle fois. Enfin il arriva, traînant les pieds.

— Qu'est-ce qu'il vous prend? Vous me sonnez, maintenant! J'ignorai l'insulte.

— Monsieur Grabias, je quitte l'hôtel demain à l'aube. Je vais prendre possession de mes États.

— Et la note?

— Donnez-la-moi.

J'avais touché la lettre de change de mon frère. Avec le reliquat de la précédente, le trésor royal se montait à nouveau à près de quatre mille francs. Je réglai la note incontinent, tandis que M. Grabias, sous mes yeux, se métamorphosait en secrétaire privé.

— Monsieur Grabias, ce soir, faites préparer un buffet dans mon ancienne chambre. Avec champagne.

— A vos ordres, monseigneur. Et mademoiselle Véronique?

— Mademoiselle Véronique?

— Le señor officier est parti en manœuvres. Cela peut s'arranger. Secrètement.

— Secrètement?

— Mademoiselle Véronique loge en ville, chez le señor officier. Il faut acheter la complicité des domestiques, du cocher, des ordonnances.

— Achetez.

J'ai acheté Véronique, ma reine.

Je l'ai achetée comme une pierre précieuse que l'on dépose sur un écrin pour le seul bonheur de la contempler.

J'ai contemplé ma reine blanche toute la nuit et, au matin, je suis parti.

XIV

La *Guacolda* n'était qu'un méchant caboteur dangereusement chargé et qui crachait une fumée noire. Les cales débordaient sur le pont encombré de bétail vivant, de fûts de pétrole lampant, de sacs et de caisses de toutes tailles arrimés à la diable. L'unique chaloupe du bord servait de poulailler. Trompés par le reflet de la lune sur les vagues, les coqs chantaient le lever du jour toute la nuit. Le long du mât étaient pendus des quartiers de bœuf et de mouton sanguinolents dans lesquels le cuisinier venait tailler chaque matin. Il n'y avait pas de cabines. Seulement une cale mal éclairée et puante, encombrée de châlits à un étage où l'entassement des passagers et la promiscuité grossière rendaient le sommeil difficile. Hormis son nom, *Guacolda,* qui était celui de la jeune et belle compagne du cacique Lautaro, vainqueur du conquistador Pedro de Valdivia et que chanta l'officier poète Alonzo de Ercilla dans son poème *La Araucania,* ce bateau n'avait vraiment rien de plaisant. Il convenait au secret de mon entreprise. J'y avais embarqué sous l'identité de Juan Pedro Ferred, marchand.

A l'escale de Valparaiso, je me gardai de mettre pied à terre. Fuir la compagnie de ses semblables demeure le seul remède contre la trahison. Le seul remède aussi pour rendre l'existence supportable. Je me contentai de confier à l'agent de la compagnie maritime une courte lettre adressée à M. de Cazotte, consul général de France :

« Monsieur le Consul général,

« Je suis en route pour mes États et vous en donnerai bientôt d'ultérieures nouvelles, à charge pour vous de bien vouloir les transmettre à votre gouvernement. La lecture de la presse chilienne complétera votre information.

« Prince Orélie-Antoine de Tounens
« roi de Patagonie et d'Araucanie. »

A Valparaiso, qui est aussi le seul port de guerre du Chili, je pus prendre la mesure de la flotte ennemie mouillée dans la rade : quelques corvettes à voile, deux navires cuirassés à vapeur et quatre croiseurs mixtes. Rien qui pût inquiéter sérieusement mes guerriers araucans. Déjà, quand le capitaine anglais Fitz Roy, sur le *Beagle*, qui portait Charles Darwin, croisait autour des côtes, occupé à en dresser la carte, mes orgueilleux cavaliers, narguant les canons des frégates, les suivaient sur le littoral, lance au poing, prêts à repousser la moindre tentative de descente. Je notai avec surprise les noms de ces navires chiliens, des noms indiens, des noms de femme : *Frasia, Janaquèo, Guale, Quidora, Teguelda, Rucamilla,* toutes héroïnes araucanes chantées par le guerrier poète qui avait combattu leurs époux et leurs frères. Étrange propension des Chiliens à massacrer les Indiens pour donner ensuite à leurs navires porteurs de mort les noms de leurs tendres compagnes, inconsolables pour l'éternité...

A deux journées de route au sud de Valparaiso, le ciel s'obscurcit, les nuages s'abattirent sur nous comme une chape noire et la mer fut engloutie sous la pluie. Sur le pont, les quartiers de bœuf et de mouton ruisselaient d'une eau rosâtre et tout le navire fut envahi par une humidité froide et tenace.

— *Son cosas de Araucania,* me dit le capitaine, résigné.

Cosas de Araucania, cosas de Patagonia, j'entendrai souvent ce refrain, mélopée triste de l'homme désarmé devant les caprices monstrueux de la nature. Je venais de faire la connaissance du climat dominant de mon royaume.

A Concepción comme à Valparaiso, je demeurai à bord durant toute la durée de l'escale, évitant de me montrer sur le pont. Concepción, à l'embouchure du rio Bio-Bio, était tenue militairement par les troupes du colonel Saavedra. Une patrouille de marins vint même se faire ouvrir quelques caisses sur le pont de la *Guacolda,* cherchant des armes de contrebande à destination de la rébellion araucane, ou, qui sait, un royal passager clandestin. Prostré sous la couverture crasseuse d'un châlit, je fis l'homme abattu par un épouvantable mal de mer, salué seulement par le rire méprisant du jeune enseigne chilien qui commandait les marins. Il pouvait rire ! Comme on rit, en France, de l'impérial Badinguet s'échappant du fort de Ham, travesti en maçon. Quelques années plus tard, Badinguet, devenu Napoléon III, montait sur le trône impérial. Les hommes devraient se méfier du rire. Le rire n'exprime le plus souvent qu'un manque de discernement...

Les Chiliens tenaient trois villes sur la *frontera*. Concepción, le port; Nacimiento, sur le Bio-Bio, plus à l'intérieur des terres; Los Anjeles, à trois lieues du fleuve mais en territoire chilien, siège de la capitainerie générale d'Araucanie et du gouvernement militaire du colonel Saavedra. Enfin, largement au sud, isolée en pleine *tierra*, tête de pont de la colonisation, le port et la ville fortifiée de Valdivia. Aux alentours vivaient, dans une sorte d'intelligence, des tribus déjà soumises, aux ordres de caciques soldés, et des colons germano-chiliens. Entre Valdivia et Concepción, la *Tierra*! l'Araucanie! province de mon royaume. Montagnes gorgées de pluie et couvertes de forêts épaisses. Nul ne pouvait y pénétrer sans l'assentiment des Indiens...

Au mouillage de Concepción, la patrouille de marins ayant quitté le bord, je profitai d'une éclaircie pour monter sur le pont de la *Guacolda*. D'autres passagers y prenaient le frais, faisant sécher au soleil leurs vêtements trempés. J'avais apporté ma longue-vue. Elle passa de main en main, suscitant des exclamations désolées. L'orgueilleuse ville fondée trois siècles plus tôt par Pedro de Valdivia n'était plus qu'un amas de ruines : un tremblement de terre quelques années auparavant, que les Indiens avaient attribué à la juste malédiction divine. Tant de travail et de temps renversés en une minute! Et grande était notre surprise de voir accompli en un instant ce qu'on est accoutumé à attribuer à une longue série de siècles déprédateurs. Car cette indescriptible destruction n'avait duré qu'une minute. Le capitaine de la *Guacolda* en tenait le récit de plusieurs survivants. L'eau en ébullition, comme le jet d'une immense baleine... Un *schooner* précipité à deux cents mètres à l'intérieur des terres et dont on distinguait encore l'épave au milieu des ruines... Un autre bâtiment transporté sur la côte, puis emmené à nouveau, puis rejeté à la côte, enfin remis à flot par la dernière vague... Deux navires à l'ancre l'un près de l'autre tournoyant de telle façon que les câbles de leurs ancres s'enroulèrent l'un autour de l'autre, puis se trouvant tout à coup à sec sur le sable pendant quelques minutes... Le consul d'Angleterre rampant à quatre pattes parmi les débris de sa maison et contraint d'escalader le sol de son patio devenu *vertical*... Les fissures courant à travers la ville comme des éclairs d'orage et engloutissant la moitié de la population... Les marchandises des entrepôts, les poutres, les toits et les meubles de centaines de maisons balayés d'un coup jusqu'au rivage où l'on voyait encore distinctement leur accumulation en magmas apocalyptiques... Des charognes partout... Des cadavres dévêtus par l'ouragan... Le ballet des voleurs et la lie de la population détroussant les morts... La loi martiale... Les pelotons d'exécution... *Son cosas de Araucania...*

Dieu protège mon royaume et punisse les envahisseurs! Terrible alliance dont j'acceptais l'horreur. Recours secret des rois de droit divin. Mais l'obstination des hommes n'a d'égal que leur aveuglement. Une autre ville sortait de terre à une demi-lieue plus au sud. Sur une caserne neuve flottait le drapeau chilien abhorré. Moi régnant, il n'y flotterait pas longtemps. Que Dieu détruise cette ville et que jamais elle ne renaisse! Comme une sorte de présage, le soleil disparut derrière un flot de nuages noirs et tout fut englouti, ruines et ville nouvelle, par un déluge de fin du monde.

— Mon Dieu! dit un marchand, près de moi, se signant. C'est dans ce pays que nous allons!

Il faisait peine à voir, contemplant le néant à travers un rideau de pluie. Pour ma part, je me surpris à sourire de cette désolation. Elle était mon royaume.

De la côte que nous longions, pendant deux jours nous ne vîmes presque rien. Au hasard d'une éclaircie, les fortifications d'Arauco, hâtivement relevées et tenues par les Chiliens, quelques lointains sommets neigeux de la *cordillera* et de hautes collines enchevêtrées et boisées qui ressemblaient à un Jura désert et me rappelaient l'effrayante description que fit un colporteur, au temps de mon enfance, de cette province perdue de la France vouée aux bêtes fauves, aux charbonniers sauvages, au gel et à la pluie... Au troisième matin, lorsque je m'éveillai, nous étions mouillés en rade de Valdivia. Un autre détachement de marins avait envahi le bord.

— Nom et profession? demanda brutalement l'enseigne, un petit blond qui parlait avec un fort accent tudesque.

— Juan Pedro Ferred, marchand colporteur.

— Que vendez-vous?

— Des cotonnades.

— Pas d'armes? Ce sont vos malles? Ouvrez.

J'avais plié mes drapeaux, pavillons et étendards, de telle sorte qu'on ne distinguât de chacun qu'une seule couleur et qu'on pût les prendre pour des pièces de tissu. L'enseigne considéra ma barbe, ma redingote, mon digne maintien, puis la mine ordinaire de mon compagnon, celui-là même qu'avait navré, au large de Concepción, le spectacle de ce pays invisible sous la pluie.

— C'est bon. Passez. Et vous? Qu'est-ce que vous vendez?

— Verroteries. Épices. Rhum.

— Ouvrez.

Fouille en règle. Je l'avais échappé belle. Le visage de l'enseigne se fendit d'un sourire mauvais à la découverte des touques de rhum alignées dans les caisses de M. Barral, car tel était le nom de ce marchand d'origine française.

— De l'alcool, parfait! Vendez tout l'alcool que vous pourrez à ces chiens! Qu'ils en crèvent! Passez, et allez au diable!

Nerveuse, la marine chilienne, aux frontières de mon royaume!...

La ville de Valdivia était située à dix milles à l'intérieur des terres, sur le fleuve. Un canot nous y conduisit, M. Barral, moi-même et nos bagages. En remontant le fleuve nous aperçûmes quelques huttes indiennes qu'on appelle *rucas*, d'où les habitants nous contemplaient d'un œil morne, et quelques champs cultivés qui rompaient un peu la monotonie de la forêt. La ville, située dans une plaine au bord du fleuve, était si complètement enveloppée par la forêt que les rues n'y étaient guère que des sentiers entre les arbres. Une ville? A peine une apparition fugitive sur laquelle les mâchoires de la sylve n'allaient pas manquer de se refermer. La seule animation de Valdivia semblait de nature militaire. A chaque instant on entendait le son du clairon, un clairon lugubre, à l'allemande. Des cavaliers galopaient dans les sentiers, réclamant brutalement le passage, surtout si quelque Indien se trouvait sur leur chemin. Il n'y avait pas d'hôtel, pas d'auberge, qu'un méchant café où s'enivrait la garnison assiégée par l'ennui, la pluie, la forêt et la menace latente mais jamais exécutée d'une attaque de Valdivia par les terribles guerriers mapuches. Seul le *padre* donnait à loger dans un ancien couvent. C'était un vieillard bienveillant et revenu de tout.

— Les tribus dépendant de Valdivia, nous dit-il, sont *reducidos y cristianos*, encore qu'elles éprouvent la plus grande répugnance à assister à la messe et la plus grande difficulté à observer les cérémonies du mariage. Plus au nord, les Indiens sauvages prennent autant de femmes qu'ils peuvent en nourrir. Un cacique en a souvent plus de dix. On devine aisément le nombre de ses femmes au nombre de huttes séparées. Chaque femme demeure à tour de rôle une semaine avec le cacique, mais toutes travaillent pour lui. Être la femme d'un cacique constitue un honneur que recherchent toutes les femmes indiennes...

S'il en était ainsi d'un cacique, que devait-il en être d'un roi, accablé sous le nombre de ses femmes! A cette pensée, je me sentis trembler. Comment leur expliquer que ma reine était unique et s'appelait Véronique?

— Un peuple intéressant, ajouta le *padre* avec une petite moue. Ils ont à peu près tous les vices humains, contre une seule vertu, mais de taille, l'amour de l'indépendance. C'est au nord que vous allez? Dieu vous bénisse, mais pourvoyez-vous largement d'alcool. Je vous fournirai un guide chrétien. Il vous quittera dès qu'il aura peur et sans prévenir. C'est la coutume. Tout indien *cristiano* est un Judas en puissance. Ils tiennent cela de nous...

Fournis de bonnes mules, d'un guide qui s'appelait Yanchetruz, nous quittâmes Valdivia, M. Barral et moi, en petit convoi de commerce. J'avais remisé mon grand sabre royal au plus profond d'une malle. A la porte de la ville, simple ouverture dans la haute palissade de pieux plantés en terre qui la ceignait entièrement, un sergent nous fit signer une décharge. Il y était déclaré que nous partions à nos risques et périls et qu'en franchissant la porte nous renoncions volontairement à la protection des autorités chiliennes. La voilà bien, la preuve qui me manquait! Je ne quittais pas une province chilienne pour une autre. Je franchissais une frontière séparant deux nations distinctes. Que l'on ne m'ait pas cru plus tard ne changeait rien au fait. Moi, Antoine de Tounens, roi de Patagonie et d'Araucanie, en ce matin boueux, sombre et pluvieux du 6 novembre 1860, je faisais mon entrée dans mes États! A mes risques et périls, certes! Messieurs du Chili... Plaisanterie! Un roi ne risque rien dans son propre royaume!

Nous fîmes quelques rencontres sous le couvert de la piste forestière, dans le silence sépulcral à peine troublé par le cri de la chouette solitaire et le battement de la pluie sur les feuilles des arbres, ce dernier d'une telle constance qu'on finissait par ne plus l'entendre et qu'il s'identifiait finalement au silence. Des Indiens *reducidos* semblaient errer sans but, gaillards de taille élevée, le visage plat, le teint cuivré, l'œil méfiant, la tête large et perdue dans une longue chevelure noire. Ils paraissaient voués à cette fainéantise spéciale des gens de guerre qui ne savent que faire en temps de paix. Je saurais bien, moi, les ramener sur le sentier de la guerre aux côtés de leurs frères encore libres! Nous prendrions ensemble Valdivia, dont je ferais mon grand port de guerre du Sud...

Puis nous fûmes rattrapés par un parti de cavaliers d'allure fort sauvage. Ils s'arrêtèrent à notre hauteur. La plupart d'entre eux tenaient à cheval par miracle.

— Mapuches! me dit à l'oreille Yanchetruz.

— *Reducidos y cristianos?*

Yanchetruz eut un geste évasif. Puis il se renseigna. C'étaient des caciques de la forêt qui venaient de recevoir du gouverneur chilien de Valdivia leur salaire annuel, récompense de leur fidélité neuve. Beaux hommes, mais quelles figures sombres! Le vieux cacique qui ouvrait la marche me semblait le plus ivre de tous à en juger par son excessive gravité et par sa face injectée de sang.

— *Mari, mari,* lui dis-je poliment, essayant sur le premier de mes sujets le premier mot de notre langue nationale que je venais d'apprendre de Yanchetruz et qui signifie : bonjour.

Le vieil homme me jeta un regard de mépris. Comme il me prenait pour un Chilien, j'en conclus que sa fidélité toute nouvelle et convenablement arrosée n'empêchait pas les sentiments vrais, ce qui laissait prévoir un ralliement facile à ma couronne de ces tribus mal soumises. Je me tournai vers Yanchetruz.

— Dis à ce noble chef que je suis un ami du cacique Manil et de son fils Quillapan.

Il se fit un mouvement d'intérêt parmi ces graves cavaliers.

— Cacique Yama, traduisit Yanchetruz, dire qu'il veut boire avec l'ami du cacique Manil.

Puis à voix basse :

— Vite sortir bouteille de rhum! Cavaliers très énervés.

M. Barral s'exécuta. Les Mapuches buvaient au goulot, se passant la bouteille de cheval en cheval, rotant et se tapant sur le ventre en signe de satisfaction. Il me fallut boire à mon tour. Avec ma résistance au mal de mer et ma brillante tenue à cheval, ce fut, de ce voyage, la troisième surprise heureuse concernant mes propres aptitudes naturelles. Le rhum coulait abondamment dans ma gorge et Dieu sait qu'il était mauvais! Un rhum de cinquième ordre, mais il me laissait l'œil clair, la bouche fraîche, l'équilibre vertical et le cerveau dispos. Il en fut de même au cours de mon règne avec tout ce qui se buvait dans mes États, *pisco, chicha, pulque,* eau-de-vie de pomme à l'indienne, vin de racines fermentées et autres tord-boyaux dont mes sujets, je dois le reconnaître, usaient fort immodérément. Roi des ivrognes, je n'étais jamais ivre. Il n'y avait que le champagne de M. Grabias pour me couper les jambes et me donner mal à la tête.

— Je n'en peux plus! hoqueta M. Barral, du rhum lui coulant du menton tandis que l'un des caciques, l'ayant saisi par le cou, le gavait comme une oie. Je ne bois que de l'eau. Le rhum, c'est fait pour vendre, pas pour boire.

— Vous, boire! conseilla tragiquement Yanchetruz. Ou eux nous tuer.

Ils finirent par se lasser et disparurent dans la forêt, l'un derrière l'autre, oscillant sur leurs selles comme des mannequins qu'on y aurait attachés.

— Rhum nous sauver la vie! conclut sentencieusement Yanchetruz.

Quatre touques vides gisaient sur le champ de bataille.

— Ils n'ont même pas payé! gémit M. Barral.

— Payer? Ah! Ah! Ah! s'exclama Yanchetruz que cette idée semblait follement amuser.

— Je suis ruiné, gémit encore le pauvre homme.

De fait, si nous progressions régulièrement par monts et par vaux, sous la pluie, vers le nord, à travers la forêt, en direction de Villarica, au cœur de la *Tierra* profonde, où se tenait, par une sorte d'accord tacite, un important marché entre trafiquants et Mapuches, le stock de M. Barral, en revanche, s'amenuisait de jour en jour. Dans chaque clairière que nous traversions il y avait un hameau. Notre réputation nous y avait précédés. Dès que notre petite caravane se pointait à l'entrée du hameau, les hommes secouaient leur noble inaction et surgissaient des *rucas*, les femmes plantaient là, dans les champs, les houes et les fourches qui semblaient leur revenir de droit, et tous accouraient en criant :

— Nous boire avec l'ami du cacique Manil!

C'était une sorte de péage. Nous laissions derrière nous, comme le Petit Poucet, un sillage de touques vides. Yanchetruz ne dessoûlait pas. M. Barral pleurait dans son ivresse. Mais moi, pour ces populations assoiffées, j'étais devenu l'ami du cacique Manil. En politique il importe de ne pas s'encombrer de scrupules. La vertu de tempérance ne peut s'appliquer aux grands mouvements de foule.

Pour ma part, je chevauchai dans une sorte de bonheur second traversé de visions et de souvenirs, avec, dans l'oreille, le battement lointain et familier d'un petit tambour qui surgissait des replis secrets de mon enfance. L'Arménien! Le chemineau!

— Est-ce loin la Patagonie, monsieur?

— Il y faut un grand vaisseau, avec douze fois douze voiles blanches.

— Est-ce loin, l'Araucanie?

— Douze fois douze montagnes vertes, c'est après.

— Vous m'emmènerez quand je serai grand?

— Douze fois douze armées de cavaliers et de lanciers. Il faut marcher les nuits sans lune.

— Cessez de raconter des sornettes à ce petit, disait alors ma mère, il est déjà assez impressionnable comme cela...

Des sornettes? Trente ans qu'elles m'encourageaient à vivre, ces sornettes, en dépit du peu de goût que j'avais à sentir battre mon cœur. S'ouvrait enfin la porte tapissée d'illusions. Entrez, sire, soyez le bienvenu...

Une journée sans clairière et sans hameau rendit la raison à mes compagnons tandis que le petit tambour de l'Arménien disparaissait sans écho derrière les monts de la *Tierra*. Au bivouac, M. Barral mesura l'étendue du vide dans ses malles.

— Pourquoi continuer? demanda-t-il, lugubre. Même en forçant les prix, je suis déjà ruiné. Ils ont bu la moitié de mon fonds. Autant rebrousser chemin et marcher la nuit, pour sauver ce qui reste.

Il me faisait pitié, le pauvre homme.

— Combien valait tout cela?

— Près de mille francs. Tout mon capital. Et ma pauvre femme qui est malade. Et mes trois enfants affamés qui espèrent mon retour...

J'avais entendu cette chanson. Elle court le monde comme un gai refrain.

— Voici vos mille francs, dis-je. Gardez votre mule pour le retour.

— Vous ne discutez pas le prix?

— Je ne discute jamais avec les marchands. Monsieur Barral, apprenez que vous avez escorté un roi!

Il n'attendit même pas l'aube pour filer. J'avais passé huit jours en son inexistante compagnie. Un témoin. Mais couard comme il était, je ne sus que faire de son souvenir. Un comte? Un baron? Un ministre? On en rirait. Un épicier, cela suffisait. Fournisseur de S.M. le roi de Patagonie...

Le lendemain nous traversâmes encore deux hameaux, mais il me sembla que le rhum de M. Barral tempérait à peine une hostilité non déguisée.

— As-tu bien précisé : ami du cacique Manil? demandai-je à Yanchetruz qui jetait des touques de rhum à la foule comme des sacs de lest un aérostier en danger.

— J'ai! Mais cacique Manil mort.

Si près du but! Mon allié! Celui qui m'attendait! Ô injuste destinée...

— As-tu parlé de Quillapan, son fils?

— Cacique Manil avoir trente-deux fils.

Nous nous en tirâmes cette fois encore mais tout courage semblait avoir quitté le *cristiano* Yanchetruz. Il chevauchait la tête basse, comme un condamné.

— Est-ce encore loin, Villarica?

A cette question je n'imaginais qu'une réponse, la seule qui pût convenir à la solennité des lieux, entourés que nous étions par des montagnes noyées de pluie qu'un voile liquide faisait trembler comme une vision d'outre-tombe : douze fois douze montagnes vertes, c'est après... Ne jamais arriver... Toujours poursuivre... *Arka aloé*, psalmodient mes sujets les Fuégiens, errant sur les immensités australes : toujours plus loin...

La réponse tomba, précise.

— Derrière cette montagne, une vallée. Au bout de la vallée, Villarica. Ce soir.

A la halte de midi, m'étant isolé à l'abri d'un taillis, Yanchetruz en profita pour s'enfuir, en bon *cristiano* qu'il était. Il avait prélevé son viatique : une mule chargée de rhum. Il m'en restait deux, plus celle qui portait mes malles et celle que je montais.

J'étais seul.

De l'autre côté de la montagne, de l'autre côté de la vie, la vérité. Allons! sire, il faut marcher...

XV

Villarica, c'était d'abord un lac. Quelque chose qui reposait l'œil de trop de montagnes, de précipices, trop de forêts et de sommets défiant les cieux, et lui offrait enfin le spectacle d'une horizontalité parfaite. Un grand lac, vert émeraude avec des reflets noirs, bordé de hêtres géants, de pins, de *coihues* en forme de colonne, plus minéraux que végétaux, avec, çà et là, l'arbre royal, l'araucaria au tronc sinueux comme le corps d'un serpent.

Villarica, c'était aussi un volcan qui barrait de ses neuf mille pieds le lac en son orient, ses pentes couvertes de forêts vivaces, puis de forêts pétrifiées... de rochers les prolongeant par leurs bosquets de pierre, puis les scories... les laves... la cendre... puis la neige... un cône parfait, tout de neige éternelle, planté dans le métal bleu du ciel.

C'est ainsi qu'au petit matin du 14 novembre 1860, le soleil de printemps s'étant levé sur une aube sans pluie, je découvris enfin ce sanctuaire araucan. Je l'ai dit, la beauté ne m'émeut que lorsqu'elle sert de parure à la grandeur. J'étais servi. Tout était beau, tragique et lugubre à souhait. Un cadre à la mesure du destin qui m'y attendait. J'étais roi. Villarica, porte du royaume...

Une petite fumée s'échappait du volcan, signe de calme. Sur la rive opposée au volcan, dans de larges clairières, je distinguai à la longue-vue de nombreuses *rucas* au toit de chaume, rondes ou rectangulaires, une forte animation de cavalerie et tout ce mouvement de gens et de bêtes qui indique une population importante.

Je m'habillai, enfilai un poncho mapuche gris rehaussé de bandes vertes et rouges que j'avais acheté chez les *cristianos* de Valdivia, ceignis mon front du bandeau rouge araucan, ma poitrine du grand cordon de l'ordre de la Constellation du Sud, ma taille d'une ceinture de cuir supportant mon sabre royal, étalai soigneusement ma barbe et mes cheveux, enfin éperonnant ma mule pour mettre mon convoi au trot, je dévalai la piste forestière jusqu'au lac. Un quart d'heure plus tard, j'entrais à Villarica.

Il y avait foule. Je mis toute mon application à ne croiser aucun regard, à traverser cette foule avec le recueillement qui convenait à une majesté en marche vers son couronnement. S'écartèrent sans trop de mauvaise grâce sur mon passage des partis de cavaliers, des familles à pied, des enfants qui se battaient, des brebis, des chiens, des porcs, des oies et des canards. J'allais comme dans un rêve, priant Dieu par la grâce de qui toute royauté se fait ou se défait. Parvenu jusqu'à une grande clairière, où se tenaient toutes sortes de marchés, de conciliabules, de carrousels de cavaliers réunis en parlements [1], de jeux de lutte ou d'escrime à la lance, et avisant un espace libre sous un arbre, je mis pied à terre, attachai mes mules, déchargeai mes malles et les disposai sur le sol comme une sorte d'enceinte, de palais symbolique au milieu de quoi, m'étant muni d'un long et solide bambou de *coihue*, je plantai le drapeau patagon bleu blanc vert qu'une brise providentielle déploya aussitôt. Enfin, debout, jambes écartées, bras croisés, face à la foule qui s'amassait, j'attendis. Seigneur! contemple cette rencontre historique, cette formidable confrontation entre le roi et son peuple! Ainsi naît la légitimité...

— Je serais vous, je filerais d'ici! dit une voix dans mon dos. Mais que vendez-vous? Des drapeaux?

Je me retournai. Un marchand chilien sellait précipitamment ses mules en jetant des regards inquiets à la foule qui nous pressait. Et c'était vrai qu'elle avait quelque chose de sourdement menaçant, cette foule indienne, toute de silence et d'impassibilité. J'entrevis deux petits convois de métis et de blancs qui quittaient au trot la clairière, puis, dès le couvert de la forêt, disparaissaient au triple galop comme s'ils avaient le diable à leurs trousses. Un autre marchand bouclait ses malles sans cesser une seconde de parler aux Indiens qui lui faisaient face et que retenait, dans leur hostilité, le fil de ce discours, comme le son de la flûte paralyse quelque temps le serpent qui va tuer.

— J'ai vendu tous mes fusils, reprit le premier marchand. Il me

1. Les Mapuches ne prennent aucune décision importante sans de longues réunions, appelées *parlements*, qui se tiennent toujours à cheval, en rond, et en mouvement. *(N.d.E.)*

reste deux minutes avant qu'ils les retournent contre moi. Le métier ne vaut plus les risques. Les tribus sont devenues folles. Vous ne leur vendrez plus rien. Même pas votre vie.

— Je ne vends rien. Ma vie, je la donne.

Qu'en faire d'autre? Il y eut des coups de fusils tirés en l'air, des lances que brandissaient des cavaliers farouches, des *bolas* qui tournoyaient au-dessus des têtes avec d'affreux sifflements. Ainsi qu'on le dit des mourants, mon existence défila dans ma mémoire en un instant. Piètre vie. Autant la donner. Je ne plaisantais pas. Je ne plaisante jamais.

Le marchand haussa les épaules et sauta sur son cheval.

— Il nous reste trente secondes pour passer. Venez-vous?

— Non.

— Avez-vous du rhum, au moins?

— J'en ai.

— Vous tiendrez une heure de plus. Une heure qui rendra votre mort encore plus effroyable. Venez-vous?

— Non.

— Dieu vous bénisse!

Le mur de chair s'entrouvrit à peine pour laisser passer le cavalier, blanc comme linge, qui se gardait de tout geste inutile et s'arrachait lentement de cette foule comme de sables mouvants. Puis le mur se referma sur son dernier prisonnier : moi, *paubre carnaval...* On éventra mes caisses de rhum. Je vis les touques passer de main en main tandis que se répandait à travers la clairière un grondement de cruelle satisfaction. Une pierre lancée par un enfant vint me frapper le front et sous le bandeau qui l'entourait je sentis le sang qui perlait. Le sang appelle le sang. A la première goutte qui jaillirait, j'étais perdu. Mourir? Déjà! Mais mourir en roi! Je saisis mon drapeau, le déployai comme un trophée et entrepris de m'adresser à mes sujets aveugles, pour une cause désespérée. J'avais la voix forte, on le sait. Et je puis le jurer, elle ne tremblait pas.

— Mapuches! Mes sujets! Mes fils! Il ne faut pas inverser le cours de l'Histoire! Le règne doit précéder l'échafaud. L'ingratitude n'est qu'une conséquence de la grandeur, la trahison de la fidélité. Tel est l'ordre des choses. Car j'ai traversé la moitié de la terre et des mers pour venir jusqu'à vous, et je suis votre roi!

Je m'étais exprimé en espagnol. Qui sait s'ils me comprenaient? Sans doute pas. Tandis que je parlais, je vis un jeune garçon faire sauter un caillou tranchant dans sa main, détendre son bras pour me viser, puis subitement ouvrir ses doigts, lâcher le caillou et m'écouter bras ballants, l'œil brillant. Les *bolas* cessèrent de siffler. Les lances s'abaissèrent en une sorte d'hommage. Les vieux fusils des caciques se turent. Je m'aperçus qu'on m'écoutait dans un silence de cathédrale. L'hostilité disparut des visages et fit place à une formidable attention dont la densité me portait, me soulevait comme sur un pavois. Le Verbe! Je le savais! Je l'avais toujours su!

— Mapuches! Votre gloire a fait le tour du monde. Elle a volé à travers les cieux jour et nuit pour venir jusqu'à moi comme un signe, un appel, et me voilà! Depuis trois siècles vous luttez héroï-quement pour votre indépendance, en dignes fils de vos caciques martyrs, Lautaro, Caupolican! Du paradis des guerriers ils contem-plent vos combats désespérés et vous disent aujourd'hui : suivez-moi! Car vous êtes divisés contre vous-mêmes, voilà l'origine de votre faiblesse! Je suis venu mettre fin à cette mortelle division. Puelches! Tehuelches! Mapuches! Huilliches! Patagons et Araucans! Cavaliers et gens de la mer! Unissez-vous sous ma cou-ronne! Par mon sabre royal, je vous mènerai à la victoire!

Tirant mon sabre du fourreau, je le brandis au-dessus de ma tête comme un général vainqueur au matin d'une charge de légende. Ah! Que n'avais-je un peintre dans ma suite royale pour saisir cette inoubliable scène et la léguer à la postérité. On m'aurait cru, au moins...

Il se fit un mouvement dans la foule dont les flots épais s'ouvri-rent avec empressement et respect pour faire place à un jeune cava-lier de haut rang vêtu du poncho rouge des *toquis* [1]. Je connaissais ce visage, enfin délivré du masque de l'ivresse qui lui déformait les traits chaque nuit, à l'auberge de Santa-Teresa...

Quillapan!

— Toi! Voix pour parler! Salut! dit-il en sautant de cheval et s'avançant vers moi.

Je rengainai mon sabre, plantai mon drapeau en terre et levai haut mes deux mains, comme Quillapan me l'avait appris. Le jeune homme en fit autant, gravement. Et c'est alors que d'un coup le silence se brisa. Les femmes poussaient des cris aigus. Les cavaliers

---

1. Chefs de guerre. *(N.d.E.)*

tourbillonnaient en hurlant et en soulevant des nuages de poussière. Parole de roi, on m'acclamait!

Quillapan leva les bras et la foule à nouveau se tut.

— Ici personne savoir le langage des Blancs, me dit-il. Moi traduire la voix...

Mes propres paroles! En langue mapuche! J'écoutais Quillapan, son discours guttural, lent, rocailleux, ponctué de silences après lesquels sa voix tonnante s'en allait courir sur le lac Villarica et rebondir en échos répétés au flanc des montagnes... Je ferme les yeux. Je me souviens de tout. L'autre côté de la vie, enfin, je m'y trouvais. L'ai-je souvent raconté, cet instant d'ineffable triomphe, ne rencontrant qu'incrédulité, que pitié... Seuls les deux fils de mon neveu Jean, Élie et Antoine, mes petits-neveux, montent encore jusqu'à moi, en cachette de leur mère, dans ma mansarde glacée, et me demandent : « Oncle Antoine! dis-nous encore une fois l'histoire de Quillapan... » Mais ils grandissent, eux aussi. Le scepticisme de l'âge commence de les roidir et ce sont des pans entiers de leur cœur et de leur âme que je vois se geler peu à peu...

— Parle encore! dit Quillapan.

D'autres caciques s'étaient avancés au premier rang de la foule. Je voyais leurs visages frémir, leurs poings se fermer sur la lance ou le fusil, tant était grande leur soif de gloire, de revanche, de justice. J'ouvris ma malle royale, en tirai drapeaux et étendards qu'ils fixèrent aussitôt sur leurs lances en faisant cabrer leurs chevaux et en roulant des yeux terribles, buvant ensuite au goulot des touques de larges rasades de rhum.

— Voici votre drapeau! Soyez prêts à vaincre ou à mourir pour lui! Là-bas, de l'autre côté de la montagne, le cacique Calfucura m'a déjà reconnu pour roi. Je suis roi de Patagonie! Je suis roi d'Araucanie! Votre roi! Je rassemblerai toutes nos forces et ensemble, nous vaincrons, nous rejetterons les *huincas* [1] jusqu'à Santiago! Vous êtes plus courageux que vos adversaires, mais vous opposez encore des lances et de vieux fusils à leurs carabines meurtrières. Je vous fournirai des armes modernes. Mon cousin, le grand empereur de France qui règne au-delà des mers sur le pays le plus puissant de la terre, m'a promis son alliance. Des bateaux vont arriver sur vos côtes, chargés d'armes que le *toqui* Quillapan, mon

1. Les Blancs, les chrétiens... *(N.d.E.)*

ministre de la Guerre, partagera entre les tribus. Moi, votre roi, je fais le serment de gagner la bataille sur le fleuve Bio-Bio et d'expulser tous les colons chiliens de la *Tierra*, notre royaume sacré! Criez avec moi : « Vive le roi! *Viva el rey!* »

Et m'imitant, en français, en castillan, ils crièrent : « Vive le roi! » On entendait sur les rives du lac le fracas d'autres galopades. Des groupes de cavaliers venus des *rucas* les plus éloignées ralliaient la clairière ventre à terre. Une forêt de lances m'entourait. Une armée m'acclamait! Je le sais bien, qu'ils ne comprenaient pas le sens réel de ce qu'ils clamaient à pleins poumons : « Vive le roi! *Viva el rey!* » Je le sais aussi, qu'ils ignoraient tout de la signification d'un royaume, d'un État, d'un gouvernement et de ses ministres, tout de l'ordre de la Constellation du Sud dont je décorai sur-le-champ Quillapan, passant autour de son cou la cravate de commandeur, bleu blanc vert aux armes du royaume... Du moins l'avais-je compris sans me l'avouer qu'aujourd'hui même où je l'écris. Mais qui pourra nier la magie du moment? Entre le Verbe et le rhum prend place le surnaturel et c'est là que trônent les rois. Cette phrase n'est pas de moi. Elle est de Charles Cros, de Verlaine, de François Coppée, je ne sais plus très bien, du temps que j'étais roi, roi de Patagonie, dans le salon de Nina de Villard, à Paris...

On me présenta un cheval noir magnifique, un animal à peine dressé dont j'empoignai les rênes d'une main sûre et qui se montra docile dès que je l'eus enfourché, aux acclamations de tous. De campement en campement, ce fut une cavalcade tout le jour. Quillapan m'accompagnait, me guidait, flanqué de vingt lanciers arborant mes couleurs. Une de mes mules suivait, chargée de mes   dernières touques pleines. On s'arrêtait. Quillapan disait : « Toi! La voix! Parle! » Et je parlais. Et l'on buvait. Au soir, de grands feux s'allumèrent. On y rôtissait des moutons entiers qu'à peine cuits les femmes dépeçaient à coups d'ongles. Dans des chaudrons bouillonnait la *chicha*, qui est une eau-de-vie de grain, ou le *muday,* une bière de maïs. Les guerriers y puisaient avec des coupes de pierre qu'ils entrechoquaient en échangeant des serments de fidélité et cela sonnait à mes oreilles comme un fracas de préhistoire. A la lueur de torches de *coihue*, des jeunes gens jouaient à la *chueca*, une sorte de jeu de pelote d'une violence inconcevable et qui se joue avec un bâton dont on use de toutes les façons. A chaque instant on emportait des blessés, des morts peut-être, inanimés, couverts de sang. On chantait aussi devant les brasiers, la chanson triste du grand cerf *huemul : Frère mon frère, Frère grand cerf, on dit que les Chiliens sont sortis de leur terre...* Et partout on buvait du sang, on éventrait des chevaux, on les dévorait tout crus ! Le sol de la clairière était jonché de guerriers ivres. D'autres dansaient à demi nus autour des feux en poussant des hurlements sauvages puis s'abattaient à leur tour, fauchés par une horrible ivresse. Tel était mon peuple, terrifiant, magnifique, vulnérable, que je découvrais, moi, le roi. D'heure en heure, Quillapan, mon ministre de la Guerre, retrouvait ce masque effrayant que je lui avais connu lorsqu'il roulait sous la table de l'auberge de Santa-Teresa. A la fin, il s'écroula. Moi qui avais pris garde de boire immodérément, car un roi ne s'enivre pas avec ses sujets, j'étais seul au milieu de centaines de corps épars, tel un général vaincu au soir d'une bataille sanglante.

La fête dura quatre jours et quatre nuits. Cavalcades le jour, discours, frémissement des drapeaux, battements du tambour *culthum* à la sonorité si tragique que l'on pouvait imaginer les funérailles d'un dieu, ivresse la nuit, orgie, sauvagerie... Je dormais dans la *ruca* de Quillapan, une hutte enfumée, sur une peau de cerf étendue sur de la paille. Dans l'obscurité on se glissait jusqu'à moi. Mots inconnus murmurés par ces étranges voix aiguës qu'ont les femmes indiennes... Gestes étonnants, lèchements, frottements... Je simulais l'ivresse. Simuler... Simuler... Véronique...

Au soir du quatrième jour, profitant d'un répit dans l'ivresse de Quillapan, je lui dis :

— Rassemble les caciques devant la *ruca*. Le moment est venu de fonder le royaume.

— Royaume ?... Royaume ?... La voix...

Il titubait déjà. Sa cravate de commandeur de la Constellation du Sud était maculée de vomissures, privée de sa croix que je retrouvai plus tard pendue à l'oreille d'une jeune Indienne hébétée. Des marchandises de M. Barral, tout avait été bu, pillé, les deux mules dévorées vivantes jusqu'à l'os. Il me restait deux touques de rhum. Quillapan en saisit une et la jeta avec colère par-dessus son épaule. Elle était vide. L'autre était pleine. Il en but à la régalade. Le rhum lui coulait des lèvres et se répandait le long de son cou.

— Caciques venir, caciques avoir soif, dit-il sans même s'essuyer la bouche, et il s'en fut, tout gluant, battre le rappel à travers le village.

Ce fut le premier conseil du royaume. Quoi que j'en aie dit à mon retour en France et tout au long de ma vie, ce fut le seul à s'être tenu sur le territoire de mes États. Eu égard à la solennité du moment, j'avais revêtu la petite tenue de colonel des hussards bleus de Patagonie. Le pouvoir, c'est la forme. Le reste va de soi. Je m'étais assis sur une caisse drapée d'un drapeau bleu blanc vert, devant la *ruca* de Quillapan, un étendard planté derrière moi, mon sabre posé sur les genoux, mon cheval noir attaché à un pieu, à mes côtés, et sur la malle royale au couvercle refermé, mon écritoire, le grand sceau du royaume, quelques brevets en blanc, une pile de proclamations et une autre de textes de la constitution. Tel je me présentais aux caciques, incarnant la majesté.

Ils se comptaient une trentaine, assis en tailleur à mes pieds, caciques, peut-être, assoiffés, certainement. La moitié de la touque y passa, de main en main et de bouche en bouche.

— Il convient, leur dis-je, de respecter les formes. Ainsi le royaume sera-t-il reconnu par toutes les nations de la terre.

Ils approuvèrent gravement, le nez dans le menton.

— Votre concours m'étant acquis, je vous donne lecture du décret constitutionnel :

« Nous,

« Prince Orélie-Antoine de Tounens,

« Considérant que l'Araucanie ne dépend d'aucun autre État, qu'elle est divisée en tribus, et qu'un gouvernement central est réclamé par l'intérêt particulier aussi bien que par l'intérêt général,

« Décrétons ce qui suit :

« Article premier : Une monarchie constitutionnelle et héréditaire est fondée en Araucanie, le prince Orélie-Antoine est nommé roi.

« Article second : Dans le cas où le roi n'aurait pas de descendants, ses héritiers seront pris dans les autres lignes de sa famille suivant l'ordre qui sera établi ultérieurement par une ordonnance royale.

« Article troisième : Jusqu'à ce que les grands corps de l'État soient constitués, les ordonnances royales auront force de loi.

« Article quatrième : Notre ministre secrétaire d'État est chargé des présentes.

« Fait en Araucanie, le 17 novembre 1860.

« Orélie-Antoine Ier

« Par le roi :

« Le ministre d'État au département de la Justice,
       « signé : F. Desfontaine. »

Desfontaine... Desfontaine... Ce nom ne souleva pas la moindre curiosité, et cependant, le lisant, j'avais la gorge serrée. Desfontaine, ministre fantôme, fidèle serviteur, témoin de ma solitude... Desfontaine, qui eût dû s'appeler Desmartin si ce vieil ami, comme les autres, ne m'avait abandonné dès mon départ de Périgueux. Ah ! Hommes de peu de foi ! J'y étais, en Araucanie ! J'y parlais en roi ! Ils m'eussent suivi, j'aurais fait leur fortune...

— Approuvé ? demandai-je.

— Caciques dire oui, fit Quillapan. Boire à la santé de la voix...

— Voici un deuxième décret, lequel ne sera promulgué que demain, le temps que le cacique des Puelches, le grand Calfucura, reçoive notre messager envoyé de l'autre côté des montagnes. Monsieur le ministre de la Guerre en a-t-il assuré l'acheminement ?

Quillapan me regardait sans comprendre. Je repris ma question avec bienveillance, en termes plus ordinaires, conscient que le bon usage d'un langage de gouvernement ne pouvait s'établir d'un coup, sans transition.

— Quillapan dire oui oui.

Sa diction me semblait embrouillée, mais il me regardait franchement, d'un air grave de circonstance.

— Je remercie monsieur le ministre de la Guerre et vous donne lecture de ce deuxième décret :

« Nous,

« Orélie-Antoine Ier, par la grâce de Dieu roi d'Araucanie,

« Considérant que les indigènes de la Patagonie ont les mêmes droits et intérêts que les Araucans, qu'ils déclarent vouloir s'unir à eux pour ne former qu'une seule nation sous notre gouvernement monarchique constitutionnel,

« Avons ordonné et ordonnons ce qui suit :

« Article premier : la Patagonie est réunie dès aujourd'hui à notre royaume d'Araucanie et en fait partie intégrante, dans les formes et conditions énoncées dans notre ordonnance du 17 novembre courant.

« Article deuxième : Notre ministre secrétaire d'État au département de la Justice est chargé de l'exécution des présentes.
« Fait en Araucanie, le 18 novembre 1860.
« Orélie-Antoine Ier
« Par le roi :
« Le ministre d'État au département de la Justice,
« signé : F. Desfontaine. »

Patagonie... Immensité... Des centaines de lieues jusqu'au cap Horn... Deux océans déchaînés qui s'accouplent avec fracas sur un lit d'archipels fantômes qu'esquisse à peine sur les cartes marines le pointillé hypothétique de terres entrevues puis perdues... Cimetière de marins... Immensité et incertitude... J'étais avant tout roi de Patagonie, roi de l'immensité. Et dans les formes ! Là-dessus on pouvait faire confiance à un ancien avoué. Deux décrets inattaquables, scellés du grand sceau du royaume planté dans la cire rouge chauffée à une torche de *coihue* et coulant goutte à goutte comme du sang. Magie du geste...
– *Viva el rey!* cria Quillapan, fortement impressionné.
– *Viva el rey!* répondirent les caciques, en ordre dispersé.
Il leur fallait lever haut la touque pour qu'elle consentît à livrer ses dernières gorgées de rhum. Trois d'entre eux faisaient preuve d'une grande dignité : Leviou, cacique de la tribu de Canglo, Millavil, de la tribu de Quicheregua, et Guentamol, de la tribu de Traiguen, trois tribus du Nord au contact des forces chiliennes. Je leur signai à tous trois un brevet de colonel, avec attribution de la rosette d'officier de la Constellation du Sud.
Enfin, traitant de puissance à puissance, penché sur mon écritoire, j'accomplis mon premier acte officiel de gouvernement. Deux lettres par lesquelles je franchissais le Rubicon. Aucun des caciques ne savait lire ou écrire. A ce spectacle, ils firent silence et l'on n'entendit plus que le grattement de ma plume sur le papier :

« A S. Exc. le Président de la République du Chili.
« Excellence,
« Nous, Orélie-Antoine Ier, par la grâce de Dieu, roi de Patagonie et d'Araucanie,
« Avons l'honneur de vous faire part de notre avènement au trône que nous venons de fonder en Patagonie et en Araucanie.

« Nous prions Dieu, Excellence, qu'il vous ait en sa sainte et digne garde !

« Fait en Araucanie, le 18 novembre 1860.

« Orélie-Antoine Ier. »

La seconde lettre marquait le sérieux de mon gouvernement et l'attachement qu'il portait aux formes diplomatiques traditionnelles. Je l'écrivis d'une écriture différente, celle de M. Desfontaine, ministre d'État, promu ministre des Affaires étrangères en attendant que l'un de mes caciques pût acquérir l'instruction et les compétences nécessaires à cette haute fonction :

« A Monsieur le Ministre des Affaires étrangères du Chili.

« Monsieur le Ministre,

« Je vous prie d'avoir l'obligeance de transmettre à S. Exc. le président de la République du Chili la lettre autographe de Sa Majesté le roi de Patagonie et d'Araucanie, que je joins à la présente.

« Veuillez, monsieur le ministre, recevoir l'assurance de ma considération très distinguée.

« Le ministre des Affaires étrangères de Patagonie,

« F. Desfontaine. »

— Monsieur le ministre de la Guerre, dis-je, voudra bien dépêcher sur-le-champ un courrier royal à Valdivia, de telle sorte que ces lettres soient postées sans tarder au bureau des vapeurs...

Que le gouvernement des peuples est chose difficile ! Quillapan jetait des regards étonnés derrière lui, comme si je venais de m'adresser à quelqu'un qui s'y serait trouvé. Il n'y avait personne. L'assemblée se clairsemait. Je dois reconnaître que la touque de rhum étant vide, ne demeuraient autour de moi que mes quatre fidèles caciques, encore que Guentamol ronflât, Millavil dodelinât du chef, et Leviou, pris de hoquets, roulât des yeux furieux, bourrant de coups de pied la touque vide.

— Quillapan, répétai-je... Messager à cheval... Valdivia...

Un jeune cavalier se présenta, le regard un peu incertain, monté sur un cheval blanc superbe. Piquant mes deux lettres sur sa lance, en une volte éblouissante qui souleva des gerbes de boue, il fila vers la forêt, renversant tout sur son passage, vieillards, enfants, femmes, brebis, canards et cochons, dans un envol de cris et de malédictions, formulation araucane du séculaire avertissement lancé par les chevaucheurs royaux d'antan : « Laissez passer le courrier du roi... »

— Voilà ! dit seulement Quillapan. Nous partir demain.

— C'est bon. Je serai prêt.

Le conseil était levé.

Je me retirai sous la *ruca* pour méditer. Je pouvais être fier de moi. Mon cœur se gonflait d'orgueil. Mᵉ Gilles-Lagrange, à Périgueux, chargé d'affaires de Patagonie en France, allait devoir modifier son jugement...

De la nuit profonde naquit et s'amplifia le vacarme d'une sarabande. Mon peuple se réjouissait mais il ne convenait pas à ma royale dignité de se montrer en ces circonstances. La solitude est aussi le fondement du pouvoir. Sur la peau de bête où je reposais, les yeux ouverts dans l'obscurité, quelqu'un vint se glisser près de moi. De longs cheveux enduits de beurre, une main douce qui attirait la mienne vers d'étranges besognes, un corps mince qui se pressait contre le mien en une frénésie animale, et puis s'en détournait d'un coup, d'une façon que je connaissais, tandis que j'entendais, dans le sommeil qui me prenait, soupirer Véronique... Je dormis comme une souche. J'étais épuisé. Au matin je fus réveillé par le fracas de la pluie australe sur le toit de la hutte.

La *ruca* était déserte, à l'exception de quelques vieilles femmes qui s'épouillaient mutuellement et d'une jeune fille au visage lisse et sévère qui me jetait des regards hostiles. Soigneusement plié la veille, mon uniforme de colonel des hussards bleus avait disparu. Disparue aussi la grande tenue d'amiral de Patagonie, que je serrais dans ma malle. Celle-ci était béante, serrure forcée. Envolés mon écritoire, ma longue-vue de marine, les insignes de mes ordres, jusqu'au grand sceau de l'État. J'avais été pillé par mes propres sujets ! Seigneur, pardonne-leur, car ils ne savent ce qu'ils font... Par respect, toutefois, ils n'avaient point touché à mon sabre. Il me restait aussi, heureusement, ma *Géographie universelle* de Malte-Brun et Cortembert sans laquelle je ne pouvais vivre et les si tristes *Mémoires* du Dr. Richard Williams par le truchement desquels la mort me suivait comme une fidèle compagne, trois drapeaux patagons et quelques croix oubliées de chevalier de la Constellation du Sud.

Je m'habillai, enfilai mon poncho mapuche, ceignis mon bandeau rouge et sortit. Après Austerlitz, Waterloo! Vision d'horreur... Ils avaient dévoré dans la nuit mon cheval noir, dont la tête seule, les yeux ouverts, pendait encore au pieu où je l'avais attaché. De son squelette et de ses tripes qui formaient un amas répugnant sous la pluie, coulaient des ruisseaux roses qu'engloutissait la boue. Sur le sol détrempé de la clairière, tous feux noyés parmi des flaques de cendre, gisaient de nombreux ivrognes, la bouche ouverte sous le déluge. Ils dormaient d'un sommeil de bête. Je reconnus sur l'un d'eux, à demi enseveli dans la boue, les parements réséda de la tenue de parade d'amiral de Patagonie, souillés, déchirés. Deux autres s'étaient partagé mon uniforme de colonel, l'un la culotte, l'autre la tunique, boutons arrachés et épaulettes pendantes. Parmi les feuilles des arbres arrachées par la pluie et qui formaient sur le sol un humus déjà pourrissant, je distinguai des feuilles blanches et noires, pages de Darwin et de Bougainville, proclamations aux tribus et exemplaires imprimés de la constitution du royaume. Je découvris plusieurs formes allongées sous les plis du drapeau patagon bleu blanc vert, dont ils s'étaient fait, sous la pluie, dans leur sommeil d'ivrogne, une dérisoire couverture. Ne manquait que la croix de bois des soldats : ivres morts pour la Patagonie... Au cou de plusieurs d'entre eux pendaient les insignes tordus, écaillés, ternis, rubans maculés de boue et de vomissure, de mes ordres royaux, Constellation du Sud, Étoile du Sud, Couronne d'Acier. Royaume d'illusion... Le *paubre carnaval* face à la vérité... Pourquoi tricher? Adoubant de mon sabre ces cadavres vivants, j'en fis des chevaliers, des officiers, des commandeurs, à titre posthume et pour sauver ma propre dignité. Patagonie, royaume d'Ys... Dynastie de l'ancienne Égypte enfouie sous les sables du néant et à jamais disparue...

Seul semblait vivre sous ce déluge, parmi tous ces corps inertes, un petit garçon au visage figé. Il me regardait fixement.

— Quillapan? demandai-je.

Il me désigna la forêt ruisselante.

— Leviou? Guentamol? Millavil?

Même geste. Tous étaient partis sans un mot, sans un signe, engloutis au sein de cet univers liquide qui était leur véritable élément. Gisait encore sur le champ de bataille la seule tribu de Villarica. J'eusse entretenu des illusions ce matin-là que le petit garçon les eût vite affacées. Il avait ramassé une pierre tranchante soigneusement choisie dans la boue et la faisait sauter dans sa main sans me quitter des yeux. Je me sentis glacé. Mes cheveux, ma barbe, mon poncho n'étaient plus que de l'étoupe trempée. Il me restait une mule, la plus vieille. Je glissai dans les fontes ce qui avait échappé au pillage, trois drapeaux, quelques croix, mes carnets noirs, et tristement, à pied, de la boue jusqu'aux mollets, tirant ma mule comme si nous franchissions les pièges incertains d'un interminable gué, je repris le chemin de Valdivia. Sur le seuil de la *ruca,* Véronique, impassible, suivait d'un regard impénétrable la retraite de son roi. Qui dira la désolation d'un roi s'en allant seul sous la pluie...

Chemin faisant, je consultai mon conseil secret, mes fidèles entre les fidèles, Desfontaine, ministre d'État, Lachaise, ministre de la Maison royale, Chabrier, général en chef des armées de Patagonie, Otto von Pikkendorff, colonel-général de la cavalerie, Dumont d'Urville, amiral de Patagonie, John Templeton, commodore des Détroits, Monard d'Orpierre, duc de l'Ile-de-la-Désolation, Alcide d'Orbigny, président de l'Académie royale, le Dr. Richard Williams, chirurgien particulier de Sa Majesté... Le dernier carré... Tous m'approuvaient, m'insufflaient leur énergie, me réchauffaient le cœur. Il n'est de réconfort qu'outre-tombe. J'entendais leurs voix chaleureuses : « Sire, vous régnez ! »

Et c'était vrai !

J'avais été roi quatre jours. Qui peut en dire autant ?

Quatre jours... L'éternité... Où est la différence ?

XVI

A la mi-décembre j'étais de retour à Valparaiso, au Chili. J'imaginais une ville, un pays frappés d'étonnement par cette soudaine naissance d'un royaume indépendant à sa frontière du sud. Je dépouillai la presse. Sur le Bio-Bio les tribus semblaient divisées, certaines favorables au Chili, d'autres hostiles. Je compris que le colonel Saavedra manœuvrait, alcool, discours, cadeaux, je commençais à connaître mes sujets. On annonçait la convocation d'un grand parlement de caciques pour établir la paix. Mais nulle mention de mon royaume. Au reste, la *frontera* était loin et intéressait moins les Chiliens que le cours du cuivre, la prise de Pékin, en Chine, par le corps expéditionnaire franco-anglais, ou l'attitude de l'armée chilienne lors de la proche élection du nouveau président de la République.

Je tentai une visite au Cercle français. On y jouait au whist. Personne ne se dérangea. L'un des joueurs, que je connaissais de vue, m'adressa un vague petit salut de la main et ce fut tout.

Au bureau des vapeurs, un maigre courrier m'attendait, rien qui pût satisfaire mon immense soif de réconfort. Un mot de mon frère Jean où il me pressait, devant mon insuccès, de rentrer et de reprendre en France une occupation lucrative pour l'aider à rembourser les traites de l'emprunt au Crédit Foncier. Travailler! A-t-on jamais vu un roi travailler? Insuccès! Que n'était-il à mes côtés, au soir du 17 novembre, dans la clairière de Villarica, partageant avec son royal frère les acclamations de Quillapan, de Leviou, de Guentemol, de Millavil et des autres caciques... Il ajoutait : « Ici, on commence à t'oublier, ce qui est une excellente chose pour repartir du bon pied. » Oublié? C'est ce qu'on verrait!

J'avais regagné mon modeste refuge de l'auberge de Santa-Teresa. Devant ma mine fatiguée, mes vêtements en lambeaux, la disparition de mes malles, l'absence d'une monture digne d'un *caballero* et à l'annonce que je prenais pension pour longtemps, on me fit payer trois mois d'avance. Cette ponction faite à ma bourse, il me restait 467 francs, plus trois pièces d'argent d'une piastre et trente pièces de bronze de cinquante centimes patagons frappées à mon effigie, lesquelles n'avaient cours que dans mes États, où celles que j'avais mises en circulation ne servaient, il faut le reconnaître, qu'à orner les poignets et les oreilles des femmes, les Mapuches ignorant l'usage d'une monnaie nationale et ne pratiquant que le troc.

Je me mis aussitôt au travail pour rétablir mes affaires : trois dossiers destinés aux trois principaux journaux du pays, contenant chacun les décrets des 17 et 18 novembre, mes lettres officielles au président de la République du Chili et à son ministre des Affaires étrangères, ainsi qu'un texte complet de la constitution du royaume que je dus recopier de ma main sur le seul exemplaire échappé à la malencontreuse ignorance de mes sujets.

Ces documents signés et scellés, je me procurai un costume convenable, et, empruntant le coche de Santa-Teresa, une sorte de char à bancs qui assurait matin et soir, pour le commun, le service de Valparaiso, je m'en fus déposer mes enveloppes aux bureaux du *Mercurio*, du *Ferrocarril* et de la *Revista Católica*. Il ne me restait plus qu'à attendre. La nouvelle n'allait pas tarder à éclater comme une bombe.

Elle éclata en effet le 28 décembre 1860 en page deux, dans les colonnes du très austère *Mercurio*, avec un choix d'articles de la constitution, notamment ceux qui instituaient une noblesse héréditaire, le conseil d'État et le conseil du royaume, la liste civile du roi, ou fixaient les dispositions à prendre en cas de haute trahison ou de déclaration de guerre, le texte de mes deux décrets et celui de ma lettre au président Montt. Que sonnent enfin les trompettes de la renommée dans cette ville orgueilleuse vouée aux apparences et à l'argent !

A trois heures de l'après-midi je poussai la porte du consulat de France. Ma revanche ! Il y avait un peu moins d'un an, on m'y tenait pour un bouffon. On allait m'y recevoir en roi !

Le même faquin de métis en uniforme d'huissier le prit de haut, sans même se lever.

— Monsieur le consul général ne reçoit que sur rendez-vous.

— Un roi n'attend pas. Me reconnaissez-vous ?

Il haussa les épaules.

— Voilà pour vous rafraîchir la mémoire, dis-je en jetant sur sa table deux pièces de ma monnaie, l'une d'argent, l'autre de bronze. Les cinquante centimes sont pour vous, mon brave, c'est le prix de votre insolence. Mais portez la piastre d'argent à M. le consul général en le priant de m'excuser. Je manque de cartes de visite. Mon effigie les remplacera.

Il y a des leçons qu'il faut savoir donner. Le faquin considéra la pièce, avers et envers, d'un regard effaré, puis mon propre visage en tout point conforme au noble profil gravé, et comprenant qu'il ne rêvait pas, poussa une sorte de gémissement et fila comme un daim traqué par le couloir qui menait aux bureaux. J'entendis des portes claquer, des exclamations, des éclats de voix. Mais on riait, ma parole! Une minute plus tard j'étais assis face à M. de Cazotte, consul général. M. d'Aninot, son jeune adjoint, se tenait à ses côtés. Je fus surpris de ne pas leur trouver l'expression de sérieux qui convenait. Fort irrespectueusement, M. de Cazotte jouait à pile ou face avec ma piastre d'argent.

— Monsieur de Tounens, dit-il enfin, je vous avais mal jugé. Tant de préméditation! Vous êtes un humoriste de grande race.

— Humoriste? Où est la plaisanterie? Je ne plaisante jamais. Je suis venu vous informer de mon avènement au trône de Patagonie. La presse chilienne elle-même a rendu la nouvelle officielle.

— La presse chilienne?

— Le *Mercurio* d'aujourd'hui. Vous l'avez certainement lu.

— Si je l'ai lu! Mais je n'ai lu que cela, mon cher monsieur!

— Je ne comprends pas.

— Je crains de ne pouvoir garder mon sérieux. M. d'Aninot va vous éclairer.

— Cher monsieur, dit le jeune consul, quel jour sommes-nous?

— Le 28 décembre.

— Savez-vous quels saints la religion catholique fête ce jour-là?

— Je l'ignore. Je ne vois pas le rapport.

— Les saints de ce jour sont très nombreux. On les appelle les saints Innocents.

— C'est possible. Encore une fois, quelle importance!

Je me souviens de cette scène dans ses moindres détails. Dans une vie qui en a tant compté de pénibles et où la gloire et la dérision furent si mal partagées, celle-là m'avait durement frappé. Je sentais venir le coup. Le rouge me montait au front. La sueur trempait les paumes de mes mains. Mon estomac se nouait. Je me tassais sur mon siège. Une immense et pesante tristesse me recouvrait peu à peu comme une marée d'équinoxe. Rien ne surnagerait de mon rêve éveillé. Voilà qu'on jetait sur mes épaules transies de désespoir une tunique de dérision. *Paubre carnaval,* es-tu le roi des Juifs? Je le suis.

— Monsieur de Tounens, dit le jeune consul, il faut connaître les usages de la presse de ce pays. Il en est au Chili du 28 décembre comme en France du 1er avril. Les journaux les plus sérieux ont à cœur, ce jour-là, sur le ton le plus grave, de publier des nouvelles fantaisistes et d'amuser leurs lecteurs aux dépens des innocents. Vous êtes, mon cher monsieur, une sorte de célébrité. Le plus juteux innocent du 28 décembre que notre vieux *Mercurio* ait découvert depuis longtemps.

A ces mots, ne pouvant se contenir, ils éclatèrent de rire tous deux tandis qu'un souffle de mort me glaçait le cœur et les os. On venait d'ouvrir mon tombeau.

— Mais j'ai régné, dis-je faiblement. Je règne. Je suis roi de Patagonie. Pourquoi douter de moi?

— Monsieur de Tounens, dit le consul général qui avait repris son sérieux, le 17 et le 18 novembre, vous fondez votre prétendu royaume, après quoi vous filez, plantant tout là, couronne et sujets, pour écrire des billevesées! Comprenez qu'on s'en amuse...

J'avais joint les mains sur mon visage. Je me cachais les yeux. Que répondre? Mon cerveau se figeait. Il n'était plus que désespoir.

— Monsieur de Tounens...

Je tremblais. Que se referme le tombeau et que je m'y engloutisse à jamais!

— Monsieur de Tounens, m'entendez-vous?

Une main se posa sur mon épaule. La voix de M. de Cazotte s'était faite amicale.

— Cher monsieur, votre peine me navre. Si je l'avais imaginée, j'aurais pris plus de précautions pour vous ouvrir les yeux. Pardonnez-moi, voulez-vous? Mais vous n'êtes plus un enfant. Il vous faut rejoindre ce monde. Il n'est pas toujours beau, je vous l'accorde, mais nous n'en avons point de rechange.

Et s'il me plaisait, à moi, de refuser ce monde-là... Je me levai. Un enfant? La hauteur de ma taille me rendit quelque peu confiance.

— Monsieur de Tounens, dit le consul général avec une bienveillance qui me toucha, il faut rentrer en France sans tarder. Ici vous perdriez raison et santé, à vous écraser contre les vitres comme un papillon de nuit.

— Je ne puis payer mon passage. Il me reste à peine de quoi vivre chichement six mois.

— Votre famille?

— Elle s'est lassée.

— Je le savais. Dans huit jours fait escale à Valparaiso le courrier régulier pour la France. En certaines circonstances, il est de mon pouvoir de signer un ordre d'embarquement à titre gratuit. Je l'ai fait pour vous. Le voici.

Pourquoi lutter? J'acceptai. Il n'est de désert qui ne se termine un jour.... C'est alors que, machinalement, mon regard tomba sur ces mots : *Ordre d'embarquer M. Antoine de Tounens en troisième classe sur le vapeur* Ville de Bordeaux *de la Compagnie générale maritime à destination de...*

M. Antoine de Tounens? *Monsieur?*

— Monsieur le Consul général, dis-je, je suis prince! Prince Orélie-Antoine de Tounens et ne saurais voyager que sous cette identité! Veuillez, je vous prie, corriger ce billet.

Le ton! Ne jamais renoncer à la hauteur de ton! Ne jamais céder un pouce de dignité!

— Une dernière fois, soyons sérieux! dit M. de Cazotte. Il s'agit d'un document officiel qui engage le ministère des Affaires étrangères appelé à rembourser le prix de votre billet. Je ne puis jouer avec le règlement. Prince! Pourquoi pas roi?

— Pourquoi pas, en effet.

— Monsieur de Tounens, je crois tenir de bonne source que votre principauté est aussi illusoire que votre royaume.

— Vous m'insultez!

— Vous lassez ma patience. Votre présence au Chili porte préjudice au bon renom de la France et des Français. Mais je ne puis vous contraindre. Au moins, faites-vous oublier. Si vous changez d'avis, voyez monsieur d'Aninot. Je vous salue, monsieur.

— Sire. On dit : sire. Je suis Orélie-Antoine Ier, roi de Patagonie!

M. de Cazotte leva les bras au ciel.

— C'est qu'on finirait par vous croire!

— Certes, mais ce sera long. Vivrai-je assez vieux pour le voir...

Soudain, il me tendit la main.

— Vous êtes un bien étrange personnage, sire...

Comme je les quittai, j'entendis dans mon dos:

— Pas possible! Vraiment pas possible...

Ce qui était, je le reconnais, l'expression de la vérité.

Oublié... Oublié... Oublié de tous. Sauf de soi-même, là se tient l'essentiel.

A l'auberge de Santa-Teresa, j'occupais une petite soupente au-dessus de l'écurie, meublée d'un grabat et d'une caisse pour mes effets. Nauséabonde, emplie de puces qu'il me fallait combattre chaque nuit, ne voyant le jour que par une étroite lucarne, au moins m'y trouvais-je chez moi. Je me souvenais des cabanes que je me construisais, enfant, à travers les murs de fagots derrière la ferme de Chourgnac ou à la lisière du petit bois, dans les taillis fraîchement coupés. Antoine! Antoine! appelait ma mère... Éternel palais. J'avais tendu les parois de la soupente de mes deux derniers dra-peaux, accroché mon sabre royal à un clou, et je restais étendu là des heures, l'atlas de Malte-Brun et Cortembert ouvert sur mon ventre à la page de mes États, rêvant de ce qui doit être et jamais ne s'accomplit. Porte fermée, je régnais sur une île séparée de la vie. C'est la perception de l'unique, la volonté d'isolement qui scelle l'ac-complissement. On ne peut être roi si l'on se reconnaît semblable aux autres mortels. Il ne faut rien savoir des autres. C'est par singu-larité que l'on règne.

A midi je descendais dans la grande salle de l'auberge. *Guasos* et métis, crasseux et méprisants, ayant jugé mon dénuement en tout point semblable au leur, ne m'en haïssaient que plus et me cédaient de très mauvaise grâce une petite place sur leur banc tout au bout de la longue table. J'y lapai sans lever les yeux un bol clair de *cazuela*, qui est une sorte de bouillon de viande et de légumes. Un seul, selon le prix que j'avais payé d'avance et la servante y veillait, mais bien souvent je ne le terminais pas et mes voisins s'en chargeaient avec des grognements de mépris. Le soir, un peu de *mote*, grains de blé cuits à la lessive et arrosés de sauce au piment. La dernière gorgée avalée, je montais retrouver mon territoire et mon pavois. *Gavacho loco!* disait alors le patron. J'avais déjà entendu cela...

Même à Paris, où l'on s'y connaît, je n'ai jamais rencontré tant de luxe et de précision dans le vocabulaire du mépris qu'à Valparaiso du Chili. Les Anglais sont *gringos*, les Français *gavachos*, les Italiens *bachichas*, les Espagnols *godos* et le nom des Allemands — *Alemanes* — s'est changé en *animales*. On n'est pas plus gracieux. Aussi bien sont-ce les Indiens, mes sujets, qui ont raison de fourrer tout ce monde-là dans le même sac : *huincas, théoaouignecaë*, chiens de chrétiens, en araucan comme en patagon.

A la fin du mois de janvier 1861, le général Joachim Perez fut élu président de la République du Chili. Tout avait été convenu d'avance par banquiers interposés, généraux achetés, grands propriétaires et politiciens véreux. La presse, qui avait soutenu le président Montt, se déchaîna dans l'abjection, au secours de la victoire. Otto von Pikkendorff, lieutenant de uhlans, Dieu merci, était mort à temps. Je n'en écrivis pas moins au président Perez pour lui faire part de mon avènement, puisque le président Montt n'avait pas daigné me répondre. J'écrivis aussi une lettre ouverte aux députés chiliens, par la voix du *Mercurio*. Elle ne fut jamais publiée. Désormais, je le savais, le *paubre carnaval*, s'il avait quelque chose à dire, se devait d'attendre un 28 décembre... Du président Perez, pas de réponse non plus. Je reçus toutefois, par porteur, de M. d'Aninot, un petit mot m'informant qu'un ordre d'embarquement au nom de M. Antoine de Tounens était toujours à ma disposition dans les bureaux du consulat. *Monsieur*... Ils ne désarmaient pas.

Le temps passa. Je maigrissais. J'avais de longs moments d'absence. Je sortais peu, me contentant de faire à pied le tour de l'auberge et de me rendre une fois par semaine au bureau des vapeurs, toujours muet.

Le 3 mai, profitant du passage d'un long-courrier français à destination de Bordeaux, j'écrivis à mon ami Desmartin. Ami ?

Que me restait-il de mes amis, de mes espérances ? Je demeurais étendu tout le jour, comme mort, le regard au plafond. Ainsi le temps passait plus vite. Ou bien je contemplais des heures durant mon portrait, le portrait du roi, poncho, bandeau rouge et sabre de cavalerie, un daguerréotype que j'avais fait tirer secrètement à Valparaiso, me méfiant cette fois des sarcasmes, et pour le prix duquel je m'étais privé de dîner plusieurs jours. Je pensais l'envoyer à Desmartin pour qu'il le fît publier dans la presse française, ou bien sous forme de brochure avec le récit de la fondation du royaume, la constitution, les décrets, textes que j'avais adressés à Me Pouyaud, mon successeur, en lui demandant de réaliser, pour payer l'impression, l'argent qu'il me devait encore sur quelques meubles de la rue Hieras. Mais à quoi bon? En mon absence, le Matagrin veillant, on en rirait...

Le 18 mai, toujours sans nouvelles, j'écrivis une dernière lettre. Mais au bureau des vapeurs, toujours le même refrain : « *No señor, lo siento mucho*, rien pour vous, je le regrette... » Je cessai d'y aller. Je cessai d'espérer. On me proposa des leçons de français aux enfants de quelques familles riches de Santa-Teresa. J'y vis la main de M. de Cazotte. Je refusai. Un roi ne saurait travailler. Plutôt mourir de faim. Ce qui, en dépit du petit train que je menais, ne manquerait pas de survenir avant la fin de cette année.

C'est alors qu'au début d'octobre éclata dans la presse une grave nouvelle qui me réveilla d'un coup. Sur le Rio Bio-Bio, les Mapuches étaient passés à l'action! *Mes* armées s'étaient emparé d'Arauco, poste fortifié chilien! Sept mille soldats en retraite devant les troupes de Quillapan! Car il s'agissait bien de Quillapan, *mon* ministre de la Guerre! On citait son nom avec effroi. Son jeune âge, sa folle témérité. On parlait d'un nouveau Lautaro, héros de l'indépendance araucane. Indépendance! Le mot était écrit noir sur blanc! Ne l'avais-je pas toujours proclamé? Mais sur ma personne, le silence. Ah! ils savaient ce qu'ils faisaient, feignant d'ignorer le seul fédérateur possible de toutes les tribus indiennes...

Au demeurant, une réjouissante animation agitait les gens de plume et de gouvernement. Le rédacteur du *Mercurio* tempêtait : « Pourquoi sept mille hommes aguerris et sous le commandement de bons officiers n'ont-ils pu jusqu'à présent rien faire de notable? Nous ne comprenons rien aux résultats de cette campagne, tant ils sont honteux! Aujourd'hui l'armée chilienne se replie sur la frontière, et, à ce qu'il paraît, elle n'entreprendra pas de campagne avant l'année prochaîne... » Celui du journal *La Discusión* ne demeurait pas en reste : « Qui a gagné la guerre qui vient d'avoir lieu? Ce sont les indigènes, car, avant la guerre, la population chilienne possédait une étendue de terrain de plusieurs lieues au sud du Bio-Bio, à l'endroit appelé haute-frontière, à quelques lieues au sud d'Arauco. A présent les Indiens sont maîtres de tout le territoire, jusqu'au Bio-Bio dans sa partie haute et dans sa partie basse... »

Le 21 octobre 1861, la Chambre des députés de Santiago délibéra des affaires araucanes. De nombreux députés demandaient le vote

d'un crédit de plusieurs centaines de milliers de piastres chiliennes
pour augmenter l'effectif des troupes en campagne, doubler les fortifications et entreprendre par la force la pacification définitive de la
Tierra. A la surprise générale, le ministre de la Guerre du Chili se
contenta de réclamer un crédit de cinquante mille piastres à des fins
diverses et non précisées, expliquant qu'il serait temps d'aviser après
les entrevues que les parlementaires devaient avoir prochainement
avec les chefs de tribu. Le *Mercurio* ajoutait que ce même jour le
ministre de la Guerre avait adressé au commandement général
d'armes d'Arauco, le colonel Saavedra, une dépêche par laquelle il
lui recommandait, à la première entrevue avec les chefs indiens, de
leur assurer que le gouvernement n'avait que des intentions
pacifiques à leur égard, que les troupes envoyées sur la frontière
n'avaient pour mission que de protéger les personnes et les proprié-
tés des Chiliens au-delà du Bio-Bio, et qu'elles avaient ordre de respecter le territoire et les coutumes des indigènes, de ne rien faire
enfin qui ressemblât à une agression. Le désir du Chili, concluait la
dépêche, était de vivre avec les indigènes en perpétuelle paix et amitié. C'est pourquoi les Indiens se devaient de comprendre que leur
intérêt était de resserrer les liens de bon voisinage...

Aveu d'impuissance! *Mes* armées victorieuses! *Mon* drapeau
craint et respecté! L'ennemi contraint de traiter! A la Chambre, un
député, M. Vergara, résuma l'opinion générale: « Je suis heureux
d'apprendre que rien d'agressif ne sera tenté, car la guerre avec les
Indiens araucans serait une guerre sans fin... »

Le temps était passé de la morosité. Dans ma soupente, cartes
dépliées sur le lit, j'occupais de longues journées à organiser admi-
nistrativement mon royaume, à élaborer mes plans de campagne,
lanciers tenant Arauco, dragons de Magellan bouclant les passes des
Andes, hussards bleus à Angol, non loin du Bio-Bio, où je fixai ma
capitale de préférence à Villarica, trop au sud. Un cheval blanc...
Une escorte... Une calèche à la Daumont... Véronique... A
l'extrême-sud, ma flotte fermait les détroits, mon navire amiral
Médéa croisait au large de l'île Desolacion, mes corvettes à l'autre
porte, sous la masse sombre et imposante du cap des Vierges où mes
cavaliers irréguliers patagons entretenaient de grands feux en signe
de victoire. Victoire... Quillapan connaissait ma retraite... Ses
messagers secrets ne manqueraient pas de m'y trouver... J'étais
prêt.

Le message me parvint. Fort étrangement, par des voies détournées et tout à fait inattendues.

Un matin de décembre, vers onze heures, le patron de l'auberge vint frapper à ma porte, au bout d'un couloir sombre et sale où il ne mettait jamais les pieds. Son bonnet de laine à la main, grimaçant un sourire, il s'inclina plusieurs fois. Je reconnus dans cette métamorphose un signe du destin.

— Deux caballeros demandent Votre Seigneurie.

Redoutant les trahisons, je passai la tête par la lucarne. Deux cavaliers superbement montés bavardaient en fumant le cigare. Le troisième, un uhlan d'ordonnance, se tenait en retrait. Un soldat! Des parlementaires? L'un des cavaliers leva la tête en agitant amicalement la main. C'était M. d'Aninot, le consul.

— Monsieur de Tounens, descendez! Mais cette auberge empeste! Je vous emmène dîner dans un endroit convenable. Nous avons à causer.

Quelle tenue revêtir? Tenue de roi. Celle que tout Valparaiso connaissait et la seule qui me restât, poncho et bandeau rouge.

— Je vous présente le capitaine Sotomayor, de l'état-major du colonel Saavedra, en mission à Valparaiso... Capitaine, je vous présente le prince Orélie-Antoine de Tounens.

Prince? C'était une ambassade.

— Un grand honneur, Excellence, dit le capitaine Sotomayor.

Le capitaine était en civil. Grand, les cheveux noirs bouclés, la mine fière, à l'espagnole, le regard franc, des façons courtoises, il m'inspira aussitôt confiance.

— Prenez mon cheval, dit-il, je monterai celui de mon ordonnance.

La lumière du jour me fit cligner des yeux. Je réalisai que voilà près d'un mois que je n'avais pas quitté mon refuge.

— Un temps de galop vous plairait-il? Voyez cette allée d'eucalyptus, c'est à l'autre bout que nous allons.

Mon cheval se cabra, mais le prenant fermement en main après deux ou trois voltes spectaculaires, je partis ventre à terre. La Serena... Artaban... La charge dans le désert...

— Mes compliments! dit le capitaine. Vous êtes un fameux cavalier!

— On me l'a dit. L'an passé, un autre officier de uhlans...

— Quel était son nom?

— Lieutenant Otto von Pikkendorff.

— Pikkendorff... Mon Dieu! La bataille de La Serena... Vous avez connu Pikkendorff?

— J'étais de ses intimes. Je le suis toujours.

— Il est mort.

— Pour vous. Pas pour moi. Mes vrais amis sont immortels.

— Pauvre Pikkendorff... Et vous l'avez connu? Je commence à comprendre...

J'appréciai décidément ce capitaine Sotomayor. Il me regardait avec amitié. M. d'Aninot souriait d'un air entendu. Celui-là aussi semblait s'humaniser.

Nous nous trouvions au milieu d'un marché de campagne et je m'aperçus, pris par mes grands desseins, combien je m'étais peu intéressé à ce pays et à ses habitants. Le *roto*, l'homme du peuple, a moins de morgue que ses maîtres mais tout autant de retenue. Cela donnait un bien curieux marché silencieux où ne s'échangeaient pas trois mots entre acheteurs et vendeurs. Seule la couleur le faisait vivre, ponchos des hommes, jupes à crinoline des métisses, étalages de *sandias,* qui sont d'énormes pastèques, de couvertures, d'*esteras,* ou nattes de jonc. Nous dînâmes dans l'un de ces établissements à la mode où le bourgeois de la ville aime à se mêler au peuple des faubourgs. Ce n'est qu'une illusion. L'un et l'autre n'ont rien à se dire. Il y avait un groupe de danseurs de *cuenca,* qui est un assez joli quadrille populaire où l'on frappe beaucoup du talon. Les bourgeois de Valparaiso riaient fort, applaudissaient avec ostentation, comme ils l'eussent fait devant des bêtes de cirque. Et les danseurs de *cuenca* jetaient à ces danseurs de valse et de polka d'Europe des regards de mépris.

On nous servit à une table à part. *Empanadas, enrolladas, ayuyas,* crêpes et beignets de viande, pâtisseries grasses et épicées qui étaient en ce pays le luxe des gens simples. Tous mangeaient avec leurs doigts. M. d'Aninot avait réclamé une fourchette, craignant de gâter son bel habit gris et ses manchettes immaculées. Je me servais de mes doigts, léchant avec plaisir la graisse qui en dégoulinait. Nous buvions de ce vin blanc chilien qui rappelle agréablement celui des côteaux de Bergerac. Une jeune Indienne nous servait. Pas une métisse, une indienne, survivante de ces tribus du centre exterminées au siècle dernier. Elle ne cessait de m'observer, remplissait mon verre avant celui de mes compagnons et même parfois les ignorait. Mon poncho mapuche, mon bandeau rouge, ma barbe, mes doigts graisseux... Je croisai son regard. J'y lus une sorte de connivence. « Merci, Véronique... » lui dis-je. Elle eut un battement de cils et un sourire imperceptible.

— La fille la moins facile de cet établissement. Vous la connaissez ? demanda le capitaine, étonné.

— Non. Je ne suis jamais venu ici.

— *Son cosas de Patagonia...* Je commence à comprendre.

— Sans doute, mais de quelle façon ?

— Excellence, dit le capitaine Sotomayor, j'ai entendu le récit de vos aventures de la bouche de monsieur de Cazotte et de monsieur d'Aninot qui me les ont rapportées fidèlement. Pour ma part, j'y ajoute foi. Je connais les Indiens et je vois ce qui a pu se produire. C'est un peuple extravagant, sujet à des engouements passagers, des foucades vite oubliées. A la fois versatile et têtu, naïf et méfiant, capable de se donner et de se reprendre avec la même inconscience, fort pointilleux sur le chapitre de l'honneur tout en trahissant sans remords la parole donnée, soumis à toutes sortes d'impulsions et de superstitions. Ce qui rend fort ardue par ailleurs la mission de nos négociateurs.

— Je suis le roi, dis-je, décidé à m'en tenir là.

— Je n'en doute pas.

M. d'Aninot, les yeux baissés, affectait de jouer avec sa fourchette.

— Je suis le roi. Mes armées sont victorieuses. C'est avec moi qu'il faut négocier. Êtes-vous mandaté pour cela ?

— Pas exactement. Cependant, Excellence, vous devez connaître la vérité. Le colonel Saavedra est un homme sage. Il n'y a pas eu de vrai combat. Seulement un simulacre, pour faire parler la poudre et laisser aux Indiens l'illusion de la victoire. Nous avons évacué Arauco et ils s'y sont précipités. Maintenant nous les tenons, avec de l'artillerie et des fusils anglais. Mais ce que nous voulons, c'est la paix, pas le sang, tant que les Indiens nous en laisseront le choix.

— La paix ? Soumission, spoliation, votre paix !

— Au moins un partage, il ne m'appartient pas d'en juger. Mais écoutez la fin, Excellence. Bloqués dans Arauco, les caciques se lassent. Imaginez ces cavaliers réduits à l'immobilité. Il y a les familles,

les récoltes, la chasse, la grande liberté des forêts. L'un après l'autre, ils demandent passage. Le colonel Saavedra les reçoit devant sa tente avec tous les honneurs, les comble de cadeaux, leur offre des banquets, mais fait aussi tirer le canon et les fusils anglais, comme à l'exercice, sur cible. Après quoi l'on passe à la signature d'un traité. A ce jour, Excellence, tous les caciques ont traité, sauf un.

— Mes caciques! Vous voulez dire que Leviou, Guentamol, Millavil ont signé? Impossible! J'avais donné des ordres...

— Ceux-là et d'autres encore. Pas un, je dois vous l'avouer, n'a prononcé votre nom. Excellence, vous êtes inconnu sur la frontière.

Ne pas perdre pied... Ne jamais rien s'avouer... Toujours recommencer... Il me restait un espoir.

— Tous les caciques sauf un... Je vais vous donner le nom de celui qui fait exception. Il s'appelle Quillapan.

— C'est vrai.

— Mon ministre de la Guerre! Il ne pouvait me trahir.

— C'est encore vrai. Quillapan est un irréductible. Il a chargé entre nos lignes, par surprise, au petit matin, nous tuant quelques soldats, mais il les a franchies. Et là, Excellence, se place une scène étrange...

Revenue de l'office, Véronique se tenait debout derrière moi. Elle écoutait. Je ne la voyais pas. Je la devinais... M. d'Aninot avait renoncé à ses jeux machinaux de fourchette, considérant d'un œil surpris le capitaine Sotomayor, comme si ce dernier venait d'ajouter un sixième acte inattendu à une pièce déjà trop vue. Penché sur mon propre destin, je sentais que la roue tournait. Je n'étais plus occupé que de moi-même. Il y a des instants dans la vie où il ne faut pas se manquer. Ils sont si rares et fugitifs... Mais écoutons le capitaine Sotomayor.

— Quillapan, jeune, beau, fou, sur son cheval noir, suivi de vingt lanciers mapuches, cheveux au vent, hurlant comme des déments... Nos sentinelles se dressent. Ils les clouent de leurs lances. L'officier qui commandait le poste agonise à cette heure au lazaret de Nacimiento, la poitrine éclatée. Il y a deux jours encore, j'étais à son chevet. Il délirait: « Je ne comprends pas, je ne comprends pas... Ils criaient: *Viva el rey!* » Moi, je comprends...

El rey! Le roi! Moi!

— Aux côtés de Quillapan galopait un Indien couvert de sang. Nos soldats l'avaient pris pour cible car c'est toujours sur le porte-étendard que l'on tire en premier. Le soldat croit aux mythes. C'est la seule excuse à l'état militaire. Ils fusillaient ce drapeau qui venait de franchir nos lignes. Les soldats chiliens visent juste. Le cavalier tomba. Quillapan, toujours galopant, saisit l'emblème des mains du mourant, se retourna vers nos troupes et hurla : *Viva el rey!,* déployant ce drapeau insolite que nous n'avions jamais vu.

— Bleu blanc vert, dis-je.

Cette fois je ne rêvais pas. Ou plutôt tout se confondait.

— Bleu blanc vert, c'est cela. Trois bandes horizontales. Votre drapeau...

Mon regard croisa celui du capitaine. En cet instant de franchise, par une sorte de communion, nous découvrîmes l'un chez l'autre un égal étonnement.

— Bleu blanc vert! s'écria M. d'Aninot. Capitaine, vous nous aviez caché cela...

Je sentis une main se poser sur mon cou. Véronique... ma reine... Je ferai atteler une calèche à la Daumont... Nous entrerons triomphalement à Angol, ma capitale... La garde présentera les armes... Nous boirons du champagne... Mais Véronique, je t'en supplie, ôte tes doigts de ma chair...

— Que signifie tout cela? demanda M. d'Aninot. Faut-il croire vraiment...

— Rien, fit le capitaine. Nous avons vu disparaître Quillapan et ses lanciers à travers la forêt. Une patrouille les a suivis jusqu'à ce qu'ils s'enfoncent à travers les orages de la cordillère par des chemins connus d'eux seuls. Mais le rapport du commandant de la patrouille est formel. Jusqu'au moment où il les perdit de vue, l'étendard flottait toujours en tête de leur escadron. Excellence, votre royaume s'en est allé. Vous ne le retrouverez jamais. Ils n'ont pas besoin de vous. Juste une idée qu'ils se font. Quelque chose que nous ne pouvons comprendre. Un signe. Une sorte de message qu'ils ont interprété à leur façon...

Quillapan... l'espérance... Onze ans plus tard, il accourut à ma rencontre, dévalant de ses montagnes. A sa lance flottait encore l'étendard en lambeaux. Pouvais-je l'imaginer ce jour-là...

— Cela n'a pas de sens! dit M. d'Aninot.

Ce qui n'était pas de bonne façon, mais je ne relevai pas. Je galopais dans la forêt, botte à botte avec Quillapan...

— Pour nous, dit le capitaine. Pas pour eux. Ni pour Monsieur de Tounens, sans doute. *Son cosas de Patagonia...* Excellence, vous avez régné. Emportez pieusement ce souvenir et embarquez sans tarder pour la France. Vous obstinant ici, vous risqueriez de le gâter. Quant à moi, je vais rejoindre mon poste à la frontière. Le colonel Saavedra m'attend. Un homme sage, mais fort étranger au rêve... Excellence, j'ai été heureux de vous saluer. Il est si rare de franchir les bornes invisibles...

— Monsieur de Cazotte vous fait ses compliments, ajouta M. d'Aninot. Il me charge de vous faire savoir que l'ordre d'embarquement est rédigé au nom du prince Orélie-Antoine de Tounens. Il y a un vapeur après-demain.

Mais quel curieux salut m'adressa ce jeune homme en me quittant...

J'avais compris.

On voulait définitivement m'éloigner. On me redoutait. A la *Tierra,* le colonel Saavedra, les mains libres, circonvenait mes braves caciques. C'était compter sans moi! On ne me dépouillerait pas ainsi de mes États!

Il me restait 257 francs. Le fond du dénuement. Qu'importe, puisque j'étais roi! Les rois ont-ils de l'argent sur eux, comme de vulgaires bourgeois? Ils signent des billets. J'en signai un de cent piastres, pour acquitter ma note, payables dans un délai de deux mois, à Angol, ma capitale, sur le trésor du royaume, et le disposai en évidence sur mon lit. Cela fait, mon maigre bagage dans un sac de peau, je quittai sans regret l'auberge de Santa-Teresa dans la nuit du 20 décembre 1861. Au matin, à Valparaiso, sans me cacher mais sans être remarqué, j'embarquai sur le vapeur côtier à destination de Concepción, ville chilienne sur le Bio-Bio, au nord de l'Araucanie.

Ce voyage me fut fatal.

Commencé triomphalement, il s'acheva en désastre. La roche Tarpéienne est près du Capitole... En quinze jours à peine fut accompli ce chemin, semé de pièges et de trahisons.

Traîtres, mes deux interprètes, mon guide, l'infâme métis

Rosales, Judas à cinquante piastres, mes amis basques de Concepción rencontrés naguère au Cercle français de Valparaiso et qui m'offrirent l'hospitalité pour mieux me perdre! Traître, M. Ordizan, ce grand propriétaire terrien auquel j'avais eu la faiblesse d'offrir le portefeuille de ministre de l'Intérieur, et qui par ses lettres de recommandation à double sens me désigna clairement à la vindicte des autorités chiliennes! Traîtres, le cacique Trinte et le cacique Catrileo, auxquels je venais de remettre solennellement mes deux derniers drapeaux! D'autres encore... Chapelet d'ignominies!

Le 5 janvier 1862, en route pour Angol, ma capitale, alors que je me reposais sans escorte, en compagnie de mon seul domestique, le traître Rosales, au bord du rio Malleco, au lieu-dit *Los Perales*, un charmant bosquet de poiriers qui fut mon jardin des Oliviers, dix miliciens commandés par un lieutenant se ruèrent sur moi. Comme j'imaginais qu'ils venaient m'assassiner, l'un d'eux me dit: « Ne bougez pas, il ne vous sera fait aucun mal... »

Aucun mal...

Deux jours plus tard, à Los Anjeles, siège du gouvernement de la province, je fus jeté dans un cul-de-basse-fosse, une prison humide, pavée de briques, à demi enterrée, où le soleil ne pénétrait jamais et où l'on était saisi par une humidité glaciale. Pour lit, une vieille porte posée sur deux solives. Pour boire, un pot d'eau glaciale que m'apportait un prisonnier.

J'y passai neuf mois et deux jours de ma vie, roi captif.

Mais toute journée qui s'écoulait dans cette désespérance était une journée de règne.

Pourquoi tenir un roi au cachot si l'on ne croit point à son royaume?

XVII

L'excès de malheur fonde la grandeur des rois. Les abattre, c'est les légitimer. Louis XVI à la prison du Temple... Charles Stuart à la Tour de Londres... Orélie-Antoine Ier aux fers dans un cachot de la forteresse de Los Anjeles... A Louis XVI, roi de France, à Charles Ier, roi d'Angleterre, l'échafaud, la tête tranchée dans le fracas des tambours... Pour moi, Orélie-Antoine, roi de Patagonie et d'Araucanie, un couperet moins sanglant mais plus horrible encore : la vie sauve pour cause de folie ! Du roi, on fit un fou ! J'eusse préféré mourir...

Étais-je fou quand, le 23 décembre de cette année 1861, au bourg chilien de Nacimiento, en vue de mes États, par une pluie de fin du monde et ne sachant où passer la nuit au sec tout en évitant l'auberge désormais trop coûteuse pour ma bourse, je me présentai chez un négociant de la frontière, M. Lorenzo Leitton, auquel me recommandait, par une lettre cachetée, mon propre ministre de l'Intérieur, M. Ordizan, chez qui j'avais séjourné deux jours plus tôt lors de mon passage à Concepción ? On me reçut aimablement. On me servit à souper, ce qui me fit le plus grand bien car depuis quelque temps déjà je me nourrissais pauvrement. M. Leitton et son épouse me comblèrent d'attention. J'aurais dû me méfier. Le négoce n'est que trahison. Il y faut l'âme vile pour réussir et M. Leitton, à en juger par son train de maison, avait parfaitement réussi. A la veillée, l'on s'enquit de mes projets, au milieu d'un petit groupe d'amis rameuté dans la nuit pour « saluer le roi », parmi lesquels un M. Faes, gouverneur de Nacimiento, qui m'appelait *Majesté* et m'écoutait gravement, en silence. Je m'exprimai sans retenue, saisi par la grandeur de mon œuvre, soucieux seulement de la faire partager. Comme on le voit, ma conduite n'était pas celle d'un conspirateur. J'agissais à visage découvert et chacun m'approuvait. Mais ces gens-là s'étaient joués de moi. Pour s'amuser à mes dépens? Pour mieux me surveiller? M. Faes, à mon procès, fut un des premiers à m'accabler, à parler de « ma folie ». Au lendemain de cette veillée, à l'aube, se présentait chez M. Leitton un guide métis pour m'accompagner en territoire araucan, Rosales, lequel acceptait d'être payé en billets à ordre sur le trésor du royaume, que je lui signai généreusement. Là aussi, j'aurais dû me méfier. Cette soudaine confiance, tous ces relais d'amis spontanés qui n'étaient que les maillons d'une longue chaîne de trahisons...

Étais-je fou? M'abusais-je moi-même? Qu'on en juge!

Le 24 décembre, ayant traversé le Rio Bio-Bio en petit équipage et foulant enfin le sol de mes États, accompagné de mon domestique Rosales et de deux autres métis qui me servaient d'interprètes, Lopez et Bejar, arrivant au village de Canglo, en territoire araucan, siège du gouvernement du cacique Leviou, je me fis reconnaître par de jeunes guerriers qui n'avaient pas oublié leur roi, acclamé un an plus tôt dans la clairière de Villarica.

Toute la tribu gisait, ivre morte, possédant depuis deux jours par des voies mystérieuses où se reconnaissait la méprisable diplomatie du colonel Saavedra, de l'eau-de-vie à discrétion. Écartant les ivrognes dont les corps s'entremêlaient dans une puanteur de fin du monde, je pris possession d'une *ruca*, y plantant mon drapeau, seul parmi mon malheureux peuple foudroyé. Mes domestiques avaient trouvé des femmes et s'en étaient allés dans une autre *ruca*, m'y invitant avec de gros rires auxquels je n'avais pas pris la peine de répondre, par respect pour Véronique, ma reine... En cette nuit de Noël où naquit un autre roi, je méditai devant un monceau de cadavres vivants qui gémissaient en dormant. Dehors il faisait nuit noire. Écartant la couverture poisseuse qui masquait l'unique fenêtre de la hutte, je ne vis pas la moindre étoile percer l'opacité du ciel. Si d'aventure d'autres mages cherchaient un roi cette nuit-là, ils ne risquaient pas de me trouver.

Mais au matin, les mages m'avaient rejoint, se comptant quatre, Leviou, le cacique, mal réveillé, à peine assuré sur son cheval, saisi de stupeur en ma présence comme devant une apparition, accompagné de trois jeunes cavaliers, ceux qui m'avaient reconnu la veille. Il ne pleuvait plus. Je les reçus sur le seuil de la hutte, une main posée sur la poignée de mon sabre, l'autre tenant fermement la hampe de mon drapeau royal. Le pouvoir est une attitude...

— Toi... La voix... dit péniblement le cacique, salut!

La Voix... Ainsi m'appelait naguère Quillapan. J'avais gagné mon surnom de roi! Louis-le-Juste, Philippe-le-Bel, Jean-le-Bon... J'étais Orélie-la-Voix! Je fis retentir mon discours aux quatre points cardinaux et les mots s'en allaient au galop sonner le rappel des tribus à travers la forêt australe...

— Cacique de la tribu de Canglo! m'écriai-je d'abord, foudroyant du regard le malheureux Leviou, qu'as-tu fait de ton drapeau? As-tu déjà oublié ton serment de Villarica? Ton grade de colonel de ma cavalerie? Ta dignité d'officier de la Constellation du Sud?

Mes interprètes, muets, contemplaient le cacique d'un air épouvanté.

— Les Araucans sont fiers, me dit tout bas Lopez, d'une voix terrifiée. Fiers et fous. Si je traduis cela, ils nous tuent!

— Je suis le roi. Il ne t'arrivera rien. Traduis sans crainte.

Je n'en étais pas si sûr. C'était un risque calculé. Quelque chose comme le nœud gordien. Lopez traduisit d'une voix blanche, guettant le visage du cacique, prêt à détaler au premier froncement de sourcil. Je vis Leviou blêmir, puis se redresser sur son cheval et s'avancer vers moi, le poing levé. Poussant des hurlements gutturaux, les trois jeunes cavaliers faisaient cabrer leurs chevaux. L'un d'eux bouscula Lopez qui tremblait comme une feuille.

— Nous sommes morts, dit mon domestique Rosales. Je n'aurais pas dû écouter le colonel...

Sur le moment, je ne prêtai aucune attention à cet aveu dû à la panique et à la couardise du métis. Et cependant il contenait la clef de la trahison. Rosales n'était qu'une créature du colonel Saavedra. Mais je ne songeais qu'à mon destin qui se jouait et dont je cherchais le verdict dans le regard chargé d'orages du cacique Leviou. Parvenu à ma hauteur, me dominant de toute la taille de son cheval, celui-ci se pencha, m'arracha mon drapeau des mains et le brandit très haut, criant en espagnol:

— *Viva el rey!*

J'avais gagné.

— Colonel Leviou, dis-je, je ne doutais pas de ta fidélité. Les Chiliens mobilisent. La guerre est proche. Les caciques m'ont proclamé roi dans la clairière de Villarica. Maintenant c'est au tour des tribus de m'élire selon les lois des assemblées araucanes. Ainsi l'ennemi ne pourra plus douter de notre détermination. Va, et rassemble les tiens !

Ainsi fut dit. Ainsi fut fait. A midi, j'entendis un grand piétinement de chevaux. Deux escadrons apparurent sur la place du village, conduits par le cacique Leviou et par le jeune cacique Leucon, son fils, porteur de mon drapeau qu'il agitait fièrement pour l'offrir aux regards de tout le peuple accouru sur le seuil des *rucas*. Les cavaliers étaient vêtus de leurs plus beaux ponchos qui jetaient d'étonnantes taches de couleur sur le décor sévère et sombre de ce pays sans lumière. Prêts à partir en campagne, aux selles de leurs chevaux, faites de peaux de mouton laineuses, ils portaient, attachés par des lanières, leurs ustensiles et leurs provisions, ainsi que la fameuse *bola,* cette arme redoutable. Chacun tenait inclinée en avant la lance de *coihue,* dure, flexible, pointue, capable de trouer de part en part une poitrine d'un simple mouvement de poignet. Certains étaient armés d'une vieille carabine, d'un sabre de cavalerie, d'une courte épée pris à l'ennemi en quelque combat antérieur.

Les assemblées araucanes se tiennent toujours à cheval. On m'amena un cheval, blanc cette fois, splendidement harnaché. J'y sautai d'un bond, et, tirant mon sabre et le dressant au-dessus de ma tête, je vins me placer, au galop, au centre d'un grand cercle qu'avaient formé les escadrons. Ce cheval était mon seul trône. Moi qui étais venu de Périgueux, en Dordogne, pour apporter le progrès et la civilisation aux Indiens, je me retrouvais roi barbare et bien dans ma peau, prêt à partir en guerre contre ceux de ma propre race ! Je ne me l'explique pas. Honnête envers moi-même à l'instant où je l'écris, je dois bien avouer que je ne comprends pas ce qui a pu se passer. Sans doute un souffle d'épopée qui faisait vibrer mon cœur mystérieusement à l'unisson de ces cœurs sauvages. *Son cosas de Patagonia.* Roi d'un rêve, voilà que je régnais ! Et mon discours m'emporta. Je ne le contrôlais plus.

— Fiers Mapuches ! Mes sujets ! Mes fils ! Me voilà devant vous, moi, votre roi ! L'énergie avec laquelle vous combattez pour votre indépendance fait converger vers vous tous les regards. Mon cousin le grand empereur de France vous adresse son salut et vous envoie vingt mille fusils, que bientôt je vous distribuerai...

Un ouragan d'acclamations... Mes régiments, mon armée, par ma seule voix, entraient dans la légende...

— Ne vous laissez pas abuser par les fausses promesses du gouvernement du Chili. Il vous a toujours trahi et ne cessera jamais de vous trahir. Pour l'arrêter dans sa marche au sud et maintenir votre indépendance que reconnaissent le droit naturel et le droit international, je vous offre ma protection, mon aide, et mes puissantes alliances. Ayez confiance en moi. Je vous conduirai au champ d'honneur. Nous formerons une armée de vingt mille combattants pour soutenir notre droit à nous constituer en nation indépendante. Mais pour cela, soyons unis! A partir d'aujourd'hui, je prends le commandement de toutes les tribus d'Araucanie et de Patagonie. Vos caciques, à Villarica, m'ont reconnu pour roi. A votre tour, guerriers de la tribu de Canglo, de ratifier ce choix, pour que le gouvernement du Chili sache avec qui il doit désormais compter, et avec qui il devra signer le traité de paix que nous lui imposerons. J'ai parlé!

C'est au galop de leurs chevaux que votent les Araucans. Un galop circulaire qui doit être conduit sept fois de suite pour sceller un accord solennel. Ainsi le veut la loi de la *Tierra*. Ce fut un carrousel dément, au son des *culthums*, des tambours qui grondaient sourdement. Les chiens hurlaient, les chevaux hennissaient, leur galop soulevait autour de moi une immense et symbolique couronne de poussière, les cavaliers se dressaient sur leurs étriers de bois, pointaient leur lance vers le ciel, les *bolas* pendues à leur ceinture s'agitaient comme des vipères, et tous hurlaient le cri de guerre mapuche, le terrifiant *chivateo*, que j'entendais pour la première fois. C'est un son de gorge continu, lancinant, qui ne ressemble à rien d'humain et que hachent des coups rapides donnés sur la bouche avec la paume de la main. Multiplié par des centaines de voix, il produit une rumeur profonde dont l'ampleur s'enfle lentement comme une menace inconnue qui s'approche. Quand le *chivateo* gronde au fond des forêts, les Chiliens des villages se signent et recommandent leur âme à Dieu. Et moi, debout sur mes étriers, recevant l'hommage du *chivateo*, c'est mon trône que je recommandais à Dieu! Étais-je fou?

Au septième tour de galop, la cérémonie prit fin sur des vivats tonitruants en l'honneur de ma personne royale, vivats que beaucoup, dans leur exaltation délirante, poussèrent avec leurs chapeaux sur la tête, oubliant les règles d'étiquette les plus élémentaires. Je ne pouvais l'admettre. Le respect dû au souverain est un des fondements du pouvoir. J'appelai Lopez. Il avait disparu. Il galopait, je l'appris plus tard, vers le quartier général du colonel Saavedra. Ce fut Bejar qui se présenta.

— Dis à ces gens de ne plus prononcer mon nom sans se découvrir, ou sans saluer de la main, s'ils sont tête nue.

Ce qui fut fait. Les vivats se répétèrent par trois fois, selon le cérémonial convenable. Les escadrons m'avaient obéi ! Étais-je fou d'avoir cru à mon trône ? Mais ce fut, je le reconnais aujourd'hui, le seul acte d'obéissance que je reçus jamais de mon peuple. Ne riez pas, s'il vous plaît, du *paubre carnaval*. Pour cette seule minute de respect, il a gagné celui de la postérité...

Je pris soin de conserver une trace légale de cette cérémonie. Pour faire taire les rieurs, rentrer en France tête haute, et, qui sait, obtenir de l'Empereur et du gouvernement français les secours que j'avais promis. Sous la *ruca* du cacique Leviou, dans un grand concours de peuple qui se pressait autour de moi, je rédigeai l'acte suivant :

« Aujourd'hui, 25 décembre 1861, jour de Noël,

« Les électeurs de la tribu de Canglo se sont réunis sous la présidence du cacique Leviou afin de délibérer sur ma proposition d'établir en Araucanie et en Patagonie une monarchie constitutionnelle et de m'élire roi, avec droit perpétuel d'hérédité dans ma famille, suivant un ordre à déterminer.

« Après en avoir délibéré, lesdits électeurs m'ont élu et proclamé roi de Patagonie et d'Araucanie, dans les termes indiqués.

« Fait en Araucanie, les jour, mois et année ci-dessus mentionnés.
         « Signé : Orélie-Antoine Ier
« Par le roi, le colonel Leviou, cacique de Canglo :
         « Signé : X »

La croix, je le reconnais, c'est moi qui l'ai tracée. Le cacique Leviou était déjà ivre. De la frontière venait d'arriver un petit convoi d'alcool, bizarrement conduit par mon interprète Lopez...

Ils furent cependant plus de vingt, le lendemain matin, à former mon escorte. Des jeunes gens, sous la conduite du cacique Leucon, fils de Leviou. Ce qui fit froncer les sourcils, puis hausser les épaules à mon domestique Rosales dont la conduite devenait étrange. Nous nous mîmes en route par un beau soleil. Journée de grâce... Un ciel bleu coiffait les Andes et leurs sommets couverts de neige. Les chemins étaient à peu près secs, les fleuves rentrés dans leur lit, les gués devenus praticables, que notre petite troupe franchissait en soulevant de joyeuses gerbes d'eau. J'avais envoyé la veille un messager au cacique de la tribu voisine, Namuncura, que je ne connaissais pas. Mais il refusa de me recevoir. Nous dûmes contourner son village d'où nous parvenait une clameur bestiale que je connaissais trop, celle d'une tribu qui célèbre l'arrivée de touques de rhum. Mon escorte fondit aussitôt de moitié. Je n'en dépêchai pas moins mon interprète Lopez au cacique Namuncura, porteur d'un ordre royal convoquant les escadrons pour le 5 janvier à Angol, ma capitale, où devait se concentrer l'armée. Je ne revis Lopez que le jour de mon procès, à Los Anjeles, témoin à charge. Étais-je fou ? J'étais logique. Je jouais ma partie, ignorant encore que je la jouais seul.

Je passai une triste nuit dans une *ruca* abandonnée. Au matin je ne retrouvai plus auprès de moi que le fidèle Leucon, et les visages antipathiques de Bejar et de Rosales dont les yeux sournois se transmettaient presque ouvertement des éclairs de satisfaction. Mais le Christ n'avait pas chassé Judas. Il n'en avait plus le pouvoir.

— Conduis-moi à Quicheregua, chez le cacique Millavil, dis-je à Leucon. Il était à Villarica. Il nous recevra.

Rosales traduisit. Il y eut une altercation entre les deux hommes, puis Rosales haussa une nouvelle fois les épaules, tandis que Leucon crachait par terre.

Mais à Quicheregua, j'étais à nouveau roi ! En vue du village, Leucon avait pris le galop pour m'y précéder. Les escadrons m'attendaient, rangés en bataille sur la place. Cavalcade, *chivateo*, vivats... Orélie-la-Voix se surpassa : « Je vous conduirai à la victoire... Nous chasserons les Blancs de la terre de nos ancêtres... Nous prendrons Santa-Barbara, San-Carlos, Nacimiento, Arauco... C'est à Santiago que nous imposerons la paix, aux conditions que nous fixerons... La reconquête est commencée... Rendez-vous à Angol ! »

— Rendez-vous à Angol ! *Viva el rey ! Viva el rey !*

Un délire ! Comme à Canglo, je rédigeai un acte officiel, daté du 27 décembre, que Millavil signa d'une croix par le truchement de ma propre main, trop occupé qu'il était à ouvrir une touque de rhum en compagnie de Rosales. La scène se répétait. Le lendemain matin, l'escorte promise par Millavil fit défaut. En traversant au galop le village assommé par l'ivresse, suivi de Rosales et du seul

Leucon, je n'en criai pas moins en agitant mon sabre, car il faut jouer son rôle jusqu'au terme :

— A Angol ! A Angol !

Mais seul le vent me répondit et l'aboiement des chiens qui furent mon unique cortège royal. Bejar avait disparu à son tour. Comme Lopez, je ne le revis qu'à mon procès, témoin à charge. Je lui dois sans doute deux trahisons de choix, celles des caciques Trinte et Catrileo qui tenaient justement la région d'Angol, ma capitale, et m'avaient promis leur accord.

— A Angol ! A Angol ! répétais-je comme un fou.

Cela sonnait comme un glas.

Une dernière joie me fut donnée, au soir du 30 décembre, le ralliement du cacique Guentamol, à Traiguen, l'un des trois caciques de Villarica. Mais en dépit des vivats et des *chivateo*, je n'en savourais plus, tristement, que le goût amer des fausses joies. J'y laissai mon dernier drapeau et ma dernière croix de la Constellation du Sud, épinglée sur le poncho de Guentamol. De l'apparat du pouvoir, je ne possédais plus rien.

— A Angol! colonel Guentamol.

— A Angol, majesté ! J'y serai.

Et le lendemain j'étais seul. Même Leucon m'avait quitté, en emportant mon sabre. Peut-être une sorte de message qu'à sa façon il me transmettait... Je n'étais plus qu'un roi aux mains nues, avec un traître pour toute escorte. Je ne comprends pas. Je ne comprendrai jamais. Bien qu'au crépuscule de ma vie il me vienne une explication que Dieu me pardonnera quand, demain, paraîtra devant lui le *paubre carnaval* couronné : après le triomphe des Rameaux, le jardin des Oliviers...

Je souris à Elie et Antoine, mes petits-neveux, qui me regardent sagement écrire. Qu'il est bon de sourire. Je ne m'en croyais pas capable.

— Voyez-vous, mes petits, il ne faut rien exagérer. Le jardin où l'on m'a arrêté, ce n'était qu'un jardin de poiriers...

Neuf mois et deux jours en prison, avec, pour seul espoir d'en sortir, la folie qu'on me prêtait et qu'il m'aurait fallu simuler pour emporter la décision du tribunal ! Et je m'y refusais. C'était à devenir fou...

Mais avant que se ferme sur ma détresse et ma solitude la porte de mon cachot, une dernière joie me fut donnée, que je veux brièvement conter.

Alors qu'on m'emmenait, prisonnier, sous bonne escorte, à la prison de Los Anjeles, le lendemain de mon arrestation, en traversant le bourg de Nacimiento, j'entendis une voix claire et forte s'exclamer en castillan, avec un fort accent allemand :

— Est-il possible de donner un aussi mauvais cheval à un aussi brave seigneur !

Il est vrai que je montais une rosse, Rosales, au jardin des Poiriers, m'ayant volé mon cheval blanc pour compléter les trente deniers.

Le cavalier qui venait de parler faisait preuve d'une telle prestance, avec tant d'autorité dans la voix, que l'escorte, intimidée, s'arrêta.

— Prenez mon cheval, sire, dit le cavalier.

— Qui êtes-vous ? Monsieur.

— Guillermo Frick, propriétaire terrien, chilien de race prussienne, compositeur de musique et ami de Bismarck. Nous nous y connaissons en hommes. Je salue la majesté tombée.

Je n'invente rien. C'est ainsi que cet homme généreux se présenta et me parla.

— Que puis-je faire d'autre pour vous, sire ?

— Prévenir le consulat général de France à Valparaiso.

— Ce sera fait. N'en espérez pas trop. Petites gens timorés. Consulat de boutiquiers. Ah ! Que n'êtes-vous allemand... Et quoi d'autre ?

— Rien, monsieur. Il faut que mon destin s'accomplisse.

Son visage s'éclaira.

— Alors j'écrirai un hymne au roi de Patagonie. Vous serez immortel, sire. La musique ne meurt pas.

Je n'ai jamais revu M. Guillermo Frick. Il n'a plus donné signe de vie. Mais il siège à mon gouvernement, en compagnie de mes seuls vrais fidèles, Pikkendorff, Chabrier, Templeton, le Dr Williams... Quant à l'hymne imaginé, j'ignore s'il a jamais été composé [1]...

---

1. Il l'a été, et joué lors d'un unique concert aux frais de Guillermo Frick, à Valparaiso, le 8 août 1864, dans l'incrédulité générale, ne suscitant que des rires. Tombé dans l'oubli et perdu, il a été retrouvé aux Archives nationales du

A peine avais-je repris quelque peu mes esprits et considéré, au fond de mon cachot, la précarité de mon sort et la vanité du pouvoir, que le galop d'une troupe retentit dans la cour de la forteresse. Le colonel Saavedra, « pacificateur » de l'Araucanie, venait savourer sa victoire et repaître ses yeux du spectacle d'un roi vaincu et prisonnier. Immédiatement on me conduisit à lui, dans la cour. Il était entouré d'officiers.

— Ainsi, voilà ce fou ! dit-il en me toisant.

Et tous de ricaner. Mais un visage restait grave. Celui d'un officier qui se tenait un peu à l'écart et me considérait sans hostilité ni sarcasme. Quand nos regards se croisèrent, il posa furtivement un doigt sur sa bouche. C'était le capitaine Sotomayor, que m'avait amené, on s'en souvient, à l'auberge de Valparaiso, le consul de France M. d'Aninot. Ami ? Ennemi ?

— Et combien nous a coûté ce fou ? dit encore le colonel Saavedra.

— Deux cent cinquante pesos promis au caporal Rosales, répondit un officier.

— Nous en paierons cinquante, déclara le colonel au milieu des rires de son état-major. Ce bonhomme ne vaut pas plus.

C'était mal jouer la tragédie que de parler ainsi d'un roi. Je ne pouvais le tolérer. C'est quand on est faible et vaincu que l'on se doit de ne rien céder. J'en pris la résolution ce jour-là. Tout au long des années qui me restaient à vivre, faible, le plus souvent vaincu, je n'ai jamais rien cédé. Riez, je suis le roi ! Redressant le buste, haussant le menton, d'un ton de commandement j'interpellai Saavedra comme un vulgaire sergent.

— Vous ! Parlez-vous français ?

Il eut un haut-le-corps.

— Dans l'armée chilienne, on dit : monsieur le colonel.

— A la cour de Patagonie, on dit : sire ! répondis-je. Mais si vos sentiments républicains s'en accommodent mal, je vous autorise volontiers à m'appeler seulement : Excellence.

J'avais marqué un point et sauvé ma dignité. Le colonel roulait

Chili. Quant à Guillermo Frick, ami d'enfance de Bismarck, c'était un original doué d'une vive intelligence. Sa volumineuse correspondance avec Bismarck est en cours de publication à Santiago du Chili. (*N.d.E.*)

des yeux furibonds. Ses officiers ne riaient plus et tiraient avec colère sur les pointes de leurs moustaches à la prussienne.

— Je comprends mal le français, dit enfin le colonel.

— Dans ces conditions, désignez un interprète. Tout prisonnier que je fusse, ma condition royale m'interdit désormais de m'exprimer dans une autre langue que la mienne.

— Sotomayor ! hurla le colonel. Vous traduirez ! Qu'on en finisse avec cet individu avant que je devienne fou à mon tour !

— Je ne suis pas fou. Je suis le roi de Patagonie et d'Araucanie, déclarai-je simplement.

— Je suis le roi de Patagonie... traduisit fidèlement le capitaine Sotomayor.

Et l'on m'écouta. J'exposai fermement tous les arguments que j'ai sans cesse repris par la suite lors de mes interrogatoires, à mon procès, dans la presse française à mon retour, dans mes lettres aux gouvernements étrangers, mes appels au gouvernement français et toutes mes déclarations publiques et privées, sans succès mais sans jamais me lasser, parce qu'ils découlent de la vérité et fondent la légitimité de mon royaume, à savoir qu'historiquement et juridiquement, le Chili n'avait pas plus de droits sur l'Araucanie que l'Argentine sur la Patagonie, qu'en revanche mes droits de souverain de ces deux royaumes découlaient d'une constitution proclamée par une assemblée de caciques réunie à Villarica le 17 et le 18 novembre 1860, que cette constitution avait été ratifiée à trois reprises par les tribus en 1861, les 25, 27 et 30 décembre, et qu'au reste mon ministre de la Guerre, le cacique Quillapan, muni des pleins pouvoirs, s'était retiré dans nos montagnes où il poursuivait la résistance à l'iniquité et à la spoliation...

Je rends grâce au capitaine Sotomayor de m'avoir traduit fidèlement, d'une voix égale et majestueuse qu'il calquait intelligemment sur la mienne. Il y prenait quelque risque, à voir la stupeur, l'impatience, la colère se succéder en désordre sur les visages incrédules des officiers. Saavedra tapait du pied, poussait des exclamations inarticulées, à croire, en vérité, qu'il était devenu fou.

— Puisque le sort des armes m'a été contraire, déclarai-je en terminant, j'exige que soit mis fin à ma détention arbitraire et que me soit accordé le droit, comme à tout roi malheureux dans l'histoire des nations civilisées, de prendre le chemin de l'exil, en France, dans ma famille...

— Comme à tout roi malheureux, le chemin de l'exil... conclut aussi le capitaine Sotomayor.

— Sotomayor ! hurla le colonel.

Le capitaine se figea dans un garde-à-vous de parade.

— Ce... ce... ce monsieur... Vous inventez. Ou s'est-il vraiment exprimé de cette façon ?

— Mot pour mot ! monsieur le colonel.

— L'assemblée des caciques ? Le ministre Quillapan ? Ministre de la Guerre ! Un sauvage ! Le sort des armes ? L'exil royal ?

— Exactement, monsieur le colonel.

On eût entendu une mouche voler dans la cour de la forteresse. Les officiers me dévisageaient avec une sorte d'incrédulité consternée qui faisait plaisir à voir. Je dois avouer que j'étais assez content de moi. Entrevue historique, bien enlevée. Napoléon III, conduit au fort de Ham, n'avait pas mieux joué son rôle. Le colonel Saavedra me regarda fixement pendant quelques secondes, comme s'il hésitait sur le parti à prendre. Je soutins son regard. Visiblement je lui en imposais. Alors il explosa.

— Fou, certes ! Et s'il n'y avait l'ignorance, le fanatisme, la prévention des Indiens que jour après jour je m'efforce de convaincre... Fou dangereux ! Et français par-dessus le marché ! Qu'on enferme cet individu au cachot ! Il sera jugé comme un criminel... L'exil royal ! Le sort des armes ! On ne se moque pas de Saavedra...

S'en fut le colonel Saavedra tout frémissant de colère dans un grand bruit de bottes et cliquetis de sabres. On me reconduisit au cachot, vidé cette fois de tous ses autres occupants pour m'accabler de solitude. Ma longue détention commençait.

Ce qui me surprenait, c'était cette animosité soudaine à l'égard de ma qualité de français, comme si ce fût un crime. J'en eus l'explication huit jours plus tard quand Sotomayor put rompre le secret et me fit une courte visite, dans mon cachot.

— Votre affaire tombe mal, dit-il. L'armée française vient d'envahir le Mexique. L'opinion chilienne est très montée contre la France. Il y a eu des manifestations hostiles à Santiago, devant la légation. Et puis vous en avez trop dit, l'autre jour. J'ai eu tort de vous traduire sans couper. La folie poussée à ce point...

— Je ne suis pas fou.

— Je le sais. Mais le colonel Saavedra s'était mis cette idée dans la tête et je l'y avais aidé. C'était votre seule chance. Maintenant il faudra attendre. Ce sera plus long. D'abord transférer votre cas de la justice militaire à la justice civile, laquelle vous fera examiner par des médecins qui vous déclareront irresponsable.

— Je ne suis pas fou.

— Vous ne l'êtes plus. Vous auriez pu l'être au moment des faits qui vous sont reprochés. Reconnaissez simplement que vous ne vous souvenez plus très bien de ce qui vous est arrivé.

— Jamais. Ce serait me renier. Je suis le roi !

— Excellence, je ne vous reverrai plus. Vous allez être seul. On m'a nommé à Valparaiso. Je pourrai vous y aider. Mais ne compliquez pas la tâche de vos derniers amis.

— J'aviserai.

— Que puis-je d'autre pour vous ?

— On me nourrit mal. Un infâme brouet. Veut-on me faire périr d'inanition ? J'ai déjà des vertiges. Je me sens faible.

— C'est le régime des prisons chiliennes. Nous sommes un pays pauvre et arriéré. Les prisonniers doivent pourvoir eux-mêmes à leur subsistance.

— Je n'ai plus un sou.

— Les Français de la région y veilleront. Je m'en occuperai. Après tout, ils vous doivent bien cela.

— Qu'est-ce à dire ?

Ii eut un geste évasif. Puis me tendit la main.

— Adieu, excellence. J'aurais dû vous faire arrêter et expulser, le mois dernier, à Valparaiso. J'en avais le pouvoir.

— Pourquoi ne pas l'avoir fait ?

— Vous me plaisiez. J'y croyais presque. C'est une mauvaise action de réveiller ceux qui rêvent. Et je voulais savoir jusqu'où peut aller...

Il hésitait.

— Dites-le, vous aussi ! La folie ?

— Non, sire. L'imagination.

Je n'ai jamais revu le capitaine Sotomayor. Mais sachant qu'il était officier d'artillerie et camarade de mon cher Pikkendorff, je lui confiai l'inspection générale de cette arme et le commandement des forteresses du détroit de Magellan. On m'avait laissé mon atlas de

Malte-Brun et Cortembert. J'entrepris sur-le-champ d'y porter la
position de ces fortifications...

La justice militaire suivait son cours, c'est-à-dire qu'on me laissait pourrir dans mon cachot. Aussi, le 25 janvier de cette même
et funeste année 1862, me sachant menacé dans ma vie, j'entrepris de rédiger mon testament politique, à la lueur de la haute,
étroite et unique lucarne qui éclairait misérablement ma prison,
mon atlas me servant d'écritoire. Je n'avais en tête qu'une idée :
le jugement de la postérité! J'écrivais dans la fièvre des certitudes :

« Nous, Orélie-Antoine Ier, célibataire, né le 12 mai 1825 au lieu-
dit La Chèze, commune de Chourgnac, département de la Dordogne (France), par la grâce de Dieu et la volonté nationale roi des
Araucans et des Patagons,

« Considérant que par notre ordonnance du 17 novembre 1860,
publiée le 28 décembre de la même année dans le journal *Mercurio*, qui s'imprime à Valparaiso, nous avons établi en Patagonie et en Araucanie une monarchie constitutionnelle avec droit
d'hérédité à perpétuité pour nos descendants et, à défaut de descendants... *ô ma Véronique !...* pour les autres branches de notre
famille, dans un ordre ultérieurement fixé,

« Considérant que dans les assemblées publiques tenues dans les
régions régies par les caciques Leviou, Millavil et Guentamol...

« Considérant que le gouvernement chilien, ayant appris notre
avènement au trône, a résolu de confisquer notre liberté...

« Considérant que cet infâme guet-apens, perpétré par une puissance étrangère sans le concours des indigènes qui venaient de nous
reconnaître pour roi, n'entame en rien les droits que ceux-ci nous
ont conférés,

« Nous croyons devoir régler dès aujourd'hui les droits de notre
succession, en prévision de notre mort... »

Suivait la liste de mes frères et neveux, puis de mes sœurs et de
leurs enfants mâles, suivant l'ordre de primogéniture qui convient à
une dynastie française.

Je ne recevais aucune visite. Abandonné du monde, passible de la peine de mort pour conspiration contre l'État chilien, je n'avais même pas droit à la promenade quotidienne des prisonniers que j'entendais traîner leurs chaînes à l'heure de midi dans la cour de la forteresse. Je résolus d'en appeler à la conscience des nations, par l'intermédiaire de MM. les chargés d'affaires étrangers en poste à Santiago, à l'intention desquels j'entrepris la longue rédaction d'une supplique. Ayant exposé point par point les arguments de ma légitimité, je concluai de la sorte :

« Ainsi les Araucans, comme les Patagons, avaient le droit de me nommer roi et j'avais le droit d'accepter, pour moi et les miens, le pouvoir qu'ils me conféraient et qu'aucune nation ne pouvait dompter.

« Je réitère donc lesdites protestations. De plus, je proteste contre toute usurpation dont la Patagonie et l'Araucanie seraient l'objet.

« A ces fins, je me place sous la protection de tous les chargés d'affaires au Chili, et je fais particulièrement appel à l'appui de la France, tant pour la conservation de mes droits que pour la conservation de ma personne et ma mise en liberté...

« Signé : Orélie-Antoine Ier
« Prison de Los Anjeles, le 27 janvier 1862. »

Le geôlier qui assurait chaque jour le service de ma gamelle entre mon cachot et la maison voisine d'un français généreux, emporta sans le savoir ma missive cachée sous le couvercle. Elle ne reçut aucune réponse bien que j'en attendisse chaque matin, avec une impatience croissante, une amélioration de mon sort dont j'eusse eu bien besoin, car ma santé se délabrait. Tout espoir s'étant éteint, se déclara une maladie des plus graves qui me tint cloué cinq mois sur mon grabat. Je restai un mois et demi privé de connaissance, en proie à une fièvre qui, littéralement, m'enlevait, et sans aucun secours. Frissonnant ou transpirant, je n'avais pour humecter mes lèvres qu'un pot d'eau froide que m'apportait un prisonnier.

Ce n'était pas le seul être qui m'approchait.

Je voyais autour de moi errer des fantômes, des juges militaires prononçant la sentence de mort, des pelotons d'exécution épaulant leurs fusils, qui aggravaient par la terreur le mal qui me minait. Mais parfois une main fraîche se posait sur mon front brûlant. J'ouvrais les yeux, je souriais à Véronique, et la vision s'effaçait tandis que je sanglotais de ne pouvoir la retenir.

Enfin la fièvre me laissa quelque répit, puis disparut entièrement. J'étais sauvé, mais à quel prix ! J'étais réduit, sinon à l'état de cadavre, du moins à celui de squelette. Cette fois j'eus réellement peur à la vue de ma figure amaigrie et que faisait paraître plus blême encore l'ébène de ma longue chevelure et de ma longue barbe. Bientôt mes cheveux tombèrent et tombèrent si dru que je me crus menacé d'une calvitie complète. Chauve ! le roi des Patagons... Je me fis raser la tête et ils repoussèrent aussi épais et aussi noirs qu'avant.

J'avais cessé, depuis un mois et demi, d'écrire sur le petit registre qui me servait de journal. J'avais perdu le fil de la vie courante et j'étais impatient de le ressaisir...

Et tout recommença à zéro !

L'instruction de mon procès avait été transférée devant une juridiction civile. Je revis pour la première fois le soleil lorsqu'on me conduisit, à quelques pas du fort, au tribunal de Los Anjeles que présidait le juge Matus. N'étant pas parvenu à me faire périr, voilà qu'enfin on me jugeait ! Le juge Matus semblait avoir reçu des instructions précises. Il tournait et retournait son interrogatoire autour de la question royale :

— Savez-vous ce que signifie le mot *roi* ?

— Le souverain d'une nation.

— Comprenez-vous ce que signifie le fait de se faire proclamer roi d'une portion de pays qui obéit à des lois et dépend d'une autorité légalement constituée, en la soustrayant à cette autorité et en l'érigeant en État indépendant ?

— Oui, monsieur le juge, et c'est la raison pour laquelle j'ai tenu au courant le gouvernement du Chili, quoique cette partie du pays ne reconnaisse pas les lois chiliennes et ne leur obéisse pas, et quoique je l'aie toujours estimée indépendante et libre de choisir ses mandataires.

— Expliquez-vous.

Je m'expliquai. Cela dura des heures. J'en avais tant à dire. Concluant que le Chili avait tort, à mon sens, de s'opposer à mon établissement royal, puisque j'avais décidé, dans un avenir proche, de placer à Santiago le siège provisoire du gouvernement fédéral et royal de l'Union des États de l'Amérique du Sud, laquelle, on s'en souvient, représentait le stade final de mon projet. Le juge levait les bras au ciel, hochait la tête avec commisération, prenait son greffier à témoin en poussant des soupirs de compassion dont je n'étais pas dupe. La manœuvre était claire : fou, le roi, s'écroulait le royaume. A la fin le juge Matus se tourna vers deux messieurs qui m'écoutaient attentivement en prenant fébrilement des notes.

— J'imagine le corps médical suffisamment édifié. Néanmoins la cour ordonne que vous procédiez à un examen en privé de l'accusé afin de remettre au plus tôt vos conclusions.

J'appris qu'il s'agissait du docteur Enrique Burk, médecin de la municipalité, et de son confrère le docteur Santiago Reygnault. Ces deux messieurs fort aimables, visiblement intéressés et d'une parfaite honnêteté morale, vinrent passer une heure avec moi au parloir de la prison. Je sus si bien les convaincre du bien-fondé de mes actes qu'à la grande colère du juge ils déposèrent au tribunal la conclusion suivante : « Ledit Orélie-Antoine Ier est dans la plénitude de son bon sens et de sa raison et jouit de la conscience de tous ses actes. »

— C'est bon ! dit le juge Matus en frappant du poing sur la pile de dossiers qui me concernaient, nous condamnons l'accusé à une peine de dix années de détention qu'il devra purger jusqu'à son terme, à moins qu'une contre-expertise médicale ne vienne en décider autrement...

J'avais gagné !

Je n'étais pas fou. J'étais roi !

On me remit au régime du secret, seul, dans mon cachot. Le service extérieur de la gamelle me fut supprimé. Je dus à nouveau me contenter d'un brouet clair et puant. Je ne voyais plus personne, même pas mes geôliers. L'écuelle m'était tendue par une main anonyme à travers un étroit guichet. Je dépérissais. Je perdais courage. Je restais des heures étendu sur mon grabat à ne penser à rien, répétant seulement comme une litanie : moi, Orélie-Antoine Ier, roi de Patagonie... Qu'au moins si la mort me surprenait, j'emportasse avec moi cette affirmation dans l'au-delà... Le mois de juillet passa, glacial. Puis le mois d'août. On avait enterré vivant Sa Majesté le roi de Patagonie.

Si bien qu'au début de septembre, quand se fit entendre dans un silence de tombeau le long grincement du verrou que l'on tirait et que s'ouvrit la porte de mon cachot, je crus que les fossoyeurs, me croyant mort, venaient disposer de mon corps. Étendu sur mon grabat, je résolus de ne pas les détromper, fermant les yeux, évitant de respirer, croisant les mains sur ma poitrine dans la position des rois gisants de cathédrale. Je sentis qu'on me secouait. Une voix dit en français :

— Allons ! monsieur de Tounens. Cessons de faire l'enfant. Je viens vous tirer de là.

C'était M. d'Aninot, le jeune consul de Valparaiso. Deux hommes entrèrent, portant un brasero rougeoyant, une lampe, une couverture, un panier qui contenait un repas.

— J'ai débarqué du vapeur ce matin, dit M. d'Aninot. Imaginez le voyage que vous me faites faire, par un temps de chien, jusqu'à ce trou perdu ! M. de Cazotte vous présente ses compliments. Ah ! Vous pouvez vous vanter d'avoir un ami puissant, à Paris. Encore fallait-il le trouver !

— Un ami ? A Paris ?

Je me rappelais les sourires de pitié, les portes qui se fermaient, les huissiers qui m'éconduisaient... De cette ville cruelle et incrédule, qui me tendait la main ?

— Son Excellence M. Pierre Magne, ministre des Finances de Sa Majesté l'Empereur. M. de Cazotte, qui ne vous veut que du bien, s'est brusquement souvenu que M. Pierre Magne était périgourdin, comme vous. Il lui a écrit et rapporté votre affaire, à sa façon, qui était la bonne.

— A sa façon ?

— Il vous a décrit comme un être extravagant, semi-comique, semi-sérieux, qui sous une grande majesté d'allure n'a peut-être pas toute sa raison, je ne fais que citer...

— Mais c'est une infamie !

— Sans doute, mais délibérée. Qui aurait accepté de vous aider, autrement ? Imaginez que si votre entreprise avait quelque fond de sérieux, personne n'aurait levé le petit doigt. Sa Majesté l'Empereur a déjà le Mexique sur les bras et n'a nulle envie de s'encombrer d'un roi de Patagonie. Mais du sort d'un fou, et d'un fou sympathique, il en allait autrement. Cela n'a pas traîné. A la demande de M. Pierre Magne, le ministre des Affaires étrangères a écrit personnellement au ministre des Affaires étrangères du Chili, et me voilà...

Je n'écoutais plus. J'étais noyé de tristesse. Je distinguais clairement ce qu'allait être ma vie. Un long combat inutile contre la dérision. Ah ! Seigneur ! Que me fait souffrir cette couronne d'épines...

— Monsieur de Tounens...

— Je suis Orélie-Antoine Ier, roi de Patagonie.

— Monsieur... Excellence... Sire... Vous me désespérez. C'est votre dernière chance. La contre-expertise médicale vous reconnaît de nombreux intervalles de lucidité mais établit qu'à l'époque du délit, vous n'aviez plus votre raison. Nous tenons le motif de cassation. Il vous suffit de signer votre pourvoi. La cour, nous en avons l'assurance, ordonnera votre mise en liberté, votre transfert à l'asile d'aliénés de Santiago, ou votre remise à l'autorité française en vue de votre rapatriement immédiat. Nous vous rapatrierons. Signez ici.

Que faire d'autre ? Je signai : « Orélie-Antoine Ier, détenu à la prison de Los Anjeles comme fou, quoique en possession de tout mon jugement. »

Mon sort s'améliora immédiatement. On me transféra dans une cellule plus claire. Je pus manger à ma faim. Je repris des forces. Avec une plume et du papier je me forgeai de nouvelles armes, un appel à l'opinion française, la relation de mon avènement au trône et de ma captivité, à faire paraître dès mon retour en France... J'avais la possibilité de me promener presque librement à l'intérieur de la cour de la forteresse. Parfois un soldat me présentait les armes, un caporal me saluait, par dérision. J'accueillais le geste, j'ignorais le sentiment. J'en vins même à oublier que l'on se moquait de moi et répondais noblement aux marques de respect qui m'étaient adressées.

Certains logements de sous-officiers donnaient sur la cour intérieure du fort. A une fenêtre du second étage, quand le soleil acceptait de se montrer, apparaissait parfois une belle jeune fille. Elle pendait son linge, arrosait un pot de fleurs, donnait de l'air à un oiseau en cage. Je la reconnus. C'était la jeune fille de mon rêve, celle qui venait poser sa main fraîche sur mon front lorsque je gisais, malade et sans connaissance, dans mon cachot. Elle ne manqua jamais de m'adresser en souriant un petit geste amical, parfois même l'envol d'un baiser, du bout des doigts sur les lèvres, ce qui amusait beaucoup les soldats.

— Qui est-ce ? demandai-je.

— C'est la fille du sergent-infirmier.

Véronique, ma reine, je reviendrai... Nous marcherons sans fin sur le long tapis rouge du couronnement et je poserai moi-même la couronne sur ton front...

Je fus libéré le 24 octobre 1862.

Le 28 octobre, à Valparaiso, conduit jusqu'au pied de la coupée par M. d'Aninot qui ne me quitta pas d'une semelle tant que j'eus encore un pied sur le territoire chilien, j'embarquai à bord du *Duguay-Trouin,* vaisseau de deuxième rang de la marine impériale française. M. de Cazotte avait tenu sa promesse. L'ordre d'embarquement portait le nom du *prince* Antoine de Tounens, *passager à la ration.* Condition modeste pour un prince. Le *passager à la ration* est nourri par la cuisine de l'équipage et prend ses repas en compagnie des simples matelots. Qualification peu élégante. Son logement à bord est laissé à l'initiative du commandant en second.

En haut de la coupée, sur le pont, je remis mon ordre d'embarquement au jeune aspirant — on les appelle *midship* — qui commandait le poste de garde, puis me retournai vers M. d'Aninot qui m'adressait du quai de grands gestes d'adieu.

— Bon voyage, Excellence! Mais de grâce, ne revenez pas!

— Pourquoi ? Louis XI après Péronne, François Ier après Pavie, n'en étaient pas moins roi !

J'imagine qu'à ces mots, lesquels lui confirmaient la qualité de prince inscrite sur l'ordre qu'il tenait à la main, l'aspirant jugea de son devoir de saluer mon arrivée à bord selon les usages de l'étiquette navale. Les sifflets des maîtres d'équipage firent entendre leurs trilles réglementaires et stridentes. C'est ainsi que la marine française témoigne son respect.

De la passerelle, une voix sévère tomba.

— Monsieur de Fonteneau se figure-t-il que l'on peut plaisanter en service commandé.

XVIII

Le respect fut de courte durée.

Un matelot me conduisit jusqu'à une espèce de soupente obscure, à l'avant, encombrée de vieilles voiles et de cordages et qui ne recevait la lumière que d'une coursive faiblement éclairée sur laquelle elle donnait par une ouverture qui ne comportait pas de porte et ressemblait à l'entrée d'une niche. Il s'en échappait une forte odeur de goudron.

— C'est bon pour les bronches, dit le matelot.

Ainsi, sur un vaisseau mixte[1] de cent canons qui emportait dans ses flancs neuf cents officiers, maîtres d'équipage et matelots, on n'avait trouvé, pour loger le 101e hôte de ce bord, hôte royal, qu'un trou à rat dans la partie la plus obscure et la moins fréquentée du navire! Inconcevable! Depuis combien de temps avais-je quitté la France? Plus de quatre ans déjà! Je me rappelais ma cabine de luxe sur le steamer *La Plata*, toute tendue de mes drapeaux et pavillons de marine, mes malles regorgeant d'uniformes et d'équipements soutenant mon train royal, la chaleureuse courtoisie de mon cher capitaine Templeton... Aujourd'hui que j'étais roi, voilà que je me retrouvais aussi démuni qu'un gueux, avec pour seule compagnie celle d'un matelot stupide qui semblait s'amuser de ma déconvenue.

— Vous serez tranquille ici, dit le matelot. Il y fait chaud. On n'y voit peu de rats. Les tire-au-flanc venaient y pousser un petit roupillon. Mais avec le nouveau capitaine, pas question.

— Le capitaine?

— Le capitaine Colet, commandant en second. Pas commode. Voilà ce que je suis chargé de vous dire: Il est interdit de battre le briquet. Vous prendrez vos repas avec les bâbordais au poste d'équi-

---

1. Navire à voile et à vapeur *(N.d.E.)*.

page, trois coursives plus loin et un pont au-dessous, six heures, onze heures, six heures. Pour prendre l'air, le capitaine vous permet de vous rendre sur le pont, à l'avant, à la hauteur de la deuxième chaloupe. Pendant les manœuvres, vous ne devez pas adresser la parole à l'équipage. C'est tout.

Je ne pouvais tolérer cela.

— Un instant !

— Je dois rejoindre mon poste. On appareille.

Je griffonnai un billet rapide, le pliai et lui tendis.

— Portez-le au capitaine de ma part.

— On ne se présente pas au capitaine comme cela. Je le remettrai à un maître, qui le donnera à un officier. Avec un peu de chance...

J'étais seul. Je serrai les dents, me répétant silencieusement : Moi, Orélie-Antoine Ier, roi de Patagonie...

Trois jours passèrent sans qu'on fît plus attention à ma personne. Aux repas, les matelots se poussaient pour me faire une place, me saluaient poliment, me posaient quelques questions auxquelles je répondais à peine car je savais d'instinct que ces êtres braves mais grossiers n'eussent fait que rire d'un roi qui ne possédait même pas un couteau pour trancher son pain sur le pouce, puis retombaient aussitôt à leurs conversations familières et sempiternelles. En deux jours je savais tout d'eux. Ils revenaient de l'île de Tahiti et parlaient avec de gros rires gras des jeunes filles de ce pays. Certains, plus fins, évoquaient avec émotion la douceur du climat, le soleil, la transparence et la chaleur de l'eau bleue des lagons bordés de cocotiers. Je hais le soleil. Ce n'est qu'un leurre. La houle verte et sombre des océans déchaînés convient seule à ma nature profonde et j'aime par-dessus tout les forêts froides et noires, impénétrables, qui couvrent l'ouest de mon royaume. Aussi passais-je le plus clair de mon temps à l'avant du navire, sur le pont, assis au pied de la seconde chaloupe, enveloppé dans une toile à voile, à contempler sous la pluie, les embruns et la neige qui avait fait son apparition, une ligne sombre et haute que par instants on devinait à peine, coupée de sommets déchiquetés, et qui était la frange maritime, formidable et désolée, de mon royaume de Patagonie.

Le navire faisait route au sud, vers les lointaines îles des Évangélistes qui éclairent le cap Pilar au pied duquel se trouve l'entrée occidentale du détroit de Magellan. Poussée par un vent furieux, la formidable houle du Pacifique prenait le vaisseau par le travers et l'élevait si haut vers le ciel qu'on avait l'impression qu'elle lui en faisait offrande avant de le précipiter dans un gouffre liquide d'où il se redressait, vibrant et magnifique sous son gréement de tempête, car le *Duguay-Trouin* était un fier navire. J'étais le roi de ce vent, souverain de ces solitudes marines. Là-bas, à la côte, j'imaginais les forêts ployées sous l'irrésistible poussée, la mer qui battait furieusement les rochers, et, dans ce déchaînement, des pans de glacier qui s'effondraient avec un bruit infernal qui parvenait jusqu'à nous et qu'on entendait distinctement. Sur la passerelle, quart doublé, les officiers ne quittaient pas leurs longues-vues et procédaient à de fréquents relèvements dès qu'une éclaircie fugitive découvrait quelque cap ou quelque sommet. Nous avions doublé la veille l'île de Chiloé, dernier territoire habité, si l'on peut parler de peuplement à propos du misérable village entraperçu sous la neige. La côte pacifique de mon royaume est une côte déserte, inconnue, dépourvue de toute signalisation et livrée le plus souvent, sur les cartes marines, au pointillé des incertitudes. J'étais transporté de bonheur, plongé dans une sorte d'extase mystique. Face aux embruns qui m'aveuglaient, solidement accroché des deux mains à la filière de la chaloupe, je me mis à chanter à tue-tête : *Bruches Dordonha, Bruches Malpas, Los auras pas les gabariers d'Argentat...*

Le chant des marins de mon enfance... Les sauts de la Dordogne... La gabare *Médéa*, navire amiral de Patagonie, emportait le petit garçon au milieu des remous, des vagues et des rochers. J'avais bouclé la boucle. Pourquoi vivre plus longtemps? Tout m'avait été donné. Qu'y ajouter de plus? Remplacer le portrait par une caricature? J'ouvris une main. L'autre ne me retenait qu'à peine. La première forte lame m'emporterait, dans la paix du royaume éternel...

— Hé! Vous! Là-bas... Mais c'est vous, monsieur de Tounens!...

Par mauvaise visibilité, il y a toujours une veille, à l'avant, prête à piquer la cloche en cas de danger. Son quart terminé, l'aspirant de Fonteneau rentrait au sec, accompagné de son matelot. A trois, suivant la filière de tempête et luttant comme une cordée de montagne, nous gagnâmes l'écoutille la plus proche.

— Vous ne devriez pas sortir par ce temps-là, monsieur. D'ailleurs, c'est interdit... Et ne perdez pas patience, on s'occupe de vous.

Au poste d'équipage, il y avait des vides. Des matelots étaient malades. Ceux qui tenaient debout affichaient une mine blême et inquiète. La plupart d'entre eux n'avaient jamais navigué sur l'océan austral. Ceux qui avaient franchi Magellan ne parlaient que de naufrages, de navires emportés par des courants irrésistibles et fracassés sur des glaciers où l'on apercevait encore, incrustés dans la glace, le corps d'un capitaine ou la cloche de quart d'un vaisseau. Il y avait, à les entendre, tant de rochers invisibles et tant de navires qui s'y étaient ouverts, coulant d'un coup, leurs mâts sortant encore de l'eau à hauteur des huniers volants, qu'à certains étranglements du détroit, dans le *Long Reach* et le *Froward Reach,* entre l'île de la Désolation et Port-Famine, on naviguait à travers un cimetière de navires dont les plus hautes vergues semblaient des croix plantées dans le flot noir...

— Le passager sur la passerelle! Convoqué par le commandant en second.

Un second maître m'y conduisit. Dans une lumière glauque, malgré les bruits du vent, il y régnait une atmosphère de recueillement, seulement coupée par des ordres brefs au timonier et des chiffres psalmodiés par les officiers de quart, compas de relèvement au point: « Cap de Penas au 95, 97, 93, 95... Ile Solitario au 175, 172, 180, 178... » L'élévation au-dessus de l'eau rendait l'apparence des choses moins dramatique. Vue d'en-haut, la houle s'aplatissait et l'on voyait clairement que ses formidables mâchoires, au lieu de nous broyer, se refermaient sur le vide. On était cependant très secoué. Le commandant, capitaine de vaisseau de Trinquay, se tenait debout, le dos calé dans une encoignure de la passerelle couverte, maître silencieux du navire, indifférent à la fureur des flots. A ses côtés le commandant en second, capitaine Colet. Je remarquai aussi le petit Fonteneau.

— Monsieur, dit le capitaine Colet, ce billet est-il bien de vous?

— Il l'est.

— Je n'en crois pas mes yeux! Ainsi, vous avez écrit: « Je viens, comme Thémistocle, m'asseoir au foyer du peuple français. Je me mets sous la protection de ses lois que je réclame du capitaine de ce navire... » Monsieur! A deux mots près, cette lettre célèbre n'est pas de vous!

— Je le sais. Adressée au prince régent d'Angleterre, elle a été écrite à l'île d'Aix, le 15 juillet 1815, par l'empereur Napoléon, au moment d'embarquer sur le *Bellérophon.*

— C'est se moquer!

— La phrase est belle et noble. Elle n'a servi qu'une fois. Elle n'a servi à rien. Elle ne semble pas faire plus d'effet aujourd'hui. Votre conduite n'est guère généreuse à l'égard de la majesté tombée.

Je n'entendis pas la réponse du capitaine car un fort coup de gîte ébranla le navire. Deux matelots perdirent l'équilibre et traversèrent toute la passerelle comme une luge sur une pente. Le capitaine se rattrapa de justesse à une main courante. Pour ma part j'en sortis sans encombre, sans secours, solidement appuyé sur mes jambes écartées.

— Mes compliments! Monsieur, dit le commandant de Trinquay, Vous avez le pied marin.

— Je suis ici chez moi. Cet océan m'appartient. Ce coup de vent ne saurait m'abattre. Les capitaines de ma flotte n'y voient que brise légère.

Je vis le capitaine Colet hausser les épaules puis se frapper le front de l'index, geste qu'ignora superbement le commandant de Trinquay.

— Monsieur de Tounens, dit le commandant avec un léger sourire, je n'ai pas l'ordre de vous conduire à Sainte-Hélène mais en France. Vous n'êtes pas le prisonnier de la marine impériale, mais son hôte. Messieurs les aspirants de ce navire m'ont fait part de leur désir de vous recevoir à leur carré et de vous y traiter à leurs frais jusqu'à notre arrivée à Brest. Comme aucun règlement ne s'y oppose, j'y accède volontiers. M. de Fonteneau, président de table des midships, prendra soin de vous.

En descendant de la passerelle à la suite du petit Fonteneau, j'entendis dans mon dos le capitaine Colet.

— C'est ça! Il amusera les enfants...

On m'installa un hamac dans un réduit qui servait de bibliothèque d'étude à ces jeunes gens frais émoulus du *Borda*. Tous se montrèrent emplis de prévenances à mon égard. Au carré je pus m'asseoir, lire, écrire, toutes choses qui m'étaient impossibles dans ma niche, à l'avant. A table, M. de Fonteneau m'offrit la place d'honneur, en face de lui. Ayant levé son verre pour me souhaiter la bienvenue, son premier mot fut ensuite: « Racontez! Mes camarades et moi grillons de vous entendre... »

Je racontai... racontai... C'est ce que je sais faire de mieux. Et je voyais s'écarquiller les yeux de ces enfants comme ceux de mes petits-neveux, Elie et Antoine, à qui je lis à haute voix ce que présentement j'écris.

— Et que leur racontais-tu, oncle Antoine?

— Comme à vous, mes petits, l'histoire d'un pauvre roi...

Roi je fus, au carré des midships de la frégate *Duguay-Trouin*. Il se fit autour de ma personne une sorte de protocole souriant. Beaucoup m'appelaient spontanément *sire* et jamais M. de Fonteneau ne procéda à la lecture traditionnelle du menu sans la faire précéder de ces mots : *Sire! Messieurs!* A leurs rares moments de liberté, ils venaient se plonger en ma compagnie dans l'examen attentif des cartes de Patagonie dressées par MM. Malte-Brun et Cortembert, géographes du royaume. Un aspirant, futur officier canonnier, suggéra des modifications à la disposition des forts que j'avais implantés sur les flancs du détroit de Magellan. Un autre entreprit de calculer les horaires et les coûts des navires de la *Compagnie royale maritime de Patagonie*. Un troisième, qui avait l'âme musicienne et la passion du service en mer, composa toute une série de sonneries de clairon à l'usage de la marine royale patagonne. J'avais conservé tout cela. Je l'ai montré, plus tard, aux sceptiques, aux rieurs. On s'est moqué... moqué... J'ai tout détruit. Mais que ces heures sont douces à ma mémoire! Je régnais. Ils étaient onze midships...

Je les nommai tous aides de camp de Sa Majesté le roi de Patagonie, et M. de Fonteneau, comme il se devait, aide de camp en premier. Lui parlait peu, ne souriait jamais, se contentant de me regarder avec une sorte d'amitié respectueuse. Il me rappelait tout à fait le lieutenant Otto von Pikkendorff. Je ne l'ai jamais revu non plus. Il est mort deux ans plus tard, dans un obscur combat de rivière, en Chine. Peut-être chantait-il encore en tombant sous les coups des Pavillons noirs ce chant que j'avais appris aux midships et que nous chantions à table, le dimanche et les jours de fête, aux dîners en grande tenue, et qui avait fini par faire le tour du navire, des quartiers des bâbordais et tribordais aux carrés des officiers et des maîtres et qu'on entendait parfois jusque sur les plus hautes vergues, lancé à tous les vents patagons par les gabiers volants, à la grande irritation du capitaine Colet qu'aucun règlement n'autorisait à s'y opposer :

> *Bruches Dordonha, Bruches Malpas,*
> *Los auras pas les gabariers d'Argentat...*

Le 10 novembre nous arrivâmes en vue des îles des Évangélistes qui marquent l'entrée occidentale du détroit de Magellan et le guetteur de hune cria « *Terre !* » Car bien que nous ayons constamment navigué à peu de distance de la côte, une succession de grains, de brume chargée de neige, d'averses de grésil et d'épais nuages noirs la cachait le plus souvent à nos regards. Je me tenais sur le pont, à ma place habituelle, près de la deuxième chaloupe, exact au rendez-vous. Franchir Magellan, pour moi, c'était m'enfoncer aux entrailles de mon royaume, jusqu'à son cœur profond, sombre et désolé. Le rendez-vous s'annonça tel qu'en secret je l'avais imaginé. De la hune nous parvint une sorte de hurlement de terreur. Le guetteur semblait ne plus pouvoir articuler un mot, qu'une longue plainte qui glaça jusqu'à l'âme les bâbordais de quart à cette heure vespérale.

Il faisait très froid. Le vent soufflait du sud, violent, chargé de neige. Sentinelles du détroit, les îles des Évangélistes ne sont que des pics rocheux que les embruns submergent, déposant des manteaux de glace qui se figent au contact des rochers par un étrange mouvement de ralenti que saisit à la fin l'immobilité du gel. Rien n'était plus terrifiant que ce spectacle-là et cependant ce n'était pas son apparition qui avait arraché le hurlement du guetteur, mais quelque chose de plus horrible encore.

Non loin de l'un des rochers émergés, trois mâts pointaient hors de l'eau à hauteur des grands perroquets volants [1], tout chargés de leurs ultimes voiles hautes, cacatois et contre-cacatois, lesquelles, saisies par le gel, formaient d'immenses plaques blanches et rigides qui se fendaient parfois dans un fracas de fin du monde et que la glace aussitôt ressoudait. A chaque vergue, des matelots étaient accrochés, j'en comptais trente-deux, sans doute tout l'équipage valide. Valide ! Pour l'éternité... Trente-deux marins pétrifiés, gelés sur pied, tout à fait morts, le guetteur de hune tenant toujours son bras levé et immobile en un dernier geste d'appel. Je vis sur la passerelle le commandant de Trinquay se signer. Les marins ôtèrent leur béret. Certains récitaient des prières. D'autres pleuraient sans honte, tandis que la vision disparaissait, engloutie sous la neige et la brume, parce que le *Duguay-Trouin* poursuivait sa route vers l'embouquement de Magellan et que nous ne pouvions plus rien pour ces

1. Voile carrée, la cinquième en partant du pont. *(N.d.E.)*

malheureux, même pas leur donner la sépulture des marins morts en mer, car un temps affreux interdisait toute manœuvre. Sur le rocher voisin il y avait aussi un canot, brisé. En son tableau arrière il portait un nom que mon regard put attraper au passage : *La Reine blanche...* A quoi tient la destinée ? *La Reine blanche !* Ce fier voilier qu'à Libourne, vingt-deux ans plus tôt, avaient découvert mes yeux d'enfant... Ce navire sur lequel à Valparaiso, en 1860, découragé, j'avais été sur le point d'embarquer, renonçant à mon royaume... Je venais de contempler ma propre momie agrippée à une vergue ou peut-être était-ce mon propre bras, tendu au-dessus d'un corps gelé, qui saluait depuis deux années, de la hune dentelée de glace de *La Reine blanche*, les rares vaisseaux assez téméraires pour doubler les Évangélistes à portée de regard d'un cadavre... Je me pris à regretter que ce ne fût qu'une vision de mon imagination. Au moins, là-haut, de cette hune, j'eusse régné pour l'éternité sur mon royaume liquide, révéré des marins tête nue et prière aux lèvres, salué par les canons des navires de guerre, et par ceux du *Duguay-Trouin* en cet instant ébranlé par une salve d'honneur commandée par le capitaine de vaisseau de Trinquay et qui, dans la vérité des choses, m'était à moi-même destinée. Tandis que je n'étais qu'un pauvre homme brisé, recru de rêves et d'avanies, *paubre carnaval* régnant sur onze enfants, frais midships, que toute illusion abandonnerait dès que leur naîtrait barbe au menton...

A la tombée de la nuit le vent faiblit. Ou plutôt il passait très haut, soufflant avec furie et poussant vers le nord des troupeaux affolés de nuages noirs, car nous naviguions sous la protection des côtes sombres de l'île de la Désolation dont on n'apercevait dans l'obscurité que la lueur étincelante et brève des glaciers que la lune naissante éclairait entre deux nuages à la façon d'un phare à éclipses. Toutes les voiles furent ferlées, mâts et vergues devenus des croix nues au-dessus de nos têtes. Le navire ne se déplaçait plus que lentement, prudemment, mû par la seule propulsion à vapeur. Puis la lune nous abandonna. L'obscurité devint totale. Le vaisseau stoppa à l'abri d'une crique qui s'appelait, selon mes cartes, *Inlet Cordova.* Il y eut un grand bruit de chaînes, la cloche d'avant piqua cinq maillons. Le *Duguay-Trouin*, comme tout navire franchissant Magellan, immobile, veille doublée, prenait ses quartiers de nuit. J'étais chez moi, hôte de Monard d'Orpierre, troubadour de Carpentras et fidèle entre les fidèles, que j'avais fait, on s'en souvient, duc de l'île de la Désolation. A regarder les noms qui figuraient sur ma carte, que de fiefs il me restait, sur cette île, comtés et baronnies, à distribuer à mes chers midships! Ile des Furies, baie de la Désillusion, baie Fatale, baie Désolée, fjord de la Tristesse, anse de l'Abandon... Je le leur dis. Il n'y eut pas de sourires.

Le dîner fut grave, au carré, ce soir-là. On entre à Magellan comme on entre à la Trappe, et *La Reine blanche* ne vous lâche pas facilement. Il fut cependant question des Patagons de la mer, baptisés *Pêcherais* par Bougainville et Darwin, les Alakalufs, mes australs sujets. Nomades, sur leurs canots, ils surgissaient comme des fantômes dans les récits des navigateurs, puis sans un mot, sans un sourire, disparaissaient au ras de l'eau sous la neige et la pluie. Si peu nombreux à travers ce désert liquide que bien des navires les manquaient, leurs équipages scrutant en vain les flots et les grèves dans l'espérance de l'impossible, tant chaque marin, à Magellan, est marqué par la stupéfaction et l'incrédulité qu'on éprouve à savoir que des êtres humains parviennent à survivre dans cette désolation.

— Croyez-vous, sire, que nous les verrons? me demanda le midship canonnier.

— Ils m'attendent.

XIX

Le lendemain, je me trouvais debout avant l'aube, à mon poste d'observation près de la deuxième chaloupe. Tremblant d'émotion, j'attendis le lever du jour qui allait me découvrir les bornes de mon royaume. C'était pour moi comme une seconde naissance. Enveloppé de brume, le navire s'éveillait. On entendait des commandements mais on devinait à peine ceux qui les donnaient et ceux auxquels ils étaient destinés. Les silhouettes restaient floues. Je pouvais m'imaginer à bord de *La Médéa*, navire amiral de Patagonie. M. de Fonteneau m'adressa un petit salut au passage en allant prendre son poste d'appareillage à l'avant.

Enfin, par-dessus la brume qui se déchirait peu à peu, surgirent de l'ombre comme une apparition les pics neigeux les plus élevés qui reflétaient en rose les premières lueurs de l'aurore dont l'intensité croissait à chaque instant. Puis s'éclairèrent les rochers, les glaciers qui descendaient jusqu'à l'eau, et la lumière brilla d'une blancheur si éblouissante que ses rayons, pénétrant l'obscurité des vallées, y dessinaient d'admirables jeux de couleurs, avec les contrastes et les dégradés les plus inattendus. Enfin le canal lui-même, parsemé d'îlots couverts d'arbres blancs et luisants défeuillés par le gel, réfléchissait tout ce paysage d'outre-monde avec une netteté si grande qu'on se demandait où finissait l'image et où commençait la réalité. Le royaume et son double! L'un comme l'autre inhabités...

Il y avait au fond de l'anse où nous avions passé la nuit une grève sablonneuse qui semblait moins inhospitalière, quoique enfermée entre deux glaciers. Et sur cette grève un village, un hameau, quelques huttes rondes et basses, mais réduites à leurs arceaux et sans la moindre trace de vie ni de feu alentour. Une chaloupe fut mise à l'eau. J'entendis les commentaires de l'équipage à son retour. Rien ne permettait de dire si les *Pécherais* étaient passés là le mois dernier où il y avait vingt ans. J'étais venu jusque-là et mon peuple m'échappait.

Une sonnerie de clairon retentit à l'arrière du navire. C'était l'envoi des couleurs. Je fermai les yeux. Je suis Orélie-Antoine Ier, roi de Patagonie, et le pavillon blanc cantonné de bleu blanc vert flotte sur *La Médéa*... Et justement, de la passerelle, on s'adressait à moi, au porte-voix!

— Le commandant demande M. de Tounens sur la passerelle.

Il avait même envoyé un second maître à ma rencontre, pour m'y conduire.

Le commandant de Trinquay était adossé dans son coin, à sa place habituelle, tout-puissant et discret. Un petit sourire bienveillant se dessinait sur ses lèvres et ses yeux me considéraient avec sympathie.

— Monsieur, me dit-il, cette terre n'appartient à personne. Aucune souveraineté de droit ne s'y exerce. Autant y honorer la vôtre.

Il me désigna une vergue dans la mâture, là où flotte d'ordinaire, lors de la traversée d'eaux territoriales étrangères, le pavillon de courtoisie. C'était le mien qui y était déployé, bleu blanc vert!

— Au cap des Vierges, dit le commandant, à la sortie du détroit, nous amènerons ce pavillon, vous rejoindrez les midships et nos conditions respectives nous éloigneront l'un de l'autre définitivement. Mais d'ici-là, vous êtes mon hôte sur cette passerelle. Veuillez seulement rester discret, vous abstenir de parler à moins que je ne vous interroge. La navigation est périlleuse dans ces eaux. Elle exige toute notre attention... Et puis, vous aurez moins froid ici que près de votre chaloupe. Le soleil sera de courte durée, croyez-moi. Celui-ci est déjà un miracle qui ne se produit à Magellan que trois ou quatre matins dans l'année. Et passez cela à votre cou.

Il me tendit une longue-vue et cessa de s'intéresser à moi.

Ainsi le *Duguay-Trouin* s'engagea dans le détroit...

— Oncle Antoine, les *Pêcherais*, les as-tu rencontrés? Est-ce que vraiment ils t'attendaient?

Ils sont là, tous les deux, Élie et Antoine, mes petits-neveux, dans ma mansarde, assis en tailleur sur mon lit, tandis que j'écris sans relâche et que monte de la cuisine la voix sévère et sans tendresse de ma nièce Marie.

— Sales gosses! Allez-vous descendre! Vous serez punis!

— On reviendra ce soir, me soufflent-ils en filant.

Et que leur dire, ce soir? Voilà trois mois que j'écris. Que je lutte avec le temps qui passe et ma vie qui s'enfuit. Loin de la chaleur du *cantou*, rivé à mon écritoire, l'hiver a été trop froid pour mon vieux corps brisé mais qu'importe, je sais que je ne verrai pas le suivant. D'affreuses douleurs d'entrailles me jettent de plus en plus souvent sur ma couche, anéanti. Que dire, ce soir, à ces merveilleux enfants? Que les canots des Alakalufs attendaient leur souverain au détour du cap Froward, alignés comme pour la parade, avirons levés en témoignage de respect? Que l'entrevue fut grave et solennelle et que je distribuai croix et drapeaux à tous les chefs de canot? Le royaume du rêve s'éloigne. S'avance celui de la mort où la vérité ne peut trop se déguiser. Je leur dirai la vérité...

Navigation périlleuse, avait annoncé le commandant. Elle le fut. On eût dit que toutes les règles de la nature se trouvaient violées en même temps. La marée montait et descendait trois fois en une seule matinée, libérant des courants violents et opposés qui transformaient le premier et étroit chenal du *Long Reach* en un corridor bouillonnant. Les hommes de veille à l'avant ne cessaient d'annoncer des récifs ignorés des cartes marines et qui obligeaient le navire, secoué par les flots, vibrant sous les coups de son hélice inversée *en arrière toute*, à des manœuvres précipitées du dernier moment. Le baromètre chutait et grimpait tour à tour à vue d'œil. Des vents opposés se précipitaient en tempête l'un vers l'autre de chaque extrémité du chenal. La nuit tombait à midi, à deux heures, à trois heures. Le navire devenait aveugle vingt fois dans la journée. Des nuages de neige et de grêle se ruaient sur nous de tous les quartiers de l'horizon borné tandis que s'abattaient dans l'eau des blocs énormes détachés des glaciers, produisant des vagues monstrueuses qui nous prenaient par le travers à la vitesse d'un mascaret. On comprenait qu'avant l'invention de la vapeur, tant de voiliers se fussent perdus corps et biens tout au long de la *carrera*, le plus grand cimetière de navires du monde, tant et tant d'épaves jetées à la côte dont on apercevait parfois les débris, ou pointant leurs mâts hors de l'eau comme ceux de *La Reine blanche*, témoins effrayants qui glissaient le long de la coque presque à portée de main et que les marins contemplaient avec effroi. Le *Duguay-Trouin* en faucha même deux fois trois, avec un épouvantable bruit d'os brisés, rayant de la surface de l'eau et de la mémoire des hommes six croix de bois qui marquaient encore l'emplacement de deux tombeaux engloutis. Aux instants de rémission, le commandant se tournait vers moi.

— Vous avez choisi là un bien affreux royaume !

— C'était le seul qui me restât.

J'étais le roi de l'enfer.

Le troisième jour vit quelques accalmies. A la sortie du *Long Reach*, l'île du Prince Charles verrouille le détroit et bloque les vents du Pacifique engouffrés dans cet étroit sifflet. Le vent, cependant, ne faiblit pas mais cesse de tournoyer, remontant de l'est le *Froward Reach* comme un ennemi plus franc qu'on peut affronter en combat loyal. Le navire mouilla plusieurs fois, le temps de prendre des relevés et de procéder à des études de courant pour améliorer la carte marine française dont M. de Bougainville avait tracé les premiers traits. A trois reprises, une chaloupe fut envoyée à terre, explorer des grèves où se dressaient d'autres huttes abandonnées. M. de Fonteneau commandait cette chaloupe. A chacun de ses retours il me jetait un regard navré.

— Sont-ils vraiment tous morts ?

La découverte d'une baleine échouée au fond d'une anse nous rendit quelque espoir. Elle répandait une puanteur épouvantable mais on voyait que des êtres vivants, disposant d'outils à découper, avaient tranché dans cette pourriture de longues lamelles de viande. M. Darwin raconte que lorsqu'ils rencontrent une semblable aubaine, les *Pêcherais* emportent chacun un grand morceau de chair de baleine pourrie et que, pour porter ce fardeau plus facilement, ils font un trou au centre de chaque morceau et y passent la tête. Puis, sous la hutte, un vieillard découpait cette chair en tranches minces qu'il faisait frire pendant un instant en marmottant des incantations, puis les distribuait à la famille affamée, qui, pendant tous ces préparatifs, gardait un profond silence. Hélas, dans l'ignorance où nous étions de l'exact degré de pourriture qui marque la limite au-delà de laquelle un Alakaluf cesse de consommer cette affreuse nourriture, il nous était impossible de savoir si mes malheureux sujets étaient passés là quinze jours plus tôt ou trois mois.

Mais c'était au moins un signe.

A mi-route, au cap Froward, le détroit soudain s'élargit en une sorte de mer intérieure cernée de montagnes à travers lesquelles il reprend sa route, mais cette fois vers le nord. Le cap Froward est un énorme rocher dont le flanc tombe à pic dans la mer d'une hauteur de mille pieds. Par 53° 54' de latitude sud, il marque l'extrémité du continent américain. Face à lui, annonçant le dédale inexploré des chenaux et des îles de l'archipel de la Terre de Feu, se dresse le mont Sarmiento, surgi des eaux avec une incomparable majesté. Ses flancs rudes, noirs et nus, couronnés de neige au sommet, veinés de glaciers, ses proportions colossales pèsent comme une menace au milieu d'un enchevêtrement de montagnes aux versants abrupts et aux contours bizarres, de vallées, de cratères, de précipices. Les tons sont durs, les ombres noires. Cela ne ressemblait à rien de ce que nous avions vu ni à rien de ce que nous avions imaginé.

Nous doublâmes le cap Froward au milieu de rafales qui soufflaient par moments avec une telle furie qu'elles menaçaient de déferler les voiles du navire, cependant soigneusement rabantées. Une fois le cap doublé, route au nord, la mer quelque peu s'aplatit et le vent cessa ses attaques impitoyables pour devenir simplement maniable. C'était là qu'*ils* m'attendaient.

Tout à coup, de la proue du *Duguay-Trouin,* une exclamation retentit au porte-voix.

— Canot à l'avant!

A une distance d'un demi-mille, on apercevait une pirogue d'indigènes qui dansait comme un bouchon dans le clapot. Ils ne faisaient aucun geste, ne poussaient aucun cri. Ils attendaient.

— En arrière toute! Gouvernez au 40!

Le commandant manœuvrait, stoppant adroitement son vaisseau au vent de la pirogue que nous pûmes bientôt, en nous penchant, contempler à nos pieds, minuscule, à la verticale de la passerelle. Sur le pont, des marins s'affairaient à un palan, déposant dans un filet quelques couvertures, de la toile à voile, des vivres, une boîte contenant des couteaux et des hameçons. La pirogue, faite d'écorce, doublée de cuir, était montée par six individus, dont deux femmes et un enfant d'une huitaine d'années. Tous étaient entièrement nus, sauf une peau jetée sur les épaules et couvrant une partie de leur dos. A l'avant, un feu était allumé sur un lit de gravier. Et comme tous avaient le regard mort et me regardaient sans me voir, le feu semblait à bord de ce canot l'unique signe de vie. Ils étaient d'une saleté repoussante et d'une laideur tragique. L'un deux, blessé, avait le pied enveloppé de chiffons sanglants. Je tentai de leur parler mais je compris aussitôt l'inanité de tout discours. Moi, la Voix, j'étais devenu muet...

— Dites aux hommes du palan de se hâter, ordonna le commandant à un officier. Nous dérivons.

Sous le vent, couronnés de gerbes d'embruns, affleuraient des rochers noirs à la surface de l'eau.

A nos pieds, déchargeant le contenu du filet dans leur canot, les *Pêcherais* ne prononcèrent pas un mot. Ils n'eurent pas un geste de remerciement.

— En avant lente! Gouvernez au 05.

Le navire s'éloignait du canot. Je criai dans le vent pour savoir au moins le nom de ces malheureux. Sans réponse. La plus jeune des femmes leva la tête vers moi. Elle avait les cheveux plaqués sur le visage par la pluie qui s'était mise à tomber à torrents. J'aperçus un sein brun à travers un trou de la peau d'animal qui lui servait de vêtement. Inutile de lui demander son nom. Je le connaissais. Elle s'appelait Véronique, ma reine de la pluie. Accroupie au fond de la barque non pontée, l'autre femme, une vieille, écopait avec un récipient de bois. Les hommes et l'enfant avaient empoigné les avirons. Entre le navire et le canot, la distance se creusa rapidement. Je fis un geste de la main, en adieu. La jeune femme qui me regardait baissa aussitôt la tête. J'étais le roi de ces pauvres gens, mais dix mille ans nous séparaient. Sur l'autre rive de ce fossé de cent siècles, les derniers Alakalufs nomades, mes sujets du bout du monde, s'enfuyaient encore plus loin, volontairement, dans le passé. Et moi, l'âme navrée, je m'enfonçais comme un noyé dans mon royaume d'illusion. Transi, mouillé jusqu'à l'os, je regagnai la passerelle couverte. Trois hommes... une vieille femme... Véronique, ma reine... un enfant, et l'arche du déluge: en mon royaume, province de la mort...

J'entendis une voix méprisante chargée d'une joie mauvaise.

— Mes compliments! Monsieur. Vos sujets ont fière allure. Vous irez loin en cette compagnie!

La remarque tomba à plat. Il n'y eut pas un rire sur la passerelle. A bord du *Duguay-Trouin*, je crois que les marins n'aimaient pas le capitaine Colet.

— Mon pauvre ami, me dit à l'oreille le commandant de Trinquay en me serrant furtivement le bras, en France, restez muet. Ils s'appellent tous Colet...

J'aurais dû suivre son conseil.

Le mauvais temps s'étant un peu calmé, le *Duguay-Trouin* s'employa, plusieurs jours durant, à explorer la baie Inutile et le canal Whiteside qui s'enfoncent profondément à travers les montagnes entre l'île Dawson et la Terre de Feu. Le commandant fit mesurer les courants à l'aide de bouées libres, relever les amers, noter les alignements, sonder les mouillages, porter de nombreux rochers inconnus sur la carte où, grâce à ses travaux, le pointillé hypothétique des côtes fut remplacé par un tracé précis. Mais nous ne rencontrâmes plus d'autres Alakalufs, seulement, de grève en grève, la litanie des huttes abandonnées.

Le 17 novembre, le *Duguay-Trouin* reprit sa route dans le détroit, embouquant le *Broad Reach*. Au soir de ce même jour, il jetait l'ancre au pied d'une montagne sévère qui s'appelait le mont Philippe, à l'abri d'une anse bordée d'épaisses forêts. L'endroit portait un nom sinistre : Port-Famine.

Dieu sait que j'en connaissais l'histoire ! Au soir de ce 17 novembre, je l'avais racontée aux midships, en une sorte de veillée d'armes.

En 1584, venant d'Espagne où elle avait appareillé sur l'ordre du roi Philippe II, une flotte de cinq navires embouqua le détroit de Magellan pour y fonder une colonie. A son bord cinq cents personnes, marins, soldats, prêtres, fonctionnaires du roi, trente femmes, vingt-trois enfants et des hommes de toutes professions. Elle était commandée par Pedro Sarmiento de Gamboa, « capitaine général du détroit de Magellan et gouverneur de ce qui le peuplera. » Tel était son titre. Ambitieux, il se cherchait un royaume.

Il y fonda deux villes, l'une à l'entrée du détroit, *Nombre de Jesus*, l'autre plus à l'intérieur, au bord même de l'anse où nous étions mouillés, et qui fut baptisée en grande pompe *Ciudad del rey Felipe*, la cité du roi Philippe. Dans l'une comme dans l'autre, il apparut très vite que la vie était impossible. Il n'y a pas de gibier dans la forêt magellanique, peu de poissons dans le détroit, seulement quelques baleines et des phoques. La terre est impropre à toute culture. Les colons ne survivaient qu'en se nourrissant maigrement de moules à peine comestibles et d'oiseaux de mer. La mort fit aussitôt des ravages dans leurs rangs. Beaucoup se révoltèrent. Sarmiento dressa des gibets où se balança bientôt la moitié des survivants pour l'édification de l'autre moitié. Quatre navires sombrèrent dans une tempête. Sarmiento s'enfuit à bord du cinquième, promettant de revenir avec des secours. Il ne revint jamais.

Le nouveau capitaine général du détroit de Magellan, Andres de Viedma, en plein hiver austral, abandonna *Nombre de Jesus* pour se réfugier dans la cité du roi Philippe. Cheminant par terre, à travers une forêt impénétrable coupée de précipices et de glaciers, il sema deux cents cadavres sur sa route, ceux de tous ses soldats, et arriva presque seul, ne trouvant au terme de ce calvaire qu'une cinquantaine de mourants qui ne quittaient plus leurs grabats à l'intérieur des maisons. Le fort n'était gardé que par des squelettes. Comme aucun navire de secours ne s'annonçait dans le détroit, il y eut encore une révolte et Viedma fit dresser d'autres gibets. Puis le silence de la mort s'appesantit définitivement sur la cité du roi Philippe. Lorsque trois ans plus tard, en 1587, le corsaire anglais Cavendish débarqua dans la ville déserte, « les cadavres étaient encore dans les maisons où ils étaient morts comme des chiens et au gibet pendait le corps d'un supplicié ». Il nomma ce lieu *Port-Famine,* nom qui devait lui rester pour la postérité.

Ainsi se terminait la première tentative d'établissement d'un royaume aux confins de la Patagonie. Jusqu'à mon propre avènement au trône de ce pays, il n'y en eut pas d'autre. Le commandant de Trinquay ayant décidé d'envoyer une chaloupe à Port-Famine le lendemain, sous le commandement de l'aspirant de Fonteneau, et m'ayant fait savoir qu'il m'autorisait, si je le désirais, à me joindre exceptionnellement à cette expédition, je résolus d'accepter.

Désormais, je savais ce qu'il me restait à faire.

Cette nuit-là, dans ma petite cabine du quartier des midships, je réunis mon conseil privé. Tous étaient là, fidèles fantômes : MM. Lachaise et Desfontaine, mes ministres, le régent Chabrier, général en chef des armées de Patagonie, Otto von Pikkendorff, colonel-général de ma cavalerie, Dumont d'Urville, amiral de Patagonie, John Templeton, commodore des détroits, Alcide d'Orbigny, président de l'Académie royale, Monard d'Orpierre, le docteur Williams... Voilà deux ans, jour pour jour, que dans la clairière de Villarica, par mes deux décrets des 17 et 18 novembre 1860, j'avais fondé le royaume. L'ambiance du conseil fut mélancolique. Non pas que ces messieurs et moi-même eussions la sensation d'un échec, mais la rencontre avec les Alakalufs nous avait jetés dans un trouble profond. Il nous semblait que le royaume avait changé de nature et que l'extrême misère où nous l'avions trouvé, réduit à un seul canot perdu dans l'immensité, le haussait de façon impalpable jusqu'au sacré en lui faisant perdre ses contours géographiques, ses dimensions territoriales, jusqu'au mécanisme de ses institutions et qu'ainsi, dans son dépouillement, il rejoignait les grands mystères divins de l'âme humaine. C'est pourquoi, ayant longuement réfléchi, je fis part à mon conseil d'une proposition de décret, à peu près en ces termes :

— Messieurs, aujourd'hui je vous rends votre liberté et vous délie de tout serment vous attachant à ma personne royale. Le temps est venu pour moi d'assumer seul l'existence et la pérennité du royaume. Tout royaume n'est que solitude. Nul besoin qu'il soit peuplé. C'est là et c'est ainsi que j'ai décidé de régner. Je vous demande donc d'approuver le dernier décret que nous prendrons ensemble, fixant l'établissement définitif à Port-Famine de la capitale du royaume de Patagonie et d'Araucanie. Demain, je m'y installerai et je ne rejoindrai pas le *Duguay-Trouin* au retour de la chaloupe. Je veux mourir chez moi, en roi.

M. Desfontaine, ministre d'État, contresigna le document sur lequel, par exception, je fis apposer la signature de tous les autres membres du conseil. M'ayant rendu ce dernier service, ils se retirèrent l'un après l'autre et jamais, même aux plus affreux moments de détresse, je n'ai cédé à la tentation de les rappeler à mes côtés. Je m'endormis, apaisé, seul et bercé par ma solitude.

Le lendemain matin, Fonteneau frappa à ma porte. La chaloupe était prête...

De Port-Famine il ne restait rien.

Tout n'était que pourriture végétale dans un inextricable fouillis où chaque arbre vivant se nourrissait de la chair de cent arbres morts. On enfonçait jusqu'au genou dans une boue épaisse où siècle après siècle s'était décomposée la forêt magellanique. Les matelots d'abord firent silence pour écouter les bruits de la vie en ce lieu désolé. Il n'y en eut aucun. Pas le moindre signe de vie animale. Quant aux hommes... Sans doute en pataugeant avec nos bottes dans la boue profanions-nous un cimetière liquide où les corps de cinq cents de nos semblables s'étaient dissous dans le règne végétal.

— Mon Dieu! dit le petit Fonteneau. Et ils ont tenu là trois ans!

Trois ans? Qui le savait. Cavendish n'avait retrouvé que des cadavres. A moi, combien de temps faudrait-il pour mourir?

Au sabre, les matelots s'étaient taillé un chemin jusqu'au sommet d'un petit mamelon, seul emplacement possible pour le fortin dérisoire et les quatre canons du capitaine général Andres de Viedma. Cavendish — il l'avait raconté — s'était emparé des canons. Les boulets avaient dû s'enfoncer dans le sol. M. de Fonteneau crut reconnaître un léger renflement de terre qui pouvait être le parapet d'un bastion. A travers les branches des arbres, on apercevait l'imposante présence du *Duguay-Trouin*. A sa drisse de courtoisie flottait toujours le pavillon patagon. L'empereur des Français m'avait envoyé un navire en ambassade. Roi j'étais.

Profitant de l'excitation du jeune Fonteneau et de ses matelots qui cherchaient d'autres traces du fort, je pris congé sans qu'ils s'en aperçussent. Je m'enfonçai dans la forêt, à peu de distance tant la muraille végétale était impénétrable, mais cela suffisait pour m'y perdre à jamais.

Du *Duguay-Trouin* nous parvint un appel de clairon. Le commandant rappelait sa chaloupe. Il devait être près de midi. Je fis le mort. J'entendis M. de Fonteneau crier mon nom. Sa voix se chargeait d'inquiétude.

— Monsieur de Tounens! Répondez!

Un matelot dit:

— Il est tombé dans une vasière.

Un autre:

— Il a dû recevoir un tronc d'arbre sur la tête. Tout est pourri dans ce pays.

Comme des chasseurs ils battirent l'orée de la forêt. Un matelot passa tout près de moi sans me voir. Mais c'était en plein jour une si sombre forêt que j'entendais respirer le matelot qui restait invisible. Il y eut un nouvel appel de clairon. Puis des bruits d'avirons frappant l'eau. La chaloupe s'éloignait.

J'étais seul.

La neige se mit à tomber.

Dieu ne m'avait pas oublié. C'était un linceul qu'il étendait miséricordieusement sur ma personne et mon royaume...

— Mais tu es là! oncle Antoine, dit Élie. Je suis bien content que tu sois là.

Et le petit Antoine, avec la franchise de son âge :

— Pourquoi n'es-tu pas mort là-bas?

— Je me le suis reproché chaque jour que j'ai vécu. La pièce était jouée. Je n'ai fait que me répéter et l'on s'est trop moqué...

— Et nous? alors!

Les larmes aux yeux, je les embrasse. Braves enfants...

Une heure plus tard la chaloupe est revenue. Une voix s'est élevée de la grève, face à la forêt.

— Monsieur de Tounens! Je sais que vous êtes vivant et que vous vous cachez. Et je comprends pourquoi.

C'était la voix du commandant de Trinquay.

— Monsieur de Tounens, le navire doit appareiller. Ne me faites pas regretter l'estime que je vous porte. Je vous prie de vous montrer et de rejoindre le bord.

Je n'étais pas si riche d'amitié, de compassion et de respect que je dusse décevoir ceux qui m'en témoignaient. Mais quelque chose me retenait encore, une phrase que je me répétais : « Je suis Orélie-Antoine 1er, roi de Patagonie! »

C'est alors que la voix s'éleva une dernière fois, chaleureuse, persuasive.

— C'est le capitaine de vaisseau de Trinquay qui vous parle. Sire, nous vous attendons.

J'ai cédé.

Le soir, au carré, les midships m'ont fêté au champagne et le commandant de Trinquay est venu lever son verre à ma santé. Ainsi qu'il l'avait dit, même à bord, je ne l'ai jamais revu. Au cap des Vierges, à la sortie du détroit de Magellan, face à l'immense Atlantique, mon pavillon a été amené. Je n'étais plus que M. de Tounens, passager à la ration, hôte des aspirants de la frégate *Duguay-Trouin*, toléré sur le pont près de la deuxième chaloupe. L'attitude des midships à mon égard est restée parfaitement courtoise, mais pris par d'autres occupations, sous d'autres latitudes, le relevé des côtes d'Afrique, l'escale prolongée à l'île de Gorée, au large du Sénégal, la proximité de leurs examens, leur intérêt pour ma personne s'émoussa jusqu'à l'indifférence polie. Ainsi se lassent les fidélités. Seul M. de Fonteneau, à voix basse, m'interrogeait encore sur la Patagonie.

A Brest, il m'accompagna jusqu'à la plate-forme de la coupée. Nous nous serrâmes la main. Aucune trille protocolaire de sifflet n'accompagna mon départ.

Personne ne m'attendait.

Je m'en allai seul, sur le quai, mon maigre bagage à la main. C'était le 6 mars 1863.

TROISIÈME PARTIE

XX

L'été, enfin.

Tardif, ce n'est qu'en ce mois d'août 1878 qu'il s'est décidé à sécher la campagne et le village au sortir d'un printemps pourri digne en tout point de la Patagonie.

Moi, roi de la pluie, de la neige, des glaciers, je puis enfin réchauffer mes vieux os. Je n'ai plus besoin de souffler sur mes doigts pour tenir ma plume. Mais c'est le courage d'écrire qui me manque. Quand mes douleurs de ventre, de plus en plus fréquentes, ne me jettent pas sur mon lit, tordu par la souffrance, je reste des heures immobile sur ma chaise, devant ma table, à rêver. Que Dieu ne m'impose pas un autre hiver à traverser...

Je ne sors plus de ma mansarde. L'escalier est trop raide. Et que faire au village ? M'installer sur le banc, devant la maison, à regarder les passants ? Eux ne me regardent plus. Depuis l'humiliation du Mardi gras, ainsi que je l'ai dit, je suis devenu transparent. On m'a rayé du monde des vivants. C'est ainsi que le remords agit le plus souvent sur les hommes et qu'ils s'en débarrassent, par l'oubli volontaire. J'en ai pris l'habitude. Mais je me demande parfois, au souvenir des révérences malignes ou des « Majesté ! » sarcastiques que m'adressaient naguère les gens de Tourtoirac, si la dérision n'était pas plus douce à subir que l'indifférence. Au moins pouvais-je y voir une sorte de preuve de ma royale existence. Je n'ai jamais eu d'autre choix. On conviendra que j'en fusse lassé.

Le Dr Ménard vient une fois par semaine. Quand il a pu extorquer quelque argent à l'avarice de ma nièce Marie, il me laisse des pilules d'opium pour traverser les crises les plus violentes d'un mal inguérissable. Montent aussi jusqu'à ma mansarde mes deux vieux camarades d'école, Gérardin le maréchal-ferrant et Émile Guilhem l'aubergiste. Ils restent quelques minutes, me regardent avec affection. Ils sont les témoins navrés de ma déchéance. Nous n'avons plus rien à nous dire. Roi je suis, séparé d'eux par une distance infinie que parviennent seuls à franchir mes deux petits-neveux. Terrorisé par sa femme, mon neveu Jean monte parfois me voir en cachette, sur la pointe des pieds, le soir, après avoir fermé sa boucherie. Mais la voix de Marie qui guette de sa cuisine, l'appelant avec colère, met vite fin à ses visites. Et c'est Marie qui m'apporte deux fois par jour mes repas. Elle y tient. Pour bien me faire comprendre que c'est d'elle seule que je dépends. Elle pose le plateau sans un mot, sans un regard, sur ma table. Quand elle vient le rechercher, elle dit immanquablement : « Vous n'avez rien mangé. C'est bien la peine de me déranger! » C'est vrai, je ne mange presque plus.

Il y a un mois, en même temps que le plateau, elle déposa sur ma table un journal, *la Gazette du Périgord,* qui avait remplacé à l'avènement de la République le journal de mon ennemi Matagrin.

— Tenez! Lisez! En page deux. On ne vous a pas oublié. Ah! le beau royaume que voilà!

L'article avait été encadré à grands traits furieux de crayon rouge.

DES ANTHROPOPHAGES
À L'EXPOSITION UNIVERSELLE DE PARIS

« Depuis que l'Exposition universelle, gloire et fierté de notre Ville-lumière, a ouvert ses portes aux milliers de visiteurs accourus de l'Europe entière pour admirer les prodiges de la fée Électricité, il est, au parc des Expositions du Champ-de-Mars, un spectacle que ne voudront pas manquer tous ceux qui veulent mesurer l'immensité du progrès accompli par les peuples civilisés, en comparaison des ténèbres de la sauvagerie où sont encore plongées tant de peuplades.

« M. Maurice, chasseur de baleines, explorateur et dompteur, a rapporté de ses dernières campagnes dans les mers glacées australes, une famille complète d'anthropophages de la Terre de Feu. Il les offre aux regards sous un chapiteau, enfermés dans une grande cage pour la sécurité des visiteurs. Ces sauvages vivent nus, mangent leurs poux, parlent un langage guttural proche de l'aboiement du chien, se peignent en rouge s'ils sont joyeux. M. Maurice les nourrit deux fois par jour de viande crue de cheval dont le goût, semble-t-il, s'apparente à celui de la chair humaine dont ils font leur ordinaire aux confins désertiques du détroit de Magellan. Une leçon de choses vivante, pour l'édification des petits et des grands. Prix d'entrée : dix sous.

« On est confondu et saisi de honte à l'idée que notre compatriote, M. Antoine Tounens, qui eut, voilà une dizaine d'années, son heure de triste célébrité, ait pu prétendre sérieusement s'être fait proclamer roi par d'aussi épouvantables sauvages ! »

Roi de Patagonie, moi qui avais rêvé, autrefois, d'accréditer une légation, à Paris, voilà qu'on y mettait mes sujets en cage ! Sans que j'en fusse autrement averti que par le détour d'une méchanceté ! Aucun de mes amis, membres du nouveau conseil du royaume, tous demeurant à Paris, ne m'en avaient avisé. Ni le gros Achille Laviarde, que j'avais fait duc de Kialéou, ni Jimenez de La Rosa, duc de San Valentino, mon secrétaire d'État, ni M. Mahon de Monagan que j'avais fait comte et baron, ni même le doux Antoine Cros, duc de Niacalel, garde des sceaux du royaume, ni son frère Charles ou aucun de ceux qui affectaient, par jeu ou pour en tirer honneur ou profit, de me traiter en roi lors de mes séjours à Paris, en 1874 et 1875, rue de Grammont puis rue Lafayette, aucun d'entre eux n'avait pris la peine de m'écrire ! Pourquoi s'en étonner ? Dès que mon crédit fut définitivement ruiné et que je dus quitter Paris, harcelé par les créanciers, ils s'étaient détournés de moi. Voilà près de trois ans que je n'avais reçu d'eux le moindre signe de vie, le plus bref billet, la plus petite obole en réponse à mes appels au secours angoissés. Un conseil du royaume ! Ce ramassis d'ingrats ! Voilà ce qu'il en est lorsqu'on fait confiance aux vivants. J'eusse été mieux inspiré de rappeler auprès de moi les morts...

Je décidai sur-le-champ de me rendre à Paris.

De mon aisance de jeune avoué, il me restait un dernier bien, un oignon d'argent. Je le fis vendre, à la grande fureur de ma nièce Marie qui prétendait s'emparer de cette modeste somme « pour payer au moins quelques arriérés de ma pension » et ameutait toute la maison en criant que je la volais. Dans sa carriole, Émile me conduisit à la gare de Périgueux. Le lendemain, en fin de matinée, rompu par une nuit de souffrances sur une banquette de troisième classe mais rassemblant mes dernières forces, je débarquai gare d'Orléans et m'engouffrai dans un fiacre en ordonnant au cocher :

— A l'Exposition !

— Je ne sais si nous passerons, mon pauvre monsieur! Pour circuler dans Paris, ce matin, il faut être roi, au moins prince. Nous attendons le roi de Wurtemberg et le prince de Saxe-Weimar.

— Je suis le roi de Patagonie.

Cela m'avait échappé.

— Elle est bien bonne! dit seulement le cocher.

Puis me regardant d'un air soupçonneux :

— Monseigneur a de quoi payer?

Je payai d'avance.

Aux Invalides nous fûmes arrêtés par un cordon de sergents de ville. L'esplanade était couverte de troupes en armes, drapeaux déployés. Des généraux à bicornes chamarrés galopaient sur le front des escadrons. Une fanfare de hussards alignés autour d'un timbalier géant monté sur un immense cheval blanc lançait dans l'air de Paris des sonneries joyeuses et guerrières et je remarquai que le ciel était bleu et que le soleil brillait. Cette cérémonie ne m'était pas destinée. Je me souvenais de mon départ de Périgueux, en 1858, allées Tourny, à la station des diligences, quand, fermant les yeux en écoutant la musique du 17e de ligne, j'imaginais qu'elle saluait le roi de Patagonie en route pour ses États. J'avais bien changé. La puissance du rêve me quittait. Et si l'on a compris qu'elle n'est que la volonté de vivre...

Une foule de badauds se pressait, retenue par des barrières. Ils agitaient de petits drapeaux de papier, noir et jaune, frappés d'un aigle bicéphale, et criaient « Vive le roi! ». Grimpant au marchepied, un gamin prétendit m'en vendre un.

— Ah non! Tout de même!

— Pour l'attente, annonça le cocher en se penchant vers ma vitre ouverte, ce sera vingt sous du quart d'heure.

J'acquiesçai. Je me sentais épuisé. Je n'aurais pas tenu debout deux minutes dans cette cohue.

Passa le roi de Wurtemberg au galop de sa calèche découverte, suivi du duc de Saxe-Weimar, escortés par des cuirassiers sabre au clair. Les tambours battaient. Les canons des Invalides tonnèrent vingt et une fois, je n'eus pas besoin de compter. Moi, je sais combien de coups de canon doivent saluer un roi! Le roi de Wurtemberg, mon cousin, vêtu d'un uniforme bleu ciel, était un jeune homme pâle, à l'œil triste. A ses côtés une radieuse jeune femme, blonde comme le printemps, les bras ronds et nus, les mains fines gantées de blancs, souriait à la foule en lui adressant de petits saluts admirables de distinction. Je l'avais reconnue. Véronique... ma reine... Je ferai atteler une calèche à la Daumont... Nous entrerons triomphalement à Port-Famine, ma capitale, entre deux haies de cadavres présentant les armes... Je n'ai pas tenu ma promesse. S'en allait ma princesse...

Barrières ouvertes, la foule s'écoulait. Le fiacre me déposa à la porte principale de l'Exposition. Ignorant des usages, je donnai sans doute trop.

— Merci, mon prince! dit le cocher en soulevant son chapeau.

Me revint la chanson de mon père.

> *Lou Antoun répoun*
> *Digue Digue,*
> *Lou Antoun répoun*
> *Digue de moutoun!*

De ce spectacle trop riche, tout m'était indifférent. Tournant le dos aux deux minarets du palais du Trocadéro, ignorant la *Galerie du Travail* où l'on fabriquait, sous les yeux des visiteurs, des wagons, des ampoules électriques, des tissus, des fusils et où tournaient toutes sortes de machines étincelantes, méprisant les cafés, les guinguettes où le populaire endimanché côtoyait le bourgeois trop bien habillé, demandant mon chemin au croisement de chaque allée, m'arrêtant sans cesse pour souffler, appuyé sur ma canne, bousculé par cette foule de Paris qui est une des plus mal élevées qui soit, je parvins jusqu'à un village de tentes foraines où étaient groupées les « attractions ». Devant chaque tente, sur une estrade, s'agitaient des bonimenteurs grotesquement habillés... « La femme sans tête... Les frères siamois et néanmoins ennemis... Les féroces nains de la Bulgarie... L'homme-loup des Carpates qui ne boit que du sang... Et, mesdames et messieurs, un spectacle inoubliable, déconseillé aux âmes sensibles, les sauvages anthropophages de la Terre de Feu! » C'était là qu'ils étaient, au village des horreurs, mes malheureux sujets...

Il y avait affluence devant la tente. Les enfants trépignaient, tirant leurs parents par la main pour passer le portillon les premiers. Les enfants n'ont pas l'âme sensible. Ce serait une faute de le croire.

Les enfants sont des monstres. Cruauté et lâcheté sont les deux penchants de leur nature. Et pour un Élie, un Antoine, combien d'Hélène à la joie mauvaise entraînant la multitude des petites hyènes ricanant sur des cadavres...

J'entrai. Le ticket coûtait dix sous. Mon royaume pour dix sous... Des bancs s'étageaient en gradins autour d'une vaste cage de fer semblable à celles qu'on dresse pour les lions dans les cirques et dont le sol était recouvert de paille et de sciure de bois. Au fond de la cage s'élevait une hutte basse et longue percée d'ouvertures à ras de terre et qui ressemblait à un chenil.

M. Maurice — tel était le nom du « dompteur » — fit son entrée dans la cage, une sorte de trident à la main. Il était vêtu comme un marin de grande pêche, d'un pantalon de gros drap bleu enfilé dans des bottes de caoutchouc et d'un épais tricot mais portait curieusement un chapeau melon gris. Marin, ce misérable ne l'avait jamais été. Il n'en avait ni la démarche, ni les mains, ni surtout le regard.

— Mesdames et messieurs, clama M. Maurice, quand je chassais la baleine aux confins de la Patagonie et que le navire que je commandais mouillait à l'abri d'une terre pour la nuit, des sauvages venus en canot, silencieusement, comme des ombres, se glissaient à bord pour attaquer mes matelots dans leur sommeil et les emmener dans leur repère où ils les dévoraient tout cru. Je perdis ainsi deux hommes dans d'affreuses circonstances que je vous laisse imaginer...

Je regardai la foule autour de moi. Des plus petits aux plus grands, elle était ravie d'horreur, pétrifiée dans son plaisir.

— Aussi leur tendis-je une embuscade, continua M. Maurice. Nous capturâmes toute une famille. Mon équipage, ivre d'une juste colère, voulait les massacrer. Je ne suis pas un sauvage. Je leur ai laissé la vie sauve. Comme mon navire devait rentrer sans escale jusqu'à Saint-Malo, j'ai dû les ramener avec moi. Ils servent désormais la science. Les plus grands savants se penchent sur leur cas...

Je n'ai pas la force de retranscrire la fin de cet abominable discours.

— Que le spectacle commence! annonça M. Maurice. Mais ces sauvages n'ont pas de noms et ne semblent pas en user entre eux. Il serait indécent de les baptiser de prénoms chrétiens. Je les ai appelés Premier, Second, ainsi de suite jusqu'à Septième, car ils sont sept, mesdames et messieurs! Et voici le premier, monsieur Premier!

De la hutte, personne ne sortait.

— Il est un peu vieux et sourd, expliqua M. Maurice. Il faut l'appeler très fort. Les petits enfants, aidez-moi! Pre-mier! Pre-mier!

Les petits? Mais tous appelaient! Comme au guignol de mon enfance. Et d'un coup les vociférations se turent. Par une des ouvertures de la hutte qui n'était pas plus haute que celle d'une niche, apparut une forme humaine qui se traînait à quatre pattes, ses cheveux blancs balayant le sol. Enfin il se mit debout, péniblement, tremblant sur ses jambes. A l'exception d'un pagne qui lui battait les reins, il était nu, d'une maigreur désolante. De ses yeux plissés d'Indien, il regardait sans comprendre tous ces visages blancs et ces corps accoutrés par-delà les barreaux d'une cage inexplicable.

— Monsieur Premier, annonça M. Maurice, était déjà né quand l'explorateur Darwin entreprit d'étudier les sauvages anthropophages de la Terre de Feu. C'est dire que, depuis ce temps, il a bien dû dévorer à lui seul la valeur de plusieurs équipages...

Il y eut des *Ho!* d'horreur, mêlés de rires hystériques. Des petits garçons se poussaient du coude et rougissaient d'excitation. Entre leurs dents pointues, des petites filles passaient sur leurs lèvres une langue venimeuse.

— Monsieur Premier! Saluez l'honorable compagnie!

Le malheureux demeurait immobile, bras ballants, oscillant comme s'il allait tomber. M. Maurice frappa le sol de son trident.

— Monsieur Premier! On est en France, ici, patrie des bonnes manières. Saluez!

Je frémis. Allait-il le piquer, comme un dompteur pique un fauve qui se rebelle? Une voix cria timidement « Assez » et je sus qu'autour de moi se révélait au moins une âme humaine solitaire. A la fin, M. Maurice s'empara de la main du vieillard et l'éleva bien haut, ainsi que font d'ordinaire les arbitres de combat de boxe. La foule, se repaissant de sa honte, la libéra en un gros rire gras.

M. Second était un homme beaucoup plus jeune. Peut-être même un jeune homme, bien qu'il fût difficile de lire l'exact compte des années dans un regard aussi accablé de tristesse. Il me semblait que j'avais déjà vu ce visage, des traits qui me rappelaient ceux d'un enfant muet, tapi au fond d'un canot, sous la pluie.

— Et voici Mme Troisième! claironna l'horrible Maurice. C'est une dame encore jeune, bien qu'elle n'ait plus toutes ses dents.

Comme la mante religieuse, elle a consommé ses maris, ainsi que quelques matelots imprudents qui avaient eu des bontés pour elle...

On sentait une tension, des frémissements dans la foule. Je vis des messieurs bien mis passer un doigt dans leur col, comme s'ils étouffaient, tandis que sortait de la hutte en rampant, nue sous un pagne, une femme entre deux âges qui semblait encore vigoureuse. Lorsqu'elle se redressa, ses longs et épais cheveux noirs de sauvagesse masquant une poitrine pendante qui avait fait beaucoup rire les enfants, il y eut, dans la foule, un soupir de soulagement. Dieu merci! elle n'était pas belle. Selon les canons de la beauté blanche, elle était même repoussante, édentée, tremblante sur ses larges pieds sales aux doigts écartés, les jambes arquées, à peine une femme, une femelle, une cannibale du froid, moins qu'une négresse de nos comptoirs d'Afrique, une sorte d'animal humain qu'on pouvait détailler sans gêne, sans pudeur, sans respect. Plus qu'à son visage qui avait tant vieilli depuis ces quinze années passées, c'est au mouvement navré de mon âme que je la reconnus. Elle s'appelait Véronique. Elle, dans son canot, moi, sur la passerelle du *Duguay-Trouin*, au détour du cap Froward, nous n'avions pas échangé un mot, à peine un regard. Le jeune homme, M. Second, devait être son fils, le petit garçon du canot des *Pêcherais*. J'espérais un moment qu'elle me reconnaîtrait. Je ne la quittai pas des yeux, cherchant, par une attention marquée, à accrocher son regard vide, tant et si bien qu'un voisin, un gros marchand vulgaire, me glissa à l'oreille en appuyant du coude : « Monsieur se rince l'œil! A l'âge de Monsieur, on n'est pas difficile! Mes compliments! » Ce qui le fit beaucoup rire.

Quatre apparitions d'outre-monde rejoignirent les trois premières, un couple de vieillards, une fillette squelettique, un homme sans âge, l'air hébété, qui sortit le dernier de la hutte et demeura prostré dans la sciure, incapable de se mettre debout. Une famille, peut-être deux, l'équipage de deux canots, tout au moins ce qu'il en restait après ce voyage inexplicable dans l'espace et dans le temps... Je tentai de me mettre à leur place. Savoir ce que ces malheureux pensaient de la foule imbécile qui leur faisait face, repue de dégoût, de crainte et de malsaine curiosité. Me vint la même réponse désespérée que sur la passerelle du *Duguay-Trouin* fuyant dans le jusant du détroit de Magellan. Nul besoin des barreaux d'une cage. Dix mille ans nous séparaient. Ils étaient comme une étoile morte dont la lumière nous parvenait seulement en son ultime éclat, dérisoire, inutile, posthume, indéchiffrable. Mon royaume n'est pas de ce monde...

— Et maintenant, mesdames et messieurs, le repas des cannibales! Que les petits et les grands se rassurent, ce n'est que de la viande de cheval. Ils la dévorent tout cru et n'acceptent ici pas d'autre nourriture.

Un aide apporta un panier empli de débris sanglants, de longues lamelles mal découpées où pendaient de la graisse et des nerfs. Mon Dieu! Faisait-on jeûner ces malheureux tout le reste du jour pour qu'à ce seul repas ils se précipitassent avec des gestes d'affamés, déchirant la viande avec leurs dents et leurs mains, la bouche dégoulinante... Peuple de Paris, peuple de France, et toi, genre humain, je ne te pardonnerai jamais ce spectacle. Je te hais! Autant être fou parmi les hommes, ainsi que je le suis, plutôt que de partager la moindre parcelle des sentiments abjects qui animent les hommes sensés!

J'eusse voulu crier ma honte, cracher au visage de cette foule. J'étais anéanti, écrasé de désespoir. Je n'eus que la force de m'enfuir.

Véronique, ma reine, prends ma main et allons mourir.

J'errai dans Paris. Que faire pour ces pauvres gens? Entrer dans un commissariat de police? Une sacristie? Une institution charitable? Qui écouterait un vieillard harassé, misérablement vêtu? Et que dire? Que j'étais le roi de Patagonie, venu implorer secours et justice pour son peuple? Qui m'entendrait? Tout au long de ma vie, j'avais frappé vainement à tant de portes, essuyé tant de refus, j'avais tant été abreuvé de sarcasmes et d'outrages que j'avais perdu à jamais la force de convaincre. La Voix s'était éteinte.

Au soir, je tentai cependant une démarche auprès de la légation du Chili, nation illégitimement souveraine de tant de provinces qui m'appartenaient. Mais enfin, puisqu'un gouverneur de ce pays commandait indûment dans la ville nouvelle de Punta-Arenas, à une cinquantaine de lieues au nord de ma propre capitale abandonnée, et que le concert des nations l'admettait, c'était donc au Chili qu'incombait désormais le devoir de sauver mes derniers sujets. Me présentant à l'huissier comme un simple particulier, j'étais prêt, pour la première fois depuis mon avènement au trône, à renoncer à ma dignité royale.

Je ne fus même pas reçu.

Je regagnai la gare d'Orléans, n'ayant même plus le désir de me répéter ce qui naguère encore soutenait ma conviction solitaire : Je suis Orélie-Antoine Ier, roi de Patagonie.

Adi, paubre carnaval.

XXI

S'annonce déjà l'automne, le 1ᵉʳ septembre de cette année 1878. J'ai gagné un mois sur le chemin de ma propre mort. Ou plutôt l'ai-je perdu à vivre.

Il y a des signes qui ne trompent pas. Lorsqu'elle m'apporte un bouillon, seule nourriture que je puisse avaler, ma nièce Marie retape presque affectueusement mes oreillers. Je n'entends plus ses vociférations hostiles lorsque mon neveu Jean monte jusqu'à ma mansarde. J'ai reçu la visite du curé de Tourtoirac. Et Mᵉ Labrousse, le notaire, est venu s'informer poliment de « mes dispositions ».

— Je ne possède plus rien, lui avais-je répondu. Que des dettes et ma malle royale contenant quelques papiers et les croix de mes ordres que je lègue à la postérité.

— A la postérité?

Je sentais venir le sarcasme, le haussement d'épaules, le sourire de pitié. Mᵉ Labrousse, au village, avait toujours été mon principal ennemi.

— La postérité? Elle ne mandate pas les notaires. Et le legs n'est pas toujours accepté. Mais laissez-moi vous serrer la main.

La mort fait peur. Non point à ceux qu'elle marque, mais à ceux qui en sont les témoins proches et conscients. Épouvantés, ils mesurent soudain la dureté de leur âme et craignent le témoignage qu'emportera le messager.

Je ne quitte plus mon lit. Je n'en ai plus la force. Les rémissions entre les crises se font de plus en plus brèves et j'entrevois le moment où je ne serai plus qu'un hurlement muet. A Élie et Antoine, j'ai cessé de lire tout haut ce que je viens d'écrire. Je ne puis plus supporter leurs regards interrogateurs. Il ne faut pas décevoir les petits garçons qui rêvent. Eux et moi, nous ne régnons plus sur le même

royaume. Depuis mon voyage à Paris, depuis la désespérante confrontation sous le chapiteau de M. Maurice, un voile s'est déchiré.
Je ne suis plus le même homme. C'est moi qui, désormais, avec un
petit sourire dont je ne me croyais pas capable et un léger haussement d'épaules, contemple les vains efforts et les dérisoires illusions
d'un certain Antoine de Tounens, roi de Patagonie. Au demeurant,
je n'écris presque plus. Une épitaphe me suffirait...

Et cependant, que d'agitation qui n'agitait que moi-même! A
mon retour à Paris, en 1863, Son Excellence M. Pierre Magne eut la
bonté de me recevoir. Son chef de cabinet, le marquis d'Ans, que
j'avais cru convaincre en 1858, à la veille de mon embarquement,
m'accueillit par ces mots : « Hé! Hé! Majesté! Comment vous
portez-vous? » J'avais pris cela pour une marque d'intérêt et pour
un témoignage de respect. Je racontai. Ils m'écoutèrent dix minutes
et puis tirèrent un trait, se jetant tous deux des coups d'œil.
— Obtenir une audience de Sa Majesté l'empereur? Ce n'est pas
en notre pouvoir. Il vous faut écrire à M. le marquis de Lavalette,
ministre des Affaires étrangères, ou à M. le duc de Bassano. C'est
cela, écrivez, écrivez... A l'occasion, nous vous appuierons.
Paris n'est qu'un puits sans fond de promesses non tenues. J'écrivis. J'écrivis cent lettres, mille lettres, à l'en-tête du cabinet de S.M.
le roi de Patagonie et d'Araucanie. Je ne reçus nulle réponse, qu'un
mot bref de M. Pierre Magne qui mettait fin à toute correspondance
et m'offrait toutefois, eu égard à mes malheurs passés et à ma qualité d'avoué, un poste de sous-rédacteur au bureau des octrois de la
préfecture de Paris. Je refusai hautement. Un roi ne saurait travailler! Je ne vivais que des maigres subsides que me servait mon frère
Jean tout en m'assurant qu'ils ne sauraient se poursuivre longtemps.
Je demeure aujourd'hui convaincu que mon malheureux frère, déjà
ruiné par notre emprunt au Crédit Foncier, se saignait aux quatre
veines plutôt que de voir réapparaître à Tourtoirac un roi de carnaval que tous, au sein de ma famille, s'efforçaient d'oublier et de faire
oublier.
Je me tournai vers l'opinion. Rassemblant mes dernières ressources, je fis paraître en juin 1863 la *Relation de mon avènement
au trône et de ma captivité au Chili.* Les libraires de Paris ayant
dédaigné l'ouvrage, je dus en assurer la vente moi-même. On pou

vait se le procurer chez moi, place de la Bourse, au prix de 3,80 F. Il y eut un succès de curiosité, de nombreux commentaires dans la presse, souvent assortis de quolibets, avec cependant des comparaisons flatteuses : l'armée française victorieuse venait de faire son entrée à Mexico, tandis qu'une délégation de notables déposait à Trieste, aux pieds de l'archiduc Maximilien, la couronne impériale du Mexique! Mais en réalité — tout est clair aujourd'hui! —, feignant de porter aux nues le roi de Patagonie que Paris ne prit jamais au sérieux, la presse d'opposition ravalait d'avance au rang de *paubre carnaval* le futur empereur du Mexique.

Maximilien, mon cousin...

Il fut empereur, aux Amériques, moins longtemps que je ne fus roi. Abandonné par Napoléon III. Moi aussi... Lançant dans l'épargne française, pour payer ses derniers soldats, un emprunt qui ne recueillit pas la moindre souscription, tout comme moi... Traité par les gouvernements américains, notamment ceux de l'Argentine et du Chili, de *soi-disant empereur,* comme moi... Son empire, à la fin, réduit aux murs de sa chambre, dans son palais, tout comme le mien... Trahi par son peuple, abandonné par ses troupes... Tel fut aussi le destin du roi de Patagonie. Et quand l'impératrice Charlotte, à demi folle, vint supplier, aux Tuileries, l'empereur des Français de sauver son mari, folle d'inquiétude et de douleur était aussi Véronique, ma reine, aux pieds de l'empereur, dame d'honneur invisible de la malheureuse Charlotte, sa cousine...

J'ai toujours vu dans le destin de l'empereur Maximilien l'exact reflet du mien. On connaît sa fin tragique : fusillé à Querétaro, le 19 juin 1867. Pour parfaire la similitude, il m'a manqué le supplice final, la couronne du martyre, les drapeaux en berne dans toutes les cours d'Europe. A défaut de la voie triomphale, c'est par le sang versé qu'on accède à la postérité. Les deux m'ont fait défaut. Je vais mourir à la sauvette, ainsi qu'un obscur avoué de province qu'eussent ruiné et déshonoré de mauvaises et véreuses affaires.

Aux côtés de Maximilien, debout, le saluant, fut exécuté le général Meija, qui commandait à Querétaro les derniers pelotons de sa cavalerie. Meija était un Indien de pure race. J'eusse été pris et fusillé lors de mon retour dans mes États, en 1870, que personne, parmi mes sujets, n'eût revendiqué l'honneur d'accompagner son souverain dans la mort. Tous m'avaient abandonné, et Quillapan le premier, général de mes armées et ministre de la Guerre du royaume. Car j'avais fui. C'est une constante de mon existence. Toute ma vie s'est passée à courir après le rêve, et sitôt qu'il prenait vaguement forme, je m'enfuyais, épouvanté, de peur de le voir se briser sous mes yeux et cette fois définitivement. Ah! J'ai vraiment tout raté...

Bien que j'en eusse offert de nombreux exemplaires dédicacés à des gens qui ne me remercièrent jamais, la *Relation de mon avènement au trône* me permit de vivre quelque temps, chichement, de rencontrer parfois quelque estime dans certains salons, comme celui du Dr Antoine Cros, et du crédit chez mes fournisseurs. Je donnai des conférences à des sociétés savantes ou philosophiques. Un journal de moindre importance, la *Gazette des étrangers,* me fit l'honneur de me prendre au sérieux, sous la signature de M. Mahon de Monagan. Hélas! j'ignorais à l'époque quel douteux personnage se cachait sous cette identité. Plus tard, trop tard, je devais l'apprendre à mes dépens... Je publiai dans ce journal ami un *Appel à la Nation française* assorti d'une souscription nationale de cent millions, pour la mise en valeur de mon royaume, garantie par des titres de rente sur l'État patagon. L'appel fut repris par plusieurs grands journaux, *Le Figaro, Le Gaulois, L'Opinion,* de M. Veuillot, suivi de commentaires, notamment ceux de M. Veuillot, particulièrement féroces, qui tarirent aussitôt le maigre flot des souscripteurs à la porte de mon cabinet, place de la Bourse. Je vendis pour 766 francs et 80 centimes de titres à de petites gens, ce qui me permit de ne pas mourir de faim en exil. On a parlé d'expédients, d'escroquerie... Dans un Paris livré aux aigrefins de la haute finance, c'était me faire beaucoup d'honneur et placer bien haut mon talent...

Et ce fut le retour des souscripteurs, le poing tendu, l'injure aux lèvres, exigeant d'être remboursés. Ma logeuse m'expédia un huissier. Je dus m'enfuir à Londres, patrie de la banque et des rois en exil. Les banques me fermèrent leur porte. L'exilé vécut de la soupe populaire, couchant dans les asiles de nuit. Mais je ne pouvais revenir en France où tant de dettes m'attendaient, qu'il fallait d'abord payer. J'étais perdu. J'écrivis à mon frère Jean, terminant ainsi cette lettre où sombra ma royale dignité : « ... Ma situation à Londres est des plus tristes. Je dois cent francs et je n'ai pas le sou. Je te supplie donc de m'envoyer par le retour du courrier cent francs, afin que je puisse payer lundi prochain. Tout à toi. » Et je signai : Orélie-Antoine Ier, roi de Patagonie. Un legs à la postérité...

Mon frère paya à Londres. Il paya à Paris. Puis il cessa de payer. Lui aussi s'était lassé.

A Paris, on m'avait oublié. Le héros du jour était M. Auguste Guinnard, que j'avais rencontré à Valparaiso, en 1859, après sa longue captivité chez les Patagons de la pampa. Il venait de publier ses souvenirs, *Trois ans d'esclavage chez les Patagons,* d'où mes fidèles sujets, je dois le reconnaître, ne sortaient point à leur avantage, et d'où, par voie de conséquence, il devenait évident pour les commentateurs que M. de Tounens plaisantait en affirmant avoir régné sur d'aussi abominables sauvages. Plaisanté? Avais-je jamais plaisanté, dans ma vie! Et M. Guinnard par-ci, M. Guinnard par-là, conférence de M. Guinnard, déclaration de M. Guinnard! Je dus me faire tout petit. Et c'est sur les petits que s'acharnent les huissiers. Je m'enfuis à Chourgnac, mon village natal.

— Le lit et la soupe, rien de plus! dit mon frère.

Ce fut atroce. Je dus me cacher. Dans nos campagnes venimeuses, on soustrait l'idiot de la famille aux regards des voisins. J'étais découragé, prêt à retourner à la terre, comme Cincinnatus entre deux campagnes victorieuses. Orélie-Antoine, le roi-fermier... L'idée me plaisait. Acheter un domaine, l'exploiter dignement, montrer à tous le front serein d'un souverain philosophe revenu des vains honneurs du pouvoir... Mais où trouver l'argent?

Jeune avoué, j'avais appartenu, avant mon départ pour mes États, à la loge maçonnique de Périgueux, *les Amis persévérants et l'Étoile de Vésone.* Pour moi, l'étoile maçonnique n'avait guère brillé. En 1860, par la plume de leur vénérable, M⁰ Gilles-Lagrange, en qui j'avais fourvoyé ma confiance et qui fut mon éphémère et malveillant ministre plénipotentiaire en France, les *Amis persévérants* avaient refusé au roi de Patagonie leur caution maçonnique auprès des loges d'Argentine et du Chili. A ce même roi en exil, ils n'auraient pas la cruauté de marchander leur secours.

Je me souvenais de leurs noms. J'entrepris de les convaincre, un par un. J'écrivis lettre sur lettre. Je multipliai les visites. Certains me condamnaient leur porte. D'autres me recevaient par curiosité. Quelques-uns donnèrent, de petites sommes, des aumônes. En novembre 1866, la loge de Périgueux me poignarda dans le dos, par une lettre adressée aux loges et aux frères maçons de la région. J'ai conservé ce document accablant. La vérité... La vérité... Dieu tout puissant! Que l'aveu m'en soit compté...

« Depuis cinq ou six ans, dans ses voyages, dans ses entreprises, Tounens a absorbé une partie de la fortune de sa famille. Et que fait-il ? Rien. Pourtant il est dans la force de l'âge, doué de quelque intelligence, possédant de l'instruction. On lui a parlé d'une place dans l'administration à quinze ou dix-huit cents francs de traitement. A cela il répond que sa dignité d'ancien monarque ne saurait s'accommoder d'un si misérable emploi. Rien d'ordinaire et de convenable ne saurait lui plaire. Il va frapper à toutes les portes sous le prétexte d'un emprunt. Il a soin d'inviter chacun à forcer le chiffre de sa souscription afin que cela serve d'exemple et d'encouragement aux suivants.

« Bref, l'avis de la loge est le suivant : Tounens entre dans une voie regrettable. Il ferait mieux de songer à sa dignité d'homme qu'à sa dignité d'ancien monarque. Ce ne sont pas des prêts, mais des dons qu'il sollicite en réalité. Or, nous devons réserver nos secours à ceux qui le méritent... »

Je me vengeai. En décembre de la même année, par une lettre adressée au Grand-Orient de France, « je jurai devant Dieu et devant les hommes, dans mes États et par le monde entier, de faire tout pour anéantir les loges maçonniques ». Et je signai : Orélie-Antoine Ier, roi de Patagonie.

Mais le mal était fait. J'étais brisé, déshonoré. On me montrait du doigt. Je m'enfuis à Paris, emportant les quelques misérables centaines de francs de cet emprunt avorté. Là aussi, on a parlé d'indélicatesse, d'escroquerie... Comment avais-je osé !... Ordinaire... Convenable... Je hais l'ordinaire et le convenable... Cette singularité a épuisé ma vie... Je suis si fatigué... Je ne sais qui je suis...

Vaine agitation... Je m'en souviens assez bien... A Paris, je m'installai boulevard des Capucines, chez un drapier, M. Meunier, qui ressemblait à un gros chien doux et triste et que j'avais fait baron de Belgrano, grand chambellan de la cour, commandeur de mes ordres. Las de l'ordinaire et du convenable, il y mangea lui aussi son fond, prenant sa part des sarcasmes qui pleuvaient sur ma personne, comme un fidèle chevalier, dans un combat perdu, fait de son corps un rempart à son roi.

Je fis publier une *Lettre ouverte au Sénat*, une autre *aux députés français.* Silencieux, assis dans les deux uniques fauteuils de mon cabinet royal, à l'entresol de la boutique désertée, mon grand chambellan et moi-même guettions des heures entières l'arrivée du courrier, la venue d'un messager, l'annonce d'une visite. Sénateurs, députés, personne ne me répondit. De temps en temps seulement une visite. Des personnages étranges, qui roulaient des yeux égarés, parlaient bas, jetaient des regards inquiets par la fenêtre, craignant d'être espionnés, et m'entretenaient de projets insensés, de complots, de trésors, ou se présentaient comme envoyés secrets et extraordinaires de familles régnantes déchues traquées par toutes les polices, tel le prince Moctezuma, dernier descendant des empereurs aztèques, ou le roi des Mosquitos, ou le prince Scanderberg, prétendant au trône d'Épire et d'Albanie...

Je ne les éconduisais pas. Je les écoutais gravement. Nous élaborions des protocoles d'accord. Ils m'appelaient « majesté ». Ils peuplaient ma solitude. Le voile ne s'était pas encore déchiré. Je n'avais pas encore compris combien ces gens-là me ressemblaient, m'offrant, dans un miroir trouble, le reflet à peine déformé du *paubre carnaval.* M. Meunier ouvrait des yeux émerveillés et débouchait, avec toute l'onctuosité d'un sommelier royal, une bouteille de champagne.

Je décidai de frapper un grand coup et de m'adresser une fois encore à l'Empereur Napoléon III en personne, mon cousin. Une idée de génie : emprunter à l'Empereur, pour la reconquête de mes États, sa Légion étrangère, sans emploi depuis son retour du Mexique où elle s'était couverte de gloire. M. Meunier porta lui-même la lettre au palais des Tuileries. L'enveloppe était scellée aux armes du royaume, avec la souscription suivante : *S.M. le roi de Patagonie à S.M. l'empereur des Français.* Je ne revis M. Meunier que le soir, la mine défaite. Il avait erré dans Paris avant d'oser m'avouer la vérité. Au poste de garde, on l'avait retenu quelque temps. Les soldats riaient, se touchaient le front du doigt. A la fin, un aide de camp lui avait rendu la lettre, non décachetée, en lui lançant d'un ton goguenard : « Revenez le jour de l'Épiphanie... »

Pauvre baron de Belgrano... De ce jour il perdit l'appétit, la foi, puis la raison. Sa famille le fit interner. La boutique du boulevard des Capucines retentit des imprécations et gémissements de neveux et cousins devant les rayons presque vides. Je dus changer de gîte.

Je me retrouvai seul une nouvelle fois. J'étais le roi le plus solitaire et le plus dédaigné de Paris qui en comptait en permanence une bonne dizaine dans ses murs, à l'occasion de l'Exposition universelle de 1867. Les rois de Portugal, de Suède, de Norvège, de Bavière, de Hollande, de Belgique, d'Italie, de Saxe, de Serbie, du Montenegro, le prince de Galles et l'empereur Alexandre II de Russie, jusqu'au général Perez, président du Chili, qui avait traversé l'Océan à cette occasion, mais personne pour lui crier au visage, à l'exemple de Charles Floquet apostrophant le tsar :

— Vive la Patagonie, monsieur !

Au demeurant, la souveraine la plus acclamée de Paris n'en était même pas une ! Une cabotine ! Une mondaine ! Une chanteuse ! Une grande-duchesse d'opérette ! Hortense Schneider, grande-duchesse de Gérolstein... Voilà où l'on en était, dans cette ville frivole, sceptique, qui s'était lassée de la gloire pour se jeter dans la dérision !

On m'avait oublié. Je pus mesurer le fond du gouffre lorsque parut, cette même année, un livre de M. Jules Verne qui rencontra aussitôt un foudroyant succès : *Les enfants du capitaine Grant*. On sait que la plus grande partie de ce livre a mon royaume pour théâtre, la Patagonie, sur laquelle, par ailleurs, il fourmille d'erreurs et d'inventions saugrenues. M. Jules Verne, c'était visible, n'avait jamais mis les pieds là-bas. Aussi m'exécutait-il en huit lignes, à la page 70, et sur quel ton de condescendance amusée ! par la bouche de l'un de ses personnages, évoquant en passant, comme un détail sans importance, ce brave M. de Tounens, ancien avoué de Périgueux, un excellent homme, un peu trop barbu, ex-roi de Patagonie et d'Araucanie, et qui avait subi ce que les rois détrônés appellent volontiers « l'ingratitude de leurs sujets ». Et tous les autres personnages, par la volonté de M. Jules Verne, de sourire d'un ancien avoué devenu roi...

Voilà que l'écrivant, ma plume sans cesse posée, tant me traversent comme un glaive d'effrayantes douleurs, j'en souris à mon tour...

Je m'installai en garni, déménageant fréquemment à la cloche de bois. Ma cour était réduite à rien. Aux bornes de la misère, je mangeais aussi peu qu'une souris, tendant la main, souvent, la nuit, aux portes de service des restaurants, où petites sœurs des pauvres et clochards se partageaient les restes déposés pêle-mêle sur le trottoir par un garçon de cuisine. A mon habitude, sans doute avais-je trop parlé. Les clochards m'appelaient *le roi*. Je n'étais plus qu'un surnom et je m'y accrochais comme un noyé à sa bouée.

En revanche, je soignais ma mise. Paris n'est qu'une ville d'apparence. C'était mon dernier luxe, mon ultime rempart. J'y consacrais mes derniers francs. Le soir, devant une limonade, je m'installais dans tel ou tel café que fréquentaient les noctambules. On y respectait ma solitude. Parfois même on m'y saluait, comme un habitué. Pendant quelque temps, du côté de la butte Montmartre, j'errai à la recherche d'une taverne où, dix ans plus tôt, provincial perdu, j'avais croisé Véronique, sa blondeur, sa voix de gorge à peine entendue : « Je te trouve bien seul, mon petit lapin... » M. Haussmann était passé par là. La taverne avait disparu. Je déplaçai mes quartiers de nuit au café de Bobino, rue de Fleurus, à la brasserie des Martyrs, silhouette muette égarée parmi les théâtreux, les poètes chevelus et les buveurs d'absinthe qui chantaient : « Ah! verte, verte, combien verte, était mon âme ce jour-là... »

Grise, grise, combien grise était mon âme, et j'en étais presque heureux.

Un soir, au café de Bobino, un jeune homme au regard bleu et à la fine moustache blonde, enveloppé dans une cape noire doublée de soie écarlate, vint s'incliner devant moi.

— N'êtes-vous point, monsieur, ici, incognito, Sa Majesté Orélie-Antoine, roi de Patagonie?

Il n'y avait pas le moindre soupçon de moquerie dans sa voix. Un timbre grave, chaleureux. Plus tard, quand se déchira le voile, j'ai compris que chez certaines natures particulièrement romantiques et de vive intelligence, la dérision pouvait se hisser au sublime avec le plus grand sérieux, de telle sorte qu'en y embrassant d'un coup soi-même, les autres, et tout le genre humain, on atteignait superbement le néant et qu'à ce moment-là seulement on pouvait se permettre d'en sourire. J'ai perdu mes amis. Il me reste la leçon magistrale de leur sourire caché.

Le jeune homme se présenta.

— Docteur Antoine Cros, un Patagon qui s'ennuie.

C'est ainsi que je découvris de quelle étrange façon on s'ennuyait à Paris.

— Demain, à la même heure, sire, ne bougez pas d'ici. Mes amis et moi serions heureux de vous recevoir. Un messager viendra vous chercher...

Le lendemain, j'attendis. Le messager n'arriva qu'à minuit, « ayant eu quelque peine », disait-il, « à semer les sbires de la police impériale lancés aux trousses de Votre Majesté. » Je le crus. Mon étoile se rallumait.

Il s'appelait Charles Cros, mais ne ressemblait pas à son frère. Maigre, le teint très basané, les cheveux noirs abondants et ébouriffés, il avait l'air d'un tzigane égaré dans Paris, avec un regard d'enfant. Volubile, puis muet, il passait sans cesse de la plus grande gaieté à la mélancolie la plus profonde. Dans le fiacre, il se présenta.

— Poète et savant, ce qui revient au même.

J'appris ainsi pêle-mêle qu'il passait ses journées, en compagnie de son frère, après avoir remarqué que le fond de son chapeau vibrait quand il parlait, à construire une machine pour recueillir la parole humaine, et ses nuits à observer les astres, Vénus, Mars et Neptune, pour chercher si ces planètes ne nous adressaient pas des signaux. Et il ajoutait, fébrile :

— Ce sera un moment de joie et d'orgueil pour les hommes. L'éternel isolement des sphères est vaincu. Plus de limite à l'avide curiosité humaine, qui, déjà inquiète, parcourait la terre, comme un tigre dans sa cage trop étroite...

Je le crus. Roi enfin revenu de l'ombre, j'étais prêt à tout croire. Au petit trot du fiacre il tira de sa poche un flacon d'argent empli de la liqueur verte des poètes et nous bûmes longuement. Je le fis sur-le-champ astronome du royaume et comte de Fitz-Roy, ainsi que se nomme la plus haute montagne de Patagonie où nous prîmes ensemble la décision de construire un observatoire.

Le fiacre s'arrêta au 14 de la rue Royale[1], chez le docteur Antoine Cros. Antoine m'attendait sur le seuil. Il avait ceint sa redingote de velours d'une écharpe aux couleurs de la Patagonie, qui soutenait une épée dont il tenait gravement la poignée dans sa main.

— Sire ! Vous êtes ici chez vous. Veuillez me considérer comme votre chambellan.

De ce jour date son élévation à la dignité de duc de Niacalel, qui

---

1. Aujourd'hui rue de Birague, non loin de la place des Vosges, en ce temps-là place Royale. *(N.d.E.)*

est une île de mon royaume. Les salons étaient illuminés, emplis d'une foule de dames et de messieurs vêtus de façon peu commune et parmi laquelle je reconnus bien des visages entrevus au café de Bobino. Beaucoup avaient un verre à la main. A mon entrée, chacun se tut, et quelqu'un dont j'avais déjà vu, lors de mes errements nocturnes, la trogne haute en couleur, mais sans la chaîne d'huissier qui pendait à son cou, s'avança et annonça d'une voix de stentor :

— Sa Majesté Orélie-Antoine Ier, roi de Patagonie!

C'était le célèbre Cavalier, dit « Pipe-en-Bois », gloire du quartier Latin, dont je devais apprendre plus tard qu'il était le compagnon de beuverie de Verlaine. Pipe-en-Bois! Huissier du roi! J'eusse dû comprendre, à cette bizarrerie, que l'on s'amusait de moi. Je ne l'ai pas compris. Au demeurant, s'ils s'amusaient, ils le firent de grande façon et avec beaucoup d'attentions. Je leur dois la seule soirée vraiment *royale* de mon existence. Cela vaut bien mon pardon, et un dernier petit signe de reconnaissance avant de quitter le monde des vivants.

Les dames me faisaient la révérence. Les messieurs s'inclinaient. Antoine Cros me les nommait. Je n'ai pas retenu tous les noms. Il y avait là Camille Flammarion, l'astronome, qui sollicita le poste d'ambassadeur de Patagonie auprès des autres mondes habités, un second astronome, Silbermann, des écrivains, Alphonse Daudet, Paul Arène avec qui je parlai patois, Henri Cros, le frère de mes hôtes, peintre, Manet et Desboutin, peintres également, Jean Richepin qui se disait fougueusement « littérateur patagon », un occultiste, Henri Delage, qui faisait tourner les tables, Jules Marey, un tout petit bonhomme qui avait consacré sa vie aux battements de cœur des oiseaux, et des poètes, des poètes dans tous les salons, Verlaine, François Coppée, Glatigny, et Charles Cros, qui ne tenait plus sur ses jambes et me suivait, titubant, répétant comme un refrain :

> *Et si je meurs, soûl, dans un coin,*
> *En Patagonie délétère,*
> *C'est que ma patrie est bien loin,*
> *Loin de la France et de la terre...*

Pauvre Charles... J'eusse dû lui céder mon trône ce soir-là. Il était encore plus patagon que moi. Je me souviens d'autres soirées chez

Nina de Villard, chez Camille Flammarion, chez Antoine. Ivre comme la mort, il déclamait :

> *La mer, les montagnes, les plaines,*
> *Tout est oublié. Je suis las,*
> *Las de la bêtise et des haines.*

Ou bien :

> *Je suis un homme mort depuis plusieurs années ;*
> *Mes os sont recouverts par les roses fanées.*

Et cette épée flamboyante qu'il s'enfonçait dans le cœur tandis que le mien saignait en écoutant ces mots dont chacun me frappait :

> *La mort, l'amour, la mer,*
> *Me noyer dans l'oubli complet.*
> *Femme ! Femme ! cercueil de chair !*

Il eût mérité ma couronne. Il n'en a pas voulu. D'autres l'ont ramassée...

On m'installa dans un fauteuil, Antoine debout près de moi, la main sur la garde de son épée. Chacun venait me présenter ses devoirs, s'enquérait de mes aventures. Des femmes s'asseyaient à mes pieds. Et je racontais... racontais... Je fis, ce soir-là, verre en main, plus de trente comtes, ducs, marquis et barons. On avait déployé sur mes genoux une grande carte marine de la Patagonie fuégienne. Je distribuai mes îles désertes en fiefs. Navarino, Santa Inès, Dawson, Camden, Évangélistes, Hoste, Wollaston, Lennox, Picton, Nueva... A l'annonce de ma mort, qui, d'entre eux, s'en souviendra encore...

Jules Marey, le naturaliste, vint planter sa petite taille devant moi. Il semblait que dans cette assemblée où s'envolaient tant de mots sur les ailes vertes de l'absinthe, on l'écoutait plus qu'un autre.

— Messieurs ! Messieurs ! Douces compagnes ! Un peu de silence ! Savez-vous ce que j'ai lu hier dans le journal de Monsieur Veuillot ? Nous exécrons Monsieur Veuillot, ici, justement parce qu'il est sérieux. Aussi ne pouvons-nous douter de la véracité de ce qui s'imprime chez lui. Sire ! retenez votre souffle. Deux grands phoques sont venus expirer sur une plage sauvage de Bretagne, non loin du cap Fréhel. Deux grands phoques à fourrure d'une espèce jamais vue de mémoire de marin sur les côtes de la triste Europe. Un couple qui s'est laissé mourir parce qu'il avait accompli son chemin. Mes amis zoologistes sont formels. C'étaient deux lions de mer de la Patagonie. Sire, nous ne saurons jamais ce qu'annonçaient vos messagers...

Il se fit un de ces silences où les âmes se parlent.

— Buvons aux messagers du roi! dit Charles, qui tenait une bouteille à la main.

— Tais-toi! Attends... dit une des jeunes femmes assises près de moi.

Elle se recueillit, les yeux clos, puis griffonna quelques mots sur un petit carnet.

— Épitaphe... annonça-t-elle enfin.

Je fermai les yeux à mon tour. J'écoutais le son de sa voix. Une harpe dont, divinement, elle jouait. La voix de Véronique...

> Ci-gisent les messagers du roi,
> Lions de mer de Patagonie.
> Dieu les conduisit de la Croix du Sud à l'étoile Polaire
> Sur la route des contresens.
> Ils ne firent rien comme personne
> Puisqu'ils moururent à l'envers,
> Comme les hommes du Ponant, naguère,
> Lorsqu'ils allaient mourir au cap Horn.
> Ils n'avaient rien à faire par ici,
> Pas plus que les marins là-bas,
> Sinon trouver un sens à la vie.
> Car il n'est pas nécessaire d'être un homme,
> Pour découvrir enfin, en mourant,
> Où se trouve la Patagonie.

J'en avais les larmes aux yeux. Tout était dit. Autour de moi beaucoup pleuraient dans leur verre. La jeune femme se leva gracieusement, et nouant ses bras nus autour de mon cou, approchant ses lèvres des miennes, me donna un long baiser. Elle s'appelait Nina de Villard. Elle avait d'admirables yeux de brune passionnée et des cheveux d'ébène plaqués à l'espagnole. Jouant de l'éventail.

Toujours drapée de vêtements exotiques qui s'ouvraient à chaque mouvement. Douée de tous les talents, elle peignait, sculptait, jouait la comédie, trouvait sur le piano des accords qui frôlent le cœur, mais n'aimait que la musique de M. Wagner dont elle me confia un jour à l'oreille qu'il était le plus grand de tous les musiciens patagons. On me dit qu'elle était la maîtresse de Charles Cros. Elle l'était aussi de Verlaine, et sans doute de M. Manet qui en fit *la dame à l'éventail* et dont *le buveur d'absinthe* trônait dans son salon comme un portrait de souverain. Elle l'était encore de nombreux jeunes poètes auxquels elle disait gentiment : « Nul besoin de m'aimer, un sonnet suffira... » Mais tous les hommes l'aimaient, bien qu'elle eût, me dit-on, la singularité d'être très avare de ses baisers. C'est pourquoi l'assemblée applaudit à tout rompre. On but à ma santé. Le sang s'était retiré de moi. Je me sentais pâle comme un mort.

— Bois! dit Nina. Et fais-moi marquise!

Je la fis marquise des Iles Wollaston. On but à la santé de la marquise. Je n'étais plus le héros de la fête. On m'oublia. Pas Nina. Elle-même, et Antoine Cros, m'invitaient parfois à leurs soirées, ou Nina m'entraînait chez M. Camille Flammarion, près du nouvel Opéra, rue des Moineaux, où un train d'enfer se menait jusqu'à l'aube. Nina était la reine de toutes ces fêtes. Elle adressait de loin en loin un petit sourire à « son roi ». Certains m'appelaient encore « majesté ». Mais j'intéressais moins, et, bientôt, plus personne. Je demeurais silencieux et solitaire dans mon coin. Au moins pouvais-je me nourrir ces soirs-là...

Une nuit, chez elle, me voyant triste et seul au milieu du désordre général, Nina vint près de moi.

— Majesté, tu t'encroûtes! Paris ne te vaut rien. Paris ne pardonne rien. Va-t-en dans tes États et rapporte-moi la couronne...

Elle avait bu plus que de raison mais ses yeux disaient vrai.

J'étais accablé.

La vérité... La vérité... L'ayant enfin oubliée, fallait-il que je retourne m'y brûler comme une mouche à une lampe...

J'y fus.

XXII

La vérité... La vérité...

Il y a quelque euphorie à la voir s'approcher... La mystérieuse métamorphose des morts... Ce sourire qu'ils ont lorsqu'ils prennent congé et qui se fige dans l'exacte appréciation de tout... On croit à un masque, mais le masque est tombé... Je ne faillirai pas à l'usage. Je mourrai en souriant...

A mon retour de Patagonie, je n'ai pas couronné ma reine.

Elle n'était plus la jolie Nina. Épaissie par l'alcool. La harpe de sa voix corrodée par des flots d'absinthe. Elle avait émigré au-delà d'une barrière, rue des Moines, dans une plate campagne faubourienne entourée de terrains vagues. A peine pouvait-on encore parler de salon. Aux plafonds étaient pendus des bancs entiers de harengs saurs qui puaient dans la chaleur. On mangeait parmi les papiers gras et les verres brisés sur toutes les marches de l'escalier, au milieu d'une myriade de chats, de chiens, de cochons d'Inde. La célébrité avait fauché bien des anciens compagnons. Rangés, décorés, académiciens, ils eussent frémi d'être vus chez Nina. M. Manet n'y venait plus. Ni M. François Coppée. Ni M. Alphonse Daudet ou M. Camille Flammarion. Quand tôt se flétrit la chair des femmes et que leur sourire se tord en grimace de détresse, le souvenir de ce qui fut multiplie les raisons de fuir. Parmi des comparses hirsutes et pouilleux qui ne les valaient pas, seuls demeuraient M. Jean Richepin, entre deux séjours à la prison de Sainte-Pélagie, qui déclamait sa *Chanson des gueux* sur un ton à vous glacer le sang, le pauvre Charles Cros, aussi émacié par l'alcool que Nina en était bouffie, Antoine, l'air désolé, inutile ange gardien de son frère, et aussi Paul Verlaine, effrayant, suivi d'une femme en larmes, Mathilde, sa propre femme, qui ne le quittait jamais, comme une pietà de calvaire.

La guerre avait mis fin à la fête, le siège de Paris, les horreurs de la Commune, que je n'avais pas vécus, roi de carnaval en Patagonie, tandis que se figeaient les rires de mes amis dans un Paris en flammes. L'Empereur n'était plus mon cousin. Il n'y avait plus d'empereur.

Enfin, rue des Moines, chez Nina, régnait Arthur Rimbaud. Je crois qu'il me méprisait. « J'abomine les naïfs » disait-il. Et chacun se détournait de moi. Même Nina, même Charles Cros, qui, à mon retour de Patagonie, pauvre roi doublement déchu, m'avait accueilli par ces mots :

> *Roi des illusions ardues,*
> *Nous pleurons tes déserts perdus.*
> *Les déserts ont des chemins longs*
> *Plus gais vraiment que nos salons.*

Rimbaud avait jugé cela grotesque. Sa méchanceté mettait en fuite les meilleurs compagnons de Nina. Il faisait le vide autour de Verlaine qui m'avait, entre deux beuveries, témoigné quelque sympathie. Je n'ai jamais bien compris la nature des sentiments qui jetaient les uns contre les autres les derniers fidèles de Nina. Ils semblaient prendre un sombre plaisir à se torturer mutuellement et usaient de leur âme comme d'une éponge à essuyer les éviers sales. Mais tant qu'on voulut de moi, je retournai rue des Moines. C'était ma seule famille. Mieux vaut être souffre-douleur qu'orphelin. Bientôt ce ne fut plus tenable.

Un jour de 1872, alors qu'il semblait y avoir rémission sur le chemin de l'horreur[1], nous allâmes boire un verre tous ensemble au café du Rat-Mort. Absorbés dans une conversation, Charles Cros et moi-même avions détourné un instant nos regards de la table, et quand nous les y reportâmes, nous vîmes que nos bocks contenaient un liquide bouillonnant. C'était de l'acide sulfurique que Rimbaud venait d'y verser.

Un autre jour, Rimbaud nous dit :

---

1. Les Goncourt, dans leur *Journal*, parlent du salon de Nina de Villard comme d'un « atelier de détraquage cérébral ». *(N.d.E.)*

— Étendez vos mains sur la table, je veux vous montrer une expérience.

Croyant à une plaisanterie, nous étendîmes nos mains. Rimbaud tira un couteau de sa poche et, distribuant les coups comme un dément, coupa profondément les poignets de Verlaine. J'eus le temps de retirer mes mains et ne fus pas blessé. Verlaine sortit avec son sinistre compagnon, sur le trottoir, parmi la foule qui hurlait de peur, et reçut deux autres coups de couteau à la cuisse.

Verlaine et Rimbaud s'enfuirent à Bruxelles poursuivre leur effrayant duo auquel je ne comprenais rien. Les derniers survivants de la rue des Moines, saisis d'une étrange jalousie dévorante, ne sortaient de la torpeur mortelle de l'absinthe que pour s'entre-déchirer. Un soir, Nina, les yeux sanglants, méconnaissable, me jeta :

— Toi! le roi! disparais! Tu n'es qu'oiseau de malheur, comme les...

Elle employa un mot que je ne saurais reproduire, par respect pour moi-même. Femme! Femme! Cercueil de chair...

Il faisait nuit noire. Antoine m'accompagna dans la rue, quelques pas, silencieusement, puis haussa les épaules.

— Monsieur le grand chambellan, dis-je...

Je ne pus achever. Ma gorge se nouait.

Célèbres étaient mes amis. Ils jouaient un rôle à Paris. Ils n'en jouèrent aucun dans ma vie, que celui, majeur, de m'avoir accueilli pour mieux m'abandonner.

Au demeurant, ma seconde aventure, là-bas, en Patagonie, tentée pour un sourire de Nina, ne méritait que cette fin-là...

Que j'en dise quelques mots, tant qu'il m'en reste la force.

C'était en 1869. Une rencontre de hasard. Un M. Planchu, dont, le croira-t-on, j'ai toujours ignoré le prénom, qui se disait avocat en Normandie et futur héritier de biens considérables. M. Planchu, devant un bock au café des Martyrs, manifesta le désir de m'aider à restaurer mon royaume. Ce n'était pas propos d'ivrogne. Nous fîmes des comptes sur une nappe en papier. Il eût fallu dix mille francs. M. Planchu en possédait trois mille dont il disposait souverainement avec la plus grande avarice, me faisant remarquer à tout instant qu'il était seul bailleur de fonds et juge unique de nos dépenses. Qu'avais-je à faire d'un compagnon d'aussi piètre envergure? Qu'il me ramenât dans mes États. J'étais prisonnier du sourire de Nina. Je marchais au désastre. Je le savais. Mais aucune force au monde n'eût pu m'en empêcher. Je supportai toutes les mesquineries de M. Planchu et nous embarquâmes le 8 février à Southampton, sur le vapeur *Oneida,* à destination de Buenos Aires.

Durant la traversée, en troisième classe, juste au-dessus de l'entrepont, M. Planchu fomenta des complots contre ma personne. Il se voyait déjà roi, à ma place! Menaçait de fermer sa bourse si je n'apposais ma signature au bas d'un acte d'abdication qu'il avait rédigé en sa faveur! M. Planchu était tout à fait fou.

Comme il ne savait pas nager et tenait à peine à cheval, il eut la bonne idée de se noyer au passage d'une rivière, tandis que nous chevauchions botte à botte avec une caravane d'émigrants sur la piste de Carmen de Patagones, qui était, à l'époque, l'ultime poste argentin à la frontière septentrionale de mon royaume. Nous partageâmes ses dépouilles, selon la coutume de la pampa. Son cheval et son équipement à mes compagnons de rencontre, ses armes pour moi, ainsi que sa bourse et son portefeuille, lesquels ne contenaient que six cent et quelques francs. M. Planchu m'avait trompé. Je n'ai rien compris à cet homme-là. Jean sans Terre s'emparant de la couronne de Richard Cœur de Lion, peut-être s'était-il imaginé faire son entrée dans un véritable royaume? Pour le convaincre, il est vrai, au café des Martyrs, j'avais largement fait donner la Voix...

A Carmen de Patagones, sur la rive nord du Rio Negro, les maisons émergeaient à peine du sol pour supporter les assauts du *pampero,* si bien que rien ne venait rompre l'impression de solitude que dégageait cette plaine immense. Le *pampero* est un vent terrible, qui, lorsqu'il souffle en rafales, balaye tout sur son passage avec la brutalité d'une avalanche et momifie sur pied cavaliers et chevaux saisis dans la tourmente.

Le village, peuplé d'émigrants, comprenait plus de débits de boisson que d'habitations. Les gauchos de passage y menaient un triste sabbat en compagnie de malheureuses Indiennes réduites à la prostitution. Je ne vis parmi elles, l'âme navrée, le visage d'aucune Véronique. D'autres Indiens erraient dans les rues, la plupart en état d'ivresse permanente. Pour boire et se tuer à boire, ils vendaient tout, leurs chevaux, leurs femmes, leurs armes, leurs troupeaux, les terres de leur tribu, jusqu'à leurs magnifiques vêtements de peau de guanaco qu'ils remplaçaient par des haillons de misère dans lesquels ils mouraient en crachant le sang. Au mess de la cavalerie argentine, où je fus une fois convié, eu égard à la qualité d'écrivain sous laquelle je me cachais, un capitaine m'expliqua que c'était le seul moyen de se débarrasser chrétiennement de *cette vermine*. J'eusse dû lui jeter au visage que j'étais le roi de *cette vermine*! Je n'en eus pas le courage. Impuissant, il ne me restait plus qu'à devenir le témoin muet de la mort de mon peuple.

Il y avait également beaucoup d'Anglais, à Carmen, qui tenaient le haut du pavé, avec morgue, représentés par un consul qui semblait le vrai maître du pays. C'étaient des acheteurs de laine. Chaque semaine partait vers le nord un convoi de lourds chariots tirés par huit mulets et chargés de ballots de laine. Toute la Patagonie côtière était devenue terre à moutons et les gauchos y chassaient l'Indien que l'alcool avait épargné. Enfin, sur la rive sud du fleuve, c'est-à-dire chez moi, dans mes États, flottait le drapeau argentin, à la tour neuve d'un fortin! On y bâtissait une ville avec de larges avenues jalonnées par des piquets et qui s'appelait Viedma, capitale usurpée de la Patagonie. La cathédrale, la prison, le casino des officiers et la *Bank of Liverpool* étaient déjà terminés. Sous mes yeux, on me spoliait! Seuls échappaient encore à la domination étrangère les Indiens de l'intérieur et des contreforts de la cordillère des Andes. Quoi que j'en eusse dit à Paris, je n'avais jamais eu de contacts avec eux.

Je passai près d'une année à Carmen de Patagones. Comme à La Serena, en 1859 et 1860, mais dans les pires conditions, sans même un bureau des vapeurs où me rendre chaque mois pour m'entendre répondre, *no señor, lo siento mucho*, qu'il n'y avait pas de courrier pour moi. Seul, dans une mauvaise auberge, sortant à peine, incapable de prendre un parti et regardant en silence ma vie s'écouler, inutile, entre quatre murs de torchis, sous les rafales du *pampero*. Le sourire de Nina s'estompait. Il m'arrivait même d'oublier pourquoi j'étais venu jusque-là et ce que j'y attendais. Dans les chambres voisines j'entendais gémir des Indiennes sous la loi des gauchos. Un jour, l'une d'elles vint se réfugier chez moi. Elle était très jeune, mais très sale, et toussait à fendre l'âme. Le gaucho vint frapper du poing à ma porte en hurlant des propos menaçants. Je dus payer pour le repos de la jeune fille. Elle dormit dans un coin, roulée en boule comme un petit animal terrifié. Chaque soir elle prit l'habitude de venir s'endormir à l'abri, au pied de mon grabat, et chaque soir je dus payer, souvent le pistolet à la main, tel ou tel gaucho empestant le mouton et qui s'estimait frustré. Sous la crasse, la jeune fille avait un joli visage et de grands yeux en amande où la peur, peu à peu, s'effaçait.

Une nuit, tandis qu'elle dormait, m'approchant d'elle j'avançai la main pour lui caresser la joue. Elle s'éveilla en sursaut, poussa un hurlement de terreur et s'enfuit, ses hardes sous le bras, comme si j'étais le gaucho le plus cruel de toute la Patagonie. Je ne sais dans quel rêve affreux elle m'avait confondu avec le reste des hommes. Je ne l'ai jamais revue. Plus tard j'ai cru l'entendre gémir et pleurer dans une chambre voisine, mais la détresse des femmes ne se réunit-elle pas en une seule et même voix où s'exhale leur malheur? Elle s'appelait aussi Véronique. Elle fut la dernière des reines de Patagonie. La seule dont je garde le souvenir. Celle que je vais retrouver, là-bas, demain, sur les rivages de la mort où m'attendent, enfin, toutes les félicités...

Au début du mois de décembre 1869, il se fit à Carmen de Patagones un grand remue-ménage d'estafettes à cheval couvertes de poussière et de colons apeurés entassant femmes et enfants dans des chariots qu'escortait l'armée. Dans les rues du village, les gauchos et la troupe tiraient l'Indien à vue. On butait sur les cadavres de ces malheureux désarmés, tandis que leurs femmes et leurs filles, définitivement abandonnées, étaient partagées comme du bétail entre soldats et gauchos. J'en conclus que c'est dans la panique que l'homme montre son vrai visage. Le terrible Calfucura, cacique suprême des Puelches de l'intérieur, avait rompu les traités et repris ses raids meurtriers de son repaire de Choele Choel, à cent lieues en aval, sur le Rio Negro. Pour l'attaquer, le gouverneur argentin attendait des renforts et ces renforts tardaient.

Calfucura! J'eus la vision de mon destin. Autant mourir en roi de la main de mes propres sujets, ou rapporter une couronne d'épines à Nina, que de sombrer définitivement dans cette sorte d'oubli de soi-même où je me tenais confiné depuis un an! Je pris la route au matin de Noël, seul, en piètre équipage, sur un petit mulet guère plus haut que l'âne des Rameaux.

La première partie de mon voyage fut pénible mais sans histoire. Je longeai le Rio Negro qui était presque à sec sous la chaleur de four de l'été, cheminant sur ma propre rive, celle de mon royaume, avec, de loin en loin, du sommet d'une dune, la vision de l'infini sur les plaines de Patagonie. Je me souvenais de la description qu'en avait faite M. Darwin : « Ni habitations, ni eau, ni arbres, ni montagnes ; elles ne supportent que quelques plantes naines et une herbe rare, et semblent n'avoir été créées que pour donner du champ à l'imagination... » Cette dernière phrase, surtout, avait bercé ma jeunesse. A présent, je la payais au prix fort. Harcelé par les moustiques, assommé par le soleil, brûlé par le sel que le vent arrachait à d'immenses lagunes desséchées, j'avançais, tel un somnambule, jetant un regard éteint aux rares autruches qui passaient au loin. De temps en temps, un tatou me filait entre les jambes, sa carapace de tortue se déplaçant à la vitesse de course d'un lièvre. Cet animal étrange figure depuis l'origine sur mon blason royal, depuis la foire d'Excideuil, si l'on veut bien s'en souvenir, où je le vis pour la première fois, captif d'un montreur d'animaux. Par charité chrétienne, il faudrait tordre le cou aux enfants qui rêvent, car ceux-là seront toujours malheureux...

Je croisai quelques bergers, quelques chasseurs d'autruches qui s'enfuyaient vers la mer. *« A regressar ! Señor, los Indios ! los Indios ! »* me lançaient-ils au passage, galopant sans se retourner. Puis traversai un petit hameau aux portes battantes et au puits comblé, qui portait le nom ronflant de *Coronel Francisco Sosa*, où un peloton de cavalerie argentine avait pris position dans le plus grand désordre, tout prêt, me semblait-il, à la retraite plus qu'au combat. *« Los Indios ! Los Indios ! »* me cria un officier. Je connaissais le refrain. C'était mon chant funèbre.

D'autres fuyards... Des huttes fraîchement incendiées... Une chapelle saccagée. L'endroit s'était appelé *Fortín Coronel Castre*, dernier poste argentin avant Choele Choel, à une journée de marche. Le poste était tenu par une troupe peu nombreuse mais disciplinée. Immobile sur son cheval, un officier examinait soigneusement l'horizon à la longue-vue. Il se présenta.

— Colonel Murga. Vous faites exception, Monsieur, bien que vous sembliez étranger ! Ce pays n'est peuplé que de poltrons qui nous viennent d'Europe ! Les Indiens, moi, je les attends !

— Moi je ne les attends pas. Ce sont eux qui m'attendent ! J'y vais !

Éperonnant ma rosse, je l'enlevai des quatre fers en un ultime sursaut de sa carcasse épuisée. J'entendis la voix du colonel, derrière moi.

— Hé là! Ils vont vous tuer! Vous êtes fou! Mais qui êtes-vous?

— Je suis Orélie-Antoine Ier, roi de Patagonie...

Et j'étais déjà loin. Là-bas, vers Choele Choel, se dessinait dans le ciel un étrange nuage qui prenait la forme d'une couronne. Cette fois, j'étais seul. Je me sentais apaisé. J'avais dépassé le point de non-retour. Au soleil de midi, mon pauvre mulet expira. Je continuai à pied, mourant de soif, les yeux traversés d'éclairs rouges. Puis je vis une croix dressée sur le bord de la piste. Un corps humain y était cloué, d'où pendaient des lambeaux sanglants d'uniforme. Le soldat avait les yeux crevés. Il était affreusement mutilé. Plus loin, autour d'une cabane de berger incendiée, cinq autres croix, un homme, une femme aux seins coupés, deux enfants, et, sur la cinquième, le cadavre crucifié d'un mouton. Puis encore des soldats, que même leur mère n'eût pu reconnaître... Enfin, au soir, le corps d'un officier auquel on n'avait pas crevé les yeux et qui me regardait sans me voir. Au pied de cette croix, ils m'attendaient.

Ils étaient six. Et rien, à moi, leur souverain, ne me parut plus bizarrement triste et soudainement inintelligible que l'aspect de ces êtres à demi nus, montés sur des chevaux ardents qu'ils maniaient avec une sauvage prestesse, ainsi que la couleur bistrée de leurs corps noueux, leur épaisse et inculte chevelure tombant autour de leur figure et ne laissant entrevoir à chacun de leurs brusques mouvements qu'un ensemble de traits hideux, auxquels l'addition de couleurs vives donnait une expression de férocité infernale. Ils fondirent tous les six sur moi en poussant des hurlements parmi lesquels je reconnus un mot que j'avais appris de M. Guinnard : « *Théoaouignecaë!* » Chien de chrétien! La description de M. Guinnard était conforme à la réalité en tout point. Que Dieu protège le roi...

Je reçus plusieurs coups. Une lance me transperça le bras. Une des boules de pierre de la *bola*, l'arme des Patagons qui figure aussi sur mon blason royal, m'atteignit en pleine tête et me fit rouler inanimé sur le sol. Les Indiens qui m'entouraient, voyant mes mouvements convulsifs, se disposaient à y mettre un terme en m'achevant, lorsque l'un d'eux, qui semblait être leur chef, s'opposa à leur dessein. On me dépouilla de mes vêtements. On me lia les bras et les jambes, on m'attacha tout allongé sur le dos d'un cheval aussi nu que moi-même, et commença pour moi un voyage vraiment terrible, une succession d'agonies et de faiblesses pendant lesquelles je me trouvai ballotté comme un fardeau inerte, au galop d'un cheval sauvage qu'aiguillonnait en hurlant mon escorte royale.

Combien dura ce supplice? Je n'en sais rien. Au matin — quel matin? —, arrivé au camp de la horde, à Choele Choel, parmi tout un concours d'hommes, de femmes et d'enfants hirsutes qui me contemplaient avec une curiosité farouche, on me jeta comme un paquet aux pieds d'un grand vieillard qui se tenait debout devant sa hutte, une lance à la main. Calfucura!

En mauvais espagnol, il m'interpella avec colère.

— Mais, Chrétien, d'où viens-tu? Comment se fait-il, seul, tu viens? Tu vas mourir! Tu es fou, je crois? Pourquoi seul te venir chez moi? Qui es-tu?

Incapable de me mouvoir, je restai étendu à terre. On me délia les jambes. Je parvins à me lever. Il y a des instants qui sauvent toute une vie. Le tout est de ne pas les manquer.

— *Soy el rey! El rey de Patagonia!* Je suis le roi. Le roi de Patagonie! Je suis ton roi, Calfucura!

Je l'ai dit!

Ah! Véronique... Ah! Nina... Pour toi, je l'ai dit! Pour toutes les femmes jeunes et jolies qui passèrent dans ma vie sans me voir, pour toutes les reines de Patagonie qui se comptent par millions et jamais ne le sauront, je l'ai dit!

Je me retrouvai nu, traîné par un cheval qui fit le tour du camp au galop sous les hurlements de haine de la horde, puis jeté dans une hutte sordide où d'effroyables mégères me déchirèrent la peau de leurs ongles afin que, blanche, elle devint rouge. J'étais livré à ces fous!

J'étais le roi de ces fous...

Ma captivité dura plus d'une année. Cela, ainsi que le récit de ma capture et aussi mon long séjour à Carmen de Patagones, je l'ai toujours celé, laissant planer le doute sur les péripéties d'une aussi longue absence. La vérité... La vérité... Elie, Antoine, mes pauvres petits qui aimez tant rêver, puissiez-vous comprendre, à la lecture de ces lignes, que c'est ainsi, vraiment, que j'ai régné...

On me nourrissait de racines et de viande de cheval crue avariée qu'on me jetait comme à un chien. Lorsque je me tenais debout, il y avait toujours un de ces fous pour se précipiter sur moi et m'abattre à coups de poing, si bien que j'avais pris l'habitude de me déplacer à quatre pattes à travers le camp. J'avais résolu de survivre. Qu'un jour enfin, Calfucura reconnaisse : tu es le roi! Car, selon son caprice, il me faisait venir devant sa hutte et me demandait avec acharnement :

— Qui es-tu?

— Je suis le roi! Le roi de Patagonie! Ton roi!

Et les persécutions reprenaient.

Un jour, cependant, songeur, il me dit :

— Moi, Calfucura, me demande vraiment qui tu es...

De cet instant, mon sort s'améliora, sans cependant devenir plus enviable que celui d'un esclave. Je me remis lentement de mes blessures. Mais c'est à cette époque-là que naquirent les épouvantables douleurs d'entrailles dont je sais que je vais mourir.

Vers la fin de l'année 1870, environ deux mille soldats argentins commandés par le colonel Murga, et guidés par des Indiens soumis, attaquèrent le camp des Puelches par surprise. S'ensuivit un terrible combat où les Puelches, reprenant l'offensive au galop vraiment terrifiant de leurs chevaux et hurlant comme des damnés, mirent en déroute les Argentins. Pendant tout le cours de cette action qui fut longtemps indécise, je tremblai. Non pour ma vie. Pour mon honneur. Je ne tenais pas à être délivré de cette façon-là!

Le combat ne cessa que vers le coucher du soleil. A cent ans, car tel était son âge, Calfucura avait conduit cinq charges successives, crevant trois chevaux sous lui, abattant à la *bola* plus de cinquante ennemis! Tout pitoyable que fût l'état où sa cruauté m'avait réduit, je ne pouvais m'empêcher de l'admirer. Ah! Il était en tout point digne du grand destin que j'avais fixé pour lui en le nommant naguère, on s'en souvient, colonel des escadrons irréguliers patagons, sous le commandement suprême du général Chabrier. Mes armées avaient vaincu! J'avais gagné la bataille de Choele Choel!

Restés maîtres du champ de bataille, d'où avait pu s'échapper le colonel Murga, les Indiens, tout en pillant les morts et en achevant les survivants, trouvèrent parmi ces derniers trois des traîtres de leur tribu qui avaient guidé la cavalerie argentine. Ils se gardèrent bien de les achever sur l'heure. Ce genre de mort leur paraissait trop doux. Ils plantèrent dans le sol quatre piquets auxquels ils attachèrent ces malheureux par l'extrémité des membres, puis les dépouillèrent, chacun à leur tour, tout vivants, de leur peau, ainsi

qu'ils l'auraient fait d'un animal quelconque. Enfin, ils se parta-
gèrent entre eux les peaux qu'ils déchirèrent par lambeaux, et dont
je les vis faire plus tard différents objets tressés destinés à être
envoyés en menace et défi aux autres Indiens soumis ! Tout épouvantables que fussent ce spectacle et les cris de ces malheureux, si mes
sujets m'en avaient fait juge, je n'eusse point accordé la grâce. Moi
qui ai été trahi si souvent, il n'est rien que j'abomine autant que la
trahison.

Ce fut la dernière grande bataille de Calfucura et la dernière victoire des Puelches. Plus tard, beaucoup plus tard, j'appris leur dis-
persion et leur fuite devant des régiments argentins largement pour-
vus de canons, et leur massacre systématique, mois après mois,
famille après famille, jusqu'à ce qu'enfin il ne restât rien ni personne
de la nation des Puelches. J'eusse souhaité, en d'autres temps, les
conduire à la victoire. Cela n'a pas été possible. Dieu me donnera
ma revanche, je le sais, de l'autre côté de la vie...

Calfucura avait envoyé des messagers sur l'autre versant des
Andes à ses alliés araucans, les Mapuches, mes sujets. Partout la
révolte grondait. L'annonce de la victoire de Choele Choel avait
soulevé toutes mes fières tribus de la montagne. Et moi, leur roi,
j'étais prisonnier, impuissant, inutile, désespéré.

C'est alors que le destin, pour la dernière fois, se souvint d'Orélie-
Antoine Ier, roi de Patagonie. Un cavalier de haut rang, à en juger
par son escorte de lanciers araucans, venait de faire son entrée dans
le camp, au galop, superbement, faisant cabrer son cheval devant la
hutte de Calfucura. La foule criait : « Quillapan ! Quillapan ! » A ce
nom, je frémis de joie. Quillapan ! *toqui* suprême des Mapuches et
ministre de la Guerre du royaume... Ce n'était pas Quillapan, seulement un ambassadeur du *toqui* dont le nom courait sur toutes les
lèvres : Lemuano. J'avais connu à Villarica, en 1860, dans l'entou-
rage de Quillapan, un jeune cacique qui s'appelait Lemuano. Je
m'approchai. Dans sa liesse, la foule ne me prêtait plus attention.
Je pus me glisser au premier rang. C'était *mon* cacique Lemuano,
que j'avais fait, s'il s'en souvenait, commandeur de l'ordre de la
Constellation du Sud. Et ce fut de ma voix de roi que je l'appelai :

— Lemuano ! Cacique Lemuano !

Personne, parmi cette foule, n'avait encore entendu le véritable
son de ma voix. Sous les coups, l'humiliation, je l'avais perdu. Je le

retrouvai. La surprise imposa silence à ces fous. Jusqu'à l'impitoyable Calfucura lui-même qui me considérait d'un regard incrédule.

— Lemuano! C'est moi! Le roi!

A demi-nu que j'étais sous une méchante peau de guanaco, ma barbe devenue blanche, sans doute avait-il de la peine à me reconnaître, dans cet état, dans cette situation, au terme d'une absence de onze ans. Et s'il ne me reconnaissait pas?

— La Voix! dit-il enfin.

— Le roi, rectifiai-je. *El rey!*

Le mot courut de bouche en bouche, *el rey... el rey...* et résonnait à mes oreilles comme une sonnerie de trompettes célestes.

— *El rey*, répéta Lemuano.

Mais je le sentais perplexe, fouillant dans sa mémoire, incapable d'examiner logiquement les circonstances incroyables de cette rencontre.

— Toi, que faire ici? me demanda-t-il d'un ton où je discernais autant de doute que de conviction.

Je vis frémir dans sa main la lance de Calfucura. Je distinguai des murmures dans la foule, où l'insulte, *théoaouignecaë*, chien de chrétien, prenait peu à peu de l'ampleur. Encore une minute, monsieur le bourreau... Je m'avançai, déployant toute ma taille que j'avais pris l'habitude de courber pour éviter les coups.

— Lemuano! Et toi, Calfucura! Me voici devant vous, moi, Orélie-Antoine, roi d'Araucanie et de Patagonie! Je l'ai dit à Calfucura, mais le grand Calfucura, trompé par les esprits malins, n'a pas voulu m'entendre. Oublions tout cela. Nous n'avons perdu que trop de temps. Je suis venu reconquérir mes États, me mettre à votre tête, chasser les Argentins de toute la Patagonie, chasser les Chiliens des terres ancestrales et sacrées des Mapuches! Nous ne ferons pas de quartier! Nous traiterons comme des assassins ces chiens qui massacrent vos femmes, incendient vos *rucas*, détruisent vos récoltes et ne méritent pas le noble nom de soldat. Je vous conduirai à la victoire! Car je vous apporte des armes et des munitions. Beaucoup d'armes. Pour chacun d'entre vous. Des fusils modernes pour tuer nos ennemis avant même qu'ils aient pu s'approcher et pointer leurs canons. Mon cousin, le grand empereur de France...

— Cette promesse, m'interrompit Lemuano, toi l'avoir déjà faite. Mais toi toujours les mains vides...

La mémoire lui revenait. Je vis se fermer à nouveau le visage cruel de Calfucura.

— Mon cousin, le grand empereur de France, repris-je sans me démonter, nous a envoyé un bateau. C'est un navire de guerre. Il s'appelle le *D'Entrecasteaux*. Il apporte des armes. Il nous appuiera de ses canons lorsque nous donnerons l'assaut aux forts chiliens de la côte. Ce navire nous attendra dans quinze jours, en rade de Lebu, de l'autre côté des montagnes, là-bas, en Araucanie. Ce rendez-vous est fixé depuis un an avec le grand *toqui* de la marine impériale française. Un an pendant lequel j'aurais eu le temps d'organiser nos escadrons. Les esprits malins en ont décidé autrement. Il nous reste quinze jours. Mais dans quinze jours, avec moi, votre roi, vous serez invincibles !

Il se souvenait, Lemuano... Il me contemplait de son regard noir, cherchant à fouiller mon âme. En cet instant précis, il eût pu le faire sans danger pour moi. En ce temps-là, quand je parlais en roi, je croyais encore à ce que je disais...

— *Viva el rey !* cria-t-il enfin.

— *Viva el rey !* hurla la foule.

Calfucura leva ses deux mains : le grand salut de cérémonie. Je régnais ! C'était le 10 février 1871...

Et cependant, ce navire, je venais de l'inventer, ou plutôt, de le faire surgir tout armé de ma mémoire où il gisait providentiellement. La grande carte marine, sur mes genoux, dans le salon de Nina, tandis que je distribuais des îles désertes à mes comtes et barons... Il y était marqué : *Côtes occidentales de la Patagonie fuégienne, levées en 1864-1865 à bord de l'aviso D'Entrecasteaux, commandé par M. Martial, capitaine de frégate, et MM. de Lajarte et de La Monneraye, enseignes de vaisseau...* Je connaissais même par leur nom les officiers de ce navire allié ! Je leur avais fixé rendez-vous en rade de Lebu, la seule qui me fût venue à l'esprit et que j'avais contemplée de mes yeux, au sud d'Arauco, non loin d'Angol et de Nacimiento où j'avais été trahi et arrêté en janvier 1862. Quant au délai de quinze jours que je m'étais accordé sans trop y réfléchir, j'imagine qu'il représentait le seul sursis raisonnable qui se pût concevoir avant que se déchire le voile des illusions.

Si l'on considère enfin qu'à cette époque j'ignorais qu'il n'y eût plus d'empereur en France, on prendra la vraie mesure de mon discours de Choele Cheol : un navire fantôme dépêché par un empereur détrôné à un roi sans royaume...

— *Viva el rey!* A Lebu! A Lebu! cria la foule.

— A Lebu! dit Calfucura en brandissant sa lance, tout en me jetant un regard perçant où je pouvais compter très exactement les quinze jours de mon sursis et pas une minute de plus.

— A Lebu! conclut Lemuano. Nous partirons à l'aube.

Calfucura n'avait pas lésiné. Je disposais d'un cheval magnifique et d'un équipement de cacique, mais d'armes, point. On ne me les avait pas rendues. Nous chevauchâmes dix jours par monts et par vaux, longeant le Rio Negro, puis le fleuve Limay, enfin son affluent, le Picun-Leufu, un torrent de montagne, nous hissant palier par palier jusqu'au col de Llaima, dans les Andes. Une estafette nous précédait, qui avait la mission d'avertir Quillapan de notre arrivée.

J'avais perdu la notion du temps. Je ne songeais plus au sursis dont j'eusse dû, jour après jour, mesurer l'inexorable rétrécissement, ainsi qu'un condamné à mort le temps qu'il lui reste à vivre. Nous avions percé le plafond des nuages qui s'étendait à nos pieds et me semblait ensevelir à jamais toute cette vie d'échecs qui avait été la mienne. Dans l'air glacial et léger, le soleil brillait et éclairait un autre monde peuplé de vigognes bondissantes et de hardes de cerfs, tandis que se découpaient dans le ciel immaculé, au nord et au sud à l'infini, les pics neigeux des Andes où se rejoignaient les deux versants de mon royaume. De ce monde-là, j'étais roi.

Au soir du dixième jour, tandis que nous bivouaquions au pied du col de Llaima, dans le silence des hautes altitudes, se fit entendre, comme s'il descendait du ciel, un lointain martèlement de sabots qui alla s'amplifiant, puis se matérialisa par l'apparition d'une longue colonne de lanciers qui sortaient un par un de l'étroite faille du col et prenaient le galop sur le plateau herbeux en poussant le cri de guerre des Mapuches.

— Quillapan, annonça laconiquement Lemuano, et, le disant, c'était moi qu'il regardait.

Quillapan! Couvert de fourrures comme un chef mongol, déjà il avait sauté de cheval et s'avançait vers moi, lance au poing.

— Toi revenu! dit-il. Toi m'étonner!

Et il leva les deux mains, le salut que lui-même m'avait appris, à Valparaiso, onze ans plus tôt, à l'auberge de Santa-Teresa. Contrairement à son roi, il n'avait pas vieilli, mais la dureté de son regard témoignait de l'âpreté des combats qu'il avait dû mener en mon absence.

— Toi toujours seul! dit-il encore.

Cela sonnait comme un reproche. Mais comment lui expliquer que là-bas, en France, au pays du puissant empereur, mon cousin, personne ne m'avait écouté! Que rires et quolibets avaient seuls salué son nom dans les antichambres des ministères et des journaux, lorsque j'évoquais Quillapan le guerrier, mon ministre de la Guerre! Mon royaume pour un mensonge! Elie, Antoine, en cet instant j'étais empli de honte et de fierté. Car flottait à la lance de Quillapan un étendard délavé où se reconnaissaient encore mes trois couleurs, bleu, blanc, vert! Le drapeau de Villarica! Allons! mes chers petits, on ne peut inverser le cours du destin. Pour l'honneur de Quillapan, pour le mien, il me fallait jouer au roi...

— Seul! Oui! Mais avec dix mille fusils!

Je repris mon discours de Choele Choel, le *D'Entrecasteaux*, le rendez-vous de Lebu...

— *Viva el rey!* A Lebu! A Lebu!

Il me restait quatre jours et quatre nuits. A partir de ce moment, pas un instant, je n'ai cessé d'en déduire le compte, minute après minute. Car Quillapan, lui, m'avait cru, sans réserve, m'accordant foi et confiance en un seul éclair de son regard d'oiseau de proie.

Désormais, nous chevauchâmes botte à botte. A Mapu, sa capitale, de l'autre côté du col, un village de cent huttes enclavé au cœur de l'inextricable forêt araucane, il se fit un grand *chivateo*, avec force cavaliers galopant en rond toute la nuit autour des brasiers. Quillapan avait dépêché des messagers dans toutes les directions. Dix caciques vinrent nous rejoindre. A la lueur des flammes, je formai mon deuxième gouvernement :

Ministre de la Guerre : grand *toqui* Quillapan.

Ministre des Affaires étrangères : cacique Montré.

Ministre des Finances : cacique Lemuano.

Ministre de l'Intérieur : cacique Quillahueque.

Ministre de la Justice : cacique Calflouchauch.

Ministre de l'Agriculture : cacique Marioual.

Ministre résident de Patagonie : cacique Calfucura.

Le conseil des ministres, comme à l'accoutumée, fut copieusement arrosé. Le cacique Marioual demanda en hoquetant ce que c'était qu'un ministre, et le cacique Calflouchauch, titulaire de la Justice, parlait d'écorcher vifs sans jugement, et sans considération d'âge ou de sexe, tous les chiens de Chiliens qui tomberaient entre nos mains. Puis tous criaient : « A Lebu! A Lebu! »

A Lebu... Dès le matin, nous sautâmes en selle. Dix mille fusils! L'impatience de mes sujets avait peine à se contenir. Au passage de chaque village, notre troupe se grossissait d'un nouveau contingent de lanciers. A Lebu! A Lebu! Nous ne nous cachions plus. Ayant quitté la forêt, nous chevauchions résolument à travers plaines et vallées, observés de loin en loin par des éclaireurs de la cavalerie chilienne qui s'en allaient au galop rendre compte à leur chef, mon vieil ennemi, le colonel Saavedra. Une armée me suivait. Lorsque je me retournais sur ma selle, aussi loin que mon regard pouvait porter, la piste était hérissée de lances. Centaines? Milliers de cavaliers? A tous, j'eusse pu prédire, comme le Christ : « Dans trois jours, vous m'aurez abandonné. » Roi, je marchais à mon sacrifice. Seul, j'en connaissais l'heure fixée par le destin.

Le 24 février au soir, l'armée bivouaqua dans une immense clairière, à quelques lieues de Lebu. C'était ma dernière nuit. La veillée d'armes avant la chute. Les Mapuches avaient tué des bœufs qu'ils rôtissaient entiers au-dessus d'immenses brasiers. Les outres passaient de main en main. La *chicha* ruisselait dans toutes les gorges. Sombre ivresse, ivresse farouche, au son lugubre des tambours de cuir et des trompes de bois lançant à tous les échos de la forêt leur appel tragique et monotone... Les caciques avaient disparu. Passé minuit, ils surgirent devant moi, la mine grave.

— Éclaireur revenir de la mer, annonça Quillapan. Pas voir navire!

— J'ai dit : quinze jours. Le quinzième jour, c'est demain.

— Colonel Saavedra envoyer messager aux caciques. Colonel Saavedra dire : Français fou! *Rey, no! Loco, si!* Colonel Saavedra donner cent pesos pour la Voix.

La trahison! Déjà... Seigneur! Laissez-moi au moins régner sur moi-même! N'avancez pas le terme que je me suis fixé en toute souveraineté...

— Caciques répondre : Le roi homme bon, dit enfin Quillapan. Le roi nous rendre terres et liberté.

Élie, Antoine, mes chers petits, pesez le poids des mots. Dans l'univers des intentions, ce jour-là, n'ai-je pas été vraiment roi?

On dit que les condamnés à mort, la nuit qui précède l'échafaud, finissent par s'endormir, apaisés, dans le sommeil des certitudes. Je dormis comme une souche. Avant l'aube, une main me secoua. C'était Quillapan.

— Nous allons, me dit-il à voix basse. Toi et moi, seuls.

La clairière était jonchée, comme à Villarica, de corps étendus pêle-mêle, fauchés par la *chicha*. On n'entendait d'autre bruit que le gémissement des dormeurs. Il faisait encore nuit. Côte à côte, en silence, au pas de nos chevaux, nous prîmes à travers la forêt le chemin de la mer dont le vent qui se levait nous apportait déjà les premières senteurs. Une mouette cria. Puis une autre. Une forte odeur d'iode montait vers nous.

Enfin, l'aube de ce 25 février 1871 nous trouva, Quillapan et son roi, comme deux sentinelles immobiles, au sommet d'une colline dénudée qui dominait l'immensité de l'océan Pacifique. Il faisait miraculeusement beau ce matin de mon couronnement. La rade, à demi fermée par un cordon de sable jaune que soulignait l'écume argentée du ressac, sortit lentement de l'ombre, tandis que la noirceur de l'eau virait peu à peu sous le soleil à l'aigue-marine des océans majeurs. Sur la rade de Lebu, aussi déserte qu'il se pût, pas une voile, pas une fumée, pas même une épave. Pas le moindre signe de vie. Un extraordinaire silence que troublait seul le cri moqueur des mouettes.

— Nous! attendre! dit Quillapan.

Descendant de son cheval, il s'assit en tailleur, les mains posées sur les genoux, face à la mer, et ne prononça plus un mot. Je m'assis à ses côtés, scrutant désespérément l'Océan comme si le seul effet de ma volonté eût été capable d'en faire surgir un navire de guerre chargé de dix mille fusils. En moi-même je me répétais : « Je suis Orélie-Antoine Ier, roi de Patagonie. J'ai promis ce navire. Avant la nuit ce navire arrivera... » J'avais fini par y croire. Assuré de sa venue, j'eusse pu l'attendre mille ans.

De toute la journée, Quillapan ne bougea pas un muscle et ne proféra pas une parole. Nous étions comme deux statues jumelles élevées par quelque peuplade disparue à la gloire de l'Espérance.

Quand la nuit s'annonça, Quillapan dit seulement :

— Toi me tromper.

Nos deux visages s'effaçaient peu à peu comme un dessin dans le sable sous la marée montante.

— Te tromper? répondis-je. Quillapan! Peux-tu croire que j'ai traversé tant de pays et tant de mers et supporté tant de souffrances pour venir jusqu'ici, te tromper!

Alors il se leva et enfourcha sa monture.

— Garde le cheval, dit-il. Adieu.

Dévalant la colline, il disparut dans la nuit.

Je me suis longtemps demandé pour quelle raison il avait tenu, dans cette espérance d'un jour, à ce que je ne fusse accompagné que de lui seul?

Je n'ai pas trouvé de réponse.

C'est le seul mystère de ma destinée...

XXIII

15 septembre 1878...

Depuis quelques jours, le docteur Ménard passe me voir chaque soir au retour de ses visites... J'entends le pas de son cheval qui s'arrête juste devant la maison... Puis des chuchotements, en bas, dans la cuisine... « Comment est-il ? » « Il a encore baissé... »

C'est vrai. Je m'en vais...

Je ne m'alimente plus... Je ne quitte plus mon lit... Je n'échappe aux milliers de rats qui me déchirent le ventre que pour tomber dans la torpeur presque inconsciente où me plongent les pilules d'opium dont je ne saurais plus me passer... Je n'en manque pas. Guilhem et Gérardin, et jusqu'à Mᵉ Labrousse, ont mis la main à la poche... Mon écritoire près de moi, sur mon lit, je n'ai plus la force de tenir la plume... A quoi bon... Comme le chantait justement le pauvre Charles Cros, voici venir le temps de *la Patagonie délétère*...

Marseille... Rapatrié par charité en 1871... Tout recommence... J'écris à M. Thiers... aux officiers français déshonorés par la défaite... Rejoignez mes armées, je vous conduirai sur le chemin de la gloire... Par voie de presse, j'enrôle les Alsaciens-Lorrains chassés de leur province, les Communards qui peuplent les prisons... On rit de moi... On rit... Je publie deux journaux, *Les Pendus*, *La Couronne d'acier*... Si peu de lecteurs que... éphémères... J'arrive à Paris dans les fourgons de S.A.R. le prince Scanderberg, prétendant au trône d'Épire et d'Albanie, commandant en chef de l'Armée chrétienne d'Orient, qui a grande allure et que j'ai rencontré à Marseille... On sait, à Paris, comment Nina me reçut...

Ma cour, deux pièces minuscules rue de Grammont... Celle du prince Scanderberg, dans un bel appartement, avenue de l'Opéra, où il mène grand train... Il est coiffé d'un tarbouche à aigrette et dispose d'un capitaine des gardes qui introduit ses invités... son intime,

le comte Bustelli-Foscolo, ministre plénipotentiaire du Honduras...
le prince arménien Ostanik der Marcariantz... le prince marocain
Abdallah el Guenneori... un autre prince africain, Bienil bey...
S. M. le roi des Mosquitos... le général mexicain Roa... ainsi que les
collaborateurs du prince, M. Mahon de Monagan, journaliste, M. Jimenez de la Rosa, duc de San Valentino, grand maréchal du palais
et qui devint aussi mon secrétaire d'État... Chaque mardi se tient
avenue de l'Opéra, chez le prince Scanderberg, le chapitre de l'ordre
de Santa-Rosa, ordre royal d'Épire et d'Albanie... Il s'y fait plus de
chevaliers, de commandeurs et de grands-croix que je n'avais
accordé de brevets, en douze ans de règne, de mon ordre royal de la
Constellation du Sud... Les salons sont emplis de bourgeois et de
commerçants qui arborent fièrement leurs décorations neuves, flat-
tés que tant de hauts personnages, ceints des cordons du même
ordre, leur fassent la grâce de les accueillir parmi eux... « Ah!
Majesté! me dit le prince en aparté, les rois sont au-dessus du commun! C'est ainsi qu'il faut remplir nos caisses pour nourrir nos
grands desseins... »

Je ne vends pas la Constellation du Sud! C'est la décoration que
porte Quillapan... Il faut un ordre pour le commun... Ce sera
l'Étoile du Sud... Dans ses rubriques, M. Mahon de Monagan en
parle en termes flatteurs... M. Jimenez de la Rosa s'entremet auprès
des futurs impétrants... M. Giraud, mon nouveau premier ministre,
s'entend à fixer les droits et les frais... Mes grands desseins... Je me
nourris mieux... Je tiens ma place au café du Chat noir... La Patagonie délétère...

Un jour de la fin de 1873, on frappe à ma porte, rue de Grammont... M. Gabriel Macé, chef du service de la Sûreté... Interrogatoire, perquisition... On a arrêté M. Giraud, mon premier ministre,
pour escroquerie, trafic d'influence et de décorations frauduleuses...
Le prince Scanderberg est en fuite... Ce n'était qu'un escroc, du
nom de del Prato, qui avait purgé dix ans de prison à Naples... Le
prince Ostanik der Marcariantz avait été élevé par l'Assistance
publique... Le prince marocain Abdallah el Guenneori se nommait
en réalité Gory, policier révoqué... Le roi des Mosquitos était né
Faubourg Saint-Antoine, impasse de la Bonne-Graine... Le comte de
Bustelli avait également pris la fuite. Sous le nom de Bustelli, il sortait aussi de prison... Condamnés M. Mahon de Monagan et M. Jimenez de la Rosa, pour complicité d'extorsion de fonds... J'avais

vécu trois ans en compagnie de ces pantins, de ces masques de carnaval... Élie, Antoine, pardonnez-moi... Les enfants de Tourtoirac ne s'y étaient pas trompés... J'étais roi chez les masques... Masque de roi... Demain, masque de mort... Ils se confondent... Vous comprendrez... « Quant à vous, monsieur de Tounens »... c'est le chef de la Sûreté qui parle... « je vous prends pour un brave homme égaré parmi les aigrefins. Vous ne serez pas poursuivi. Faites-vous seulement oublier... »

Oublier! Encore une fois, jamais!

Il faut reconquérir le royaume!

Avril 1874, Buenos Aires, la goélette *Pampita*... le baron de Coëllu et le comte Peuchot, baron et comte patagons... une caisse d'armes... Trahison, trahison... Le capitaine de la *Pampita*, un misérable, sous couvert d'avaries, nous abandonne à Bahia Blanca... Un peloton de fantassins... Le colonel Murga... Il m'a reconnu... La prison... « Je *ne* suis *pas* Orélie-Antoine Ier, roi de Patagonie. Je m'appelle Jean Pratt, négociant, Jean Pratt, négociant, Jean Pratt... » Un roi qui se renie... Des Indiens qui sont morts... La prison, cependant... Pour imposer silence au remords...

A Paris, en 1875, rue Lafayette, un galetas... Je me rapproche de moi-même... La misère, les expédients... Une lettre de mon frère... Vente par expropriation de trente-deux hectares et de deux maisons d'habitation avec granges et communs... à la requête du Crédit Foncier, après sommation de Me Lachaud, huissier, par le ministère de Me Jean-Jules Négrier, avoué à Périgueux... Notre maison natale de Chourgnac... La ferme de mon père... La ferme de mon frère Jean... La banque s'est remboursée ma couronne de carton, larmes comptant et avec intérêts... Plus personne ne peut rien pour moi...

Des cafés de rapins, de poètes ratés, d'étudiants... Je suis le roi, je suis le roi de Patagonie... Rue Lafayette ils apportent des oripeaux de théâtre, des sceptres, des couronnes, des épées de bois, une chaise percée pour le trône... Du pain et du vin aussi, de l'absinthe, du pâté, j'avais faim, j'avais soif... Ils m'appellent « Majesté »... Ils sont accompagnés de princesses, de duchesses, de marquises ramassées sur le pavé, fardées à faire peur et habillées de manteaux de cour taillés dans de vieux rideaux... Ah! Véronique, serait-ce là ton visage... Seigneur! je suis si fatigué... « Buvez cela », me dit une voix... Une main se pose sur mon front... J'entends le docteur

Ménard... : « Faites-lui boire de l'eau... je ne peux plus rien pour lui... n'oubliez pas l'opium... il ira sans souffrances... »

Est-ce un rêve... Est-ce la réalité... Est-ce déjà la mort les yeux encore ouverts... Cent cloches de navire piquent le quart de midi... Cent trilles de sifflet de maîtres d'équipage aux passerelles qu'on va relever... Claquent des milliers de voiles blanches larguées par des armées de gabiers... Au grand mât du vaisseau se déploie mon étendard de guerre, blanc cantonné de bleu blanc vert... J'ai revêtu mon grand uniforme d'amiral de Patagonie... Sur la dunette je fais un geste... Cinq pavillons montent à la drisse de commandement : En route et que Dieu vous garde !... L'escadre appareille... Le monde m'appartient... Sur les haubans, les vergues, le pont des navires, sur les quais, cent mille bérets s'agitent et cent mille voix crient : Vive le roi ! Vive la reine ! Vive la Patagonie !... Brille le soleil ! Sonnent les fanfares !... Je souris... Je ris... Cette fois, c'est *moi* qui ris ! La vie est belle... En bas, dans la chambre de poupe tendue de damas blanc, m'attend une jeune fille aussi pure que nue... Elle ouvre ses bras... Une joie immense me précipite vers elle... Ah ! Véronique, quel long chemin pour parvenir enfin jusqu'à toi !

Il nous reste l'éternité...

ÉPILOGUE

M. de Tounens est mort le 17 septembre 1878.

Il manque à ses Mémoires le récit de son quatrième et dernier voyage. Le temps lui a fait défaut. Ou peut-être le courage, aux portes de l'au-delà où toute âme est pesée dans sa seule vérité, d'habiller encore une fois de phantasmes l'écroulement définitif de toutes ses espérances.

Et cependant, ce récit, c'est celui de la transcendance. Je le ferai donc à sa place.

M. de Tounens est seul, malade, au bout de son rouleau. Cette fois, il est vraiment roi. Rien ni personne ne le soutiennent que la conviction de sa légitimité. Pour seul cortège, la misère. C'est sur un navire d'émigrants, ayant voyagé à fond de cale, perdu parmi des milliers de chasseurs d'espérance affamés, qu'il débarque à Buenos Aires en janvier 1876. Il dissimule son nom sous celui de Jean de Tourtoirac, du nom du village où deux ans plus tard il mourra, profession : cultivateur. Précaution inutile, qui ne trompe que lui. Tout le monde l'a oublié. Il n'y a plus de royaume. Les Indiens se sont soumis. Beaucoup ont été massacrés. *Les derniers servent comme domestiques dans les haciendas. Il n'y a plus de tribus.* M. de Tounens est parti reconquérir le néant. *Sacrifiant ses dernières ressources, il a loué un cheval avec lequel il se rend à quelques journées de marche de Buenos Aires. Et là, à l'orée de la pampa qu'envahissent les convois d'immigrants, il tient, dans la plus complète solitude,* un dernier grand conseil secret, *où il reconnaît, la mort dans l'âme,* qu'il faut traiter avec le gouvernement argentin pour sauver ce qui peut encore être sauvé... *Mais il est refoulé. On n'entre plus en Patagonie sans titre de concession.*

A Buenos Aires, chaque matin, il se rend au service de l'Immigration, qui est protégé de la foule par des grilles. Il attend dans la file qui progresse lentement, et quand vient son tour, tenant à peine debout, offrant aux fonctionnaires l'aspect pitoyable d'un homme démuni de forces et inapte à toute besogne, s'entend répondre : mañana, demain. Il a demandé une concession à Choele Choel, sur le Rio Negro, qui fut sa capitale d'un jour ! Il l'a demandée pour rêver. Il serait bien incapable de s'y rendre, encore moins d'y travailler. Il marche avec peine. Il se traîne. On le bouscule. Au suivant ! Il loge dans une pension abjecte, quatre lits doubles crasseux par chambre, des soupes innommables. Venus de Sicile, d'Irlande, d'Arménie, de Calabre, ses compagnons, entassés, dorment en rêvant à la fortune et se reproduisent dans la promiscuité. Il ne voit rien. Il n'entend rien. Il est seul. Il est le roi.

Les semaines passent. Les mois. Il a oublié pourquoi il se trouvait là. Le royaume n'est plus qu'une idée, vaguement matérialisée par les hautes grilles fermées du service de l'Immigration. Mañana. Il n'a plus un sou. On l'expulse de sa pension. Il erre dans les rues, sans but. De temps en temps il s'assied sur une marche. Il griffonne sur un carnet noir le texte d'une proclamation et de nouveaux décrets réorganisant le royaume. On le retrouve un matin gisant sur le trottoir, inanimé. Dans sa poche, deux pesos patagons, les deux derniers de sa propre monnaie, avec lesquels il a vainement cherché à s'acheter de quoi manger. Soigné avec les indigents, puis recueilli à l'hôpital français de Saint-Louis, à Buenos Aires, il est enfin rapatrié, en quatrième classe, aux frais du consulat de France où quelqu'un s'est vaguement souvenu du roi de Patagonie.

Dès son arrivée à Bordeaux, on le transporte en civière à l'hôpital où il traîne de longues semaines après une opération pénible et douloureuse. Lui qui n'avait provoqué que rires et sarcasmes rencontre cette fois quelque pitié. Dans le journal La Guyenne, *un journaliste écrit de lui : « Cet homme méritait mieux que les railleries dont on l'a poursuivi... » D'hôpital en asile, il se retrouve à Tourtoirac, la boucle étant bouclée, où il ferme les yeux sur son rêve, définitivement. Il a demandé à sa famille, à ses derniers amis, de crier « Vive le roi ! » autour de son lit de mort, dès qu'il aura rendu l'âme. L'histoire ne dit pas s'ils accédèrent à son désir. J'en doute. Je les vois plutôt se regardant, s'épiant, n'osant plus respirer de peur d'avoir l'air d'ouvrir la bouche le premier, attendant que l'un d'eux se dévoue et commence. La volonté d'un mort, cela compte, mais de là à proférer des folies... Si cela se sait, on en rira, et qui rira déjà en sortant de la* *chambre mortuaire? J'entends seulement un murmure timide, presque inaudible, deux enfants qui ont les larmes aux yeux et remuent faiblement les lèvres, en se cachant derrière les grandes personnes... C'est ainsi, je le devine, qu'Élie et Antoine ont salué le vieux monsieur, Orélie-Antoine Ier, roi de Patagonie.*

Et c'est ainsi que je le salue, haut et fort. Ce royaume-là est éternel. Par les temps qui courent et par les temps qui viennent, je tiens désormais pour honneur de me déclarer patagon. Du cimetière de Tourtoirac, en Dordogne, où Antoine de Tounens a transporté son gouvernement et siège jusqu'à la fin des temps, j'ai reçu mes lettres de créance, moi, Jean Raspail, consul général de Patagonie...

J. R.
à Sablet, en Provence,
le 31 décembre 1980

« Et puis d'abord tout le monde peut en faire autant. Il suffit de fermer les yeux. C'est de l'autre côté de la vie... »

L.-F. Céline

(extrait du *Voyage au bout de la nuit)*

Bibliographie sommaire

AUBLANT (Pierre) : *Bonjour M. de Tounens*, t. XCVII et XCVIII du bulletin de la Société historique du Périgord.

BLANCPAIN (Marc) : *Orélie-Antoine Iᵉʳ, un roi sans divertissement*, Périgueux, 1970.

BOIRY (Philippe) : *Histoire du royaume d'Araucanie*, Paris, 1979.

BOUGAINVILLE (Louis-Antoine DE) : *Voyage autour du monde*, Paris, 1771.

BRAUN MENENDEZ (Armando) : *El reino de Araucania y Patagonia*, Buenos Aires, 1967.

DAIREAUX (Émile) : *La Pampa et la Patagonie*, Paris, 1877.

DARWIN (Charles) : *Voyage d'un naturaliste autour du monde*, Londres, 1837.

EMPERAIRE (José) : *Les nomades de la mer*, Paris, 1949.

FORESTIER (Louis) : *Charles Cros, l'homme et son œuvre*, Paris, 1969.

GUINNARD (Auguste) : *Trois ans d'esclavage chez les Patagons*, Paris, 1864.

LEMAY (Gaston) : *A bord de la Junon, récit d'un voyage aux Amériques*, Paris, 1879.

LELONG (R. P. Maurice) : *En Patagonie et en Terre de Feu*, Paris, 1950.

MACÉ (Gabriel) : *Mémoires d'un policier*, Paris, 1902.

MAGNE (Léo) : *L'extraordinaire aventure d'Antoine de Tounens*, avec une préface d'André Maurois, Paris, 1950.

ORBIGNY (Alcide D') : *Voyage dans l'Amérique méridionale*, Paris, 1847.

RASPAIL (Jean) : *Le jeu du roi*, Paris, 1976.

RASPAIL (Jean) : *La hache des steppes*, Paris, 1974.

SAINT-LOUP : *Le roi blanc des Patagons*, Paris, 1954.

S. M. ORÉLIE-ANTOINE Iᵉʳ : *Relation de Son avènement au trône*, Paris, 1863.

S. M. ORÉLIE-ANTOINE Iᵉʳ : *Appel à la nation française*, Paris, 1864.

S. M. ORÉLIE-ANTOINE Iᵉʳ : *Manifeste*, Paris, 1869.

S. M. ORÉLIE-ANTOINE Iᵉʳ : *Notice sur l'Araucanie et les mœurs de ses habitants*, Bordeaux, 1877.

VERGNES (André DES) : *Antoine de Tounens, conquistador français*, La Rochelle, 1978.

VERNE (Jules) : *Les enfants du capitaine Grant*, Paris, 1867.

WILLIAMS (Dr Richard) : *Mémoires*, Vevey, 1855.

et :

Archives départementales de la Dordogne, Archives nationales du Chili, Archives du consulat général de Patagonie en France, et correspondance de Mᵉ Gilles-Lagrange, communiquée par Mme J. Gendry.

TABLE

« MÉMOIRES IMAGINAIRES »

collection dirigée par Bernard Simiot

*

MOI, ZÉNOBIE,
REINE DE PALMYRE
par Bernard Simiot

*

MOI, JOSÉPHINE,
IMPÉRATRICE
par Paul Guth

*

MOI, ANTOINE DE TOUNENS,
ROI DE PATAGONIE
par Jean Raspail

*

En préparation
MOI, PIZARRE,
CONQUISTADOR
par Jean Descolas

MOI, CLÉOPÂTRE,
REINE D'ÉGYPTE
par Jean- Louis Curtis

*La composition
et l'impression de ce livre ont été effectuées
par l'imprimerie Aubin à Ligugé
pour les Editions Albin Michel*

AM

*Achevé d'imprimer le 5 novembre 1981
N° d'édition, 7336. N° d'impression, L 14071
Dépôt légal, 4ᵉ trimestre 1981*

Imprimé en France